Mary Ellen Taylor
Im Schatten der Holunderblüte

W0351796

TINTE & FEDER

Das Buch

Nach mehreren Schicksalsschlägen hat sich Libby McKenzie als Hochzeitsfotografin in New Jersey einen Namen gemacht. Bei einer Feier auf Gut Woodmont erhält sie den Auftrag, die Gärten des Anwesens zu fotografieren, die der sympathische Verwalter Colton Reese restaurieren soll.

Libby ist fasziniert von dem verwunschenen Gewächshaus, das einst der Herrin von Gut Woodmont gehörte. Warum ist es seit mehr als 30 Jahren verschlossen? Welche Geschichte erzählt der ins Glas geritzte Name? Die Arbeit mit Colton gibt Libby die Kraft, sich endlich mit ihrer eigenen Vergangenheit auseinanderzusetzen. Dabei findet sie einen Brief ihres Vaters, der alles für immer verändert …

Die Autorin

Mary Ellen Taylor wurde in den Südstaaten der USA geboren und schreibt zeitgenössische Unterhaltungsromane, in denen starke Frauen die Hauptrolle spielen. Ihre Geschichten sind ebenso fest in der geheimnisvollen Vergangenheit verankert wie in der heutigen Zeit. In deutscher Sprache sind bisher die Titel »Das Haus an der Bucht« und »Der Frühling an der Bucht« erschienen.

Wenn Mary Ellen Taylor nicht gerade schreibt, ist sie beim Kochen und Backen kreativ tätig. Die Autorin lebt mit ihrem Mann und drei Zwergdackeln in Virginia. Unter dem Namen Mary Burton schreibt sie auch romantische Krimis.

MARY ELLEN
TAYLOR

Im Schatten der Holunderblüte

Roman

Aus dem Amerikanischen
von Astrid Becker

TINTE & FEDER

Die amerikanische Ausgabe erschien 2020 unter dem Titel
»Honeysuckle Season« bei Montlake, Seattle.

Deutsche Erstveröffentlichung bei
Tinte & Feder, Amazon Media EU S.à r.l.
38, avenue John F. Kennedy, L-1855 Luxembourg
May 2021
Copyright © der Originalausgabe 2020
By Mary Burton
All rights reserved.
Copyright © der deutschsprachigen Ausgabe 2021
By Astrid Becker

Die Übersetzung dieses Buches wurde durch Amazon Crossing ermöglicht.

Umschlaggestaltung: zero-media.net, München
Umschlagmotiv: © Sk_Advance studio / Shutterstock;
© Abstractor / Shutterstock; © Victoria43 / Shutterstock;
© spline_x / Shutterstock; © matka_Wariatka / Shutterstock;
© Anatoliy Sadovskiy / Shutterstock
Lektorat: Cathérine Fischer
Korrektorat: Manuela Tiller/DRSVS
Gedruckt durch:
Amazon Distribution GmbH, Amazonstraße 1, 04347 Leipzig /
Canon Deutschland Business Services GmbH, Ferdinand-Jühlke-Straße 7,
99095 Erfurt /
CPI books GmbH, Birkstraße 10, 25917 Leck

ISBN 978-2-49670-688-8

www.tinte-feder.de

Prolog

Dienstag, 5. April 1994, Trenton, New Jersey

Der Herbst 1940 hatte das Ende von Olivias Jugend eingeläutet. Damals tobte der Krieg in Europa, und die Explosion im Pazifik warf ihre Schatten voraus. Obwohl die großen Ereignisse ihre Krallen in Olivias Seele schlugen, bemühte sie sich, Hoffnungen und Träume in ihrem Garten auszusäen. Aber die Erde kam ins Rutschen, Felder und Gärten erodierten. Olivia geriet ins Stolpern und verlor ihre rosarote Brille für immer.

Jetzt saß sie am Bett ihrer sterbenden Freundin und hielt deren blasse Hand. Ärzte und Krankenschwestern hatten ihre Venen zerstochen, die ihre kleinen Hände durchzogen. Zum ersten Mal waren sie nicht zu Fäusten geballt, waren nicht kampfbereit. Ihre alte Freundin schien ihren Frieden gefunden zu haben – sie wirkte, als wäre ihr der Tod willkommen.

Wenn man Glück hatte, brachte das Alter das mit sich. Jugend und Vitalität schwanden mit den Jahren, manchmal aber auch das Bedauern. Und bestenfalls verwandelten sich einige Plagegeister sogar in Engel.

Das Gesicht ihrer Freundin war schmal und faltig, und ihr drahtiger Körper war bis auf die Knochen abgemagert. Ihr ehemals goldbraunes Haar war dünn und so weiß wie ihre pergamentartige Haut. Beruhigungs- und Schmerzmittel tropften aus den Schläuchen in ihre Adern, Monitore piepsten leise. Die Vorhänge waren zugezogen, um ihre Augen zu schonen. Niemals hätte sie sich den Tod ihrer Freundin an einem solchen Ort vorstellen können, in einem dunklen und sterilen Raum. So weit entfernt von der üppigen Natur der Blue Ridge Mountains ihrer Heimat.

Olivia bereute fast, gekommen zu sein. Sie wollte ihr Bild von der starken und lebenssprühenden Frau nicht verlieren, die dem Schicksal an jeder Weggabelung die Stirn geboten hatte. Doch so gern Olivia an diesem Bild ihrer Freundin festgehalten hätte, das ihr so lieb geworden war, so wenig konnte sie das Wüten der Krebskrankheit übersehen. Hätte sie ihre alte Freundin jetzt im Stich gelassen, wäre die Last unerträglich geworden.

Und so saß sie still am Krankenbett, bis ihre Freundin sich regte.

»Sie sind gekommen?«

Olivia lächelte, als sie in die wässrigen Augen der Sterbenden blickte. Sie wollte ihre eigene Trauer nicht zeigen. »Natürlich.«

»Ist meine Tochter auch da?«

»Ja. Sie hat mich hergebracht. Ich sehe nicht mehr gut genug, ich fahre höchstens noch nach Bluestone mit dem Auto.«

»Wie geht es ihr?«, schloss sich die nächste Frage an, als hätte Olivia nichts gesagt.

»Es geht ihr gut. Sie ist eine wunderbare Frau.«

»Gut.« Lange wurde die Stille nur durch das Piepsen der Monitore unterbrochen. »Danke, dass Sie sich um sie gekümmert haben.«

»Aber du hast doch dasselbe für mich getan. Du hast meine Enkeltochter aufgenommen, als sie in Not war.«

»Ist bei ihr alles in Ordnung?«

»Sie hat gerade ihr zweites Kind zur Welt gebracht.«

Olivia dachte an den einen mutigen Moment vor einem halben Jahrhundert, der ihre Schicksale für immer miteinander verwoben hatte. Sie hatten ihr Leben füreinander aufs Spiel gesetzt. Und sie hatten ihre Geheimnisse bewahrt.

Die dünnen Augenbrauen ihrer Freundin zogen sich zusammen. »Nehmen Sie Ihr Geheimnis nicht mit ins Grab, Miss Olivia. Wir wissen beide, dass es die Seele an die Erde kettet.«

Im Laufe der Jahre hatte Olivia so viele Geheimnisse gehütet, dass ein unentwirrbares Knäuel aus ihnen entstanden war. Doch wenn sie jetzt am falschen Faden zog, lief sie Gefahr, alles aufzuribbeln. Beichten mochte ja gut für die Seele sein, sonst aber für nichts. Das Hüten ihrer Geheimnisse erfüllte seinen Zweck, und wenn ihre Seele dadurch für immer an die Erde gekettet blieb, dann war es eben so.

Kapitel 1

Sadie

Dienstag, 15. März 1943, Bluestone, Virginia, Blue Ridge Mountains

Beim Verstecken gibt es drei Tricks. Erstens sollte man flach atmen. Wenn man es richtig macht, bewegen sich die Nasenflügel kaum und der Atem fließt so ruhig wie der James River im Hochsommer. Zweitens sollte man seinen Herzschlag verlangsamen, sodass er nicht gegen den Rippenkorb hämmert. Das Echo überwindet die Grenzen des Körpers. Und drittens – und sicherlich nicht letztens – sollte man den Jäger nie ansehen. Wenn der Fuchs das Kaninchen nicht findet, es ihn aber beobachtet, spürt er den Blick so deutlich, als würde es ihm auf die Schulter tippen.

Sadie kauerte hinter dem breiten Baumstamm einer umgestürzten Eiche im Dickicht eines Holunderbusches. Ihr Herz klopfte so schnell, dass sie kaum Luft bekam. Sie war überhaupt nicht in Form. Bei dem Sprint von ihrem alten Truck in den Wald hatte sie alles gegeben. Noch vor einem Jahr war sie flink wie ein Reh gewesen und wäre doppelt so schnell gerannt, ohne auch nur ins Schwitzen zu kommen.

Schon vor Stunden hatte sich die Dämmerung auf die Blue Ridge Mountains gesenkt und die Berge mit schwarzer Tinte übergossen. Die Baumkronen fingen das bisschen Mondlicht ab, das sich durch die geballten Regenwolken gekämpft hatte.

Der Schrei einer Eule stöberte Rehe auf, die in den Wald sprangen.

Die Dunkelheit kam Sadie recht. Sie war es gewohnt, nachts durch die dunklen Hügel und Täler des Nelson Countys zu streifen. Ihr Vater hatte Sadie und ihren Brüdern beigebracht, auf den engen Straßen zu fahren, die kaum breit genug für ihren Truck waren. Sie waren voller Schlaglöcher, aber es waren die besten Routen für Schmuggler. Auf den Fahrten mit ihrem Dad hatten sie sich die scharfen Kurven der Straßen eingeprägt; sie kannten die alten Indianerpfade, die die Berge durchzogen, und abgelegene Höhlen, in denen sie Maische zu Schnaps brannten. Sadies Familie kannte jeden Stein in diesem Teil Virginias und konnte sich eine Ewigkeit verstecken. Falls sie das wollte.

Sadie presste ihr Gesicht in das feuchte Laub und nahm sich Zeit, um ihre Panik in den Griff zu bekommen. In der Nähe zirpten Grillen. Eine Spinne kroch über ihre Hand. Aber sie achtete nicht darauf. Sie konzentrierte sich auf das Problem, dem sie sich jetzt gegenübersah.

Sheriff Kurt Boyd hatte vor einer Stunde bei ihrer Mutter gegen die Tür gehämmert. Wahrscheinlich, um Sadie wegen Totschlags zu verhaften, vielleicht sogar wegen Mordes, falls der Mann nicht überlebt hatte. Was sie getan hatte, tat Sadie kein bisschen leid, aber sie bereute, bei ihrer Rache nicht klüger vorgegangen zu sein.

Sie war aus dem Haus ihrer Mutter geflohen, ohne eine Tasche zu packen, ohne ihrem schlafenden Baby einen Kuss zu geben. Sie war geräuschlos zu ihrem Truck gerannt, hatte die Bremse gelöst und den Truck den Hügel hinunterrollen lassen. Erst als sie unten angekommen war, hatte sie den Motor gestartet. Das musste der Sheriff gehört haben, denn er hatte sich sofort an ihre Fersen geheftet. Sie war so weit gefahren, bis der Kühler ihres alten Trucks überkochte. Zum Reparieren blieb keine Zeit.

Als sie den Motor des Dodge hörte, war sie ins Gebüsch geschossen. Ihre schweren Stiefel rieben gegen ihre geschwollenen Füße. Trotzdem wäre sie am liebsten auf dem Indianerpfad über den Berg gestiegen, aber Boyd kannte den Pfad und hätte sie abgepasst. Sie hatte keine Wahl, als sich im Unterholz zu verkriechen.

Da würde sie so lange warten, bis Boyd die Suche aufgab, und sie zum Truck zurückkehren konnte. Vielleicht wäre er dann etwas abgekühlt, sodass sie es doch bis Charlottesville schaffte. Von da würde sie den erstbesten Zug nehmen und so weit fahren, wie es nur ging.

Der Dodge des Sheriffs näherte sich rumpelnd. Sie kannte das Geräusch seines Motors. Der Sheriff wusste, dass sie in der Nähe war. Er war nicht der Klügste, aber er kannte die Indianerpfade, die Wege der Bergarbeiter und die Verstecke der Schnapsbrenner fast ebenso gut wie sie.

Sekunden später sah sie das Scheinwerferlicht. Sie legte sich ganz flach auf die feuchte Erde. Ihre empfindlichen Brüste waren noch voller Milch und drückten gegen den groben Stoff ihres Hemds. Sie konnte es nicht lassen, sie musste zu Sheriff Boyd hinübersehen. Er stand breitbeinig im Licht der Scheinwerfer, seine fleischige rechte Hand lag am Gürtel. Auch wenn sie seinen Gesichtsausdruck nicht erkennen konnte, war sie sicher, dass er sich finster umblickte. Boyd war der Meinung, dass ein kluger Mann weder zu lächeln noch viel zu sagen brauchte. Umso besser für ihn, denn wenn er den Mund öffnete, kam nie etwas von Belang heraus.

Das Licht seiner Taschenlampe schnitt knapp über ihrem Körper durch die Dunkelheit.

»Der ist dumm wie Bohnenstroh«, hatte ihr Bruder Johnny oft gesagt.

Und dann hatte Danny gelacht. *»Den kann ich schon vorm Aufwachen austricksen.«*

Der Gedanke an Johnny und Danny schnürte ihr die Kehle zu. Eine tiefe Traurigkeit überkam sie, die sie wohl nie mehr verlassen würde. Wie sehr sie ihre Brüder vermisste!

»Denk nicht an mich«, klang Johnnys Stimme in ihren Ohren. *»Kümmere dich lieber um Boyd.«*

»Genau«, hörte sie Danny. *»Er ist nicht nur dumm, er ist auch gemein. Und selbst eine kaputte Uhr zeigt zweimal am Tag die richtige Zeit an.«*

Das war ein guter Ratschlag. Sie würde sich um ihre Tochter und um ihre Brüder Sorgen machen, wenn sie selbst in Sicherheit war. Jetzt musste sie mit Boyd klarkommen.

Was dem Gesetzeshüter an Intelligenz fehlte, machte er durch seine Fähigkeiten bei der Verfolgung von Geflohenen wett. Er war zur Hälfte Bluthund. Die Justizbehörden in einem Umkreis von fünfzig Kilometern riefen Boyd zu Hilfe, wenn ein Gefangener geflohen war. Farmer riefen ihn, wenn ein Kojote ihr Vieh gerissen hatte. Und wenn Wahlen anstanden, hob er illegale Schnapsbrennereien aus, um sich bei den christlichen Fundamentalisten lieb Kind zu machen.

Ihr Vater hatte es nie persönlich genommen, wenn Boyd ihn beim Brennen erwischte. Es war der Job des Sheriffs, die Brennereien zu finden, so wie es der Job ihres Vaters gewesen war, sie zu verstecken. Schließlich mussten sie alle von irgendwas leben. Aber Sadie fand Boyd hinterhältig. Wenn er die entflohenen Häftlinge zurückbrachte, hatten sie mindestens ein blaues Auge. Wenn er nach Kojoten suchte, fehlte hinterher eine Kuh. Und wenn er seinen Schlagstock gegen die Destille schwang, pfiff er eine fröhliche Melodie.

Boyds Stiefelschritte auf dem feuchten Laub waren keine zehn Meter von ihr entfernt. »Sadie, ich weiß, dass du da bist. Hier haben sich deine Brüder auch oft versteckt. Mach's nicht schlimmer, als es ist, Mädchen, und komm raus. Ich tue dir nichts.«

Als sie klein gewesen war, hatte sie mit ihren Brüdern Verstecken gespielt. Johnny und Danny waren die Füchse gewesen und sie das Kaninchen. Weil sie kleiner war als die beiden, aber auch weil sie sich in winzige Mulden verkroch. Dort kauerte sie mucksmäuschenstill. Das Lachen ihrer Brüder erstarb nach und nach, wenn sie das kleine Kaninchen wieder nicht fanden.

Sadie schloss die Augen und fuhr ihren Organismus hinunter.

Ich bin nur ein Blatt an einem Baum.

Hier gibt es nichts zu sehen!, hätte sie ihm am liebsten zugerufen. Weiter geht's, Sheriff Boyd!

Seine Schritte näherten sich ihrem Versteck. Boyd atmete schwer, er konnte bestimmt nicht schnell laufen, schon gar nicht durchs Unterholz. Er war zwar zwei Köpfe größer als sie, aber ein Läufer brauchte einen ganz anderen Körperbau.

Sadie und ihre Brüder waren wie Cherokee, Sioux und Irokesen durch diese Berge gestreift. Und wie die deutschen und schottischen Siedler, die dann kamen. Sie hatte immer irgendwas zum Haus geschleppt: Wassereimer, Säcke voller Mais, Kisten mit Schnapsgläsern. Schon als kleines Kind konnte sie in Windeseile zwei Eimer Wasser vom Bach zum Haus hochtragen, ohne einen einzigen Tropfen zu verschütten.

»Komm schon raus, Sadie«, rief Boyd noch mal. »Keiner tut dir was.«

Der Sheriff hatte Kreide gefressen, aber er blieb trotzdem der Wolf, der er war. Er log. Wenn er sie fand, legte er ihr Handschellen an, wie er es ihr schon ein Dutzend Mal angedroht hatte. Und diesmal würde er sie nach Lynchburg bringen und dafür sorgen, dass Dr. Carter sich darum kümmerte, dass sie nie wieder ein Kind bekommen konnte.

Sie kniff die Augen zusammen und dachte an ihr niedliches Baby, das in seinem Bettchen schlief. Sie zwang sich, nicht zu weinen. Sie verließ ihr kleines Mädchen nicht aus freien Stücken. Das Leben hatte sich zum Schlechten gewendet. Ihr blieb keine andere Möglichkeit. Ihr einziger Trost war der Gedanke, dass es dem Kind bei seiner Großmutter gut gehen würde, vielleicht sogar besser als bei ihr.

Der Sheriff atmete ruhiger. Unter seinen Stiefeln knackten Zweige, und jetzt bewegte sich der Strauch neben ihr. Sie stellte sich vor, wie er sie mit seinen großen Händen packte und am Hemdkragen durch das Dickicht zerrte.

Ich bin eine Mücke im Gras. Ein Käfer im Astloch. Zu klein, um entdeckt zu werden.

»Hast du deiner Mama nicht schon genug Kummer gemacht? Sie hat auch ohne dich genug am Hals. Deine Brüder sind im Krieg, und jetzt muss sie sich auch noch um den kleinen Bastard kümmern.«

Ihre geschlossenen Augen füllten sich mit Tränen. Vielleicht war sie wirklich eine schreckliche Tochter. Aber sie würde sich trotzdem nicht von den Vorhaltungen dieses dummen Sheriffs wie eine aufgeschreckte Wachtel aus dem Gebüsch treiben lassen.

»Du bist doch wirklich bedauernswert.« Er seufzte. Da seine Standpauke ins Leere ging, schlug er einen anderen Ton an. »Es wäre viel besser für dich, wenn du meine Hilfe annehmen würdest. Ich rede mit dem Richter und sage ihm, er soll milde sein. Wir wissen doch alle, dass du den Mann nicht mit Absicht überfahren hast. Es war ein Unfall.«

Dieser Ton machte ihr zu schaffen. Es gelang ihr nur mit Mühe, ein Schluchzen zu unterdrücken. Tränen rannen ihr die

Wangen hinunter. Bei Gott, es war kein Unfall gewesen! Und wenn sie die Chance bekäme, würde sie es noch einmal tun.

Die Zeit dehnte sich endlos, während sie auf seine Atemzüge lauschte. Er kam noch einen Schritt näher, sodass sie sein billiges Aftershave riechen konnte.

Aber sie blieb ruhig und versuchte, Boyd auszublenden. Er würde dieses kleine Kaninchen nicht finden.

»Verdammt, Sadie, dich kriege ich noch!« Der Sheriff stieß eine Tirade von Flüchen aus, und dann murmelte er, sie würde bald in der Hölle schmoren. »Und ich kümmere mich persönlich darum, dass der Richter deinen mageren Arsch lange hinter Schloss und Riegel bringt.«

Die Blätter raschelten unter Boyds Stiefeln, als er sich umwandte und auf die Scheinwerfer seines Dodge zuging.

Er schlug wütend die Autotür zu. Der Motor hustete wie ein alter Mann, als Boyd in den ersten Gang schaltete. Die Kupplung schleifte, das hatte sie ihm schon oft gesagt. Aber wie alle anderen in diesem Tal hatte er sie nicht ernst genommen. Schließlich fuhr er los, schaltete in den zweiten Gang und rumpelte in die Nacht hinein.

Sie wäre am liebsten aufgesprungen, aber sie blieb reglos auf der kühlen Erde liegen. Ihr rechter Arm war unter ihrem Körpergewicht eingeschlafen und kribbelte, als würden ihr tausend Nadeln in die Haut stechen. Aber sie hatte wirklich schon Schlimmeres erlebt.

Der Schrei einer Eule schreckte ein Kaninchen auf, das in einen hohlen Baumstamm ganz in ihrer Nähe hoppelte. Sadie grinste über die Ironie.

Boyd war ein gerissener Hund, das stand fest, und sie traute ihm zu, dass er sich zu Fuß zurückschlich.

Als sie schließlich den Kopf hob, war der Mond am Nachthimmel weitergewandert. Die Wolken hatten sich geöffnet, unendlich viele Sterne leuchteten.

Sie wandte sich zum Nordstern und richtete sich langsam auf. Sie lauschte auf Boyds Schritte, bevor sie sich den Dreck von dem alten Jeans-Overall und dem abgetragenen Arbeitshemd ihres Bruders klopfte. Es war sein Lieblingshemd, und normalerweise ärgerte er sich, wenn sie es trug, aber er war auf einem anderen Kontinent und kämpfte im Krieg. Es wäre wohl das Letzte, worum er sich Sorgen machen würde.

Langsam bahnte sie sich einen Weg durch das Dickicht bis zur Straße. Nach links, Richtung Westen, erhob sich der Berg. Dort gab es genug Orte, an denen sie sich vor Boyd verstecken konnte, aber sie wollte die Wälder, die sie so liebte, nicht zu ihrem eigenen Gefängnis machen. Und dreißig Kilometer südlich lag Charlottesville mit seinem Bahnhof.

Sie schob die Hände in die Taschen und holte das Geld hervor, das ihre Mutter ihr gegeben hatte. Es war der Notgroschen ihrer Mutter, und das war schrecklich, aber sie brauchte die drei Dollar. »Ich zahl sie dir zurück, Mama«, flüsterte sie.

Sadie setzte sich in Bewegung. Ab und zu blieb sie stehen und horchte auf das Motorgeräusch des Dodge. Aber alles, was sie hörte, waren das Zirpen der Grillen und das Knirschen ihrer Stiefel auf der Schotterstraße.

»Verdammt, Johnny und Danny! Wo bin ich da reingeraten?«

»Du hattest schon immer einen Hang dazu, dich in Schwierigkeiten zu manövrieren.«

Sie konnte die Stimmen ihrer Brüder deutlich hören. Bis vor Kurzem waren Johnnys Briefe regelmäßig eingetroffen, während Danny nach dem Einzug in die Armee nur ab und an geschrieben hatte. Sie fürchtete, dass der Krieg sie alle beide verschluckt hatte.

Aus ihren schmerzenden Brüsten tropfte Milch. Ihr Baby musste großen Hunger haben. Sie hatten noch Dosenmilch und Sirup in der Hütte. Ihre Mutter würde die Kleine damit satt bekommen. Sie würde ihre Enkelin nicht im Stich lassen, selbst wenn Sadie mit ihren dummen Entscheidungen Schande über sie gebracht hatte.

Die ersten Strahlen des Sonnenaufgangs erschienen am Horizont und ließen die Berge in satten Orange- und Gelbtönen leuchten. Es war wunderschön anzusehen, aber es bedeutete, dass ihr die Zeit davonlief.

Als die Straße eine Kurve machte, sah sie in die Scheinwerfer eines entgegenkommenden Autos. Der Motor lief rund, nicht wie der Dodge von Boyd, doch so wie sie ihn einschätzte, hatte er sich vielleicht ein anderes Auto ausgeliehen, um nach ihr zu suchen.

Sie sprang die Böschung hinunter. Sowie das Auto vorbeigefahren war, musste sie weg von der Straße und einen kleinen Pfad nehmen.

Doch das Auto fuhr nicht vorbei. Es wurde langsamer und kam zum Halt. Sie war nicht schnell genug gewesen. Der Fahrer hatte sie gesehen.

Kapitel 2

Libby

Samstag, 6. Juni, Bluestone, Virginia

Es heißt, aller schlechten Dinge sind drei. Aber das stimmte nicht. Es konnten drei sein, aber auch vier, fünf oder wie viele auch immer.

Die heutige Pechsträhne begann mit einem unsanften Schubs. »Los, aufstehen!«, wurde sie von einer lauten Stimme aus dem Tiefschlaf geweckt.

Libby McKenzie setzte sich auf, schwang die Beine vom Sofa und kippte dabei die leeren Weingläser auf dem Couchtisch um. Ihr war schwindelig, und ihr Magen protestierte. Sie strich sich die dunklen Haare aus der Stirn. »Was ist?«

»Mach dich fertig, Libby! In einer Stunde müssen wir auf der Hochzeit sein!« Sierra Mancuso und Libby waren zusammen aufgewachsen. Ihre Häuser grenzten aneinander, und bis Libby mit dreizehn aufs Internat gegangen war, waren sie unzertrennlich gewesen.

Libbys Mund war trocken wie Watte. »Was ist mit meinen Weckern? Ich habe mir zwei gestellt.«

»Die beiden, die ich gerade ausgestellt habe?« Sierra sah ihre beste Freundin missmutig an. Die blonden Haare hatte sie zu einem festen Knoten zusammengesteckt, und sie trug eine schwarze Bluse, eine schwarze Hose und bequeme Schuhe. Alles untrügliche Zeichen dafür, dass Sierra heute einen Servicejob hatte.

Sie waren beide einunddreißig Jahre alt, und sie hatten beide schwere Schicksalsschläge hinter sich. Sierras Mann war im vergangenen Jahr an Krebs gestorben. Libby war nach drei Fehlgeburten geschieden. Schwer angeschlagen hatten sie sich zur selben Zeit in ihre Heimatstadt Bluestone zurückgezogen, in ihre Elternhäuser, um erst mal ihre Wunden zu lecken.

Libby sah auf die rote Digitalanzeige ihrer violetten Uhr, die sie seit der siebten Klasse trug. 8:02. »Verdammt.«

»Ich habe schon Kaffee aufgesetzt.« Sierra klatschte in die Hände. »Gleich gibt's Rühreier. Auf geht's!«

»Okay. Ich lege los.«

Libby sprang auf und schoss die Treppe hoch ins Badezimmer. Sie streifte das Schlafshirt ab und drehte die Wasserhähne auf. In den alten Rohren rumorte es. Nach einer ganzen Weile wurde das Wasser warm.

Ihr Dad, Dr. Allen McKenzie, war dreißig Jahre lang der Kinderarzt der Stadt gewesen. Er hatte nie einen kleinen Patienten weggeschickt, selbst am Ende nicht, als er selbst schon sehr krank war. Vor sechs Monaten war er gestorben.

Trotz ihrer Beteuerungen, nie wieder zurückzukommen, war Libby nach Bluestone gezogen, um ihn zu pflegen. Nachdem er gestorben war, war sie geblieben. Es war nicht zuletzt eine wirtschaftliche Entscheidung, denn ihre Wohnung in Richmond war teuer gewesen. Nach ihrer Scheidung blieb nicht viel von ihren Einkünften als Fotografin über. So hatte sie im Januar den Plan gefasst, sich umzuorganisieren, etwas Geld zu sparen, um sich bis Weihnachten ein richtiges Leben in einer richtigen Stadt leisten zu können. Sechs Monate waren seitdem vergangen, aber sie stand noch nicht wieder auf eigenen Füßen.

Schließlich dampfte das Wasser, und sie sprang unter den heißen Wasserstrahl. Ihr Adrenalinpegel war so hoch, dass sie kaum fünf Minuten zum Duschen brauchte. Sie trocknete sich ab und eilte in ihr altes Zimmer.

Es sah noch genauso aus wie vor dreizehn Jahren, als sie aufs College gegangen war. Immer noch dasselbe Poster mit dem RETTET DIE ERDE-Appell, immer noch dieselbe Ansel-Adams-Fotografie von Montana. In dem antiken Empirebett mit der Paisleydecke, die sie mit sechzehn bei IKEA gekauft hatte, hatte sie allerdings noch nicht wieder geschlafen. Es war eine Sache, wieder nach Hause zurückzuziehen, aber in ihrem Jugendbett zu schlafen, das brachte sie nicht über sich. Ebenso unpassend kam es ihr vor, im Ehebett ihrer Eltern oder im Arbeitszimmer ihres Vaters zu übernachten. Das Obergeschoss barg zu viele Erinnerungen an die überschattete Ehe ihrer Eltern. Und so blieb nur noch das Sofa im Wohnzimmer.

Sie nahm eine dunkle Hose aus dem Koffer auf dem ordentlich gemachten Bett und machte sich einen lockeren Pferdeschwanz. Dann trug sie Wimperntusche und Rouge auf, legte das Schlafshirt gefaltet in den Koffer, wischte über die Oberflächen im Badezimmer und hängte ihr Handtuch auf. Um 8:12 sah es aus, als wäre sie gar nicht da gewesen. Perfekt.

Barfuß stürzte sie die Treppe hinunter, packte ihre Kameratasche, zog sich Schuhe an und schoss über den Rasen zum Haus der Mancusos. Sie drückte die Hintertür zur Küche auf.

»Du wohnst gar nicht richtig in dem Haus, stimmt's?«

Libby setzte sich auf den Küchenstuhl und band die Schnürsenkel zu. »Doch, klar. Ich habe eben geduscht.«

Sierra stellte einen orangefarbenen Becher Kaffee vor Libby. Dann tat sie Rühreier auf. Auf dem blassblauen Teller hatte sie eine dünn geschnittene Erdbeere aufgefächert.

Libby nahm eine Gabel Ei. Proteine waren genau das, was sie jetzt brauchte.

»Du geisterst da wie ein Gespenst herum. Du kommst und gehst, ohne Spuren zu hinterlassen.«

»Es fühlt sich so merkwürdig an. Ich habe seit vielen Jahren nicht mehr dort gewohnt.«

»Aber jetzt wohnst du da.«

Libby trank ihren Kaffee und war dankbar für den Energieschub. »Nicht wirklich. Ich bin immer noch zu Besuch.«

Bevor ihr Vater im letzten Jahr krank geworden war, hatte er das Haus gründlich aufgeräumt, all die unnützen Dinge weggeworfen, die sich im Laufe eines Lebens anhäufen, und die Wände dann hellgrau streichen lassen. Die größeren Projekte, die Küche und das Bad, war er nicht mehr angegangen. Er hatte gedacht, dass die neuen Eigentümer sie bestimmt lieber so renovieren wollten, wie es ihnen gefiel.

So hatte er ihr ein mehr oder weniger kahles Haus hinterlassen, damit Libby sich mit dem Geld ein anderes kaufen konnte. Sie hatte ihm gesagt, dass sie es sich durch den Kopf gehen lassen würde – und das tat sie immer noch.

»Du hast Angst, Wurzeln zu schlagen«, sagte Sierra kopfschüttelnd.

»Das habe ich schon mal gemacht. Aber sie waren nicht tief genug.«

»Sie können wachsen, wenn du sie lässt.«

Libby zog eine Augenbraue hoch. »Du wohnst über der Garage deiner Eltern. Weniger ankommen geht kaum.«

»Immerhin *wohne* ich da. Ich habe meine Koffer ausgepackt«, sagte Sierra.

»Ich lege mich halt nicht gern fest.« Auf Libbys Handy zirpte eine WhatsApp. Sie fischte in ihrer Handtasche nach dem Handy. Die Nachricht stammte von der Braut.

Ginger: Regenwolken am Horizont. Bitte schick sonnige Grüße rüber.

Libby: Mach ich. Bin unterwegs.

Ginger: Mom macht sich Sorgen. Ich glaub, das wird schon alles gut gehen.

Libby: Ich hab immer Regenschirme im Kofferraum. Bin in 30 min da.

Sie schnappte sich einen Müsliriegel aus dem Schrank, in dem Mrs Mancuso immer einen Vorrat anlegte. »Sag mal, was machst du eigentlich noch hier? Musst du jetzt nicht Tische aufstellen und Lachsschnittchen vorbereiten?«

»Rick hat mich zum Aufräumen eingeteilt.« Sie verzog das Gesicht. »Kann ich mit dir fahren?«

»Dann aber jetzt.«

»Hast du deine Kameraausrüstung?«

»Alles gepackt.«

Schon seit ihrer Kindheit wurde Libby von Katastrophenszenarien verfolgt. Vielleicht lag es daran, dass sich die seelische Verfassung ihrer Mutter immer weiter verschlechtert hatte, bis sie sich schließlich das Leben genommen hatte. Vielleicht war Libby auch labil. Wie auch immer, sie führte imaginäre Listen, was im schlimmsten Fall zu tun wäre.

Wenn sie zu einer Party oder einer Veranstaltung eingeladen war, dachte sie sich alle möglichen Verhinderungsgründe aus. Auf dem College konnte sie erst einschlafen, wenn sie ihre Hausaufgaben gemacht, die Kaffeemaschine vorbereitet und ihre Sachen zurechtgelegt hatte. Ihre Mutter hatte sich über sie lustig gemacht – ein Gürtel würde ihr bestimmt nicht langen, sie würde zur Sicherheit zusätzlich noch Hosenträger anziehen.

Ihre Mutter und sie hatten jedenfalls immer einen Plan B für alle kleineren oder größeren Katastrophen.

Auf ihrer heutigen Liste stand: *Wecker überschlafen, Hurrikan, Wild ausweichen und ins Schleudern kommen, Straße unterspült (vom Hurrikan).* Der letzte Punkt hieß *Kein Benzin.*

»Wir sind früh genug dran«, sagte Sierra und warf ihr noch einen Müsliriegel zu. »Aber jetzt sollten wir auch losfahren.«

Sie verließen das Haus, und Libby fuhr rückwärts aus der Einfahrt hinaus. Dann fragte sie: »Die Kaffeemaschine ist ausgestellt?«

»Ja. Ich habe sogar die Kanne abgewaschen und den Stecker rausgezogen.«

»Du bist ein Schatz. Stell dir mal vor, wir würden das Haus deiner Mutter abfackeln!«

Sierra klappte die Sonnenblende runter und schminkte ihre Lippen in derselben Nuance wie ihre Fingernägel. »*Haus abfackeln* kannst du von deiner Liste streichen.«

Libby musste unwillkürlich lächeln. Sie bog in die von Bäumen gesäumte Straße ein und fuhr dann auf die Main Street, die einzige Durchgangsstraße des Städtchens.

Bluestone hatte zweitausend Einwohner und lag in den Ausläufern der Blue Ridge Mountains Virginias. Mitte des 18. Jahrhunderts hatten sich deutsche, englische und schottische Siedler hier niedergelassen. Mehr als eine Generation war Bluestone nur durch die Great Wagon Road mit der Außenwelt verbunden. Es gab bis heute keine Eisenbahnstrecke, aber irgendwann wurde eine Fernstraße in der Nähe gebaut. In den letzten zehn Jahren waren hier Weingüter gegründet worden, die jüngere Leute auf der Suche nach einem weniger hektischen Lebensstil anzogen.

»Ich bin gespannt auf Woodmont«, sagte Sierra. »Ich habe es vor zwei Wochen nicht geschafft, bei der Führung dabei zu sein.«

»Was sie aus dem Park gemacht haben, ist absolut unglaublich.« Libby fuhr langsam durchs Zentrum und beschleunigte erst, als die Geschwindigkeitsbegrenzung aufgehoben war.

Woodmont war im achtzehnten Jahrhundert erbaut worden und der Öffentlichkeit nie zugänglich gewesen. Das rund zweihundert Hektar große Anwesen erstreckte sich an den hügeligen Ufern des James River. Der erste Besitzer, Ezra Carter, hatte das zweistöckige Haus aus handgeformten Ziegeln erbauen lassen, nachdem er von König Georg II. eine Landschenkung erhalten hatte. Ursprünglich hatte er auf der Farm Tabak angebaut, doch als die Preise für Weizen während des Siebenjährigen Kriegs stiegen, stellte er auf Weizenproduktion um. Carter hatte ein ausgeprägtes Gefühl für Märkte und legte damit den Grundstein, der die Carters seit Generationen zu einer der wohlhabendsten Familien in Virginia machte. Elaine Grant, die derzeitige Besitzerin, hatte eine umfassende Renovierung des Anwesens in Angriff genommen, aber es ging das Gerücht, dass es mit den Familienfinanzen nicht zum Besten stand.

In Libbys Kindheit war das Anwesen nur einmal im Jahr zur Historischen Gartenwoche zur Besichtigung freigegeben, und ihre Mutter war mehrfach mit ihr in Woodmont gewesen. Schon damals hatten die ummauerten Gärten Alterserscheinungen gezeigt. Der Garten, hatte ihre Mutter gesagt, müsse dringend von Grund auf erneuert werden. Viele Pflanzen seien zwar noch schön, müssten aber mal wieder zurechtgeschnitten werden. Libby konnte das damals nicht nachvollziehen, sie hatte nur Augen für die Schönheit der sich ausbreitenden Wildnis. Für sie waren die Ausflüge in den Park eine Art magische Flucht, die sie gemeinsam mit ihrer Mutter unternahm.

In der langen Geschichte war es heute das erste Mal, dass das Anwesen seine Tore für eine Hochzeit öffnete. Die Braut, Ginger Reese, war auf Woodmont aufgewachsen und hatte dort gespielt, wo ihre Eltern arbeiteten. Ihr Vater war dort Gärtner und Verwalter, ihre Mutter Haushälterin. Nach dem Tod ihres Vaters hatte ihr Bruder Colton die Pflege der Gärten und die Verwaltung übernommen, während Gingers Mutter sich noch immer ums Haus kümmerte.

Die heutige Hochzeit war eine Art Probelauf. Ginger hatte Libby über deren Hochzeitsfotografie-Webseite kontaktiert und sie engagiert, nicht zuletzt, weil Libby aus Bluestone kam und das Anwesen kannte. Ginger war Fachärztin für Frauenheilkunde und Geburtshilfe in Charlottesville, ihr Bräutigam Cameron Walker war dort Chirurg in der Universitätsklinik.

In der Ferne grollte Donner. »Hat Ginger das weiße Zelt ausgeliehen?«, fragte Sierra.

»Nein. Sie hat gesagt, dann regnet es bestimmt. Das Gesetz der Anziehung oder so«, antwortete Libby.

»Im Ernst?« Sierra schüttelte den Kopf. »Wenn das Gesetz der Anziehung so funktioniert, dann habe ich ein Hühnchen mit ihm zu rupfen. Jedenfalls ist es bei mir nie so gewesen.«

Libby konnte über Sierras Sarkasmus nicht lachen. Sie hatte sich weder vorgestellt, ihre Babys zu verlieren, noch die Scheidung noch den Tod ihres Vaters. Und doch war eine Tragödie auf die andere gefolgt. Als habe ihr das Schicksal einhämmern wollen, dass es nach seinen eigenen Regeln spielte.

Über den Bergen hingen schwere Regenwolken. »So viel zum positiven Denken.«

»Gestern lag die Regenwahrscheinlichkeit noch bei zwanzig Prozent.« Sierra sah auf ihr Handy und zog die Augenbrauen hoch. »Jetzt sind es neunzig Prozent.«

»Glaubst du, es geht vielleicht erst nach der Hochzeit los?«

Sierra schüttelte den Kopf.

Libby bog in eine kleine Straße ein, die sich an einem weitläufigen Weingut hinzog, das ein New Yorker Investor vor dreißig Jahren gekauft hatte. Keiner der Einheimischen hatte ihn je gesehen. Die Hügel dahinter waren mit Kühen gesprenkelt.

Leute von auswärts, die sich auf ihr Navi verlassen mussten, hatten oft Schwierigkeiten, Woodmont zu finden. Vor zwei Wochen, als sie zur Besichtigung gekommen war, hatte Libby die Abzweigung auch übersehen und war ein paar Kilometer zu weit gefahren. Doch schließlich hatte sie ihren Fehler bemerkt, war umgekehrt und hatte die mit gelb-violetten Stiefmütterchen eingefassten Torbögen entdeckt.

Jetzt hielt sie von Anfang an nach den Torbögen Ausschau, dann folgte sie der langen Eichenallee, die im Krieg von 1812 gepflanzt worden war. Laut ihrer Mutter hatte man die Weißeichen mit Bedacht ausgewählt, da sie so viel Wasser verbrauchten, dass die Zufahrt trocken blieb.

Vor ihnen lag das herrschaftliche, von Gärten flankierte Ziegelgebäude. Der Frühling war vorbei, und jetzt übertrafen sich Sonnenblumen, Löwenmäulchen, Hortensien und Zinnien mit ihren üppigen, bunten Blüten.

Libby folgte den Schildern zu einem kurz gemähten Feld, auf dem zwei große Catering-Trucks, Gingers Volvo, ein blauer Van und ein roter Pick-up-Truck standen. Die Braut machte sich im Haus fertig. Ginger war einundvierzig und hielt nichts von Brautjungfern. Die ersten Fotos sollten sich also relativ unkompliziert gestalten.

»Gehst du ins Haus?«, fragte Libby.

»Ja, in die Küche.«

Libby hievte ihre Taschen aus dem Auto und fragte sich, ob sie gleich ein paar Regenschirme aus dem Kofferraum mitnehmen sollte. »Bis später.«

»Haben die beiden eine Flasche Schwarzgebrannten im Garten vergraben?« Sierra zog sich eine weiße Schürze über den Kopf und wickelte die Bänder um ihre schlanke Taille.

»Bei der Besichtigung haben sie darüber gesprochen, aber soweit ich weiß, haben sie es wohl vergessen. Worum geht's da überhaupt?«

Sierra sah etwas besorgt drein. »Man nennt es den Schnapsfriedhof, eine alte Tradition hier in der Gegend. Wenn man eine Flasche Fusel im Garten verbuddelt, wird es eine glückliche Hochzeit.«

Vielleicht hätten Libby und ihr Ex-Mann Jeremy das wissen sollen. »Und was passiert, wenn man es nicht macht?«

Sierra deutete auf die Wolken. »Regen. Scheidung. Heuschrecken. Alle sieben Plagen oder so.«

»Super.«

Sierra lachte über Libbys säuerliche Miene. »Ach was, das Gesetz der Anziehung kann mich mal. Und wer braucht einen Schnapsfriedhof? Der Sturm ist mindestens noch zwei Stunden weg. Bis dahin kann sich alles nach drinnen verlagern.«

Libby entschied sich gegen die Regenschirme und lief die Treppenstufen zum Haus hoch. In der Ferne grummelte es.

Kapitel 3

Libby

Samstag, 6. Juni, Gut Woodmont

Die Fotos am Morgen hatten länger gedauert, als Libby eingerechnet hatte. *Auf die Katastrophenliste: Großmutter des Bräutigams betrinkt sich (Mimosas).* Jetzt war es nur noch eine Viertelstunde bis zur Trauung, und die weißen Gartenstühle auf dem Hügel zum James River waren fast alle belegt.

Über die Lautsprecher lief eine Streichquartett-Einspielung von *Are you gonna be my girl?* Vorausschauenderweise hatte sich der DJ mit seinem Motherboard im Haus eingerichtet.

In den letzten Jahren hatte Libby viele Songs gehört, die bei Hochzeiten gespielt wurden. Es waren immer wieder dieselben darunter. Auch wenn Brautpaare den Anspruch hatten, ihren großen Tag anders als andere zu gestalten, liefen die meisten Hochzeiten nach ähnlichen Mustern ab.

Libby wandte sich nach den bedrohlich aufgetürmten Wolken um. Passendere Musik fürs Streichquartett wäre die Titelmusik aus *Der weiße Hai* gewesen: »Dunn, dunn, dunn, dunn …« Kein positives Denken, nicht mal ein Dutzend verbuddelte Schnapsflaschen würden die Bestie, die da auf sie zuraste, davon abhalten, sich auf die Hochzeitsgäste zu stürzen.

Noch ein Donnerschlag. Libby sah Richtung Parkplatz, wo ihr SUV mit den Regenschirmen stand. Wenn sie sehr schnell war, konnte sie den Sprint hin und zurück rechtzeitig schaffen. Als das Streichquartett zu *I will always love you* ansetzte, joggte sie los. In der Luft lag der schwere Geruch von nahendem Regen.

Der erste Regentropfen traf sie, als sie den Kofferraum öffnete. Sie nahm die wasserdichten Hüllen für ihre Kameras heraus und klemmte sich die Schirme unter den Arm. Als sie auf den Knopf zum Verschließen der Heckklappe drückte, krachte ein ohrenbetäubender Donnerschlag direkt hinter ihr.

Sie jonglierte mit den Kamerahüllen und Schirmen, sah, wie der Regen auf der anderen Flussseite niederzuprasseln begann, dann rannte sie los. Es war so schwül, dass ihr Schweißtropfen zwischen den Schulterblättern und an den Schläfen hinabliefen. Hoffentlich gelänge es ihr wenigstens, das Brautpaar und die Mutter der Braut zu beschirmen.

Plötzlich setzte der Hochzeitsmarsch ein. Zehn Minuten zu früh. Bei den meisten Hochzeiten engagierte sie eine zusätzliche Fotografin, die alles aus einer anderen Perspektive festhielt. Aber Ginger war sicher gewesen, dass Libby keine Verstärkung brauchte. Im Moment war Libby allerdings weit davon entfernt, nur ein einziges Foto von der Zeremonie machen zu können.

Ein roter Truck stoppte neben ihr. »Steigen Sie ein«, sagte der Fahrer.

Sie erkannte den Manager des Anwesens. Es war Colton Reese, der Bruder der Braut. Er trug ein weißes Hemd ohne Krawatte und eine dunkelblaue Anzughose. Die dunklen Haare hatte er zurückgekämmt. Sein Gesicht war nicht unbedingt schön, aber sehr attraktiv.

Auf der Besichtigung vor zwei Wochen hatte Colton wenig gesagt. Er hatte sich die Ideen seiner Schwester geduldig angehört und zugesagt, die Stühle auszuleihen. Auf seinen Vorschlag, ein Zelt zu mieten, war Ginger nicht eingegangen.

»Warum sind Sie nicht bei der Zeremonie?«, fragte Libby.

»Ich habe gesehen, dass Sie Richtung Parkplatz losgerannt sind. Entweder Sie hatten vor zu fliehen, oder Sie konnten meine Hilfe gebrauchen. Lassen Sie mich raten.«

»Hilfe.« Sie warf die Schirme auf die Ladefläche und sprang in den Truck. »Gleich geht es richtig los«, sagte sie.

»Worauf Sie sich verlassen können.« Colton lehnte sich über das Lenkrad und starrte in den Himmel. »Das Gewitter kommt jetzt sehr schnell über den Fluss auf uns zu.«

»Die Zeremonie beginnt früher als geplant.«

»Ja, das hat Ginger kurzerhand so entschieden. Wie ärgerlich, dass es kein Zelt gibt!«

»Fahren Sie, als wäre der Teufel hinter Ihnen her.«

Colton grinste, drückte das Gaspedal durch und raste auf den dunklen Himmel zu. Er war Mitte bis Ende dreißig, und seine zusammengezogenen Augenbrauen verliehen ihm fast etwas Gefährliches. Bestimmt kam das bei Frauen gut an. »Heute Morgen habe ich versucht, Ginger davon zu überzeugen, die Trauung im Haus abzuhalten.«

»In Gingers Augen ist der Park einfach zu schön dafür.« Dicke Tropfen fielen auf die Windschutzscheibe und verliefen zu wässrigen Fladen.

»Wie ist der Plan?«

»Sie teilen die Schirme aus, und ich mache so viele Fotos, wie ich kann«, sagte Libby. »Zuerst die Braut, dann die Mutter der Braut. Und dann kommen die Großmütter dran. Die Männer zuletzt.«

»Alles klar. Wie auf der Titanic.« Er parkte zehn Meter von den Stuhlreihen entfernt und sprang aus dem Truck. Ein paar

Gäste harrten aus, die Programme schützend über die Köpfe gehalten, die meisten liefen aber schon auf die Veranda zu, die sich schnell füllte.

Colton reichte ihr einen geöffneten Schirm. Sie hielt ihn in der einen Hand, während sie mit der anderen fotografierte. Sie schoss Fotos, als die Mutter der Braut ihre Tochter mit schnellen Schritten den Mittelgang hinunterführte. Colton gab seiner Mutter einen Schirm, aber Ginger lehnte ab und ging unbeirrt auf den blumengeschmückten Bogen und ihren wartenden Bräutigam zu. Beide lachten, während die restlichen Gäste ins Haus flüchteten.

Libby gab ihren Schirm einem vorbeieilenden Gast. Mit einer Hand zu fotografieren klappte einfach nicht. Sie wechselte die Kameras, als sie sich dem Brautpaar näherte.

Der Priester las die Ehegelübde vor. Mit jedem Donnerschlag sprach er schneller. Braut und Bräutigam hielten sich bei den Händen. Und dann öffneten sich die Schleusen.

Sowie der Geistliche sie zu Mann und Frau erklärt hatte, sprintete er ganz unzeremoniell aufs Trockene zu. Die Eheleute wandten sich Hand in Hand zum Haus um und sausten den matschigen Mittelgang hinunter. Schlamm spritzte auf Gingers weißes Kleid und Camerons Frack. Ihre Frisur hatte sich aufgelöst, das Make-up lief ihr die Wangen hinunter, und ihr Kleid war klatschnass. Libby hielt jede Bewegung und jeden Spritzer fest. Das waren *die* Bilder des Tages.

Sie folgte dem Paar auf die Veranda, wo es sich unter die jubelnden Gäste mischte. Die Servicecrew und Colton verteilten Handtücher. Libby hätte schwören können, dass er daran gedacht hatte, welche zu bestellen.

Als sie schließlich auf der Veranda ankam, waren ihre Sachen durchweicht, und in ihren Schuhen schwappte Wasser.

»Also langweilig ist es jedenfalls nicht«, bemerkte Sierra und reichte ihr ein Handtuch, während sie ein Tablett mit Manhattans balancierte.

»Hätten sie doch die Schnapsflasche verbuddelt!«

»Oder ein Zelt gemietet. Cocktail?«

»Danke, aber damit warte ich lieber noch.«

Sierra ließ sich professionell lächelnd durch die Menge treiben und bot den mehr oder weniger nassen Gästen Manhattans an.

Libby ging ins Haus und machte Fotos von einem Blumenarrangement in einer antiken Porzellanvase. Das Haus war 1735 gebaut und um die Jahre 1750 und 1790 herum erweitert worden. Die beiden Salons zu ihrer Linken waren geschmackvoll eingerichtet und hatten ihren ursprünglichen Kolonialcharme bewahrt. Einer war in einem satten Jägergrün gehalten, der andere in einem dunklen Burgunderrot. Die prachtvollen Kamine waren mit weiß geädertem Marmor eingefasst. Der wertvolle Stein und die gedeckten Farben waren damals eine Seltenheit in der Gegend und signalisierten der Kolonie Virginia, dass die Carters in der Tat sehr wohlhabend waren.

Libby nahm Stuckverzierungen, Marmorkamine, mundgeblasene Buntglasfenster auf, wohl wissend, dass sie dem Fotobuch atmosphärische Dichte verliehen.

Sie hatte sich vor fünf Jahren mit der Hochzeitsfotografie selbstständig gemacht, und das Geschäft lief sehr gut. Seit ihrer Kindheit hatte sie eine Leidenschaft für Fotografie gehabt und früh begonnen, alte Kameras zu sammeln. Doch mit Kunst könne man keine Brötchen verdienen, hatte ihr Vater gemahnt und sie ermuntert, sich zur Krankenschwester ausbilden zu lassen. Sie hatte hart arbeiten müssen, die Prüfung dann aber mit Auszeichnung abgeschlossen und sich auf die Onkologie spezialisiert. Zu ihrer eigenen Überraschung lag es ihr im Blut, sich um Kranke zu kümmern. Zwei Jahre später traf sie Jeremy, verliebte sich in ihn und heiratete. Das Leben ging weiter – bis es plötzlich zum Stillstand gekommen war.

Libby behielt die Gäste im Auge, die sich zwischen unzähligen kleinen Sträußen mit Gänseblümchen und Ringelblumen durch die Säle treiben ließen. Auf dem Weg zu dem kleinen Seitenzimmer, in dem sie ihre Ausrüstung gebunkert hatte, stieß sie wieder auf Sierra mit einem fast leeren Tablett.

»Ist dir eigentlich klar, dass du die erste Profifotografin auf einer Hochzeit in Woodmont bist?«

»Wirklich ein atemberaubender Ort.«

»Findest du, es eignet sich für Hochzeiten und andere Events?«, fragte Sierra.

»Definitiv. Es ist ein wunderschönes Anwesen, aber ich habe gehört, dass Mrs Grant mehrere Anfragen abgelehnt hat. Falls sie doch ins Event-Geschäft einsteigt, kann sie Höchstpreise verlangen.«

Gäste scharten sich um die zwei Bars, die das Büfett flankierten. Braut und Bräutigam waren von der Bildfläche verschwunden. Draußen zuckten die Blitze über den Himmel – passend zu dem gerade gespielten Song *The devil went to Georgia*.

»Ich brauche jetzt ein paar Aufnahmen vom Arrangement mit dem Hochzeitskuchen«, sagte Libby.

»Hol sie dir.«

Ein Mädchen und ein Junge mit rabenschwarzen Haaren und grünen Augen kamen auf sie zu, offensichtlich Geschwister. Eine grünäugige Mittdreißigerin schob sie sanft vorwärts und ermahnte sie im Flüsterton, auch ja zu lächeln.

»Ms McKenzie«, sagte sie, »ich nehme nicht an, dass Sie sich an mich oder meine Kinder, Robert und Kate, erinnern. Ihr Vater war ihr Kinderarzt und meiner auch.«

Der Junge strahlte sie an. »Er hatte immer Kirschlutscher.«

»Wenn er mir eine Spritze gegeben hat, hat es gar nicht wehgetan«, steuerte das Mädchen bei.

»Unser herzliches Beileid, wenn auch verspätet«, sagte die Frau.

Libby fummelte an der Blende ihrer Kamera herum. Sie war sich im Klaren gewesen, dass sie viele Geschichten über ihren Vater zu Ohren bekommen würde, wenn sie nach Bluestone zurückkehrte. Und dass sie ihn dann noch mehr vermissen würde. Doch sosehr sie sich auch sträubte, sie war es ihrem Vater schuldig, sich alles über ihn anzuhören. Er hatte über die Jahrzehnte Tausende Kinder in der Gegend behandelt.

Bei seiner Bestattung im Januar war die Episkopale Kirche in Bluestone mit Trauergästen aus allen Generationen so voll gewesen, dass viele keinen Sitzplatz mehr bekommen hatten und in fünf Reihen hintereinander an die gewölbten Steinwände gedrückt standen. Das hätte ihren Dad sehr stolz gemacht. Er hatte immer gefunden, dass eine schlecht besuchte Trauerfeier auch etwas über das Leben eines Menschen aussagte.

»Vielen Dank«, sagte Libby.

Aus einem Nebenzimmer tauchten Braut und Bräutigam auf. Die Gäste begrüßten sie ausgelassen. Ginger sah so glücklich aus wie Libby an ihrem eigenen Hochzeitstag.

»Ich habe gehört, Sie wollen hierbleiben?«, sagte die Frau.

»Ich wohne in meinem Elternhaus.« In Kleinstädten gab es keine Geheimnisse. Den Winter hatte sie über ihren Computer gebeugt verbracht, Fotos vergangener Hochzeiten bearbeitet und Termine für zukünftige gemacht. Die Arbeit hatte sie von ihrer Trauer über den Tod ihres Vaters, die drei Fehlgeburten und das Ende ihrer Ehe abgelenkt.

»Na dann willkommen in Bluestone. Ich bin Molly.«

»Schön, Sie kennenzulernen, Molly.«

»Ist Ihr Mann auch in Bluestone? Eine Freundin hat mir erzählt, dass Sie ein Kind erwarten.«

Die Babyfrage, da war sie wieder. Als Jeremy und sie im Freundeskreis erzählt hatten, dass sie schwanger zu werden versuchten, verwandelten sich alle Freunde in Detektive. Es entging ihnen nicht, wenn sie ein Glas Wein trank. Wenn sie es nicht tat, ebenso wenig. Als ihr erster Schwangerschaftstest positiv war, hatte Jeremy heimlich ein T-Shirt von den Washington Nationals gekauft, das kleiner als eine Milchpackung war. Sie fand es Wochen nach der ersten Fehlgeburt.

»Ich habe leider keinen Ehemann mehr«, sagte Libby. »Und auch keine Kinder. Ich bin jetzt Single.« Sie sah Molly herausfordernd an.

»Gut für Sie.« Molly nickte langsam, als bräuchte sie etwas Zeit, um zu verstehen, dass ihre Informationen über Libby veraltet waren. »Alles Gute dann!«

Was man getrost mit »Wie bemitleidenswert!« übersetzen konnte.

Die nächsten beiden Stunden vergingen wie im Flug. Irgendwann entdeckte Libby Colton mit zwei etwa fünf- und sechsjährigen Jungs, die aussahen wie er im Miniformat. Dann musste sich irgendwo unter den Gästen ja auch seine Ehefrau tummeln, dachte sie enttäuscht.

Sie fotografierte alle wichtigen Szenen. Ginger, wie sie ihren Bräutigam mit einem Stück Hochzeitskuchen fütterte, den Bräutigam, Cameron, und den Bruder der Braut, Colton, wie sie mit ihren Müttern tanzten.

Als sich die Tanzfläche zu *Y.M.C.A.* füllte, ging Libby ihre Liste mit den unverzichtbaren Fotos durch. Erst nachdem sie doppelt geprüft hatte, ob sie wirklich alle im Kasten hatte, nahm sie sich was vom Büfett und schlüpfte hinaus auf die Veranda. Es regnete nicht mehr, aber es war immer noch heiß und drückend. Der aufsteigende Dunst über dem James River leuchtete in den zarten Sonnenstrahlen, die zwischen bauschigen grauen

Wölkchen durchschienen. Ein mystisch-schöner Anblick, der ihr klarmachte, warum immer mehr Stadtmüde in diese Gegend zogen.

Dann entdeckte sie Colton, der mit langen Schritten in einer Scheune verschwand und kurz darauf einen weinroten Model-T-Oldtimer herauslenkte. Er schaltete weich und fuhr so elegant vor, als hätte er nie am Steuer eines anderen Wagens gesessen. Ein Mann, der ein solches Auto fahren konnte – das hatte was. Die Motorhaube vibrierte, als er den Motor ausschaltete. Am Heck hing ein großes Schild mit der Aufschrift JUST MARRIED.

Libby suchte Coltons Blick, als er auf die Veranda zukam. »Ich hatte noch keine Chance, mich bei Ihnen zu bedanken. Sie waren mein Retter in der Not.«

»Gern geschehen.«

»Nettes Auto für die Flitterwochen«, sagte sie.

Er trug jetzt ein frisches weißes Hemd zu Jeans. »Der Wagen gehört Woodmont. In der Garage stehen noch ein paar Oldtimer. Wann fahren die beiden los?«

Libby sah auf ihren Zeitplan. »In zwanzig Minuten.«

»Super. Ich bin gleich wieder da. Hab vergessen, die Büchsen ans Auto zu binden.«

»Sie lassen aber auch nichts aus.«

»Warum auch? Es ist ein bedeutender Tag für meine große Schwester.«

Sie sah ihm lächelnd hinterher und bemerkte nicht, dass jemand von hinten auf sie zukam. »Libby?«

Beim Klang der vertrauten tiefen Stimme drehte sie sich um. Das Gesicht ihres Ex-Manns Jeremy wurde von den beiden geschwungenen Freitreppen eingerahmt. Er lächelte verlegen.

»Jeremy? Was machst du denn hier?« In ihrem Flüsterton lagen Neugier und Schreck.

»Ich bin bei dir vorbeigefahren, und deine Nachbarin hat mir gesagt, dass du hier die Hochzeitsfotos machst. Und da dachte ich, vielleicht machst du ja mal eine Pause.«

Jeremy war drei Zentimeter kleiner als sie. Er war athletisch gebaut und hielt sich schlank und fit, indem er ein paar Mal pro Woche joggte und Gewichte stemmte. Sein helles Haar war spärlicher geworden und die Falten um Augen und Mund waren tiefer.

Sie hätte sich fast für einen Kuss vorgebeugt, merkte es aber gerade noch rechtzeitig. Ihre Trennung war glimpflich abgelaufen, aber eine Scheidung blieb eine Scheidung.

»Ich wollte dir ein paar Sachen aus Dale City bringen. Ich renoviere das Gästezimmer und habe sie dort gefunden.«

Das Gästezimmer sollte das Kinderzimmer werden. Es jetzt umzufunktionieren, ergab Sinn. Als sie nach der Scheidung aus dem dreistöckigen Haus in Dale City ausgezogen war, hatte er sie ausgezahlt. Das Geld hatte ihr den Umzug nach Richmond und den Kauf schneller Rechner und neuer Ausrüstung ermöglicht.

»Richtest du dort jetzt das Arbeitszimmer ein, das du immer haben wolltest?«

Er senkte den Blick. »Ich heirate wieder.«

»Oh.« Libby wartete auf den Schlag in die Magengrube, aber es fühlte sich eher nach einem Klaps an. Sie hatte die Bilder schon im Internet gesehen. »Freut mich für dich.«

»Sie heißt Monica Peterson.«

»Ah, die Anwaltsgehilfin aus deiner Kanzlei.« Sie sah sich neben der sportlichen Frau mit kurzen schwarzen Haaren und strahlenden Augen und kam sich gegen Monica wie das personifizierte Elend vor. Jeremy und Monica waren schon lange in derselben Laufgruppe, und Libby hatte bei ein paar Rennen am Straßenrand geholfen.

»Ja, genau«, sagte er.

»Freut mich für dich«, wiederholte sie wie eine gesprungene Platte.

Er ließ seinen Blick über die große Veranda und die üppigen Blumenbeete schweifen. »Ziemlich anders als unsere Hochzeit.«

»Allerdings.«

Sie hatten heimlich geheiratet. Immerhin hatte ihr Vater einen Monat nach ihrer Hochzeit ein großes Essen für Freunde und Familie im Country Club gegeben.

»Das mit deinem Vater tut mir leid«, sagte er.

»Ich habe mich über die Blumen und deine Karte gefreut.«

»Deinen Vater habe ich gemocht. Er war ein guter Mann. Und ich glaube, er hat sich damals für uns gefreut. Jedenfalls hat er einen liebevollen Toast auf uns ausgebracht.«

»Stimmt, er hat sich wirklich für uns gefreut.«

Das Wochenende war perfekt gewesen. Kurz vor Mitternacht hatten sie den Country Club verlassen und waren zu einem historischen Bed and Breakfast gefahren, wo sie sich heiß geliebt hatten. Es war eine der wenigen Male gewesen, in denen sie beide nicht unter Druck standen und dringend irgendetwas erledigen mussten. Einmal hatte ihr Vater erklärt, dass ihm die Scheidung einen Sohn raubte.

»Du hättest doch nicht den ganzen Weg fahren müssen, um mir die Sachen vorbeizubringen«, sagte sie. »Du hättest sie doch schicken oder vielleicht sogar wegwerfen können. Wenn ich sie bis jetzt nicht vermisst habe, hätte ich es wahrscheinlich auch in Zukunft nicht mehr getan.«

Jeremy war immer rücksichtsvoll gewesen. Er hatte versucht, sich seine Enttäuschung nicht anmerken zu lassen, als sie die Babys verlor. Aber seine Freundlichkeit hatte ihre Wut nur angefacht. Warum war er nicht außer sich gewesen?

»Ich wollte dir das mit meiner Hochzeit persönlich sagen. Nicht, dass du es über Instagram erfährst.« Er steckte die Hände in die Hosentaschen und klapperte mit losen Münzen.

Sie folgte ihm immer noch, und ab und zu sah sie nach, was er postete. Irgendwie hatte sie gehofft, dass sein Leben noch im Leerlauf steckte. Tja, sah nicht so aus.

»Okay, zeig mir, wo du parkst«, sagte sie lächelnd, »und dann laden wir die Sachen in mein Auto.«

Auf dem Weg zum Parkplatz mussten sie tiefen Pfützen ausweichen. Ein lastendes Schweigen legte sich auf sie. Ihr hatte die Stille zwischen ihnen nie etwas ausgemacht und Jeremy auch nicht. Aber jetzt störte es sie beide. »Die Heckmanns sind nun doch ausgezogen.«

Die Heckmanns waren ihre alten Nachbarn gewesen. Sie lebten vegan, und Mrs Heckmann trank so viel Karottensaft, dass ihre Haut orangefarben war. »Wie lange haben sie da gelebt? Dreißig, fünfunddreißig Jahre?«

»Vierzig. Sie sind nach Tennessee gezogen, um ihren Kindern näher zu sein.«

»Schön für sie.« Mrs Heckmann war eine Gesundheitsfanatikerin, die Libby immer frisch gepressten Karottensaft gebracht hatte, wenn sie schwanger gewesen war.

Jeremy sah sich nach dem Herrenhaus um. »Sieht so aus, als liefe es gut mit deiner Arbeit.«

»Ja, tut es auch. Genau gesagt boomt das Geschäft.«

Als Jeremy und sie sich entschieden hatten, Kinder zu bekommen, hatte sie aufgehört, Patienten die Chemo zu verabreichen. Und nach zwei Fehlgeburten hatte sie keine Kraft mehr gehabt, Kranke und Sterbende zu versorgen. Jeremy hatte ihren Entschluss, sich als Hochzeitsfotografin selbstständig zu machen, mitgetragen.

»Hast du nicht immer gesagt, du kannst große Hochzeiten und gesellschaftliche Ereignisse nicht ausstehen?«, fragte er. »Jetzt bist du dauernd bei solchen Gelegenheiten.«

Darüber musste sie zum ersten Mal seit Wochen richtig lachen. »Ich habe mich dran gewöhnt. Traditionen haben so etwas Beruhigendes.«

Sie erreichten den Volvo, den er gekauft hatte, als sie das erste Mal schwanger wurde, und es war deutlich, dass er noch irgendwas auf dem Herzen hatte.

»Raus damit«, sagte sie.

»Raus womit?«

»Komm schon. Du siehst aus, als würdest du gleich explodieren.« Es war nicht gerade freundlich von ihr, sich an seinem Unbehagen zu weiden, aber sie tat es.

»Du kennst mich einfach zu gut.«

»Wir waren drei Jahre verheiratet. Also, was ist?«

Er klapperte wieder mit den Münzen. »Monica ist schwanger.«

Und da kam er doch, der Schlag in die Magengrube. Ihre Selbstgefälligkeit fiel in sich zusammen. Sie spürte ihren Verlust, und der ganze Schmerz, den sie so sicher weggeschlossen geglaubt hatte, brach sich mit Macht Bahn. Ein paar Sekunden lang konnte sie nicht sprechen. Sie hatte zu viel Angst, dass ihre Stimme ihre Traurigkeit verriet.

»Ich weiß, dass es ein schlimmes Thema für dich ist«, sagte er schnell.

Es war ein schlimmes Thema für *sie beide* gewesen. *Sie beide* hatten diese Schicksalsschläge ertragen müssen. Und jetzt war es nur noch Libbys Thema.

»Ich hätte es dir schon vor Monaten sagen sollen, aber ich wusste, dass du den Tod deines Vaters zu verarbeiten hattest.«

»Schon vor Monaten? Wann ist der Termin?«

»In ein paar Wochen.«

Sie räusperte sich. »Wow. Das ist ja wunderbar.« Ob er wohl das milchtütengroße T-Shirt von den Washington Nationals aufgehoben hatte?

»Entschuldigung, das nimmt dich ziemlich mit.«

»Nein. Ich bin nur überrascht.« Um ihm zu beweisen, dass sie ihm nichts nachtrug und dass es ihr gut ging, umarmte sie ihn. »Ich weiß, wie lange du dir das schon wünschst.«

»Bist du sicher, dass es okay für dich ist?«

»Natürlich.« Ihre eigene Stimme kam wie von weit her, und sie vibrierte wie ferner Donner vor einem Gewitter.

»Viel Glück für euch beide.«

Er trat von einem Bein aufs andere und sah sie verlegen an. »Ich weiß, dass es ein ganz schlechtes Timing ist.«

»Ich bezweifele, dass es für so was ein gutes Timing gibt.«

Er nahm die Kiste aus dem Volvo und trug sie zu ihrem Auto. »Oh, meine Laufschuhe! Die habe ich wirklich vermisst!«, rief sie nach einem Blick hinein.

»Habe ich mir gedacht.«

»Wirklich lieb von dir. Danke. Jetzt muss ich wieder an die Arbeit.«

»Alles okay soweit?«, fragte er mit aufrichtigem Mitgefühl, das sie sehr irritierte.

»Mir geht's gut. Mach dir um mich keine Sorgen.« Sie warf die Autotür etwas zu laut zu. »Ich muss jetzt wirklich zurück. Die Brautleute fahren gleich ab.«

Er nahm ihre Hand und drückte sie liebevoll. Sie merkte erst jetzt, wie eisig ihre Finger waren. »Viel Glück, Libby. Ich werde dich immer lieben.«

»Wie in dem Song. Ich dich auch.«

Sie grinste ihn von der Seite an und machte sich mit weichen Beinen auf den Weg zur Veranda. Ihre Nackenmuskeln waren vollkommen verspannt.

Sie warf nur einen kurzen Blick auf den Oldtimer und lief wie blind die Stufen hoch. Oben an der Treppe hätte sie fast eine Frau angerempelt. »Entschuldigung«, sagte sie, dann sah sie auf. Die Frau war die Gastgeberin, Elaine Grant.

Mrs Grant war in ihren Fünfzigern und trug einen maßgeschneiderten dunkelblauen Anzug zu hochhackigen Pumps. Ihre grau melierten braunen Haare waren zu einem Chignon hochgesteckt. Sierra nannte diesen Stil klassischen französischen Chic.

»Nichts passiert«, sagte Mrs Grant.

»Tut mir leid, ich war in Gedanken. Haben Sie noch einen besonderen Fotowunsch?« Jeremys Volvo entfernte sich auf der langen Zufahrt.

»Geht es Ihnen gut?« Mrs Grant sah sie aufmerksam an. »Sie sind sehr blass.«

»Nein, alles okay. Nur dass mein Ex-Mann gerade hier aufgetaucht ist, um mir ein paar Sachen zu bringen. Und um mir zu sagen, dass er wieder heiratet und bald Vater wird.« Sie lächelte verkrampft. »Aber wissen Sie, was? Er hat mir meine besten Laufschuhe zurückgebracht. Und das ist super. Kennen Sie das, wenn man seine Schuhe richtig gut eingelaufen hat, sie einem aber immer noch guten Halt geben? Genauso sind die. Ich habe sie echt vermisst.«

»Oh. Geht es jetzt wieder?«

Libby war bewusst, wie albern ihre Antwort geklungen haben musste. Wäre ihr Leben eine Sitcom, hätte sie nur gegrinst, während das Gelächter vom Band abgespielt wurde. »Sorry. Das ist mir so rausgerutscht, Mrs Grant. Ihr Haus und Ihre Gärten sind wirklich wunderschön.«

Mrs Grant lächelte. »Nur schade, dass das Wetter nicht mitgespielt hat. Und nennen Sie mich bitte Elaine.«

»Tja, das Wetter ist eben immer ein Risiko.« Sie räusperte sich. Hoffentlich hatte Elaine ihr Geplapper über Jeremy schon wieder vergessen. »Es war sehr freundlich von Ihnen, Ginger Ihr Haus für die Hochzeit zur Verfügung zu stellen.«

»Ich kenne sie, seit sie ein Kind war, und ihre Mutter war immer gut zu mir. Sie gehört zur Familie.«

»Falls Sie sich je durchringen, Ihr Anwesen für private Feiern zu öffnen, könnten Sie ein kleines Vermögen verlangen.«

»Vor einigen Jahren habe ich mit der Idee gespielt, aber damals waren die Gärten in einem sehr schlechten Zustand.«

»Jetzt sind sie in Topform.«

»Schön, dass Sie das so sehen, denn ich wollte jemanden beauftragen, Haus und Garten fotografisch zu dokumentieren. Und wenn ich damit beginne, dann brauche ich natürlich auch eine Webseite.«

»Ohne geht es nicht.«

»Kommen Sie Montag um elf in mein Büro. Dann unterhalten wir uns darüber.«

»Gern, das würde mich sehr freuen.«

Von drinnen hörte man lautes Jubeln und Klatschen. Das Paar musste sich umgezogen haben und war bereit aufzubrechen.

Libby zückte die Kamera und schoss Fotos von Braut und Bräutigam aus verschiedenen Perspektiven. Und dann fuhren sie unter den Glückwunschrufen der Gäste und einem Gestöber von gelben Rosenblättern in dem Model-T-Oldtimer davon.

Libby folgte dem Wagen noch ein paar Meter und machte Bilder von den auf dem Kies klappernden Büchsen. Dem Omen für eine glückliche Zukunft.

Kapitel 4

Libby

Montag, 8. Juni, Bluestone, Virginia

Libby träumte von dem Baby. Sie hatte schon öfter von ihm geträumt. Davon, wie sie das kleine Mädchen auf den Bauch küsste, den süßen Milchgeruch einatmete, die Nase am winzigen Strampelanzug rieb. Die kleinen Hände griffen nach ihren Haaren, und sie lachten sich mit purer Freude an.

»Was wird aus dir wohl mal werden?«

»Was auch immer ich will«, kam die prompte Antwort. Das Baby strampelte glucksend mit Händen und Füßen. »Die Welt gehört den Mutigen.«

»Du bist noch zu klein für die Welt. Bleib noch etwas bei mir.«

»Mütter und Kinder können nicht für immer zusammenbleiben.« In der Stimme des Babys lag keine Traurigkeit.

»Das ist nicht gut«, antwortete Libby leise.

»So ist das Leben.«

»So sollte es aber nicht sein. Verlass mich nicht, meine Kleine.«

Doch das Baby war schon verschwunden, sein Lachen verklungen. Libby war hellwach und starrte an die Styropordecke im Wohnzimmer ihres Vaters.

In der Küche klapperte es. Sie setzte sich auf und griff nach ihrem Handy, wobei sie wieder ein Weinglas umkippte. Sie konnte sich weder an die Traubensorte erinnern noch an den Geschmack. Nur daran, dass sie den Wein gestern Nacht in großen Schlucken hinuntergekippt hatte, um endlich einschlafen zu können.

Den gestrigen Tag hatte sie damit verbracht, die Fotos von Gingers und Camerons Hochzeit zu bearbeiten und alle zwei Minuten Jeremy und Monica auf Instagram zu checken. Wenn sie zehn Bilder vom Hochzeitspaar bearbeitet hatte, erlaubte sie sich, sich kurz wieder bei den werdenden Eltern einzuklinken. Sie hatte festgestellt, dass Jeremy und Monica fünf Tage nach seiner Scheidung an die Öffentlichkeit gegangen waren. Als Erstes hatten sie ein Selfie von sich gepostet, auf dem sie nicht unbedingt wie ein Paar wirkten. Jeremy hielt grinsend das Handy über ihre Köpfe, und Monica hatte fragend die Hände erhoben.

Noch halb im Aufstehen scrollte Libby zu den letzten Bildern, auf denen sie glücklich mit Kaffeebechern aufeinander anstießen. Monicas Finger zierte ein Ring mit einem gigantischen Edelstein, der Jeremy ein Vermögen gekostet haben musste.

Sie versuchte herauszufinden, ob Monica glücklicher als Jeremy wirkte. Libby wollte Jeremy nicht wiederhaben, aber der Gedanke, dass er unter ihren gemeinsam erlebten Verlusten und ihrer Trennung litt, war schon okay gewesen. Leider fand sie keine Anzeichen eines Ungleichgewichts ihrer Vorfreude. Genau gesagt, strahlte er einen Tag nach seinem Besuch in Woodmont über das ganze Gesicht.

Das glückliche Paar hatte kein Foto von Monicas Babybauch gepostet, aber als Libby die Fotos genau ansah, konnte sie ihn schon im April und Mai unter dem von Jeremy ausgeliehenen T-Shirt erahnen. Monicas Gesicht war runder geworden, ihr Busen größer – all die verräterischen Zeichen, die Libby so gut kannte.

Libby legte die Hand auf ihren flachen Bauch und dachte an die leichte Rundung, als sie in der vierzehnten Woche gewesen war. Aber an das Gefühl von damals konnte sie sich kaum noch erinnern.

In der Küche klapperte es noch einmal. »Sierra, wenn du das nicht bist, rufe ich die Polizei.«

»Hast du schon mal von einem Einbrecher gehört, der erst mal Kaffee und Rühreier macht?«

»Guter Punkt.« Libby hob das Weinglas auf und brachte es in ihrem Schlafshirt in die Küche.

Sierra stand vor dem Herd, der noch aus den Fünfzigerjahren stammte. Libbys Eltern hatten nie einen neuen gekauft, weil es dieser noch tat. Eine Einstellung, der auch der Kühlschrank aus den Reagan-Jahren und die Geschirrspülmaschine aus dem letzten Jahrhundert ihr Dasein zu verdanken hatten. Falls ihr Dad mal etwas über den Verkauf von Einfamilienhäusern gelesen hatte, musste er wohl übersehen haben, dass der Zustand von Küche und Badezimmer wesentlich zu einem erfolgreichen Verkauf beitrug.

Sierras schwarze Bleistifthose, die weiße Bluse mit den großen roten Punkten und die gleichfarbigen runden Ohrringe passten bestens zum Stil der Küche.

»Hast du gestern viel geschafft?«, fragte sie, während sie ein Ei aufschlug und geübt in eine Schüssel gleiten ließ.

»Ja. Ich habe eine wahnsinnig volle Woche vor mir, deswegen habe ich das Lookbook für Ginger und Cameron fertig gemacht. Es sind magische Momente dabei, als die beiden lachend im Regen standen.«

»Hört sich wie ein Musical an.«

»Sieht auch so aus.«

»Machst du irgendwann mal Urlaub?«, fragte Sierra.

»Ja, nach der ersten Juliwoche. Die nächste Hochzeit ist dann erst im September.«

»Gut. Du brauchst mal eine Pause.« Sie goss Libby Kaffee ein und reichte ihr den Becher.

Libby trank einen Schluck und presste den warmen Becher gegen ihre Schläfe. »Du bist ein Schatz.«

Sierra kramte in einem Küchenschrank nach Aspirin und legte zwei Tabletten vor Libby auf den Küchentisch. »Ich frage auch nicht nach den zwei leeren Weinflaschen neben der Spüle.«

»Die waren beide halb leer. Dein Boss hat sie mir nach der Hochzeit mitgegeben.«

Sierra nahm ihren Kaffeebecher in die Hand. »Eigentlich darf er das nicht. Aber so muss er sich nicht um die Flaschen kümmern.«

»Da habe ich ja Glück gehabt. Wann warst du fertig?«

»So gegen sechs. Rick hat mich nach Hause gebracht. Aber du warst noch nicht zurück, oder?«

»Ich bin noch in der Gegend rumgefahren.« Ziellos den gewundenen Straßen zu folgen, war ihr ein bisschen weniger sinnlos vorgekommen, als zu Hause Löcher in die Wände zu starren.

»Ich war so beschäftigt, dass ich keine Chance hatte, dich zu fragen, ob ich wirklich Jeremy gesehen habe.«

»Hast du. Um es kurz zu machen: Er ist gekommen, um mir zu sagen, dass er wieder heiratet. Und wie sich herausgestellt hat, bekommen seine Zukünftige und er ein Kind. In ein paar Wochen.«

»Libby.« Sierra zog ihren Namen in die Länge. Traurigkeit und Wut lagen in ihrer Stimme.

»Vergiss es. Und sieh mich nicht so an. Ist schon okay.«

»Es ist nicht okay. Und die Flaschen waren fast voll. Gestern hast du keinen Schritt vor die Tür gemacht. Ich dachte, du bist einfach müde, deswegen habe ich dich in Ruhe gelassen. Dabei hast du getrauert.«

»Ich habe nicht getrauert. Ich bin ein Workaholic. Du hast doch selbst gerade gesagt, dass ich zu viel arbeite.«

»Warum ist er zur Hochzeit gekommen?«

»Er hat nach mir gesucht, weil er mir die Nachricht persönlich überbringen wollte. Aber ich glaube, er wollte es auch in der Öffentlichkeit tun, damit die Sache nicht aus dem Ruder läuft.«

»Und das konnte nicht warten, bis du dein Fotoshooting hinter dir hattest?«

»Scheint so.«

»Also ist er gekommen, um eine Fuhre Mist über dir auszukippen. Ich finde, das stinkt zum Himmel!«

»Immerhin hat er es mir persönlich gesagt.«

Sierra pochte mit ihrem rot lackierten Fingernagel an den Kaffeebecher. »Es gibt Tage, an denen ich das Universum verwünsche, weil es mir Adam genommen hat. An anderen tröste ich mich damit, dass ich ihn wenigstens nie an der Seite einer anderen Frau sehen muss. Ich weiß, das klingt jetzt egoistisch, aber es hilft mir manchmal, dass wir beide wieder single sind. Und ich weiß nicht, was ich getan hätte, wenn er eine andere Frau geheiratet hätte.«

Libby spülte zwei Aspirin mit einem großen Schluck Kaffee hinunter. »Es gab ja einen Grund für unsere Scheidung. Und wenn dein Mann nach eurer Scheidung so schnell eine neue Frau gefunden hätte, hättest du auch so viel gearbeitet und getrunken wie ich.«

»Mag sein. Aber beides tut dir nicht gut.«

»Wie gesagt, ich mache ja bald Urlaub. Und ich kann es Jeremy auch nicht wirklich übel nehmen. Ich habe ihn verlassen. Er ist kein schlechter Kerl.«

»Warum will ich ihm dann eine reinhauen?«

»Was hätte er denn tun sollen? Mir eine WhatsApp schreiben?«

»Das hätte jeder Mann in unserem Alter getan, der was auf sich hält.«

Die Eier zischten in der Pfanne. Sierra wandte sich um.

»Ich habe Elaine Grant auf der Hochzeit kennengelernt«, sagte Libby.

»Und?«

»Sie will eine Webseite für Woodmont erstellen lassen. Und dafür braucht sie Fotos.«

»Und du hast den Job?«

»Mal sehen.«

»Wenn in Woodmont große Events stattfinden, bringt das einen echten Aufschwung für Bluestone.«

Libby musste daran denken, ihren Laptop mitzunehmen, sodass sie Elaine Fotos von der Hochzeit zeigen konnte. Sie hatte Ginger den Link zu dem fertiggestellten Lookbook geschickt, war aber nicht sicher, ob die Braut dazu kam, ihn in ihren Flitterwochen weiterzuleiten. »Ja, es wäre ein Geschenk für alle in einem Umkreis von fünfzig Kilometern.« Sie dachte daran, was für eine glückliche Fügung es gewesen war, dass Ginger ihre Webseite gefunden hatte. »Was hat es mit dem Fünfzigerjahre-Look auf sich?«

Sierra wirkte auf einmal sehr fokussiert. »Ich habe heute einen Termin bei der Bank.«

»Ah, du willst wirklich einen Kredit für den alten Krämerladen aufnehmen?« Der Laden war in den 1920er-Jahren eröffnet worden und nach dem Tod des ersten Besitzers von seinen Nachkommen erst als Eisenwarenladen, dann als Antiquitätenladen weitergeführt worden, bis er irgendwann geschlossen worden war.

Sierra verteilte die Eier auf zwei Teller, auf denen sie Obst angerichtet hatte. »Ich bin gestern daran vorbeigegangen. Der Laden hat echtes Potenzial.«

»Was schätzt du für Kauf und Renovierung?«

»Viel. Deswegen der Kredit. Mit Adams Lebensversicherung kann ich den Laden kaufen, das Geld von der Bank brauche ich für den Rest.«

»Renovieren kostet immer mehr, als du denkst. Auf jeden Kostenvoranschlag von einem Handwerker kannst du noch mal fünfzig Prozent draufrechnen.«

»Ich versuche, das Ganze positiv zu sehen«, sagte Sierra. »Es muss einfach hinhauen.«

Libby schob ihr Rührei auf dem Teller herum. Sie musste Sierra nicht fragen, warum sie dieses Projekt brauchte. Für Sierra war es auch leichter zu arbeiten als zu trauern. »Rufst du mich nach deinem Termin an? So oder so, wir finden bestimmt eine Lösung.«

* * *

Libby kam um kurz vor elf in Woodmont an. Der Himmel war strahlend blau, nicht das kleinste Regenwölkchen war am Horizont zu sehen.

Sie bog von der asphaltierten Straße auf die lange Allee ein. Sie nahm sich Zeit, um den Anblick ganz auf sich wirken zu lassen, ohne sich um Regen, Pünktlichkeit und Hochzeitsfotos sorgen zu müssen.

Die Heuballen auf dem linken Feld waren verschwunden. Colton musste sie vor dem Gewitter in die Scheune gebracht haben. Auf dem rechten Feld grasten frisch geschorene Schafe, und dahinter sah sie die lange Biegung des James River.

Es war wirklich eins der schönsten Anwesen im ganzen County. Wenn sie während der Woche der Historischen Gärten mit ihrer Mutter hier gewesen war, hatten sie sich oft zu den älteren Damen gesetzt, mit ihnen Hibiskustee getrunken und Biskuits gegessen. Ein- oder zweimal hatte ihre Mutter ihren Vater gefragt, ob er nicht mitkommen wolle, aber er hatte nur abgewinkt.

»Ich lasse euch Damen gern euer Vergnügen«, hatte er grinsend gesagt und war in seinem Arbeitszimmer verschwunden.

Und so war Libby allein mit ihrer Mutter hingefahren. Bis zu dem Jahr, in dem sie dreizehn geworden war und ihre Mutter sich mit einer Überdosis Tabletten das Leben genommen hatte. Ihr Vater hatte allerdings immer darauf bestanden, dass sie versehentlich zu viele Tabletten eingenommen hätte.

»*Sie hat mich verlassen!*«, hatte Libby geschluchzt.

»*Nein, Liebes, deine Mutter hätte dich nie verlassen.*«

»*Und meine erste Mutter hat mich weggeben.*«

»*Nein, sie hat dich zu uns gebracht, weil wir dich adoptieren wollten.*«

»*Wenn ich Mutter bin, lasse ich mein Baby nicht im Stich.*«

Libby erinnerte sich daran, dass die Carters einen üppigen Trauerstrauß in das Bestattungsinstitut geschickt hatten, in dem ihre Mutter aufgebahrt lag. Er war nicht der größte, aber mit Abstand der schönste, und er sah aus, als sei er aus den Gärten des Anwesens zusammengestellt worden. Auf der Schleife stand: In tiefer Anteilnahme von Familie Carter. Als ihr Vater gestorben war, hatte die Familie ein ähnliches Blumenarrangement geschickt. Aber diesmal stammte es von einer Floristin.

Der ältere Carter, Dr. Edward, war wie sein Vater vor ihm Facharzt für Frauenheilkunde und Geburtshilfe gewesen. Die Pfade ihres Vaters mussten sich des Öfteren mit denen von Dr.

Carter gekreuzt haben, und wahrscheinlich hatte Familie Carter deswegen kondoliert. Es war eine kleine Gemeinde, in der jeder jeden kannte.

Die Zufahrt gabelte sich, und ein kleines Schild, auf dem Haupthaus stand, zeigte nach links. Sie folgte ihm.

Sie war oft genug hier gewesen und kannte den Anblick des von der Kieszufahrt umrundeten weißen Kolonialhauses.

Rechts und links neben dem Haus befanden sich zwei große Gärten. Der linke, ein Blumengarten, war von sorgfältig gestutzten Buchsbäumen eingefasst. Der Bogen über dem kleinen Eingang war von Kletterrosen überrankt. Im Mittelpunkt stand eine kupferne Sonnenuhr auf einer verwitterten Stele aus Stein. Von dieser Sonnenuhr aus wanden sich spiralförmige Blumenbeete mit roten Mohnblumen, weißen Lilien und blauen Kornblumen nach außen.

Auf der anderen Seite des Hauses lag der Gemüsegarten, der auf seine Art nicht weniger schön war. Zwischen Kieswegen wuchsen hier Kräuter, an langen Spalieren waren Tomatenpflanzen, Gurken, violette und grüne Strauchbohnen hochgebunden. Überall zwischen dem Gemüse blühten Stauden, die den Garten auflockerten.

Die Spuren von der Hochzeit waren beseitigt worden. Er sah so gepflegt aus wie zwei Wochen zuvor, am Tag der Besichtigung des Anwesens mit der Braut.

Kaum war sie ausgestiegen und hatte den Rucksack aus dem Auto genommen, hörte sie das tiefe Bellen eines Hundes, dicht gefolgt von dem Japsen eines zweiten. Im nächsten Moment sah sie zwei Hunde auf sich zurennen. *Und so wurde wieder eine Fotografin von wilden Tieren zerfleischt.*

Das tiefe Bellen stammte von einem schwarzen Labrador, der nicht älter als ein Jahr sein konnte. Das Japsen kam von einem Kurzhaardackel mit gebogenen Beinen, der sich anscheinend für einen großen Hund hielt. Der Labrador schnappte sich ein Stöckchen und wedelte so schnell mit dem Schwanz, dass es ein Wunder war, wie er dabei rennen konnte. Der Dackel blieb reserviert, aber sein Nackenfell war nicht gesträubt. Während der Labrador ihr das Stöckchen vor die Füße legte, schnüffelte der Dachshund mit erhobener Nase.

»Hey, ihr beiden!« Sie streichelte den Labrador am Hals und sah den Anhänger mit seinem Namen. »Kelce. Das ist ja ein außergewöhnlicher Name.«

Der Hund bellte, als sie seinen Namen aussprach.

Libby schleuderte das Stöckchen weit über den Rasen und sah dem Hund hinterher. In Windeseile hatte er das Stöckchen apportiert, und das Spiel ging von vorne los. Der Dackel bewegte sich keinen Zentimeter.

»Und wie heißt du?« Auf seinem Anhänger stand Sarge. Sie kraulte ihn hinter den Ohren. »Freut mich, Sarge.«

Nachdem sie das Haus mit ihren neuen Freunden umrundet hatte, stieg sie die Stufen zur Veranda hoch. Bei der Hochzeit war das Haus einladend gewesen, alle Türen hatten offen gestanden, Lachen und Musik waren aus seinem Inneren gedrungen. Jetzt war es geschlossen und wirkte fast abweisend.

Sie klopfte an die Tür. Kelce legte ihr das Stöckchen vor die Füße. »Das könntest du den ganzen Tag spielen, stimmt's?«

Kelce stupste das Stöckchen mit der Nase in ihre Richtung.

»Libby?«

Alle drei drehten sich beim Klang von Elaines Stimme um. »Guten Morgen, Elaine.«

Elaine hatte vom Kiesweg her gerufen, und die Hunde zögerten keine Sekunde und rannten auf sie zu. Sie trug ausgewaschene Jeans, ein T-Shirt mit der Aufschrift WOODMONT und matschverkrustete Stiefel. Ein paar Strähnen hatten sich aus ihrem Pferdeschwanz gelöst. Ohne Make-up war ihr Teint blasser, und unter den Augen hatte sie dunkle Ringe.

Eine merkwürdige Nervosität überkam Libby, die sie nicht recht deuten konnte. Es ging doch nur um einen Auftrag, und sie hatte schon einige dieser Art gemacht.

Elaine kam mit großen Schritten auf sie zu. »Sie sind sehr pünktlich.«

»Ja, da bin ich fast zwanghaft.«

»Wunderbar. Ich kann Unpünktlichkeit nicht leiden. Ich würde Ihnen ja die Hand geben, aber sie ist ganz schmutzig. Ich bin gerade dabei, das alte Gewächshaus von Kletterranken zu befreien, und das macht mehr Dreck, als ich dachte.«

»Ich wusste gar nicht, dass es hier ein Gewächshaus gibt.«

»Nur ein paar Ältere erinnern sich noch daran. Es war nur bis Mitte der Achtzigerjahre in Betrieb. Mein Großvater hat es meiner Großmutter zur Hochzeit geschenkt, und nach ihrem Tod habe ich es geschlossen. Mit Mitte zwanzig hatte ich andere Sachen im Kopf. Aber jetzt, drei Jahrzehnte später, bereue ich den Entschluss. Es ist wunderschön.«

»Sie haben das Gut schon vor so langer Zeit übernommen?«

Elaine machte eine einladende Bewegung zu den beiden Schaukelstühlen. Sie setzten sich. »Meine Großeltern haben mir Woodmont vererbt, als ich ungefähr in Ihrem Alter war, vielleicht noch ein bisschen jünger. Es ist immer das älteste Kind, das das Gut erbt. Ich war damals die einzige Carter. Gingers verstorbener Vater Jeb hat sich hier um alles gekümmert, doch dann wurde er krank, und ich habe es nicht über mich gebracht, ihm zu viel Arbeit aufzutragen. Nach seinem Tod habe ich keinen neuen Verwalter eingestellt. Sobald wir hier alles sich selbst überlassen haben, hat die Natur Woodmont in Besitz genommen.«

»Aber jetzt sind die Gärten atemberaubend schön.«

»Dank Colton. Er hat vor zwei Jahren angerufen und gefragt, ob die Stelle frei wäre. Perfektes Timing. In den Gärten war so viel zu tun, und seine Mutter Margaret wollte ihre

Enkelkinder um sich haben. Colton hat sich dann erst mal um die beiden großen Gärten und ein paar Renovierungsprojekte im Haus gekümmert.«

»Er hat mir direkt vor der Trauung aus der Patsche geholfen, als ich noch schnell Regenschirme aus meinem Auto geholt habe. Als das Gewitter richtig losging, ist er mit seinem Truck aufgetaucht. Aber bei den Familienfotos hat er sich rar gemacht.«

»Typisch Colton.«

»Planen Sie, in Zukunft größere Events in Woodmont stattfinden zu lassen? Die Hochzeit war wirklich etwas ganz Besonderes.«

»Das habe ich Ginger zuliebe gemacht. Eigentlich bin ich noch nicht so weit. Aber ich hätte gern eine Fotodokumentation des Anwesens, falls ich mich doch dazu entschließe.«

»Ich kann Ihnen Fotos von der Hochzeit und von der Besichtigung vor zwei Wochen zeigen. An beiden Tagen war das Wetter nicht unbedingt ideal. Aber wenn es wie heute ist, macht Ihnen jeder fantastische Fotos.«

»An Tagen wie diesem weiß ich, warum ich so oft wie möglich nach Woodmont komme.«

»Sie leben nicht hier?«

»Halb hier und halb in Washington, D. C. Ich schaufele mir so viel Zeit in der Kanzlei wie möglich für meine Besuche frei.«

»Das kann ich gut verstehen. Ich liebe die Sommer hier. Als ich ein Kind war, bin ich oft mit meiner Mutter zur Woche der Historischen Gärten hergekommen. Es war immer wunderbar.«

Elaines Lächeln vertiefte die Fältchen um Mund und Augen. »Wir überlegen uns, im nächsten Jahr wieder an der Veranstaltung teilzunehmen. In der Woche der Historischen Gärten könnten wir mit all der Arbeit angeben, die wir hier hineingesteckt haben.«

»Woodmont ist ungefähr zweihundert Morgen groß, richtig?«

»Jetzt sind es nur noch hundertfünfzig. Wir haben fünfzig Morgen verkauft, um die Renovierungskosten reinzuholen. Der Käufer hat schon mit der Rodung des Landes begonnen, um dort Wein anzubauen.« Sie schmunzelte. »Heutzutage hält sich jeder für einen Winzer.«

»War Woodmont immer in Familienbesitz?«

»Ja. Es ging nur zwischendurch von einem Zweig der Familie auf einen anderen über.«

»Möchten Sie sich Fotos von Gingers Hochzeit ansehen?«

»Das habe ich heute Morgen schon getan. Ginger hat mir Ihren Link gestern Abend gleich weitergeleitet, damit ich ihrer Mutter die Fotos zeigen kann. Es ist Ihnen gelungen, einen verregneten Tag richtig freundlich aussehen zu lassen. Mein Lieblingsfoto ist das von Ginger und Cameron, wie sie lachend und klatschnass Hand in Hand durch den Regen rennen. Mit Matsch bespritzt.«

Das war auch Libbys Lieblingsfoto. »Danke.«

»Libby, ich möchte Sie engagieren, um das Anwesen zu fotografieren. Und auch die Renovierung des Gewächshauses. Meine Tochter Lofton liegt mir schon seit einiger Zeit damit in den Ohren, dass Woodmont reif für die sozialen Medien ist.«

»Die Gärten und das Gewächshaus werden bestimmt ein Hit. Sollten Sie sich einmal dazu entschließen, Woodmont für Events zu öffnen, wird es schnell ausgebucht sein. Aber sind Sie sicher, dass ich die Fotos machen soll? Ich bin Hochzeitsfotografin, und vielleicht sollten Sie eher einen spezialisierten Fotografen anheuern.«

»Ich vermute mal, dass Sie sich der Aufgabe gewachsen fühlen.« Sie strich sich lächelnd eine Haarsträhne aus dem Gesicht. »Sie haben doch bestimmt schon einige solcher Anwesen gesehen?«

»Ja, schon. Und ich meine das auch ernst, dass Woodmont etwas ganz Besonderes ist.«

Libby zog ihre Präsentationsmappe aus dem Rucksack. Auf dem Cover prangte ihr runder Sticker mit dem Logo LM Photography. »Da stehen auch meine Preise, wenn Sie sie sich zuerst ansehen wollen.«

Elaine nahm die Mappe entgegen, öffnete sie aber nicht. »Ich war gestern auf Ihrer Webseite. Ihr Honorar passt zu unserem Budget.«

»Ich biete auch Pauschalen an. Vielleicht zeigen Sie mir das Gewächshaus, und dann mache ich Ihnen einen Vorschlag.«

»Klingt gut.« Ihr Blick fiel auf Libbys hochhackige Schuhe. »Können Sie in denen laufen?«

»Na klar.«

Sie standen gleichzeitig auf. »Kommen Sie, wir machen eine Tour. Erst sehen wir uns die oberen Gärten an, und dann fahren wir zum Gewächshaus im unteren Teil des Anwesens.«

Kerce hob ein Stöckchen auf und brachte es Libby erwartungsvoll. Libby warf es im großen Bogen über den Rasen. Der Hund hetzte hinterher und war sofort wieder zurück. Das Spiel sollte von vorne losgehen. Sarge trottete ab und an bellend hinter ihnen her.

Hinter dem Haupthaus stand eine Reihe weißer Cottages, die aus der Erbauungszeit zu stammen schienen. »Ursprünglich war Woodmont eine Farm«, sagte Elaine. »In diesen Gebäuden wohnten der Aufseher und die Feldarbeiter. Damals wurde vor allem Weizen angebaut.«

Elaine blieb vor einem kleinen weißen Haus stehen, auf dessen Tür PRIVAT stand. »Dies ist das erste, frisch renovierte Cottage. Ich habe vor, hier mehr Zeit zu verbringen. Und wenn ich Gäste habe, können sie sich zurückziehen.«

Sie öffnete die Tür und schaltete das Licht an. In dem großen Zimmer stand ein Himmelbett mit einem weißen

Überwurf. An der Wand war eine kleine Küchenzeile eingebaut. Die Möbel waren antik, die Miniküche war brandneu.

»Es sieht aus wie in einem Bed and Breakfast.«

»Meine Tochter meint, dass wir alles renovieren sollen, wenn wir aus Woodmont eine Event-Location machen wollen. Nur so können wir es finanziell auf gesunde Beine stellen.«

»Beschäftigt sie sich auch mit dem Anwesen?«

»Sie ist Anwältin und kann sehr gut mit Zahlen umgehen. Immer wenn ich ihr eine Idee vorstelle, jongliert sie mit den Kosten und erklärt mir, dass ich es nicht bezahlen kann – und dann findet sie doch eine Möglichkeit.«

In der Nähe wurde eine Häckselmaschine in Gang gesetzt. Die Hunde schossen zur Tür hinaus. Elaine folgte ihnen und winkte.

Colton hatte mit seiner großen, schlanken Gestalt schon in dem dunklen Anzug gut ausgesehen, aber in Jeans und einem leicht verschwitzten T-Shirt sah er noch besser aus. Er trug einen ausgeblichenen Camouflagehut und eine dunkle Sonnenbrille.

»Colton, du kennst Libby McKenzie ja schon«, sagte Elaine.

Libby streckte die Hand aus, und er streifte die Gartenhandschuhe ab und umfasste sie mit seinen kräftigen Fingern. Selbst durch die dunklen Gläser hindurch spürte sie die Intensität seines Blickes. »Ja, von allen Fotografen in Virginia müssen Sie diejenige sein, die am härtesten arbeitet«, sagte er. »Ich kenne nicht viele Leute, die sich so ins Zeug legen.«

»Noch mal vielen Dank für Ihre Hilfe am Samstag.«

»Nicht der Rede wert.«

»Ich habe Libby gebeten, die Gärten und das Gewächshaus zu fotografieren«, sagte Elaine.

»Super«, sagte er. »Lassen Sie mich wissen, wenn ich etwas für Sie tun kann.« Er senkte die Stimme zu einem Flüstern. »Elaine ist eine strenge Chefin.«

»Ich bin gar nicht die Chefin«, sagte Elaine lachend, »sondern Margaret.«

»Lassen Sie sich von meiner Mutter nicht täuschen«, sagte Colton. »Sie ist vielleicht manchmal etwas schroff, aber sie tut alles für einen.«

»Gut zu wissen.«

»Margaret hat sich noch nicht mit ihrer neuen Küche angefreundet«, sagte Elaine. »Sie vermisst ihren alten Herd, obwohl er dauernd kaputtging. Die Kochplatten waren eine Katastrophe und der Ofen brauchte Ewigkeiten, um richtig heiß zu werden.«

»Veränderungen fallen oft schwer«, sagte Libby.

»Hört sich an, als sprächen Sie aus Erfahrung«, sagte Elaine.

»Ich bin gerade erst wieder in die Region gezogen und lebe mich immer noch ein. Aber verstehen Sie mich nicht falsch, Veränderungen können ja auch etwas für sich haben.« Den letzten Satz hatte sie nur hinterhergeschoben, damit es etwas leichter klang. Es ging ihr wie Margaret: Sie hatte noch keinen Geschmack an der Umgestaltung gefunden.

»Ich erinnere mich an Ihren Vater«, sagte Colton. »Er war mein Kinderarzt.«

»Ich glaube, er hat hier jedes Kind in einem Umkreis von dreißig Kilometern behandelt.«

»Als ich sechs war, hatte ich mal einen Streit mit Ginger. Sie hatte mir meine Superman-Figur weggenommen und ich wollte sie ihr abjagen. Ich bin ausgerutscht und habe mir eine große Platzwunde am Kopf eingefangen. Mein Dad hat mich zu Ihrem Vater gefahren, der uns an einem Samstagnachmittag in seiner Praxis empfangen hat. Er trug Golfklamotten, hat mich aber nicht spüren lassen, dass ich ihm mit meinen Sperenzchen seinen Nachmittag ruiniert hatte.«

Es hatte bei ihnen zu Hause selten einen Tag ohne einen Notfall gegeben. Und nachdem Libbys Mutter gestorben war, hatte ihr Vater noch mehr gearbeitet. Wie oft hatte Libby als

Kind seine Patienten verwünscht! »Er war kein guter Golfspieler, er hat es bestimmt als Rettung angesehen.«

Elaines Handy brummte, und nachdem sie einen Blick aufs Display geworfen hatte, sagte sie: »Colton, kannst du Libby zum Gewächshaus fahren? Ich komme gleich nach. Aber ich muss hier rangehen.«

»Ist mir ein Vergnügen.«

Elaine nickte, hielt sich das Handy ans Ohr und konzentrierte sich sofort auf den Anrufer.

»Sie kann innerhalb von einem Wimpernschlag umschalten«, sagte Colton. »In einer Minute ist sie hier, in der nächsten ist sie in ihrer Kanzlei. Deswegen muss man sie sofort ansprechen, wenn man etwas von ihr will. Sie bleibt nie lange.«

Kapitel 5

Sadie

Mittwoch, 24. Dezember 1941, Bluestone, Virginia

Als der Truck ihres Bruders Johnny den Ort Bluestone erreichte, der nur aus ein paar vereinzelten Holzhäusern bestand, rutschte die fünfzehnjährige Sadie auf dem abgewetzten Sitzpolster ans Fenster.

Ein Besuch im Krämerladen war immer etwas ganz Besonderes. Auch wenn sie sich nichts leisten konnte, sah sie sich doch gern die Stoffe, all die kleinen unnützen Dinge und die Zeitschriften an. Da gab es Bilder von wunderschönen Menschen, die irgendwo an weit entfernten exotischen Orten lebten. Manchmal gab Mr Sullivan ihr sogar ein paar alte Zeitschriften mit, die er für sie aufgehoben hatte. Sie konnte nur hoffen, dass er zum Beginn der Ferien gute Laune hatte.

Auch wenn Bluestone viel kleiner war als Charlottesville, gab es immerhin eine Kirche, einen Gemischtwarenladen und ein Geschäft für landwirtschaftlichen Bedarf wie Samen und Tierfutter. Dr. Carters Büro war an zwei Tagen in der Woche geöffnet, und in einem kleinen Lokal wurde Alkohol serviert – dem einzigen Ort in einem Radius von fünfzig Kilometern. Natürlich gab es auch ein Gefängnis. Vor neun Jahren hatte die Seifenfabrik dichtgemacht, und seitdem liefen die Geschäfte schlecht – nur das Lokal und das Gefängnis konnten sich über mangelnden Zulauf nicht beklagen.

Das Schaufenster des Gemischtwarenladens war mit einem großen grünen Weihnachtskranz geschmückt, der mit einer roten Schleife umwickelt war. Darunter lagen mehrere festlich verpackte Geschenkkartons. Als sie vor zwei Wochen das letzte Mal im Laden gewesen waren, hatte Sadie ein Päckchen in die Hand genommen, dessen dunkelrotes Geschenkpapier einfach unwiderstehlich gewesen war. Es war leicht wie eine Feder. Auf Sadies quer durch den Laden gebrüllte Frage, was da drinnen sei, hatte Mr Sullivan nur die Stirn gerunzelt und gemurmelt, sie seien alle leer. Sie seien nur zur Dekoration.

»Denk dran, nix anfassen«, warnte Johnny sie. »Mister Sullivan war sehr böse, dass du alle Päckchen geschüttelt hast. Und dann hast du auch noch laut gerufen, dass sie leer sind!«

»Aber das ist doch Verschwendung, so teures rotes Papier um einen Karton zu wickeln, in dem nichts drin ist.«

»Nee, das ist keine Verschwendung, Sadie. Er will die Leute dazu bringen, an Weihnachten Geld auszugeben.«

Jetzt stand Sadie wieder vor den Päckchen und stellte sich vor, es wären schöne warme Anziehsachen darin. »Nur gucken ist ja nicht verboten.«

»Guck, so viel du willst. Kostet ja nix.« Johnny grinste sie an.

»Ich wette, wenn die neue Mrs Carter in den Laden kommt, darf sie alles anfassen.« Sadie hatte die Frau erst einmal gesehen, seit sie nach Bluestone gekommen war. Sie war so klein und so unauffällig, dass Sadie unwillkürlich an ein Mäuschen denken musste.

»Du weißt so gut wie ich, dass die in Woodmont ihre eigenen Regeln machen«, flüsterte Johnny.

»Aber das ist ungerecht.«

»Ungerecht? Es ist, wie es ist.«

Johnny war erst neunzehn, aber er sah zehn Jahre älter aus. Vor zwei Jahren war ihr Vater gestorben, und Danny war zur Armee gegangen, und seitdem arbeitete Johnny von Sonnenaufgang bis Sonnenuntergang auf der Farm. Wenn es auf den Feldern weniger zu tun gab, schuftete er in der Möbelfabrik in Waynesboro. In den Wochen, in denen er dort war, musste Sadie alles alleine machen – die Arbeit auf dem Hof und das Brennen von Schnaps. Im Herbst war sie deswegen kaum in der Schule gewesen und hoffnungslos abgehängt worden.

Die Prohibition war zwar schon seit Jahren vorbei, und die Geschäfte mit dem Schwarzgebrannten gingen lange nicht mehr so gut. Aber viele Leute, unter ihnen auch die vornehmen Carters, mochten Thompsons Holunderschnaps. Er schmeckte ja auch um Längen besser als alles, was man im Laden kaufen konnte.

In der dunklen Jahreszeit nahm das Geschäft immer Fahrt auf. Aber in diesem Dezember waren die Verkäufe hochgeschnellt, nachdem Präsident Roosevelt der Welt über das Radio mitgeteilt hatte, dass die Japaner Pearl Harbor hinterhältig angegriffen hatten. Alle riefen nach Vergeltung. Auch Johnny. Ihre Mutter, die sich schreckliche Sorgen um Danny machte, schlief kaum noch und lief nachts auf den Holzdielen auf und ab. Sie hatte den Ersten Weltkrieg mitgemacht und befürchtete das Schlimmste für ihre Söhne.

Sadie hüpfte aus der Fahrerkabine und lief um den Truck herum, die Hände tief in Dannys altem grauem Wollmantel vergraben, um den Schnaps von der Ladefläche zu holen. Zu Weihnachten nahm Mr Sullivan immer drei Gläser an und schrieb es ihnen gut.

In dem Moment kam Sheriff Boyd aus der Tür des Gefängnisses. Sein dunkles Hemd spannte über seinem dicken

Bauch und war aus dem Hosengürtel gerutscht. Auf seiner Brust prangte der Sheriffstern, der nie richtig glänzte, egal, wie sehr er ihn polierte. Sowie Boyd Johnnys Truck erkannte, blitzten seine Augen.

»Macht der uns jetzt Schwierigkeiten?«, fragte Sadie.

»Wir haben einen Deal«, erwiderte Johnny und zog die beiden größten Gläser aus der Milchkiste.

»Was für einen Deal?«

»Er kriegt zwei Gläser von dem weißen Holunderblitz, und dafür sieht er nicht so genau hin.«

Sadie zog die Augenbrauen zusammen. »Was? Die sind zwei Dollar wert.«

Johnny sah sie verdrossen an. »Er hat mir gedroht, mich bei der Staatspolizei anzuschwärzen. Das können wir uns noch weniger leisten.«

Boyd war deutlich älter und mindestens zwanzig Kilo schwerer als Johnny. Als Sheriff nahm er nicht viel ein, aber er fand immer Mittel und Wege, sein mageres Gehalt aufzubessern.

Er schob seinen Bauch unter den Gürtel und steckte das Hemd hinein. Nachdem er sich zu beiden Seiten umgesehen hatte, überquerte er die Straße.

»Geh rein und gib Mr Sullivan die Gläser. Kannst dir die Zeitschriften angucken, okay?«

»Hab ich schon vor zwei Wochen gemacht. Gibt noch keine neuen. Und wenn ich sie nicht anfassen darf, kann ich ja nicht reingucken.«

Johnny reichte ihr die Gläser. »Sadie, du gehst da jetzt rein. Verschwinde, bevor Boyd da ist.«

»Ich kann doch nett zu ihm sein.«

»Kannst du nicht. Los.«

Sadie strich den Overall glatt, der beim letzten Kirchenbazar nicht weggegangen war. Sein Stoff war ganz weich vom vielen Waschen. Im letzten Jahr hatte er noch an ihr geschlottert, aber jetzt rundeten sich ihre Hüften und Brüste unter ihm. Sie sah gut darin aus. Sie hoffte, dass auch mal ein Kleid übrig blieb, in dem würde sie nach Charlottesville oder Roanoke fahren und sich einen Film ansehen.

»Ich will hier bei dir bleiben, Johnny.«

»Du tust jetzt, was ich sage.« Johnny war müde und klang besorgt. »Ich erklär's dir später.« Er sagte das halblaut und ließ Boyd nicht aus den Augen.

Der Sheriff hatte ihren Bruder Danny beim Ausfahren von Schnaps verhaftet. Und der Richter hatte Danny vor die Wahl gestellt: drei Jahre hinter Gitter oder gleich in die Armee. Das Essen in der Armee war besser als im Knast, was Danny die Entscheidung erleichtert hatte. Doch Sadie wusste tief im Inneren, dass ihr Bruder auch froh gewesen war, aus Bluestone rauszukommen.

»Jetzt!«, fuhr Johnny sie an. »Ich bringe das Zeug später rein.«

Sie ballte die Fäuste. »Ich sehe euch aus dem Fenster zu.«

Johnny hatte ein Lächeln aufgesetzt. »Lange nicht gesehen, Sheriff Boyd.«

Sadie drehte sich noch einmal um und sah, wie Boyd ihr finster hinterherstarrte. Sie reckte das Kinn und betrat den Laden. Die Glöckchen übertönten Boyds Begrüßung.

»Was glotzt du da auf die Straße?«, fragte Mr Sullivan von hinten.

Sadie wandte sich um. Mr Sullivan war groß und kräftig gebaut, aber die Jahre hatten seine Schultern gebeugt. Durch die eingeölten grau melierten Haare hatte er einen Mittelscheitel gezogen. Sadie fand, dass er aussah wie ein Cartoon-Männchen.

»Ich glotze überhaupt nicht«, sagte sie patzig.

»Du steckst deine Nase doch immer in anderer Leute Angelegenheiten.«

»Mein Bruder ist nicht andere Leute.«

Sie ließ sich weder von dem schweren Geruch der Gewürze und Parfums noch von den verlockenden bunten Farben der vielen kleinen Dinge ablenken, sondern drehte sich wieder um. Boyd hob ein Glas mit klarer Flüssigkeit vors Licht und inspizierte es. Er sagte irgendetwas zu Johnny, dessen Miene sich noch weiter verfinsterte. Schließlich nickte er und gab ihm ein drittes Glas.

»Der Scheißkerl«, fluchte Sadie.

In den letzten Nächten hatte ihr Bruder kaum geschlafen. Er hatte viel mit dem Vieh auf dem eigenen Hof und im Garten der Carters zu tun gehabt, und bis spät in die Nacht hatte er Holunderschnaps gebrannt.

Endlich verzog sich Boyd. Er trug drei Flaschen über die Straße. Auf halber Strecke drehte er sich um und starrte durch die Schaufensterscheibe. Als er sie entdeckte, grinste er selbstgefällig. Dann verschwand er in seinem Büro.

»Du Dieb!«

»Hat Johnny die Ware für mich dabei?«, fragte Mr Sullivan.

»Jawohl, Sir«, antwortete Sadie. »Den mit Holunder, den Sie so mögen. Und diesmal hat er ihn ordentlich stark gemacht, passen Sie auf.«

»Vergiss nicht, dass Mrs Sullivan und meine Tochter Ruth nichts von unserer Vereinbarung wissen müssen.«

»Jawohl, Sir. Von mir hören sie kein Wort. Kann ich wohl mal in die letzte *Life* gucken, mit Gene Tierney auf dem Cover? Das bringt mich auf andere Gedanken und hilft mir, nichts zu sagen.«

Er sah sie einen Moment an und schob ihr dann die Zeitschrift über die Theke. »Pass auf beim Umblättern. Mit Eselsohren kann ich die *Life* nicht mehr verkaufen.«

»Ich bin ganz vorsichtig.« Sie zog ihre gestrickten Handschuhe aus und stopfte sie in die Manteltaschen.

Gene Tierney blickte an Sadie vorbei in die Ferne. Ihr heiteres Gesicht wurde von ihren dunklen Haaren eingerahmt, die ihr in Wellen auf die zarten Schultern fielen. Im Hintergrund war das Meer zu sehen, und es wirkte, als würde der hauchdünne Schal über ihrem ausgeschnittenen Kleid in der leichten Brise wehen.

Sadie war noch nie am Meer gewesen, aber sie hatte gehört, dass die Luft salzig schmeckte und die Wellen Tag und Nacht ans Ufer schlugen. Sie hatte schon einen Dollar und zehn Cents gespart, und wenn sie genug zusammengekratzt hatte, würde sie ans Meer fahren. So wie Gene Tierney. Aber erst nach dem Kinobesuch in Charlottesville.

Sie suchte nach dem Artikel über Miss Tierney, und dabei stieß sie auf die Schlagzeile Tod in Pearl Harbor. Die Japaner hatten bei einem Angriff Kriegsschiffe bombardiert. Zweitausenddreihundert amerikanische Soldaten waren ertrunken. Präsident Roosevelt verkündete, die amerikanische Nation stehe kurz vor einer Kriegserklärung gegen Japan und Deutschland. Sadie dachte sofort an Danny. Er war nur bis zur fünften Klasse in die Schule gegangen und konnte nicht gut schreiben. Wahrscheinlich schickte er deswegen nur so selten Briefe. In diesem Jahr hatten sie noch gar keinen von ihm bekommen.

Die Ladenglocken bimmelten. Johnny kam mit großen Schritten auf die Theke zu und stellte die Schnapsgläser drauf.

»Morgen, Mr Sullivan«, sagte er. »Wie geht es Ihnen heute?«

»Kann mich nicht beschweren, Johnny.« Mr Sullivans säuerliche Miene hatte sich beim Anblick der Gläser aufgehellt.

»Vielen Dank für die Bestellung, Sir.«

»Macht die Feiertage erträglicher, wenn meine Schwiegermutter zu Besuch kommt. Ich schreibe zwei Dollar an.«

»Ich weiß es zu schätzen.«

Mr Sullivan hob prüfend eine Flasche gegen das Licht. »Sieht hervorragend aus.«

Sadie blätterte schnell weiter, denn wenn Johnny die Fotos sah, würde er sich Sorgen machen. Außerdem war er sowieso schon wütend genug auf die Japaner, und die Nachricht würde es nur noch schlimmer machen.

»Wollen Sie vielleicht noch fünf Gläser kaufen?«, fragte Johnny. »Ich habe in diesem Jahr mehr als sonst gemacht.«

»Mehr kann ich nicht anschreiben«, sagte Mr Sullivan. »Das merkt meine Frau.«

»Ich meinte, ob Sie welche verkaufen wollen. Wir können halbe-halbe machen.«

Mr Sullivan lächelte ihn schief an. »Etwas für mich zu kaufen, ist das eine. Aber Selbstgebrannten zu verkaufen, das ist was ganz anderes. Da wird Boyd ein Wörtchen mitreden wollen.«

»Ich habe ihm ein Glas mehr gegeben. Ein paar Tage hält er die Füße still. Vor den Feiertagen wollen sich bestimmt ein paar Ihrer Kunden einen Vorrat anlegen.«

Sullivan zögerte. Aber er war Geschäftsmann durch und durch, und er wusste genau, welche Kunden gern nach Schnaps greifen würden. Er streckte die Hand aus. »Abgemacht, Johnny. In ein paar Tagen können Sie das Geld abholen.«

Johnny schüttelte ihm die Hand. »Abgemacht, Sir.«

Mr Sullivan stellte die Gläser auf ein Regal, das man von draußen nicht sehen konnte. Kunden, die wussten, wonach sie suchten, würden sie bemerken.

»Meine Mutter braucht bitte noch drei Tüten Mehl, eine Büchse Schmalz und Salz.«

»Das ist alles?«

»Diesmal schon.«

Der Krämer spähte zu Sadie hinüber. »Sei bloß vorsichtig, Sadie Thompson.«

»Jawohl, Sir.«

»Gibt's was Neues vom Krieg?«, fragte Johnny. »Ich habe gehört, dass Reservisten der Nationalgarde in Alarmbereitschaft versetzt wurden. Wie's aussieht, könnten sie jederzeit einberufen werden.«

»Ruhig Blut, Johnny«, sagte Mr Sullivan. »Ich war 1918 in Frankreich.«

»Aber wir haben gewonnen.«

Mr Sullivan stellte das Mehl auf den Tresen. »Niemand hat gewonnen, Johnny.«

»Das hört sich so an, als hätten Sie verloren, Mr Sullivan«, mischte sich Sadie ins Gespräch.

»Es ist sehr viel Blut geflossen, Sadie. Kriege kann man nicht so leicht gewinnen, wie uns die Politiker vorgaukeln wollen.«

»Schießen kann ich gut«, sagte Johnny. »Mache ich, seit ich acht bin. Auf Eichhörnchen.«

»Auf einen Mann zu schießen, ist etwas ganz anderes«, sagte Mr Sullivan leise.

Als sich ihre Unterhaltung um die Preise für Getreide zu drehen begannen, sah Sadie sich voller Bewunderung Gene Tierneys weiche Locken und langen Wimpern an. Die Fotografie war in Schwarz-Weiß, aber Sadie hätte gewettet, dass ihr Nagellack eine wunderschöne rote Farbe hatte.

»Ach, Johnny, bevor ich es vergesse«, sagte Mr Sullivan. »Die Carters geben heute Abend eine große Party. Dr. Carter hat mich gebeten, Sie nach Woodmont zu schicken, falls ich Sie sehe. Sie feiern Mr Edwards Hochzeit nach.«

»Braucht er Schnaps?«

»Das weiß ich nicht. Vielleicht will er sichergehen, dass er genug hat. Kann mir vorstellen, dass der junge Dr. Carter heute die Spendierhosen anhat.« Er stellte die Büchse mit Schmalz auf die Mehltüten.

»Alles klar«, sagte Johnny.

Sadie stupste Johnny in die Seite. »Aber Mama kocht doch heute das Festessen. Es gibt den Schinken, den sie seit Wochen gepökelt hat.«

»Dann essen wir eben später. Wir können es uns nicht leisten, eine Bestellung abzulehnen oder Ware nicht auszuliefern. Jetzt noch weniger.«

»Was soll das heißen?«, fragte Sadie.

»Niemand kann in die Zukunft blicken, Sadie.«

Sie legte die Zeitschrift beiseite. »Der Krieg hat uns Danny weggenommen. Ich finde, das reicht für unsere Familie.«

Johnny schüttelte den Kopf. »So läuft das aber nicht, Sadie.«

Kapitel 6

Libby

Montag, 8. Juni, Gut Woodmont

Coltons Truck rumpelte über die von Unkraut überwucherte Schotterstraße. Überall schossen junge Bäume hoch. Sie hatte den Eindruck, dass vor Kurzem daran gearbeitet worden war, aber es gab offensichtlich noch viel zu tun. Der Wald war undurchdringlich – wahrscheinlich wie vor der Zeit, als die ersten Carters dem Land ihren Stempel aufgedrückt hatten.

»Ich wundere mich, warum ich nichts von dem Gewächshaus wusste«, sagte Libby und schoss ein paar Fotos von der überwucherten Straße vor ihnen.

»Kein Außenstehender wusste etwas davon. Die Familie wollte es für sich haben.«

Die Carters waren für ihre Zurückhaltung bekannt. Nur einmal – nach einem Zeitungsartikel über Edward Carters Arbeit am Krankenhaus in Lynchburg – hatten sie im Licht der Öffentlichkeit gestanden. Das war in den 1990er-Jahren gewesen, und wenn man dem Artikel Glauben schenkte, war Dr. Carter wesentlich an der Sterilisation von Patientinnen beteiligt, die man für unzurechnungsfähig hielt. Carter beteuerte in dem Zeitungsbericht, dass er sich für nichts schämen müsste. Er habe sein Leben der Behandlung kranker Frauen gewidmet. Nebenher erwähnte der Reporter Carters Arbeit für Notleidende und die vielen tausend Geburten in seiner Zeit als Arzt.

Libby erinnerte sich daran, dass ihr Vater irgendwann etwas über Dr. Carter gemurmelt hatte. Als sie ihn gebeten hatte, es noch einmal zu wiederholen, hatte er gesagt, es wäre nicht weiter wichtig.

»Sie sind in Bluestone aufgewachsen, aber ich erinnere mich nicht an Sie«, sagte Colton.

»Ich bin mit dreizehn aufs Internat geschickt worden. In welchem Jahr haben Sie den Highschool-Abschluss gemacht?«

»2003«, sagte er.

»Ich erst 2007. Wir hätten uns also so oder so verpasst. Aber ehrlich, sollten wir uns dann nicht duzen?« Der Truck machte einen Satz. Sie hielt sich am Türgriff fest, als er mit der vorderen Stoßstange leicht aufsetzte.

Colton sah grinsend zu ihr hinüber. »Ja, klar.« Er schien die Schlaglöcher kaum zu bemerken, wahrscheinlich war er öfter hier langgefahren, als er zählen konnte.

»Und du bist hiergeblieben?«, fragte sie.

»Nein, ich habe elf Jahre in der Navy gedient. Vor zwei Jahren ist meine Frau gestorben, und da habe ich meinen Dienst quittiert. Ich habe zwei kleine Söhne.«

Sie fühlte sich ihm auf merkwürdige Weise noch näher. Das Leben hatte auch ihm einen schweren Schicksalsschlag versetzt, ähnlich wie ihr.

»Waren das die beiden Jungen auf der Hochzeit?«, fragte sie.

»Sie waren wohl kaum zu übersehen«, gab er zu.

»Wo sind sie jetzt?«

»In der Schule. Meine Mutter kümmert sich rührend um sie.«

»Und dein Vater war hier auch Verwalter und Gärtner?«

»Genau.«

»Ich habe nicht gedacht, dass Jobs bei uns immer noch von einer Generation auf die nächste übergehen. Das hört sich nach England an, wie in Downton Abbey.«

Er lächelte. »Kann schon sein. Aber ich bin froh, dass Elaine das Landgut behalten und nicht mehr davon verkauft hat, als unbedingt notwendig war.«

»Ja, bei so einem alten Grundbesitz wie diesem sind die Fixkosten und Steuern enorm. Wenn keine finanzkräftige Stiftung dahintersteht, bleibt eigentlich nur, das Anwesen für geschäftliche Events, Hochzeiten und Partys zu vermieten. Und wie gefällt dir das Eventgeschäft?«

»Ich glaube nicht, dass die Entscheidung schon gefallen ist.« Er grinste, aber die Vorstellung schien ihn nicht abzuschrecken. Sie vermutete, dass er pragmatisch war und sich nicht von Risiken beunruhigen ließ. »Gingers Hochzeit war der Probelauf. Sie hat sich vor vier Wochen spontan entschieden zu heiraten und war quasi schon auf dem Weg zum Standesamt, als Elaine ihr Woodmont vorgeschlagen hat.«

»Vier Wochen ist nicht übel für eine Planänderung bei einer Hochzeit. Sie hatte wirklich Glück, dass sie hier feiern durfte.«

»Der Tag wäre deutlich schöner geworden, wenn sie auf mich gehört hätte. Ich habe ihr gesagt, dass sie lieber ein Zelt leihen soll.«

»Gewöhn dich besser gleich dran: Weder das Brautpaar noch die Mutter der Braut geben viel auf das, was andere sagen. Sie haben ihre Vorstellungen, und praktische Dinge wie das Wetter spielen da meist nur eine untergeordnete Rolle.«

»Ich behalte es im Hinterkopf, wenn es hier zu den Events kommen sollte. Wie lange fotografierst du schon auf Hochzeiten?«

»Fünf Jahre. Eigentlich bin ich spezialisierte Onkologie-Krankenschwester. Aber das konnte ich irgendwann nicht mehr.«

»Bist du gut im Geschäft?«

»Sehr gut.«

»Freut mich.«

»Immer gut, wenn man Arbeit hat.«

Der Weg senkte sich vor ihnen, und er schaltete runter. Hier lichtete sich der Wald und gab den Blick auf den James River frei. Woodmont lag in einer sanften Biegung des Flusses, der jetzt Hochwasser von den ergiebigen Regenfällen der letzten Wochen führte. Das Wasser schoss hier sprudelnd über die scharfkantigen Felsen.

»An dieser Stelle ist der Fluss schmaler«, bemerkte sie.

»Ja, aber normalerweise ist die Strömung nicht so stark. Sonst sind hier in dieser Jahreszeit viele Kajakfahrer.«

»Heute sieht es eher nach Wildwasser-Rafting aus.«

»In Zeiten wie diesen ist der Fluss lebensgefährlich.«

Sie betrachtete seine Hand mit den gebräunten Fingern und kurz geschnittenen Nägeln. Seine Hände erinnerten sie daran, wie lange es her war, dass sie Sex gehabt hatte. Damals hatte sie versucht, von Jeremy schwanger zu werden.

»Wo hast du gewohnt, bevor du zurückgekommen bist?«, fragte er.

»In Richmond, in der Altstadt. Alte Gebäude und ihre Geschichte haben mich schon immer fasziniert.«

Der Truck fuhr den Hügel hinunter und folgte dem Weg um eine Kurve zu einem überwucherten Glashaus. Es war vielleicht sieben Meter breit und zwölf Meter hoch. »Das soll ein Gewächshaus sein?«

»Ich glaube, der offizielle Ausdruck ist Pflanzenschauhaus oder Orangerie. Im Wesentlichen ist es ein Gewächshaus, nur eben viel nobler.«

Das Gebäude war achteckig und hatte ein Kuppeldach. Es war mit einer dicken Schicht Moos bedeckt und von langen Efeuranken überzogen, sodass man das Innere nur erahnen konnte, und hätte einen stimmungsvollen Schauplatz in einem schlechten Horrorfilm abgeben können.

»Elaine will es restaurieren lassen«, sagte er und stellte den Motor ab.

»Da hat sie sich aber etwas vorgenommen.«

»Ich lasse mich von solchen Projekten nicht unterkriegen. Und Elaine ist wild entschlossen, Woodmont wieder zum Leben zu erwecken.«

»Sie muss es sehr lieben.«

»Sieht ganz so aus.«

»Kommt sie jetzt auch?«

»Sie müsste schon hier sein.«

»Warst du schon drinnen?«

»Die Tür ist so verrostet, dass sie sich nicht öffnen lässt. Das Gewächshaus ist eine Art Zeitkapsel.«

»Wie lange ist es denn schon verschlossen?«

»Mehr als dreißig Jahre. Niemand weiß es genau.«

Nachdem sie aus dem Truck gestiegen waren, betrachtete Libby das Gewächshaus aufmerksam. Die Sonnenstrahlen brachen sich auf den Fensterscheiben wie in einem Prisma. Sie hob die Kamera und begann, Fotos zu machen. »Elaines Großvater hat es in Auftrag gegeben?«

»Ja, 1941. Es war ein Geschenk an seine englische Braut Olivia, die er während seines Studiums in Oxford kennengelernt hat.«

»Nettes Geschenk.«

»Die Geschichte geht so, dass sie wegen des Krieges schneller als geplant geheiratet haben. Damals tobte der Blitzkrieg, und in London war es sehr gefährlich.«

»Ich nehme mal an, dass dein Großvater ihr bei der Ausstattung mit den Pflanzen geholfen hat.«

»Gut möglich.«

»Hast du irgendeine Vorstellung von den Kosten einer Restaurierung?«

»Billig wird es nicht.«

Sie fing die Sonnenstrahlen auf der Kuppel ein. Jetzt zur Mittagszeit stand die Sonne perfekt für Fotos.

Bei dem Geräusch eines nahenden Fahrzeugs ließ sie die Kamera sinken und spannte sich unwillkürlich etwas an. Elaine stieg aus ihrem Truck und kam mit energischen Schritten auf sie zu.

»Was sagen Sie?«, fragte Elaine.

»Ich bin schwer beeindruckt.«

Colton holte eine Brechstange und eine kleine Säge von der Ladefläche. »Ich war gestern hier und habe gesehen, dass die Tür verrostet ist. Es wird einen Moment dauern. Ich bemühe mich, nichts kaputt zu machen, kann aber für nichts garantieren.«

»Ja, das haben Sie mir schon gesagt.« Elaines Lächeln verbarg ihre Ungeduld kaum.

Colton ging auf das Gewächshaus zu. Den Bereich vor der gewölbten Tür hatte er bereits freigeräumt. »Bereit?«

»Ich habe mit der Entdeckungsreise ins Innere auf Sie gewartet, Libby«, sagte Elaine. »Weil ich mir dachte, dass es Ihnen Freude machen würde.«

Libby nahm an, dass Elaine eine Dokumentation des ganzen Projektes haben wollte. »Ich habe schon ein paar Fotos geschossen. Soll ich weitermachen?«

»Unbedingt«, sagte sie. »Legen Sie los, Colton.«

Libby hob die Kamera. Hinter dem Objektiv war sie immer entspannter, weil es ihr eine gewisse Distanz verschaffte. Wenn die Leute fotografiert wurden, waren sie sich dessen immer sehr bewusst und nahmen Libby kaum noch wahr.

Sie positionierte sich so, dass die Sonnenstrahlen durch die Baumwipfel hinter ihr auf das Gewächshaus fielen. Das Moos auf der Kuppel hielt den Großteil des Lichts zurück, nur hier und da fielen ein paar Strahlen ins Innere. Das Gewächshaus wirkte fast übernatürlich, als würde es von innen glühen.

»Eigentlich wollte ich es schon vor zwei Jahren öffnen lassen«, sagte Elaine. »Aber natürlich musste ich Prioritäten setzen. Im Herrenhaus und in den Gärten gab es so viel zu tun, dass dieses Projekt etwas ins Hintertreffen geraten ist.«

Colton streifte sich Arbeitshandschuhe über, schob die Brechstange zentimeterweise zwischen die Metalleinfassung der Tür und den Rahmen und bewegte sie vorsichtig auf und ab. An einer Stelle öffnete sich die Tür einen kleinen Spaltbreit, aber es dauerte noch zwanzig Minuten, bevor sie auf der vollen Länge nachgab.

Er legte die Brechstange auf den Boden und zog die Tür vorsichtig auf. Vom Hügel her war lauter werdendes Hundegebell zu hören, und als Libby sich umdrehte, sah sie Kelce und Sarge auf sie zugesprungen kommen.

»Ich muss die ganze Türkonstruktion rausnehmen, aber fürs Erste geht es«, sagte Colton. »Elaine, Sie sollten natürlich den Vortritt haben, aber lassen Sie mich bitte erst nachsehen, ob wir mit Schlangen rechnen müssen.«

»Nur zu«, sagte Elaine.

»Ich mag Schlangen auch nicht besonders«, sagte er. »Wird schon schiefgehen.«

Elaine grinste. »Ohne Sie läge Woodmont in Ruinen.«

Libby spürte eine Kameradschaft zwischen den beiden, die einer Freundschaft zwischen Arbeitgeberin und Arbeitnehmer so nah wie möglich kam. Doch in diesem Teil der Welt ließ sich die Grenze zwischen ihren Stellungen im Leben nicht überwinden, auch wenn beide sich respektierten und den Besitz gleichermaßen liebten.

Colton zog eine kleine Taschenlampe hervor und ging hinein. Libby ärgerte sich im Stillen, dass sie nicht an das Weitwinkelobjektiv gedacht hatte, mit dem sie die unwirkliche Schönheit des Ortes noch besser hätte einfangen können.

Sie lauschten Coltons Schritten. Ein moderiger Geruch schlug ihnen entgegen. Durch das bemooste Glas war Colton nur als Schemen zu erkennen, der sich hin und her bewegte.

»Waren Sie schon einmal drinnen?«, fragte Libby.

»Ja«, sagte Elaine. »Als ich ein kleines Mädchen war, bin ich oft mit meiner Großmutter hergekommen. Wir haben viel zusammen gegärtnert, und sie hat mir ein Heft geschenkt, in dem ich mir Notizen machte, so wie sie in ihrem.«

»Wenn sie ein Tagebuch geführt hat, dann wissen Sie ja auch, was sie hier angepflanzt hat.«

»Es gibt sehr detaillierte Eintragungen. 1942 hat sie damit angefangen, für jedes Jahr ein neues Heft anzulegen, bis das Gewächshaus in den Achtzigerjahren geschlossen wurde.« Elaine betrachtete das Gewächshaus nachdenklich, als würde sich ihr Bedauern in den trüben Scheiben widerspiegeln.

Libbys Neugier war geweckt. »Warum hat Ihre Großmutter mit der Arbeit aufgehört?«

»Ich bin mir nicht sicher.«

»Es hört sich so an, als hätten Sie ihr sehr nahegestanden«, sagte Libby in der Hoffnung, Elaine etwas aufzutauen.

Elaines Blick schien sich nach innen, in die Vergangenheit zu wenden. »Sie war in jeder Hinsicht eine ganz außergewöhnliche Frau. Und sie hat mein Leben mehr als sonst irgendjemand beeinflusst. Sie hätte alles getan, um mich zu beschützen.«

»Sind Sie sicher, dass Colton da drinnen nichts passiert?«, fragte Libby.

»Colton hat die Konstruktion von außen geprüft. Er meint, die Träger sähen stabil aus.«

»Nichts für ungut, aber Colton ist Gärtner«, wandte Libby ein. Sie stellte sich vor, wie das ganze Teil in sich zusammenstürzte, während sie drinnen waren, und notierte *Helme* auf ihrer geistigen Liste.

»Jetzt arbeitet er als Gärtner, aber eigentlich ist er Ingenieur«, sagte Elaine.

Colton winkte sie herein. »Alles okay. Aber seid vorsichtig, es ist rutschig.« Er sah die beiden Hunde an. »Ihr bleibt draußen.«

»Sie zuerst?«, fragte Elaine.

»Nein. Es ist Ihr Gewächshaus. Gehen Sie vor.«

Elaine wirkte mit einem Mal nervös. Sie zögerte auf der Schwelle.

»Ich bin direkt hinter Ihnen«, sagte Libby. Wovor mochte Elaine Angst haben?

»Gehen Sie schon mal rein«, sagte Elaine entschieden. »Ich will Sie nicht aufhalten.«

Libby war immer neugierig und wagemutig gewesen. Als sie klein gewesen war, hatte sie ihre Eltern mit endlosen Fragen gelöchert und ihre Antworten oft nicht gelten lassen. Ihr Lebenshunger hatte sie quer durchs Land nach Kalifornien geführt, wo sie ihre Ausbildung zur Krankenschwester gemacht hatte. Und sie hatte selbst für den dritten Versuch, schwanger zu werden, genug Mut gehabt.

Doch in den letzten Jahren war all das ins Gegenteil umgeschlagen. Sie war unfähig, auch nur das geringste Risiko einzugehen. Ihr jetziger Rückzug war reiner Selbstschutz – so hatte sie es als Kind auch gemacht, wenn sie in Schwierigkeiten gesteckt hatte. Doch damals hatte sie immer einen Weg nach vorne gefunden, während sie jetzt manchmal daran zweifelte, ob sie ihr Elternhaus je verlassen würde.

Hier stand sie also und fürchtete sich davor, in ein läppisches Gewächshaus zu treten, weil sie sich Sorgen um ein marodes Dach, um einen Schlangenbiss und was nicht alles machte. Das Leben zog an ihr vorbei – die Fotos von Jeremy und Monica bewiesen es. Sie hatte lange genug gezögert. Was sollte schon schiefgehen? Sie legte den Kopf in den Nacken und betrachtete die überwucherte Kuppel. *Deckeneinsturz. Ratten und Schlangen. Berstende Glasscheiben.*

Ihr erster Eindruck war der muffige Geruch. Es stank nach Gemüse, das im Kühlschrank verschimmelt war. Die Luft war so faulig, dass sie flach atmete.

In der Mitte des Raums stand ein Springbrunnen wie ein verlorener Wachposten. Auf den drei Etagen hatten sich Gras und Unkraut eingenistet. Er stand auf einer geriffelten Säule, im Mittelpunkt eines kreisförmig angelegten Ziegelsteinpflasters im Fischgrätenmuster.

Die ehemaligen Beete, die sich an den Wänden entlangzogen, waren zugewuchert. An einer Seite des Gewächshauses wuchs ein Holunderbusch.

Kelce and Sarge hatten sich ein paar Schritte über die Schwelle hereingewagt und wurden magisch von den unbekannten Gerüchen angezogen. Sarge hob als Erstes das Bein und markierte sein Territorium. Kelce folgte seinem Beispiel.

Colton machte Anstalten, die beiden zu verscheuchen, aber Elaine stoppte ihn. »Ist schon in Ordnung. Sie gehören doch auch zur Familie.«

»Es gefällt mir sehr«, sagte Libby still und richtete den Blick wieder auf die Glaskuppel.

»Es war der reinste Luxus«, sagte Elaine. »Meine Großmutter liebte Orchideen, und mein Großvater ließ das Gewächshaus bauen, damit sie die Blumen das ganze Jahr um sich haben konnte. Das Gewächshaus erinnerte sie an das ihrer Eltern in London. Es wurde beim selben Bombenangriff wie das Wohnhaus ihrer Familie im Blitzkrieg zerstört.«

Colton inspizierte einen lang gezogenen Sprung in einer Fensterscheibe. »Elaine, Sie könnten ein kleines Vermögen verdienen, wenn Sie das alles auseinandernehmen lassen und die Einzelteile an eine Firma verkaufen, die auf so etwas spezialisiert ist. Es ist qualitativ sehr hochwertig.«

»Die Unterhaltung hatten wir schon«, sagte Elaine. »Ich will es renovieren lassen. Es soll wieder so werden, wie es einmal war.«

»Das wird Monate dauern«, sagte er.

»Und viel Geld kosten. Ich weiß, wie so etwas läuft.« Elaine strich mit der Fingerspitze über das untere Becken des Springbrunnens. »Ich nehme an, die Rohre, die den Brunnen versorgt haben, müssen auch ausgebessert werden?«

»So ist es«, sagte Colton. »Es ist ein schwerkraftgetriebenes System, das sich aus einem Brunnen in der Nähe des Haupthauses speist.«

»Hört sich raffiniert an«, sagte Libby.

»Für seine Frau war meinem Großvater das Beste gerade gut genug«, erwiderte Elaine.

»Wie war Ihr Großvater?«, fragte Libby.

»Er ging ganz in seiner Arbeit auf. Es gab eine Zeit, in der sie sehr kontrovers diskutiert wurde.«

»Ich glaube, ich erinnere mich, vor Jahren etwas über ihn gelesen zu haben«, sagte Libby.

»Man konnte die Berichterstattung kaum übersehen.«

Die Luft war nicht nur mit Feuchtigkeit getränkt, sondern auch mit Trauer und Verlust. Das Gewächshaus war dazu bestimmt, Früchte zu tragen, aber durch die Vernachlässigung war es unfruchtbar geworden. Ein Relikt, das mehr Arbeit machte, als es wert war. Eisige Kälte kroch Libby den Rücken hoch, und sie fragte sich, ob nicht doch etwas an Sierras Aberglaube über das schlechte Omen dran war.

Colton, der gerade dabei gewesen war, einen Stützpfeiler zu inspizieren, bückte sich nach einer zerquetschten Bierdose. »Als ich in der Schule war«, sagte er grinsend, »haben sich hier ab und zu ein paar Leute reingeschlichen.«

»Hört sich an, als wären Sie mit von der Partie gewesen, Colton«, sagte Elaine.

»Es ist lange her«, gab er zurück.

»Waren Sie auch dabei, Libby?«

»Ich war auf dem Internat, ich hab solche Sachen verpasst.«

Auf Coltons Handy klingelte ein Wecker. Er stellte ihn ab. »Ich muss los und die Jungs von der Schule abholen und zu Freunden bringen.« Seine Stimme war ruhig und weich. »Nachdem ich sie abgeliefert habe, fange ich hier mit der Arbeit an. Soll ich dich zum Haus mitnehmen, Libby, oder fährst du mit Elaine?«

»Sie kann mit mir zurückfahren«, sagte Elaine.

»Gut.«

»Wenn Sie Hilfe brauchen oder mehr Leute, zögern Sie nicht«, sagte Elaine. »Ich will, dass die Arbeit fachmännisch und zügig erledigt wird.«

»Alles klar.« Er ging hinaus und pfiff nach den Hunden, die ihm freudig folgten.

Libby bewunderte das Fischgrätpflaster und einen kleinen Steintisch in der Ecke. »Ich freue mich, dass Sie das Anwesen der Öffentlichkeit zugänglich machen. Woodmont hat es verdient.«

»Tja, schon wahr. Aber vielleicht bleibt es weiterhin privat und der Familie vorbehalten. Mein Mann nennt es eine meiner Rettungsmissionen.«

Libby fragte sich, ob sie aus Elaines Sicht auch so eine Mission war. Auch wenn sie nicht gerettet werden musste. »Die Sache ist es wert.«

»Ich freue mich, dass Sie das auch so sehen.«

Libby richtete die Kamera auf die Statue eines kleinen Engels. Sie war aus weißem Marmor und wie alles andere mit einer Schicht Moos überzogen. Dann ging Libby im Raum umher und machte Fotos aus allen Perspektiven. Plötzlich stachen ihr auf einer Glasscheibe ungelenke Buchstaben ins Auge. »Sadie«, las sie laut.

»Was?« Elaine klang überrascht.

»*Sadie, 1942.* Das ist hier in die Glasscheibe eingeritzt.«

Elaine kam zu ihr und strich über die Buchstaben. »Das hatte ich völlig vergessen.«

»Wer war Sadie?«

»Ein Mädchen aus der Gegend, das eine Zeit lang für meine Großmutter gearbeitet hat.«

»Lebt sie noch?«

»Nein, sie ist in den Neunzigerjahren gestorben.«

Libby fragte sich, ob man etwas im Heimatarchiv über Sadie finden würde. Im selben Moment wunderte sie sich über sich selbst. Warum sollte es von Bedeutung sein?

»Es ist wirklich unglaublich schön hier.« Libby klickte sich durch ihre Fotos von dem gewölbten Glasdach, das das Licht in allen Farben des Regenbogens widerspiegelte.

Dann machten sie sich auf die holperige Fahrt zurück zum Haus, wo Elaine neben Libbys Auto anhielt.

»Ich mache Ihnen ein Angebot und schicke es noch heute per Mail«, sagte sie.

»Heute Abend essen Margaret, Colton, die Jungs und ich zusammen. Vielleicht kommt meine Tochter Lofton auch dazu. Wie wäre es, wenn Sie mir die Unterlagen vorbeibringen und gleich zum Essen bleiben würden?«

»Passt Ihnen das denn auch?«

»Ja, bestens.«

»Gern. Vielen Dank für die Einladung. Wann soll ich da sein?«

»Um fünf. Früh für ein Abendessen, aber die Jungs müssen um sieben ins Bett. Kinder krempeln das Leben um, aber auf die beste Art und Weise.«

»Das habe ich auch schon gehört.«

Kapitel 7

Libby

Montag, 8. Juni, Gut Woodmont

Als Libby gerade losfahren wollte, piepte ihr Handy. Sie hatte eine Nachricht von Sierra. Komm zum alten Krämerladen. Libby schickte ihr ein Daumen-hoch-Emoji und fuhr ins Zentrum von Bluestone.

Sierras roter Mini Cooper war vor dem Laden geparkt. Libby stellte ihren Wagen dahinter ab und ging auf den Eingang zu. Das große Schaufenster war mit braunem Packpapier zugeklebt, auf dem in großen Buchstaben WIR SCHLIESSEN stand. Die angelaufene Messingklinke musste noch aus der Gründungszeit stammen. Unter dem Querbalken über der Ladentür klebte ein Schwalbennest.

Sie stieß die Tür auf und trat aus dem hellen Sonnenlicht in die abgestandene Luft des schmuddeligen, halb dunklen Ladens. Der Boden und ein paar übrig gebliebene Regale waren mit einer dicken Staubschicht überzogen. Auf dem Tresen an der gegenüberliegenden Seite stand eine Flasche mit einer klaren Flüssigkeit.

Libby wischte den Staub vom Pfropfen. Sie wusste sofort, dass das nur selbst gebrannter Schnaps sein konnte. Er musste das Verfallsdatum weit überschritten haben. So oder so war er hochgiftig. »Sierra«, rief sie ins Halbdunkel, »sag sofort, dass du den Laden nicht gekauft hast!«

»Doch, habe ich!« Sierras Stimme kam aus einem Hinterzimmer. Zwei Sekunden später erschien sie in einem schwarzen T-Shirt, ausgefransten halb langen Jeans und roten Sandalen mit einer dicken Korksohle.

»Ist das dein Ernst?«

Sierra lachte etwas gequält, wie immer, wenn sie in Panik geriet. »Die gute Nachricht: Ich konnte den Verkäufer ordentlich runterhandeln.«

»Und was ist mit dem Kredit von der Bank für die Renovierung?«

Sierra zuckte mit den Achseln. »Den habe ich nicht gekriegt.«

»Warum denn nicht? Was ist mit dem Land, das du von Adam geerbt hast? Sollte das nicht die Kreditsicherheit sein?«

»Das Land wird noch zehn Jahre treuhänderisch verwaltet. Seine Familie hatte Angst, dass Adam einer Goldgräberin in die Fänge geraten könnte.« Ein Schatten legte sich auf ihre Miene. »Tanner hat gedacht, das Land wäre der Bank Sicherheit genug, aber wie sich herausgestellt hat, brauche ich die Genehmigung von Adams Vater.«

Auf eine gewisse Weise konnte Libby Sierras Schwiegervater verstehen. Es war wirklich nicht die klügste Investition, und wenn das Land treuhänderisch verwaltet wurde, bedeutete das auch, dass es Sierra später zur Verfügung stehen würde. »Und du konntest ihn nicht überzeugen?«

»Er lässt sich nicht umstimmen.«

Libby ging in dem staubigen Raum hin und her. »Und das wird also dein Sandwichladen?«

»Das ist genau das, was hier fehlt. Es gibt mehr als genug Pizzerien in der Gegend. Völlig okay, wenn man Kinder satt machen will oder wenn es um ein schnelles Essen geht. Aber wer etwas Leckeres für einen Ausflug zu einem der vielen Weingüter sucht, kommt zu mir. Ich verkaufe alles, was in einen Picknickkorb gehört. Und deswegen nenne ich den Laden auch so: *Picknick.*«

»Picknick«, wiederholte Libby. Sie konnte es vor sich sehen. Und sie wusste genau, dass Sierra sehr viel Arbeit für sehr wenig Profit vor sich hatte. »Der Name bringt das Konzept auf den Punkt. Wann willst du den Laden denn eröffnen?«

»Der ursprüngliche Plan war Herbst. Aber jetzt muss ich fast alles alleine machen, also wird es eher im Frühling sein.«

»Und im nächsten Jahr wirst du nur Verlust machen.«

»Mehr oder weniger schon.« Sierra hob die Schultern. »Harte Arbeit macht mir gar nichts aus. Was mir etwas ausmacht, ist rumsitzen und grübeln. Und wenn alle Stricke reißen, mache ich hier eben wirklich alles auf eigene Faust.«

»Mannomann.« Libby hob die Kamera und nahm Sierra ins Visier. »Hast du schon mal eine Wand eingerissen?«

»Nein. Aber ich gucke es mir auf YouTube an.«

»Echt jetzt?«

»So hast du dir doch auch das Fotografieren beigebracht!«

»Ja, schon, aber beim Fotografieren gibt es keine tragenden Wände oder elektrischen Leitungen, die dir einen tödlichen Schlag versetzen können.«

»Bei YouTube kann ich das alles lernen«, sagte Sierra munter. »Ich glaube fest daran.«

»Okay.«

»Freu dich mit mir, Libby. Das ist das, was ich jetzt brauche.«

»Ich freue mich ja mit dir.«

Sierra ging ein verrücktes Risiko ein, aber sie hatte keine Angst davor.

Libby schoss noch mehr Fotos. »Na, dann fange ich am besten gleich an, das ganze Unterfangen zu dokumentieren. Wenn sie bei HGTV auf deinen Blog stoßen und sich das Ganze vor Ort ansehen, kannst du ihnen die *Vorher*-Fotos zeigen.«

»Oh, Libby, das klingt doch schon ganz anders!« Sierra stellte sich seitwärts in Pose, stemmte die Hände in die Hüften und lächelte zuversichtlich. »Dies ist meine bessere Seite.«

Libby knipste los. »Du gehörst auf ein Cover.«

Sierra wandte sich um und sah direkt in die Kamera. »Nur damit du's weißt: Morgen kommt ein Bauunternehmer. Ich bin ja nicht komplett verrückt geworden. Er stellt sicher, dass ich keine tragenden Wände raushaue und das ganze Gebäude über mir zusammenstürzt. John Stapleton. Wir sind zusammen zur Highschool gegangen.«

»Gut, dass du noch mit ihm in Kontakt bist.«

»Genau gesagt waren wir auch mal zusammen.«

»Ach, wirklich?«

»Ist eine lange Geschichte.«

»Okay, dann frage ich erst gar nicht.«

»Ja, besser nicht. Aber er ist echt süß.«

Libby deutete auf die Flasche. »Ist da Schnaps drin?«

Sierra hielt sie in die Höhe. »Ich glaube schon. Sie stand auf einem Regalbrett ganz unten. In einer Kiste mit fünf anderen.«

»Komm bloß nicht in Versuchung, das zu trinken. Du kannst blind werden, wenn du nicht vorher tot bist.«

Sierra lachte. »Für wie blöd hältst du mich? Ich finde es einfach nur originell. Wahrscheinlich hatte der ursprüngliche Besitzer, Mr Sullivan, eine Schwäche für Selbstgebrannten. Wie war es eigentlich in Woodmont?«

»Elaine Grant hat auch eine große Renovierung vor. Mit einem Gewächshaus.«

»Das Gewächshaus. Für mich knüpfen sich schöne Erinnerungen daran.«

»Du kennst es? Ich wusste bis gerade gar nicht, dass es in Woodmont eins gibt.«

»Du warst ja auch auf dem Internat. In den letzten Jahren auf der Highschool war es cool, nachts da rumzuhängen.«

»Das hat Colton auch angedeutet. Und wie seid ihr dahin gekommen?«

»Immer am Fluss lang und dann über den Hügel. Es war eine Mutprobe.«

Daher die Bierdose, die Colton gefunden hatte.

»Eine Mutprobe? Warum?«

»Weil ein Fluch darauf liegt. Die alte Mrs Carter …«

»Elaines Großmutter?«

»Kann sein. Jedenfalls soll ihr Mann ihr das Gewächshaus zur Hochzeit geschenkt haben. Es geht das Gerücht, dass Mrs Carter irgendwann Mitte der Vierzigerjahre an der Ermordung eines Mannes beteiligt gewesen sein soll.«

»An wem?«

»Das ist nicht ganz klar. Es sind mehrere Versionen von der Geschichte im Umlauf. Auf jeden Fall müssen die Beziehungen der Familie Mrs Carter vor dem Gefängnis und einem Skandal bewahrt haben. Der Geist des Ermordeten spukt auf dem Anwesen, vor allem im Gewächshaus, weil er weiß, wie sehr sie es geliebt hat.«

»Hast du ihn gesehen?«

»Man muss kein Gespenst sehen, um sich zu gruseln. Aber nichts war besser, als unter der Glaskuppel zu liegen, Fireball Whisky zu trinken und sich einzubilden, ein Gespenst würde in den dunklen Wäldern herumschleichen. Wunderbar unheimlich.«

»Sagt dir der Name Sadie etwas? Jemand hat ihn in eine Glasscheibe im Gewächshaus geritzt.«

»Nein, gar nichts.«

»Sie muss eine enge Beziehung zu den Carters gehabt haben. Unter ihrem Namen stand die Jahreszahl 1942.«

»Sehr merkwürdig.«

»Ich habe ganz schön was verpasst. Auf dem Internat gab es keine Gespenster.«

»Ach, Süße, tut mir leid. Vielleicht läuft es dir bei deiner Arbeit in Woodmont doch noch über den Weg.«

Die Internatsschule war sehr gut gewesen, aber sie hatte Libby von ihren Freundinnen und ihrem Vater getrennt. Und in den Sommerferien, wenn sie die Möglichkeit gehabt hätte, sich mit ihnen zu treffen, hatte ihr Vater sie oft zu Kursen nach Europa geschickt.

»Elaine hat mich heute Abend zum Essen eingeladen«, sagte Libby.

»Hey, du bist ja auf einmal ganz dicke mit dem Landadel.«

»Sie meint, dabei können wir über mein Angebot sprechen.«

»Das geht per E-Mail oder WhatsApp genauso gut. Ich würde sagen, du hast Mrs Grant beeindruckt.«

»Vielleicht.« Hinter der Wand trippelten kleine Füße. Libby wandte ihre Aufmerksamkeit den Dingen zu, die jetzt anstanden. »In meiner Freizeit helfe ich dir.«

»In welcher Freizeit?«

»Ab und zu hebt das Ungeheuer seinen abscheulichen Kopf. Beim Arbeiten geht es mir am besten – so wie dir.«

Sierra hakte Libby unter. »Tja, zwei co-abhängige Verstoßene, die sich ins Leben zurückkämpfen.«

Libby lachte. »Wenn du es so sagst, hört es sich ziemlich schlimm an.«

»Aber es ist doch was dran.«

»Ich weigere mich, das so zu sehen«, sagte Libby.

»Dann leugnen wir es bis zum bitteren Ende«, sagte Sierra lachend.

* * *

Libby verbrachte den Nachmittag damit, den Fotoplan für die Hochzeit am kommenden Wochenende auszuarbeiten und sich WhatsApps mit der Braut Joan zu schreiben. Das Probeessen und die Hochzeit sollten im historischen Hauptbahnhof von Richmond stattfinden. Da der Bahnhof noch genutzt wurde, enthielt ihre Liste nicht nur die Namen der Hochzeitsgesellschaft, sondern auch die Züge, die in der infrage kommenden Zeit abfuhren (18.35 Uhr und 20.30 Uhr). Sie überprüfte ihre Zimmerreservierung doppelt, und sie überprüfte dreifach, ob die zusätzliche Fotografin, die sie angeheuert hatte, am Start war. Dann rasselte sie in ihrem Kopf eine ihrer Katastrophenlisten herunter: *Hurrikan-Saison. Zugpassagiere, die durchs Bild laufen. Betrunkene Gäste.*

Sie verfasste auch ein Angebot für Elaine, druckte es auf weißem Leinenpapier aus und steckte es in eine Hochglanzmappe, auf der ihr Logo eingeprägt war. Die Zeit verging schnell, und falls es jemanden interessieren sollte, könnte sie berichten, dass sie die Instagram-Seiten von Jeremy und Monica nur zweimal gecheckt hatte. Zu ihrer Enttäuschung und Erleichterung gab es weder neue Bilder von Monicas Babybauch noch von der bevorstehenden Hochzeit.

Um vier Uhr duschte sie und föhnte sich die Haare, was sie an einem Wochentag selten tat. Sie nahm sich auch Zeit, etwas Make-up aufzutragen, und zog saubere Jeans und ein weißes Top mit Lochstickerei an, das fast gebügelt aussah. Sie schnappte sich eine Flasche Chardonnay aus dem Weinregal – dem einzigen Souvenir aus dem gemeinsamen Haus mit Jeremy.

Inzwischen war ihr die zwanzigminütige Fahrt nach Woodmont vertraut, und sie mochte die hügelige Landschaft von Mal zu Mal mehr. Anfangs war sie von der Kargheit enttäuscht gewesen, aber mit jeder Fahrt gefiel es ihr mehr. Sie bog in die lange Allee und sah zwei schwarze Pferde auf einer Weide im Osten grasen.

Mit dem Projektentwurf und der Weinflasche in der Hand ging sie auf die große Eingangstür zu. Dort klebte eine Notiz in einer klaren Handschrift: *Libby, bitte kommen Sie zum Familieneingang an der Seite.*

Libby riss den Zettel ab und ging um das Haus herum, vorbei an der Buchsbaumhecke und Beeten mit blühenden Stiefmütterchen und Schwertlilien.

Sie stieg die neu verlegten Holzstufen hinauf und klopfte. Sekunden später hörte sie energische Schritte, und die Tür wurde aufgestoßen.

Die Frau, die ihr öffnete, war stämmig, trug die Haare kurz geschnitten und musste etwa Mitte siebzig sein. Sie trug ein loses, dunkelblaues Kleid und feste Sandalen.

»Guten Tag, Mrs Reese«, sagte Libby. Die Frau starrte sie reglos an. Libby hielt ihr den Notizzettel und die Flasche Wein hin. »Ich bin Libby. Elaine hat mich zum Essen eingeladen. Ich war die Fotografin auf Gingers Hochzeit.«

»Was für eine verregnete Hochzeit! Ich glaube nicht, dass ich die Böden je wieder sauber bekomme. Und bitte nennen Sie mich Margaret. Niemand sagt Mrs Reese zu mir. Elaine hat Sie angekündigt. Kommen Sie rein.«

»Danke. Bin ich zu früh dran?«

»Nein. Die anderen kommen zu spät. Wie immer.«

»Haben Ihnen die Fotos von der Hochzeit gefallen?«

Margarets Miene wurde weich. »Elaine hat mir gezeigt, wie man den Link öffnet, und wir haben sie uns gemeinsam angesehen. Sie sind wirklich sehr, sehr schön. Selbst die im Regen.«

»Die besten Momente lassen sich nicht planen.«

»Ginger hatte Glück, dass sie an diesem wunderbaren Ort heiraten durfte.«

»Ja, das kann man wohl sagen.« Libby hielt die Flasche hoch. »Ich habe Wein mitgebracht.«

»Das ist aber nett von Ihnen. Und was ist in der Mappe?«

»Ein Angebot für Elaine.«

»Ich lege es auf ihren Schreibtisch.«

Libby zögerte. Sie übergab ihre Angebote am liebsten persönlich. Doch dann reichte sie Margaret die Mappe und folgte ihr in eine frisch renovierte Küche, um die Margaret jeder Küchenchef beneidet hätte. Die Arbeitsflächen waren aus weißem Marmor, die Schränke aus dunkelblau gestrichenem Holz und die Armaturen aus Edelstahl.

Vor Jahren hatte sie mit ihrer Mutter das Haus besichtigt und dabei auch die Küche gesehen. Damals waren die Arbeitsflächen aus Holz gewesen, es hatte eine große Porzellanspüle und einen Emailleherd mit zwei Öfen gegeben.

»Ich erinnere mich noch an die alte Küche. Haben Sie auf dem großen weißen Herd gekocht?«

»Auf dem habe ich kochen gelernt. Und er hat mir gute Dienste geleistet, aber Mrs Carter hat ihn auswechseln lassen.«

Der Duft nach frischem Brot, selbst gebackenen Keksen und gebratenem Huhn durchzog die Küche. »Es riecht schon sehr verlockend.«

»Ich vermisse den alten Herd.« Margaret legte das Angebot auf einen Schreibtisch in einer Nische und ging an den Herd. »Die Küche ist erst eine Woche alt, und ich kenne mich damit noch nicht aus. Die alte Küche hatte ihre Eigenarten. So wie ich. Wir waren ein eingespieltes Team. Aber der neue Herd und der neue Kühlschrank sind Fremde für mich. Colton hat mir den Ofen angestellt, aber ich vergesse immer wieder, wie man die Gasbrenner bedient.«

In den letzten Jahren hatte Libby viele Profi-Küchen gesehen. Sie drückte einen schwarzen Knauf hinein und drehte ihn dabei. Eine Flamme züngelte empor. »Bitte sehr.«

Margaret atmete tief ein und nickte. »Drücken und drehen. Das hätte ich mir doch merken müssen!«

»Soll ich den Wein kalt stellen?«, fragte Libby.

»Ja, tauschen Sie ihn gegen den anderen im Kühlschrank aus. Können Sie bitte auch nach dem Korkenzieher suchen?«

»Ich bin im Januar ins Haus meines Vaters eingezogen und habe auch Ewigkeiten gebraucht, um mich zurechtzufinden.«

Margaret öffnete eine Nudelpackung mit kleinen Hörnchen. »Elaine hat gesagt, es wäre eine schöne Beerdigung gewesen.«

»Ich wusste gar nicht, dass sie da gewesen ist. Die Kirche war so voll, dass ich den Überblick verloren habe.«

Libby tauschte ihren Wein gegen den kalten und sah in drei oder vier verschiedenen Schubladen nach dem Korkenzieher. Schließlich fand sie ihn in einer Ramschschublade. Sie fragte sich, wie Margaret vom Wein auf das Begräbnis zu sprechen gekommen war.

Sie öffnete die Flasche und stellte zwei Gläser auf den Tisch. »Soll ich Ihnen etwas einschenken?«, fragte sie.

»Ich trinke keinen Alkohol«, sagte Margaret. »Aber lassen Sie sich bitte nicht abhalten.«

Libby goss sich ein Glas ein. »Arbeiten Sie schon lange in Woodmont, Margaret?«

»Ich habe ein paar Wochen vor Miss Elaines Geburt angefangen.«

»Da müssen Sie ja noch ein Kind gewesen sein.«

»Ich war achtzehn.«

»Und Sie sind immer hiergeblieben?«

»Ja. Ich habe Miss Olivia dabei geholfen, Elaine großzuziehen, nachdem ihre Eltern verunglückt sind. Meinen Mann habe ich hier kennengelernt und meine eigenen Kinder sind hier aufgewachsen«, sagte Margaret stolz.

Sie gehörte ebenso zu Woodmont wie die Carters. Ihr ganzes Leben hatte sich auf diesem Landgut abgespielt. »Das ist in diesen Zeiten wirklich etwas Besonderes.«

Margaret spähte in den Topf. »Oh, das Wasser kocht ja schon! Ich muss zugeben, dass dieser Herd sehr viel schneller reagiert als mein alter.«

»Was kochen Sie denn?«

»Nudeln für die Jungs. Wenn es keine Nudeln gäbe, wären sie schon verhungert. Für uns Erwachsene gibt es gebratenes Hühnchen mit Kartoffeln und Salat.«

»Klingt super! Kann ich Ihnen irgendwie helfen?«

»Ja, Sie könnten den Tisch decken. Ich wäre längst damit fertig, wenn ich mich nicht mit dem Herd herumgeschlagen hätte.«

Libby trank einen Schluck Wein und ging zu dem langen Mahagonitisch hinüber. Sie strich über das schimmernde Holz, das einen leichten Duft nach Zitrone verströmte. Das zurechtgestellte Geschirr aus feinem Wedgwood-Porzellan war mit blassblauen Blumen bemalt und hatte einen silbernen Rand. Die Gläser waren aus Kristall. »Das Geschirr für besondere Anlässe?«

Margaret nahm eine Glaskaraffe voll Eistee mit schwimmenden Zitronenvierteln aus dem Kühlschrank.

Libby legte die sieben Gedecke auf, sieben Teller, das Besteck daneben und die Kristallgläser rechts über Löffel und Messer. Die grünen Leinenservietten schlug sie mehrfach diagonal übereinander, sodass sie eine Pyramide formten.

»Sieh sich das einer an«, kommentierte Margaret.

»Es ist so gut wie unmöglich, im Hochzeitsgeschäft zu arbeiten und nicht zu wissen, wie man eine Serviette faltet.«

»Ich dachte, Sie machen die Fotos.«

»Ja, aber ich habe oft in den Küchen von Caterern mit angepackt, wenn Not am Mann war. Ich kann nicht nur Servietten falten und Herde bedienen, ich kann auch eine Hochzeitstorte in gleichmäßige Stücke schneiden und zerrissene Hochzeitskleider ausbessern.«

»Zerrissene Hochzeitskleider?«

»Man sollte es nicht für möglich halten, wie viele Bräutigame und Brautväter der Braut auf die Schleppe treten.«

Von draußen klang Gebell und Lachen herein. Libby wandte sich zum Fenster und sah Colton mit seinen beiden Söhnen und den Hunden auf das Haus zukommen. Einer der Jungen warf einen Ball in die Luft, hinter dem Kelce herrannte. Sarge gähnte.

Colton hatte sich umgezogen, trug ein hellblaues Hemd zu einer sauberen Jeans und war frisch rasiert. Die beiden Jungen hatten saubere T-Shirts und Jeans an, und ihre Haare waren wie die ihres Vaters noch feucht von der Dusche.

»Na, hat man da noch Töne!«, rief Margaret lächelnd. »Es war schwer genug, die Jungs vor der Hochzeit ansehnlich herzurichten, und jetzt sind sie schon wieder richtig sauber. Das muss Ihretwegen sein, Libby.«

»Aber ich wollte doch keine Umstände machen.«

»Das kann ich mir denken. Aber Elaine läuft herum wie ein aufgescheuchtes Huhn, seit sie Sie heute Morgen eingeladen hat. Ist das Haus sauber? Was isst sie wohl gern? Was soll ich anziehen? Was machen wir, wenn sie da ist? Es ist unglaublich.«

»Warum macht sie so einen Wirbel um mich?«

Margaret zuckte die Schultern. »Das müssen Sie sie selber fragen.«

Die Tür flog auf. Colton bugsierte seine beiden Söhne hinein und hielt die beiden Hunde draußen zurück. Sein Blick streifte Libby nur flüchtig, und trotzdem hatte sie das Gefühl, dass sie ihm gefiel.

Früher hatte sie oft die Leidenschaft in Jeremys Blick gesehen, aber nach jeder Fehlgeburt wurde er kühler. Ihr Sex wurde mechanisch, weil es irgendwann nur noch darum ging, ein Baby zu bekommen, und als nichts daraus wurde, erlosch sein Begehren. Es kam ihr vor, dass er in ihr nicht mehr seine Frau sah, sondern nur noch einen bemitleidenswerten Menschen. Sein Mitleid war unerträglich gewesen und hatte sie vertrieben.

In Coltons Blick lag nichts dergleichen. Ihr schoss durch den Sinn, dass es zwei Jahre her war, dass sie mit jemandem intim gewesen war.

»Das riecht aber verführerisch«, sagte er und gab seiner Mutter einen Kuss. »Hoffentlich gibt es auch genug, um eine halbe Armee durchzufüttern.«

»Genug für unsere kleinen Soldaten und dich, auch wenn ihr einen Bärenhunger habt.«

Die Jungen drückten sich gegen ihren Vater und starrten Libby unverhohlen an. Der kleinere war mit seinen dunklen Haaren und den nachdenklichen braunen Augen ein Abbild seines Vaters. Der ältere war etwas heller und hatte mehr Sommersprossen auf der Nase.

»Libby, das hier sind meine beiden Jungs«, sagte Colton. »Jeff ist der ältere, aber Sam ist nur ein Jahr jünger.«

»Ihr seid mir schon auf der Hochzeit aufgefallen«, sagte sie lächelnd. »Ihr habt beide sehr gut ausgesehen in euren Anzügen.« Colton und seine Söhne hatten dunkelblaue Anzüge mit weißen Hemden ohne Krawatte getragen.

Colton gab Jeff einen kleinen Schubs vorwärts. Der Junge streckte die Hand aus. »Ich heiße Jeff. Ich bin sieben.«

»Er ist sechs«, sagte Sam.

Jeff schoss Sam einen bösen Blick zu. »Ich werde in zwei Wochen sieben. Also bin ich es eigentlich schon.«

»Jetzt bist du aber sechs.«

Sie ergriff Jeffs Hand und war überrascht von seinem kräftigen Händedruck. »Ich bin Libby McKenzie. Freut mich, dich kennenzulernen.«

Sam stieß seinen Bruder mit dem Ellenbogen beiseite. Er streckte die Hand aus und wartete darauf, dass Libby ihn beachtete.

Als sie es tat, grinste er sie an. »Ich heiße Sam. Ich bin fünf, und das stimmt, und ich gehe in den Kindergarten.«

»Dann bist du ja schon groß«, sagte Libby.

Jeff rollte mit den Augen. »Ich bin schon fast in der zweiten Klasse. Ich bin viel größer als er.«

»Stimmt ja gar nicht!«, rief Sam.

»Stimmt wohl, du Blödmann«, konterte Jeff.

»Hört auf, euch zu streiten«, sagte Colton streng.

»Wenn man in die zweite Klasse geht, ist man größer, als wenn man in den Kindergarten geht«, legte Jeff nach.

Libby merkte, wie die Nervosität langsam von ihr abfiel. »Ich finde, ihr seid alle beide groß für euer Alter. Ich habe gedacht, ihr wärt schon älter. Ungefähr in der vierten und fünften Klasse.«

Die Kinder sahen sich an. Jeff wirkte geschmeichelt. Sam machte eine Grimasse, als wollte er sagen: *Da siehst du's.*

»Libby hat Wein mitgebracht«, schaltete Margaret sich ein. »Und im Kühlschrank ist Bier.«

»Ich nehme ein Bier«, sagte Colton und ging auf den neuen Kühlschrank zu. »Mom, kommst du mittlerweile mit den modernen Geräten klar?«

»Ich versuche, mich an sie zu gewöhnen. Und keine Anfälle zu kriegen.«

Colton nahm zwei Softdrinks aus dem Kühlschrank und wollte Sams Dose öffnen.

»Das kann ich alleine!«, protestierte er.

Colton beobachtete geduldig, wie er mit dem Verschluss kämpfte. Er füllte den Wassernapf auf und brachte ihn hinaus zu den Hunden. Als er sich ein Bier aus dem Kühlschrank nahm, hielt Sam ihm die Dose hin.

»Dad, das ist kaputt.«

Colton stellte sein Bier ab und zog den Verschluss von Sams Dose. »Hier, Kumpel.« Er wandte sich an Libby. »Mom hat sich jahrelang mit der alten Küche herumgeschlagen. Eine echte Hassliebe. Ich war dauernd damit beschäftigt, den Gasherd wieder in Gang zu setzen, und der alte Gefrierschrank hatte auch seine Macken. Es grenzt an ein Wunder, dass das Haus noch nicht abgebrannt ist.«

»Ich schäme mich nicht dafür, dass ich meine alte Küche vermisse. Sie hat der Familie jahrzehntelang gute Dienste geleistet.« Margaret stellte einen Teller mit Crackern und Käsewürfeln auf den Tisch. Die Kinder stürzten sich darauf.

Die Jungen gingen ziemlich grob miteinander um, und ihre Aggressionen überraschten Libby. Als Einzelkind hatte sie es nie nötig gehabt, um die Aufmerksamkeit ihrer Eltern zu buhlen.

Jeff machte Sam eine Fratze, und der schubste ihn vom Tisch weg. Bei ihrer letzten Schwangerschaft hatte sich Libby Bilder von Kinderzimmern auf Pinterest angesehen. Als sich herausstellte, dass sie ein Mädchen erwartete, konzentrierte sie sich statt auf blau gestrichene Zimmer mit Treckern auf rosafarbene mit Himmelbetten.

Schritte näherten sich von der Treppe her. Libby nahm schnell noch einen Schluck Wein. Er schmeckte wunderbar voll und weich, und wenn sie sich keine Sorgen wegen der Unterhaltung mit Elaine und der Autofahrt zurück gemacht hätte, hätte sie noch etwas mehr getrunken.

Elaine erschien mit einem hellen Lächeln. Sie sah einen nach dem anderen an. »Ihr habt euch ja richtig in Schale geschmissen! Ich muss mich für meine Verspätung entschuldigen. Ich habe mit meiner Tochter Lofton telefoniert. Sie kann leider nicht kommen, also sind wir nur zu sechst.«

Margaret sah Elaine durchdringend an. »Und jetzt mal alle raus aus meiner Küche. Ich brauche noch eine Viertelstunde, um das Abendessen auf den Tisch zu bringen. Es ist herrlich draußen.«

»Wird gemacht!«, sagte Elaine grinsend.

Die Jungen schossen hinaus und rasten auf eine alte Eiche zu und die Hunde hefteten sich bellend an ihre Fersen. Colton ließ Elaine und Libby den Vortritt.

»Komm und guck dir die Rinde an!«, rief Sam Libby zu.

»Die Rinde?«, fragte sie an Elaine gewandt.

»Eine alte Familientradition. Seit Generationen ritzen wir unsere Initialen in den Baumstamm. Angeblich soll sich selbst George Washington hier auf seiner Durchreise nach Virginia verewigt haben.«

»Haben Sie das auch gemacht?«

»Ja. Mein Mann und ich haben unsere an unserem Hochzeitstag eingeritzt.«

»Sie haben hier in Woodmont geheiratet?«

»Ja, sogar unter dieser Eiche. Es war eine kleine Hochzeit. Mein Großvater lebte damals schon nicht mehr, und so waren nur Olivia und Teds Eltern und Geschwister dabei. Margaret und ihr Mann, Colton und Ginger. Ted und ich wollten kein großes Theater.«

»Und du, Colton?«

»Irgendwo müssten meine Anfangsbuchstaben auch sein, aber ich habe vergessen, wo.« Er nahm einen großen Schluck Bier.

Sie vermutete, dass er genau wusste, wo er sich verewigt hatte. Aber neben seinen Initialen standen sicherlich zwei andere, an die er jetzt nicht erinnert werden wollte.

Libby ging über das Gras zum Baum und legte ihre Hand auf die raue Rinde. Dort waren Dutzende von Buchstaben zu sehen, manche tief eingekerbt, andere kaum noch lesbar. Neben vielen standen Jahreszahlen: *19, 41, 00, 05*.

»Und wer war der Letzte?«, fragte Libby.

»Ginger und Cameron. Freitagabend«, sagte Elaine.

»Hm. Sie sollen sich nicht an die Tradition gehalten haben, eine Flasche Schnaps auf dem Friedhof zu vergraben«, sagte Libby.

»Leider nicht«, sagte Elaine. Ihr Ton war ernst, aber in ihren Augen blitzte Humor auf.

»Ich habe sie gewarnt, aber sie haben nicht auf mich gehört«, sagte Colton grinsend.

»Wo kommt diese Tradition her?«, fragte Libby.

»Sie muss etwa zweihundert Jahre alt sein. Die Männer der Familie hatten schon immer eine Schwäche für den Selbstgebrannten, und ich glaube, dass es ihre Art war, dem Tribut zu zollen. Mein Großvater war dafür bekannt, werdenden Vätern für die Zeit, in der sie auf die Geburt warteten, Schnaps zu verschreiben«, sagte Elaine.

»Kann ich mein *S* da einritzen?«, platzte Sam dazwischen. »Ich bin groß genug, um ein Messer zu halten. Stimmt's, Dad?«

»Er ist gar nicht groß genug. Er ist noch nicht mal sechs«, sagte Jeff.

»Daaad!«, schrie Sam. »Sag ihm, dass ich alt genug bin.«

Ein leichtes Lächeln spielte um Coltons Mundwinkel. »Ich sehe keinen Grund, warum er nicht mit der Arbeit an seinem *S* anfangen sollte.«

»Kann ich mein *J* tiefer einritzen?«, fragte Jeff.

»Klar.« Colton förderte ein Taschenmesser zutage. Jeff sprang darauf zu, aber Colton war schneller. Er hielt es außer Reichweite über ihre Köpfe. »Erst dein Bruder.«

Sam blähte sich auf. Colton ließ das Messer mit einer schnellen Bewegung aus dem Handgelenk aufschnappen.

»Wir machen es zusammen«, sagte er.

»Ich kann das alleine«, nörgelte Sam.

»Entweder mit mir oder gar nicht. Du hast die Wahl, Kumpel.«

»Okay.«

Elaine hob lächelnd ihr Glas an die Lippen. »Er erinnert mich an Lofton. Sie musste sich auch immer beweisen.«

»Wie alt ist Ihre Tochter?«, fragte Libby.

»Siebenundzwanzig. Letztes Jahr ist sie mit ihrem Studium fertig geworden. Sie hat an der University of Virginia Jura studiert und arbeitet jetzt in Washington, D. C. in einer Rechtsanwaltskanzlei. Sie kommt ganz nach ihren Eltern. Sie streitet sich gern. Mein Großvater wollte, dass ich Ärztin werde, und er hat mir sogar ein Praktikum bei Ihrem Vater verschafft. Aber ich kann kein Blut sehen.«

»Also kannten Sie meinen Vater.«

»Unsere Wege haben sich ein paar Wochen gekreuzt. Ich habe nie vergessen, wie sanft er mit Kindern umgegangen ist. Vor allem mit denen, die Angst vor Spritzen hatten. Er hatte mich fast überzeugt, es mit der Medizin zu versuchen, aber ich habe es dann doch gelassen.«

Libby trank etwas Wein. »Bluestone ist wirklich klein. Kannten Sie meine Mutter denn auch?«

»Nein. Nach dem College bin ich weggezogen. Aber meine Großmutter und Margaret haben mich über alles in der Stadt auf dem Laufenden gehalten. Sie haben mir auch erzählt, dass Ihre Eltern Sie adoptiert haben.«

Libby fand es merkwürdig, dass jemand, den sie kaum kannte, so etwas von ihr wusste. »Dad hat nie erwähnt, dass er Sie kannte.«

»Wir haben uns aus den Augen verloren, bis wir uns im letzten Herbst zufällig über den Weg gelaufen sind und zusammen Mittag gegessen haben. Er hat viel von Ihnen erzählt. Er war sehr stolz auf Sie.«

Libby schluckte die aufwallenden Gefühle hinunter und hoffte, dass ihr Lächeln die Tränen zurückhalten würde.

In dem Moment rief Margaret sie zum Essen. Libby war dankbar dafür. Colton füllte den Wassernapf nach und gab den Hunden ihr Trockenfutter.

Das Abendessen lief etwas verschwommen an Libby vorbei. Vielleicht lag das an dem zweiten Glas Wein. Libby hörte den Geschichten der Jungs zu, wobei Sam sich ununterbrochen in den Vordergrund spielte. Colton war sehr geduldig, aber als der Junge Luft holte, nutzte er die Gelegenheit, Libby nach ihrer Arbeit zu fragen.

»Im Wesentlichen fotografiere ich Paare«, sagte Libby. »Auf Verlobungen, Hochzeiten und an Jahrestagen.«

»Und dafür gibt es einen Markt?« Colton klang aufrichtig interessiert.

»Ja. Genau gesagt boomt das Geschäft. Ich habe so viel Arbeit, dass ich Anfragen ablehnen muss. Ein echtes Luxusproblem.«

»Wollten Sie das schon immer machen?«, fragte Elaine.

»Nein. Eigentlich wollte ich Künstlerin werden. Aber mit der Kunst seine Brötchen zu verdienen, ist schwer. Mein Vater hat mich überzeugt, auf die Schwesternschule zu gehen. Ich bin ausgebildete Krebskrankenschwester.«

»Hast du Kinder?«, fragte Sam.

Die Frage war so geradeheraus, dass sie Libby nicht umhaute. »Nein, ich habe keine Kinder.«

Ihr Ton ließ Colton aufhorchen. Er räusperte sich und legte die Gabel ab. »Sam kann sehr direkt sein. Hoffentlich ist dir die Frage nicht unangenehm.«

»Es ist kein großes Geheimnis«, sagte Libby. »Ich war verheiratet. Wir haben versucht, Kinder zu bekommen, aber es hat nicht geklappt.« Sie war sehr versucht, nach der Weinflasche zu greifen, ließ es dann aber doch. Sie musste ja noch nach Bluestone zurück.

»Ihr Vater hat mir erzählt, was Sie durchgemacht haben«, bemerkte Elaine leise.

Wieder kam es Libby merkwürdig vor, dass die beiden sich über sie unterhalten hatten. »Wir tragen alle unser Päckchen, stimmt's?«

Margaret stand auf und griff nach den Tellern. »Es gibt noch Nachtisch. Ich habe einen Kolibrikuchen gebacken.«

Libby stand ebenfalls auf. »Ich helfe Ihnen.«

»Kommt nicht infrage«, sagte Margaret. »Sie sind unser Gast.«

Aber Libby ließ sich nicht abhalten und räumte die Teller der Kinder ab. Die Nudeln hatten sie aufgegessen, Hühnchen und Gemüse hatten sie mehr oder weniger nur auf dem Teller herumgeschoben. Sie trug die Teller zum Abfalleimer unter der Spüle und schob die Reste hinein.

Währenddessen schnitt Margaret den Kolibrikuchen an, und Elaine formte Kugeln aus einer Eispackung. Als Colton die restlichen Teller auf die Arbeitsfläche neben der Spüle stellte, atmete sie einen Hauch von Aftershave und einen anderen, sehr maskulinen Geruch ein.

Sie sah zu, wie er die Reste von den anderen Tellern schabte. Wieder war da diese Anziehung, die sie so lange nicht mehr gespürt hatte. Was hatte sie bloß mit seinen Händen?

Colton hatte gar nichts von Jeremy. Darüber war sie froh. Eine Beziehung wie zu ihrem Ex-Mann wollte sie nicht noch einmal erleben. Vielleicht zog Colton sie auch deswegen so sehr an. Er war ein komplett anderer Typ als Jeremy.

Sierra nannte das Stress-Sex. Es war leichter, leidenschaftlichen Gefühlen nachzuhängen, als sich mit dem zu beschäftigen, was im Leben tatsächlich los war. Wie auch immer, es ging hoffentlich vorüber, wenn sie den Auftrag in Woodmont erledigt hatte.

»Das Rezept für den Kolibrikuchen wird in Margarets Familie von Generation zu Generation weitergereicht«, sagte Elaine. »Wissen Sie, von wem es ursprünglich ist?«

»Ich glaube, von meiner Urgroßmutter«, sagte Margaret. »Meine Großmutter hat ihn oft in meiner Kindheit gebacken. Er wird mit Holunderblütensirup gesüßt.« Sie wandte sich an Libby. »Ich bin bei meiner Großmutter aufgewachsen.«

Margaret führte das nicht weiter aus, und Libby, der man selbst heute Abend zu viele persönliche Fragen gestellt hatte, drang nicht weiter in sie.

Libby brachte die Kuchenteller zum Tisch und setzte sich wieder neben Colton. Eine in die Jahre gekommene Kaffeemaschine, die auf Margarets Anhänglichkeit an die alten Küchengeräte hindeutete, gurgelte laut vor sich hin.

Das Gespräch drehte sich um den Kuchen, der wirklich köstlich war. Libby trank zwei Tassen Kaffee. Koffein und Zucker vertrieben die Nachwirkungen des Weins.

Irgendwann stand Colton auf, wünschte ihnen allen Gute Nacht, bugsierte seine widerwilligen Kinder aus der Tür und machte sich auf den Weg. Sie wohnten auf dem Anwesen.

Nachdem sie gegangen waren, herrschte eine willkommene Stille. Libby wusste natürlich, dass Kinder anstrengend waren, aber die beiden hatten alle Energie im Raum beansprucht.

»Lofton hat als Kind auch immer ordentlich Rabatz gemacht«, sagte Elaine lächelnd. »Waren Sie auch ein lebhaftes Kind?«

»Ich habe alle mit meinen Fragen gelöchert, Fußball gespielt und viel gemalt. Aber weil ich keine Geschwister hatte, musste ich nicht um Aufmerksamkeit kämpfen.«

Elaine zog die Stirn in Falten. »Fanden Sie das gut, ein Einzelkind zu sein?«

»Ich kannte es ja nicht anders. Außerdem wohnte meine Freundin Sierra nebenan, und wir beide waren wie Schwestern. Nachdem meine Mutter gestorben ist, habe ich sehr viel Zeit drüben bei ihr verbracht. Ihre Mutter hat mich unter ihre Fittiche genommen. Sierra und ich unternehmen immer noch sehr viel zusammen.«

»Aber sie sind nicht Ihre Familie.«

»Irgendwie schon.«

»In jedem Fall sind Sie nicht einsam«, sagte Elaine leise. »Sie haben so ein ausgefülltes Leben.«

Libby atmete tief ein. »Sie haben recht. Ich habe gute Freunde und eine wunderbare Arbeit. Ich bin immer unterwegs.« Ihr Lächeln fühlte sich gekünstelt an. »Denken Sie sich nichts. Ich suhle mich zurzeit gern in Selbstmitleid.«

Elaine sah sie mitfühlend an. »Das darf auch mal sein. Über die Jahre hatte ich auch ab und zu solche Zeiten.«

Sie standen auf und schwiegen. Jede hing ihren eigenen Gedanken nach, die die andere ausschlossen. Doch nach einer Weile begann das Schweigen auf ihnen zu lasten.

Schließlich räusperte sich Elaine. Sie sah Libby direkt an, und ihr Gesichtsausdruck ließ vermuten, dass sie noch etwas sagen wollte. Doch dann lächelte sie nur. »Es war schön, Sie zum Essen bei uns zu haben, Libby. Ich freue mich darauf, mit Ihnen zusammenzuarbeiten.«

»Vielen Dank für die Einladung. Margaret hat mein Angebot auf den kleinen Schreibtisch in der Nische gelegt. Bitte rufen Sie mich an, wenn Sie Fragen hinsichtlich der Preisgestaltung haben oder wenn Ihnen etwas unklar ist.«

»Ich bin sicher, dass es passt. Können Sie morgen wiederkommen? Colton arbeitet im Gewächshaus. Noch ist es in einem fürchterlichen *Vorher*-Zustand, und es wäre großartig, wenn Sie den für die Nachwelt dokumentieren könnten. Es wird bestimmt eine wunderbare Vorher-Nachher-Geschichte.«

»Ja, gern. Ich bin noch bis Mittwochnachmittag in Bluestone. Dann bis morgen früh!«

»Ich freue mich auf Sie.«

Kapitel 8

Sadie

Mittwoch, 24. Dezember 1941, Bluestone, Virginia

Sadie schaltete in den dritten Gang und zuckte zusammen, als das Getriebe des Trucks knirschte. »Zieh nicht so ein Gesicht, du weißt doch, dass die Kupplung manchmal hakt. Und ich komme ja kaum an die Pedale.«

»Dann musst du die Kupplung eben durchgetreten lassen«, sagte Johnny.

»Versuche ich ja.« Sie rutschte noch etwas weiter vom Sitz, ohne ihren Bruder anzusehen. Wahrscheinlich guckte er sie mal wieder missbilligend an. »Meine Beine sind zu kurz. Pa hat immer Klötze auf die Pedale gelegt.«

»Keine Ahnung, wo die abgeblieben sind, musst halt ein paar Zentimeter wachsen. Wenn du nicht vernünftig fährst, geht der Truck kaputt«, sagte Johnny.

Sie zappelte hin und her, weil ein kalter Luftzug durch die Bodenritzen drang und ihr Rücken mittlerweile eiskalt war. »Ich bin an Heiligabend nicht gern auf der Straße, wenn zu Hause ein Schinken wartet«, erwiderte sie. »Ich bin am Verhungern.«

»Du wiederholst dich. Und der Vater von Dr. Carter hat mir Weihnachten immer sechs Dollar für den Selbstgebrannten gegeben.«

»Sechs Dollar. Ich glaube, so viel Geld habe ich noch nie auf einem Haufen gesehen. Meinst du, sein Sohn macht das auch?«

»Warum nicht? Ist doch Tradition.«

Als sie vor einer Kurve herunterschaltete, knirschte das Getriebe wieder. Er warf ihr einen finsteren Blick zu. »Warum ist es eigentlich so wichtig, dass ich uns nach Woodmont fahre?«, fragte Sadie.

»Du musst dich ans Fahren gewöhnen.«

»Warum?«

Für einen langen Moment schwieg er. »Ich werde eine Weile weg sein.«

Weil sie sich abgemüht hatte, den dritten Gang einzulegen, erfasste sie die Bedeutung seiner Worte erst, als der Truck weiter die schmutzige Straße entlangrumpelte. »Was meinst du? Gehst du weg?«

»Ich habe mich bei der Armee verpflichtet«, sagte er.

»Bei der Armee? Wann hast du das gemacht?« Die Frontscheinwerfer erhellten kaum mehr als drei Meter, aber sie kannte die Straßen gut und wusste, dass eine scharfe Kurve kam.

»Vor einer Woche, als ich was nach Waynesboro geliefert habe. Die Armee braucht Männer, die bereit sind zu kämpfen.«

»Aber du hast doch gehört, was Mr Sullivan gesagt hat. Dass der Krieg schlimm ist.«

»Genau deswegen brauchen sie ja Männer wie mich.«

Sie sah ihn flehend an. »Ich brauche dich.«

»Nicht so, wie das Land mich braucht. Achte auf die Straße.«

Sie konzentrierte sich wieder auf die Scheinwerfer, deren Licht die Dunkelheit vor ihnen kaum durchdrang. »Wann ist es so weit?«

»Am zweiten Januar.«

»Was?« Sie starrte ihn ungläubig an.

Er wies nach vorn. »Schau auf die Straße.«

»Das ist in weniger als zwei Wochen!«

»Ja, ich weiß.« Er sah starr geradeaus, ohne irgendetwas anzuschauen, am wenigsten sie. Aber er schien an der Richtigkeit seiner Entscheidung zu zweifeln. Doch seinem Kiefer war anzusehen, dass er nicht daran rütteln würde. Er war manchmal derart stur, dass sie oft darüber witzelte, ein Teil von ihm müsste wohl ein Maultier sein.

»Was sollen Mama und ich dann machen?« Ihre Frage war selbstsüchtig. Er machte sich auf, um in einem Krieg zu kämpfen, mit dem sie nichts zu tun haben wollte, und das Erste, was ihr dazu einfiel, war sie selbst.

»Ihr werdet schon klarkommen. Du brennst weiter Schnaps, Mama nimmt Näharbeiten an, und ich schicke euch jeden Monat Geld. Wie Danny.«

»Und die Farm?«

»Du wirst mehr Arbeit haben, aber so ist es nun mal.«

»Danny schickt nie Geld und schreibt uns nie.«

»Ich aber. Die Armee zahlt besser als die Fabrik in Waynesboro, und die Ausgaben für den Weg fallen auch weg.«

»Und deswegen lässt du mich heute fahren?«

»Musst dich eh dran gewöhnen.« Sie fuhr, seit sie zwölf war, aber ihre erste Fahrstunde war abrupt zum Ende gekommen, als sie beim Einparken an die Seitenwand der Scheune gerumst war. Ihr Vater und Johnny hatten mit im Auto gesessen und ihr die Sache jahrelang vorgehalten.

»Du darfst nicht weggehen.« Sie spürte Panik in sich aufsteigen. »Dein Platz ist hier.«

»Der Krieg braucht mich. Die Nazis und die Japsen töten überall Menschen, einer muss sie doch aufhalten.«

»Aber warum ausgerechnet du? Es reicht doch, dass Danny bei der Armee ist.«

»Mich brauchen sie genauso. Irgendwer muss es doch machen.«

Als die Säulen zu beiden Seiten der Einfahrt zum Landgut Woodmont zu sehen waren, schaltete sie herunter und bog in die lange Zufahrt, deren große kahle Alleebäume mit Schnee bestäubt waren.

Sie selbst war noch nie in Woodmont gewesen, aber Johnny hatte dort im Oktober mehrere Tage New Yorker Handwerkern geholfen, ein Glashaus zu bauen. Sie hätte es so gern gesehen, aber bei Johnny waren ihre Bitten auf taube Ohren gestoßen.

Sie fuhren schweigend die lange Zufahrt entlang, über die sich die nackten Äste der Bäume reckten und ihre Krallenhände nach ihnen ausstreckten. Der Truck rollte über die letzte Erhebung, und vor ihnen lag Woodmont. Es war das größte Haus, das sie je gesehen hatte, und jedes Fenster war erleuchtet. Als sie den Truck neben dem Haus parkte, hörte sie leise Musik.

»Geh zum Seiteneingang. Da ist die Küche«, forderte er sie auf.

Als Sadie den Motor abstellte und die Handbremse zog, sagte sie noch immer nichts.

»Du musst dich jetzt von deiner besten Seite zeigen«, sagte Johnny. »Du darfst auf keinen Fall fluchen. Und sag nur was, wenn man mit dir spricht. Am besten sagst du gar nichts. Du kannst ganz schön ins Quasseln kommen.«

»Stimmt gar nicht. Ich sage nur, was ich denke, und du weißt doch, dass mir immer alles Mögliche im Kopf rumgeht.«

Johnny rieb sich den Nacken. »Wie gesagt, sei einfach still.«

Als sie die Tür öffnete, fuhr ein eisiger Windstoß dagegen. Sie bekam sie gerade noch zu packen, bevor der Wind sie womöglich aus den Angeln gerissen hätte. »Verdammt.«

»Nicht fluchen«, wiederholte er.

Sie knallte die Tür zu. Ihr Bruder sollte ruhig merken, wie sauer sie auf ihn war.

Als sie hinter dem Truck zusammentrafen, warnte er sie noch einmal: »Überlass das Reden mir, Sadie.«

»Wenn sie irgendwann Nachschub brauchen, muss ich doch eh mit ihnen sprechen.« Das Alkoholverbot war vor einem Jahrzehnt aufgehoben worden. Während der Prohibition konnte ihr Vater gar nicht genug Schnaps brennen, und mit den Einnahmen hatten sie ihr Haus finanziert. Inzwischen verkauften sie nicht mehr annähernd so viel, hatten aber noch genug Aufträge, dass sich das Brennen lohnte. Die Carters konnten sich den teuersten Alkohol leisten, doch für Dr. Carter gehörte der Holunderschnaps zu Weihnachten dazu.

»Ab jetzt musst du sämtliche Lieferungen übernehmen«, sagte Johnny. »Und auch das Maischen.«

»Mache ich doch schon seit Jahren.«

»Das wissen die Leute aber nicht. Sie denken, ich mache es.«

»Dann tue ich einfach so, als würdest du die Maische von da herzaubern, wo du gerade bist.«

Er öffnete die Heckklappe. »Sag ihnen, ich hätte eine große Menge angesetzt, bevor ich weg bin.«

»Wer soll das denn glauben?«

»Du denkst dir doch gern Geschichten aus. Wenn die nichts taugt, lass dir eine bessere einfallen.«

Johnny lud den schwereren der beiden Milchkästen ab, sie den kleineren.

Der eisige Wind, der vom James River her wehte, pfiff unter ihren dünnen Mantel und brachte die Flaschen zum Klirren.

»Muss schön sein, in so einem Haus zu wohnen. Hast du dich mal gefragt, wie das wäre?«

»Nein. Für so was habe ich keine Zeit.«

»Bestimmt wohnt Gene Tierney in so einem Haus. Sie ist wie die Carters. Sie müssen sich keine Sorgen machen, wie das Essen auf den Tisch kommt oder wie das Haus im Winter warm wird. Wenn sie überhaupt Probleme haben, dann eben so Reichenprobleme.«

»Auch das behältst du besser für dich.«

Die Wurzeln der Familie Carter reichten zweihundert Jahre zurück. Es hieß, der erste Carter sei der zweitgeborene Sohn einer schottischen Adelsfamilie gewesen. Er machte ein Vermögen mit dem Anbau von Weizen, und sein Sohn hatte die väterliche Farm weiter vergrößert und es geschafft, während des Unabhängigkeitskriegs größeren Schaden von ihr abzuwenden.

Die letzten beiden Generationen hatten sich jedoch der Medizin verschrieben. Auch der jetzige Erbe, Edward Carter. Wie sein Vater hatte er eine Hausarztpraxis. Einmal pro Woche kümmerte er sich unentgeltlich im Krankenhaus in Lynchburg um Notleidende.

Johnny stieg die Stufen zum Seiteneingang hoch und klopfte an die Tür. Eine große kräftige Frau mit rotem Haar und einer Haut weiß wie eine Sommerwolke öffnete. Mrs Fritz trug ihr Haar in einem strengen Knoten, und ihre Kleider, Strümpfe und Schuhe waren schwarz.

Sadie hatte sie schon oft in der Kirche gesehen und war ein- oder zweimal versucht gewesen, sie zu fragen, ob auch ihre Unterhosen schwarz waren. Aber sie hatte den Mund gehalten, weil sie fürchtete, ihre Fragen könnten *allzu vertraulich* sein, wie ihre Mutter das nannte.

»'n Abend, Mrs Fritz«, sagte Johnny. Sadie rieb sich die Hände und wünschte, ihre Handschuhe wären dicker. »Hier kommt die Weihnachtslieferung für die Carters.«

Mrs Fritz zog eine ihrer kräftigen roten Augenbrauen hoch. »Kommen Sie rein. Sie und Sadie können die Flaschen auf die Arbeitsplatte stellen.«

Ursprünglich war die Küche in einem eigenen, gut dreißig Meter vom Haupthaus entfernten Gebäude untergebracht gewesen. Das verringerte die Brandgefahr, bedeutete für das Personal aber eine Menge Hin- und Herrennen. Dr. Edward Carters Vater hatte im Westteil des Hauses eine moderne Küche einrichten lassen – samt weißem Emailleherd, auf dem man gleichzeitig mit vier Töpfen kochen und in der Feuerkammer auch noch einen Truthahn braten konnte. Außerdem hatte er große Porzellanspülbecken einsetzen und ausreichend Arbeitsplatten bauen lassen, dass für zwei Dutzend Gäste Essen zubereitet werden konnte.

Johnny ließ Sadie vorgehen, und sie schlüpfte dankbar in die warme Küche. Der süße Duft von frisch gebackenen Brötchen und Zitronenkuchen umfing sie. Bei ihnen zu Hause wurde der kostbare Zucker nicht für Gebäck verschwendet; er war der einträglichen Maischebereitung vorbehalten. Nur an Weihnachten schöpfte ihre Mutter ein bisschen Zucker von der Maische ab und backte einen Buttermilchkuchen. Beim Gedanken an den warmen Kuchen, der sie zu Hause erwartete, knurrte Sadie der Magen. »Wo sollen wir sie hinstellen?«

»Direkt auf die Arbeitsplatte«, sagte Mrs Fritz.

Johnny setzte seinen Kasten neben Sadies ab und zog den Hut. »Wir wissen das Geschäft zu schätzen, Mrs Fritz.«

»Man kann sich immer auf Sie verlassen. Unser verstorbener Dr. Carter hielt große Stücke auf Sie und Ihren Vater.« Mrs Fritz griff in ihre Rocktasche und zog mehrere säuberlich gefaltete Geldscheine heraus. »Mr Carter hat gesagt, Sie bekommen fünf Dollar.«

Als sie ihm die Scheine hinhielt, runzelte er die Stirn. Doch er war zu höflich, um ihr zu sagen, dass er sechs Dollar bekam.

Sadie war nicht zu schüchtern, sie auf ihren Irrtum hinzuweisen. »An Weihnachten kriegen wir immer sechs Dollar, Mrs Fritz.«

Johnnys Wangen röteten sich. »Da hat meine Schwester recht.«

»Dr. Carter hat mir aber was anderes gesagt«, erwiderte Mrs Fritz.

In Johnnys Kiefer arbeitete es. Sadie spürte, dass er seinen Ärger hinunterschluckte. Er wollte lieber den Spatz in der Hand als die Taube auf dem Dach. Er steckte die Scheine kopfschüttelnd ein. »Ist schon gut, Sadie.«

»Aber wenn wir pünktlich an Weihnachten geliefert haben, hat Dr. Carter uns immer sechs Dollar gegeben.« Um ihren scharfen Ton ein bisschen abzumildern, lächelte Sadie. »Ich weiß, der Herr hat ihn letztes Frühjahr zu sich geholt, aber die Bestellung ist schon vom letzten Weihnachten.«

Im Korridor ging eine Tür auf, und heraus drangen Gelächter und Musik. Über den gefliesten Gang näherten sich eilige Schritte, dann wurde die Küchentür geöffnet.

Im Türrahmen stand eine Frau, die nicht viel älter als zwanzig sein konnte. Ihr dunkles Haar umrahmte ihr herzförmiges Gesicht und fiel ihr lockig auf die schmalen Schultern. Ihre vollen, hellrot geschminkten Lippen hoben sich von ihrer elfenbeinfarbenen Haut ab. Sie trug ein smaragdgrünes Kleid, dessen knielanger Saum ihre Beine in Seidenstrümpfen und ihre Stöckelschuhe aus glänzendem Lackleder zur Geltung brachte.

Zum ersten Mal im Leben kam Sadie schlagartig ihr eigenes Aussehen zu Bewusstsein. Ihr Overall saß nicht gut, und sie trug einen von Dannys alten Mänteln. Ihre abgetragenen Stiefel stammten aus der Sammelkiste für Kleiderspenden im Gemeindehaus.

Wenn sie die schicken Frauen in den Zeitschriften betrachtete, fühlte sie sich nicht so unscheinbar und, na ja, ländlich-ärmlich. Aber jetzt schon, und wie. Sie schämte sich, und als ihr Blick auf ihre fadenscheinigen Mantelaufschläge fiel, ließ sie die Hände herabhängen und schloss die Finger zu Fäusten, um ihre dreckigen Fingernägel und eiskalten Handflächen zu verbergen.

Hinter der Frau erschienen zwei junge Männer. Einer davon war Edward Carter. Als seine Eltern noch lebten, hatte man ihn immer auf dem Jahrmarkt gesehen. In der Stadt tuschelten die Mädchen, er würde so gut wie Cary Grant aussehen, aber Sadie fand ihn noch attraktiver. Als sein Vater im letzten Frühjahr starb, studierte er in England Medizin. Die Leute redeten immer noch darüber, dass er nicht bei der Beerdigung seines Vaters gewesen war, als ob er mal so eben einen Ozean hätte überqueren können.

Der Mann neben Dr. Carter war etwas kleiner, seine Figur weicher und rundlicher. Und hätte Sadie ihn mit einem Schauspieler vergleichen sollen, wäre ihr am ehesten Mickey Rooney eingefallen. Nicht attraktiv, aber durchaus ansehnlich.

Beide Männer hatten pomadisierte Haare und trugen feine dunkle Anzüge, weiße Hemden und Fliegen. Wie bei einer Filmpremiere.

Das Trio starrte Sadie und Johnny an. Als Erster streckte Edward die Hand aus. »Johnny, Sie haben es geschafft. Ich hatte schon Sorge, Sie würden nicht rechtzeitig zu den Feiertagen fertig. Vater hat euren Holunderschnaps geliebt, und wir haben uns alle darauf gefreut, damit heute Abend auf ihn anzustoßen.«

»Danke, Sir«, sagte Johnny.

Sadie lächelte und begann zu sprechen, bevor Johnny sie daran hindern konnte. »Mr Carter, Sir, das hätte ihm bestimmt gefallen. Was ich sagen will, Sir, Ihr verstorbener Vater hat Johnny für die Weihnachtslieferung immer sechs Dollar gezahlt.« Sie fand, der Zusatz »Sir« verlieh ihren Worten den nötigen Respekt. »Mrs Fritz ist sich mit dem Preis nicht ganz sicher.«

Mrs Fritz straffte die Schultern. »Sie haben mir fünf Dollar gegeben, Dr. Carter.«

»Das habe ich im Sommer gezahlt«, sagte Dr. Carter.

»Das stimmt«, erwiderte Johnny. »Aber Weihnachten hat Ihr Vater immer sechs gezahlt.«

»Einen Dollar mehr?«, fragte Dr. Carter.

»Ja, Sir.« Johnny hatte eine sanfte Art zu sprechen, während Sadies Ton die Leute aufbrachte, egal, wie viel sie lächelte oder wie viele »Sirs« sie einflocht.

»Also, wenn mein Vater es so gehalten hat, geben Sie den beiden bitte einen Dollar extra, Mrs Fritz«, beschloss Dr. Carter.

Mrs Fritz öffnete eine apfelförmige Keksdose und entnahm ihr eine frische Dollarnote, die sie Johnny reichte.

Johnnys Gesicht wurde noch etwas röter. Sadie fragte sich, ob aus Verlegenheit oder Erleichterung. »Vielen Dank«, sagte er.

Dr. Carter legte der jungen Frau vor ihm die Hand auf den Rücken. »Meine Frau Olivia.«

Johnny nickte. »Wir haben gehört, dass Sie geheiratet haben. Alles Gute.«

»Danke, Johnny«, sagte Dr. Carter. »Wir sind jetzt drei Monate verheiratet.«

Miss Olivia lächelte freundlich, reichte ihnen aber nicht die Hand. »Es ist mir ein Vergnügen.«

Ihre Art zu sprechen war weich und klang irgendwie anders, wahrscheinlich so wie in ihrer englischen Heimat, vermutete Sadie.

»Das ist mein Cousin Malcolm Carter«, sagte Dr. Carter. »Er verbringt die Feiertage in Woodmont und will unsere Heirat mit uns feiern.«

Wenn Malcolm grinste, sah er noch mehr wie Mickey Rooney aus. »Angenehm.«

»Wir freuen uns für Sie, Dr. und Mrs Carter«, sagte Johnny. »Nicht wahr, Sadie?«

»Ja, Sir. Wirklich!« Sadie merkte, dass die Frau sie betrachtete. Sadie hätte ihren Blick höflich senken sollen, aber ihr war nicht nach Höflichkeit. Ausgerechnet an Weihnachten wären sie fast übers Ohr gehauen worden!

»Johnnys Familie lebt schon genauso lange in der Gegend wie wir Carters«, erklärte Dr. Carter den beiden anderen. »Was machen Sie jetzt, wo die Specksteinfabrik geschlossen wurde?«

Sadie war drauf und dran, ihn darauf hinzuweisen, dass die Fabrik schon seit neun Jahren geschlossen war und Johnny nie dort gearbeitet hatte. Aber sie dachte an die Ermahnungen ihres Bruders und schluckte ihre Einwände hinunter.

»Wenn ich gebraucht werde, arbeite ich in der Fabrik in Waynesboro. Aber in zwei Wochen geht's los. Habe mich freiwillig verpflichtet.«

»Sie gehen zur Armee?«, fragte Dr. Carter. »Meine Frau und ich haben in London den Krieg aus nächster Nähe erlebt. Der Blitz war schrecklich.«

»Was ist der Blitz?«, fragte Sadie.

»Bombenangriffe«, erklärte Dr. Carter. »Die Stadt hat volle elf Wochen lang jede Nacht Bombenangriffe über sich ergehen lassen müssen. Im letzten Sommer ist meine Frau dabei fast ums Leben gekommen.« Er rieb sich das Bein. »Wenn ich nicht ebenfalls bei einem Angriff verwundet worden wäre, würde ich mich auch zum Militärdienst melden. Aber mein Bein wird nie mehr so sein wie vorher.«

Miss Olivia schwieg, aber ihre Miene verriet, dass die schlimmen Erinnerungen noch sehr lebendig waren. »Geben Sie gut auf sich acht, Johnny«, sagte sie. »Wir werden für Sie beten.«

»Danke, Ma'am«, erwiderte Johnny.

»Wenn's nach mir ginge«, sagte Sadie, »würde ich auch in die Armee eintreten wie meine beiden Brüder und vielleicht Lkw fahren. Verdammt, zur Not würde ich auch in der Kantine arbeiten und Kartoffeln schälen.«

Johnny warf ihr einen Blick zu, der sie zum Schweigen bringen sollte. »Meine Schwester bleibt natürlich hier in Bluestone.«

»Kannst du wirklich fahren, Sadie?«, erkundigte sich Dr. Carter.

»Ja, Sir«, erwiderte sie stolz. »Schon seit ich zwölf bin.«

»Und wie alt bist du jetzt?«, fragte er.

»Fast sechzehn.« Ihr sechzehnter Geburtstag war erst in fünf Monaten, aber das war ja nicht mehr lange hin.

»Ist sie eine gute Fahrerin, Johnny?«, fragte Dr. Carter.

Ihr Bruder würdigte sie keines Blickes. »Ja, Sir. Sie kennt die Straßen im Bezirk genauso gut wie ich.«

»Dann habe ich eine Idee«, meinte Dr. Carter. »Wenn ich in der Praxis bin, wird Olivia ziemlich auf sich gestellt sein. Ich arbeite oft lange, und sie könnte gut jemanden gebrauchen, der sie chauffiert. Vielleicht könnte Sadie uns aushelfen, was meinen Sie, Johnny?«

Sadie straffte den Rücken, um sich ein bisschen größer zu machen. Ihr Lächeln wirkte ebenso angespannt wie Olivias Gesicht hochnäsig.

»Sie fährt seit gut drei Jahren«, sagte Johnny. »Außer meinem Bruder und mir kennt keiner die Straßen hier besser.«

»Haben Sie noch immer diese Schrottkarre?«, fragte Dr. Carter.

»Ja, Sir«, erwiderte Johnny. »Hat mich noch nie im Stich gelassen.«

»In dem Truck kann Sadie meine Frau aber nicht fahren«, sagte Dr. Carter. »Nichts für ungut, Johnny, aber er ist zu unbequem für sie.«

»Ist vielleicht wirklich kein Fahrzeug für eine feine Dame«, räumte Johnny ein.

»Ich kann jeden Wagen fahren«, sagte Sadie. »Ein oder zwei Minuten, dann habe ich den Dreh raus, und los geht's.«

Miss Olivia legte ihrem Mann die Hand auf den Arm. »Das möchte ich Sadie eigentlich nicht zumuten.«

»Wenn ich sie bezahle, ist es keine Zumutung«, erwiderte Dr. Carter. »Du kannst nicht fahren, und ohne Sadie kämst du nur selten in die Stadt.«

Sadie wusste, was die Zutaten von Maische kosteten und was das Endprodukt wert war, aber sie hatte keine Vorstellung davon, was sie fürs Autofahren bekommen könnte. »Was würden Sie mir denn zahlen?«

Dr. Carter lächelte sie von oben herab an. »Was hältst du von einem Dollar pro Tag?«

Bevor sie zu einer Erwiderung ansetzen konnte, nickte Johnny zustimmend und sagte schnell: »Das klingt fair. Wann soll sie anfangen?«

»Am ersten Februar?«, schlug Dr. Carter vor.

»Klingt gut, Sir«, sagte Johnny.

»Findest du den Weg nach Woodmont, Sadie?«, fragte Dr. Carter.

»Na klar«, sagte sie und musste sich ein Lachen verkneifen.

Das Geld, das sie verdienen würde, bekäme zwar ihre Mutter, aber fünf oder zehn Cent könnte sie bestimmt abzweigen.

Miss Olivia drückte den Arm ihres Mannes unauffällig, aber Sadie entging es trotzdem nicht. Sie ärgerte sich über die Herabsetzung, die in der Geste steckte. Eigentlich war es ihr egal, was reiche Leute von ihr hielten, aber dass diese Frau sie von oben herab behandelte, versetzte ihr einen Stich.

»Wenn Miss Olivia Angst hat, lassen wir es lieber«, sagte sie trotzig. Sie bemühte sich, ihre Stimme möglichst freundlich klingen zu lassen, aber ein Seitenblick von Johnny zeigte ihr, dass es ihr nicht gelungen war.

Ein Lächeln umspielte Malcolms Mundwinkel. Dr. Carter nickte, als wollte er Sadie zustimmen. »Was hältst du davon, Olivia?« Dr. Carter sah seine Frau an. »Ist dir die Vereinbarung recht?«

Miss Olivias geschminkte Lippen wurden schmal. Sie sah Sadie herausfordernd an und wirkte auf einmal gar nicht mehr so watteweich. Offensichtlich hatte sie mehr zu bieten als ein hübsches Gesicht.

»Das ist mir sehr recht«, sagte Miss Olivia. »Ich habe nicht die geringste Sorge. Aber ich will der jungen Dame keine Umstände bereiten.«

»Ich kann mir nicht vorstellen, dass Sadie so ein Job ungelegen käme«, sagte Dr. Carter. »Die Thompsons haben alle den Ruf, hart zu arbeiten.«

»Wenn Sadie abkömmlich wäre, würde ich mich überaus glücklich schätzen.« Miss Olivia reichte ihr auch jetzt nicht die Hand. Vielleicht war das in England nicht üblich.

Sadie rechnete sich bereits aus, wie schnell sich ihr Verdienst summieren würde. Verdammt, vielleicht kam ja so viel zusammen, dass es für eine Zeitschrift reichte oder sogar für ein hübsches Kleid.

Kapitel 9

Margaret

Montag, 8. Juni, außerhalb von Bluestone

Margaret winkte Elaine zum Abschied zu, die mit einem dicken Schal um die mageren Schultern auf der Veranda von Woodmont stand. Der Abend war eigentlich zu lau für einen Schal, und Margaret sorgte sich, ob es Elaine wieder schlechter ging.

Das Dinner war so gut verlaufen, wie man es nur erwarten konnte, obwohl Margaret sich mit Libby etwas unbehaglich gefühlt hatte. Alle hatten sich von ihrer besten Seite gezeigt, und bei den Mätzchen der Jungen war Elaines Anspannung etwas abgefallen.

Margaret fuhr die lange Allee hinunter, bog links auf die Landstraße und nach ein paar Kilometern auf die kurze Zufahrt zu ihrem Heim. Das weiße Holzschindelhaus hatte eine Veranda mit Platz für ein, zwei Schaukelstühle. Der Rasen war gepflegt, und beim Anblick der von Colton und seinen Söhnen gepflanzten Azaleen musste sie wie immer lächeln.

Beim Aussteigen schmerzten ihre Knie. Vorsichtig wandte sie den Kopf von einer Seite zur anderen und überquerte den Rasen.

In diesem Haus hatte ihre Großmutter sie großgezogen, und nach Oma Gees Tod war Margaret dortgeblieben. Seit sie mit achtzehn in Miss Olivias Dienst getreten war, verdiente sie sich ihren eigenen Lebensunterhalt. Mit einunddreißig hatte sie den neuen Gärtner von Woodmont geheiratet. Er war zu ihr gezogen, und hier waren auch ihre beiden Kinder Colton und Ginger aufgewachsen.

Ginger hatte Margaret gedrängt, nach Charlottesville zu ziehen, in ein einstöckiges Haus in ihrer Nähe. Aber Margaret war zu viel Trubel in der Stadt, und sie hätte jeden Tag vierzig Kilometer nach Woodmont fahren müssen. Sie konnte sich ein Leben ohne den täglichen Kontakt mit ihren Enkeln nicht vorstellen.

Das alte Haus hatte nur etwas mehr als hundert Quadratmeter Wohnfläche und drei winzige Schlafzimmer. Im Laufe der Zeit waren die Holzwände immer wieder cremeweiß gestrichen worden, aber im Abendlicht wirkte das Haus ein wenig abgenutzt. Sie hatte sich schon oft vorgenommen, das Weiß durch eine leuchtendere Farbe zu ersetzen. Durch Gelb vielleicht. Aber in Woodmont hatte es immer so viel Arbeit gegeben, und jetzt, wo Elaine krank war, kam es ihr albern vor, Zeit für einen neuen Hausanstrich zu vergeuden.

Auf dem Esstisch stapelten sich Zeitschriften und das Geschirr von einem festlichen Essen mit Colton, Ginger und den Kindern, das sie schon seit Tagen wegräumen wollte.

Sie stellte die Lichter in der Küche an und betrachtete das halb fertige Tausend-Teile-Puzzle, an dem sie seit fünf Jahren immer mal wieder arbeitete. Dann füllte sie Wasser in den elektrischen Teekessel, den Elaine ihr letztes Jahr zu Weihnachten geschenkt hatte. Ein Knopfdruck, und er wurde heiß.

Wie wenig sie mit dem Puzzle vorangekommen war! Der Rand war fertig, aber der große Korb mit den schläfrigen Golden-Retriever-Welpen war noch nicht weit gediehen.

Sie hätte es einfach aufgeben können, aber ihre Großmutter hatte sich immer beklagt, keiner brächte mehr irgendwas zu Ende. Und weil Margaret nicht bei ihrer Mutter, sondern bei ihrer Großmutter aufgewachsen war, hatte sie schon als Kind beschlossen, sie zum Vorbild zu nehmen und nie etwas aufzugeben. Also blieb das Puzzle liegen.

Als der Kessel pfiff, nahm sie einen Teebeutel aus dem Schrank und hängte ihn in einen ihrer Lieblingsbecher. Er war mit Holunderblüten verziert und hatte ihrer Großmutter gehört. Er war zwar etwas angeschlagen, sodass sie beim Trinken achtgeben musste, aber die Erinnerungen wogen das auf.

Sie übergoss den Teebeutel mit heißem Wasser und beobachtete, wie das Wasser sich dunkel färbte.

Ihr altes Telefon klingelte. »Hallo?«

»Ich bin's, Mom«, sagte Colton. »Wollte nur wissen, ob du gut heimgekommen bist.«

»Gesund und munter.«

»Das Abendessen ist doch gut gelaufen, oder?«

»Ja, es war nett.«

»Was hältst du von Libby?«, fragte er.

»Ich mag sie. Sie ist eine starke junge Frau.«

»Und was hat sie mit Elaine vereinbart?«

»Keine Ahnung«, log sie. »Frag am besten Elaine.«

Er lachte in sich hinein. »Na gut, dann halt du mal dicht. Bis morgen früh.«

»Ja, mein Junge.«

Nachdem sie sich verabschiedet hatte, hängte sie ein und fuhr mit dem Finger über den rauen Rand des Bechers. Sie nippte an ihrem Tee und schob ein paar Teile des Puzzles hin und her, verlor aber rasch das Interesse und ging auf die Veranda.

Dort setzte sie sich in den mit Kunststoffkissen ausgepolsterten Schaukelstuhl, schwang sachte vor und zurück, trank Tee und betrachtete die Sterne am wolkenlosen Nachthimmel.

Dass sie nicht wusste, wie es mit ihrem Haus oder ihrer Zukunft weitergehen würde, hatte nichts mit ihrer Sorge um Elaine oder Woodmont zu tun. Sondern mit Libby.

Sie hatte auf die Rückkehr des Mädchens gewartet. Und nun, da Libbys Vater tot war, hoffte sie, dass die junge Frau im Tal Wurzeln schlagen würde. Wenn Libby bliebe, wäre es für alle gut.

Der Tee schmeckte zu bitter. Wenn sie nicht zu müde gewesen wäre, hätte sie noch etwas Holunderblütensirup hineingetan, aber es ging auch ohne.

Sie legte den Kopf in den Nacken, strich wieder über den angeschlagenen Becherrand und blickte auf die Sterne. »Ich weiß nicht, wo Sie gerade sind, Dr. Carter. Aber wenn es so was wie Gerechtigkeit gibt, dann schmoren Sie jetzt in der Hölle.«

Kapitel 10

Libby

Dienstag, 9. Juni, Bluestone, Virginia

Schon Stunden vor Sonnenaufgang schlug Libby die Augen auf und war hellwach. Sie lag auf der Wohnzimmercouch im Haus ihres Vaters. Ihr Handy zeigte 3.24 Uhr. Fest entschlossen, noch ein paar Stunden zu schlafen, schloss sie die Augen und atmete mehrmals tief ein und aus. Doch je mehr sie sich bemühte, wieder einzuschlafen, desto wacher wurde sie.

Sie betrachtete die winzigen Leuchtsterne, die sie in der sechsten Klasse an die Wohnzimmerdecke geklebt hatte. Ihr Vater hatte sich darüber geärgert, aber ihrer Mutter, die ihr beim Ankleben zugesehen hatte, hatten sie gefallen. Damals erhob er bereits keine Einwände mehr gegen die Wünsche seiner Frau, weil es sonst nur Streit gegeben hätte. Also blieben die Sterne. Libby war überrascht – und auch ein bisschen froh –, dass sie die Renovierung im Vorjahr überlebt hatten.

Sie musste erst um acht in Woodmont sein. Aber je länger sie die Sterne betrachtete, desto mehr Sorgen nagten an ihr. Vor ihrem inneren Auge entstand eine weitere Katastrophenliste. *Elaine vergisst, dass sie mich angeheuert hat. Noch mehr Regen.*

Bedeckter Himmel. Meine Aufnahmen sind alle langweilig und entlarven mich als die blutige Anfängerin, die ich bin.

Die Liste wurde lang und länger, und so schlug sie schließlich die Decke zurück und stand auf. Sie faltete sie akkurat und legte sie auf die Couch.

Sie stieg die Treppe hoch, legte das Kopfkissen auf ihr altes Bett und stellte die Dusche an. Als Dampf aufzusteigen begann, warf sie einen Blick auf ihr hohlwangiges und blasses Spiegelbild. Am Vorabend hatte sie nach ihrer Rückkehr noch ein paar Gläser Wein getrunken, und das waren insgesamt gesehen definitiv zu viele gewesen.

Auch noch so viel Wasser oder Kaffee würde ihre dunklen Augenringe und ausgehöhlten Wangen nicht mildern. »Verdammt, Libby!«

Sie zog ihr Schlaf-T-Shirt aus und trat unter den heißen Strahl, der hoffentlich die Steifheit und Müdigkeit aus ihren Gliedern vertreiben würde. Sie wusch ihre Haare mit Rosenshampoo und seifte sich mit duftender Duschlotion ein. Wenn sie sich schon nicht gut fühlte, konnte sie wenigstens gut riechen. Zwanzig Minuten später war sie geschminkt und trug schwarze Jeans, ein weites, weißes T-Shirt und Sneakers.

Sie machte sich eine Kanne Kaffee, goss sich einen Becher ein und setzte sich mit ihrem Handy auf die vordere Veranda, um ihre E-Mails zu checken. Die baumgesäumte Straße war still, und der fast volle Mond hing knapp über dem Horizont.

Ihr Postfach enthielt die üblichen Mails. Eine Kundin forderte sie auf, Fotos zu retuschieren, weil sie sich darauf zu dick fand. Eine Braut meinte, sie sehe blass aus, weswegen Libby die Fotos digital bearbeiten sollte. Dann gab es noch drei Anfragen. Und ein regionaler Millionärsverein brauchte Porträtfotos seiner neuen Mitglieder. Gut fürs Geschäft, aber langweilig.

Ihre Gedanken schweiften zu dem moosbewachsenen und rankenüberwucherten Gewächshaus. Unter seinem Glasdach verbarg sich nicht nur ein wunderbarer alter Brunnen, sondern auch viele kleine Tiere, die wahrscheinlich schon seit Generationen in der schattigen Stille hausten.

Sie sah nach der Uhrzeit. Immer noch mehr als zwei Stunden bis zu ihrem Termin. Aber Woodmont war ja eine bewirtschaftete Farm, bestimmt war schon jemand auf den Beinen.

Nachdem sie ihren Reisebecher mit Kaffee gefüllt hatte, verstaute sie ihre Kamerataschen auf dem Rücksitz und fuhr los. Während der Fahrt stadtauswärts legte sie sich eine Erklärung für Elaine und Colton zurecht, warum sie zwei Stunden zu früh ankam.

Als sie die Doppelpfeiler passierte und auf die lange Allee bog, beschloss sie, ihr frühes Eintreffen aufs Morgenlicht zu schieben. Fürs Fotografieren war es das klarste Licht, in dem das gewölbte Dach des Gewächshauses am besten zur Geltung kam.

Libby stellte das Auto auf der runden Auffahrt ab. Mit zwei Kameras um den Hals und einer eingeschalteten Taschenlampe schlug sie den Weg ein, den sie am Vortag mit Colton und Elaine gefahren war. Die dicht belaubten Bäume verdeckten das blasser werdende Mondlicht fast vollständig, sodass sie sich nur mit einiger Mühe zurechtfand.

Als sie vorsichtig der dunklen Straße folgte, fragte sie sich, wie lange es wohl dauern würde, bis jemand sie fände, falls sie stürzte. Wenn sie mitten auf der Straße hinfiel, höchstens ein paar Stunden. Wenn sie in einem Graben landete, könnte es deutlich länger dauern. Sie setzte ihren Weg auf der Mitte der Fahrbahn fort. So wäre die Chance höher, dass ein Rettungsteam sie fand und mit eingeschalteter Sirene in Hochgeschwindigkeit ins Traumazentrum von Charlottesville brachte.

Ihre Neugierde auf das Gewächshaus war jedoch so groß, dass sie die Katastrophenszenarien beiseiteschob. Zum Fluss hin wurde die dunkle Straße abschüssig und verengte sich. Der

Matsch vom Regen des Vorabends verkrustete sich unter ihren Sohlen und quoll an den Seiten ihrer Schuhe hoch.

Der Tag heizte sich jetzt schon auf, und als sie das Treibhaus erblickte, war ihr T-Shirt feucht. Die Sonne näherte sich dem Horizont und zauberte goldene und orangefarbene Lichtstreifen auf den wolkenlosen Himmel.

Sie schlüpfte durch die offene Tür. Im Gewächshaus umfing sie schwüle Luft, und sie knipste die Taschenlampe aus und steckte sie in ihre Gesäßtasche. Ein paar Schnappschüsse von der Kuppel zeigten ihr, dass das Licht noch nicht ideal war. Gute Fotografen wussten, dass man den richtigen Moment nicht erzwingen konnte, aber wenn er da war, kam es auf Geistesgegenwart an.

Aus Sekunden wurden Minuten, doch dann wagte die Sonne sich schüchtern über den Horizont im Osten. Die ersten Lichtstrahlen brachten den Himmel zum Leuchten.

Sie ging zum Brunnen im Zentrum des Raums, richtete die Kamera auf die Kuppel, drückte ein-, zweimal auf den Auslöser und betrachtete die Bilder prüfend. Jetzt war der richtige Zeitpunkt fast da. Irgendwo tropfte Wasser herab, ein kleines Tier huschte an ihr vorbei, und eine Glasscheibe klapperte leise im Wind.

Plötzlich veränderte sich etwas in der Atmosphäre des Raums. Sie hatte das deutliche Gefühl, hinter ihr stände jemand. In der Erwartung, Colton oder Elaine zu erblicken, drehte sie sich um, bereit, irgendeine Erklärung über Timing und Licht von sich zu geben.

Aber es war niemand da. Nur das Flüstern des Windes in den Bäumen, das merkwürdige Empfindungen in ihr weckte.

»Sei nicht albern«, redete sie sich leise zu.

Und als öffnete sich plötzlich der Vorhang einer großen Bühne, stieg die Sonne über dem Horizont auf. Ihre orangefarbenen und gelben Strahlen trafen auf die Glaskuppel und brachen sich in allen Farben des Regenbogens. Als Libby ihre Kamera nach oben richtete, wurde sie ganz ruhig. Die Fotos würden fantastisch werden.

Sie schoss ein Foto nach dem anderen und hielt dabei immer wieder kurz inne, um die Einstellungen zu überprüfen. Als sie die Kamera schließlich senkte, war sie vor Aufregung ein wenig außer Atem. Sie freute sich, etwas Besonderes hinbekommen zu haben. Nach dem unschönen Auftakt hatte der Tag eine gute Wendung genommen.

Das Sonnenlicht fiel auf die Glasscheibe mit Sadies eingeritztem Namen. Sie fuhr mit dem Finger über die rauen Buchstaben.

»Sadie, bist du's, die hier herumspukt?« Sie erwartete natürlich keine Antwort, aber als draußen ein Ast knackte und zu Boden fiel, interpretierte sie das als »Ja« und lief hinaus ins Freie.

In der Morgensonne fand sie problemlos über den Hügel zu ihrem Auto zurück. In der hintersten Blockhütte brannte Licht. Sie wusste, dass Colton und seine Söhne hier wohnten, und wenn hier nicht noch eine andere Familie lebte, musste es sich um sein Haus handeln. Neugierig ging sie darauf zu, ohne zu überlegen, wie das auf Colton wirken könnte.

Als sie fast davorstand, öffnete sich die Haustür, und Colton trat auf die Veranda. Er sah prüfend ins Morgenlicht, das Gesicht angespannt und misstrauisch, als spürte er die Anwesenheit von etwas, das nicht hierhergehörte. Schließlich richtete er den Blick auf sie.

»Guten Morgen«, sagte sie rasch. Ihre eingerostete Stimme klang rau.

»Du bist früh dran, Libby.«

»Ich wollte das Gewächshaus bei Sonnenaufgang sehen.«

»Warum?«

»Wegen des Lichts. Zu dieser Tageszeit hat es etwas Magisches.«

Deswegen so früh aufzustehen, schien ihn zu amüsieren. »Etwas Magisches?«

»Ja, genau. Das Gewächshaus ist einfach fantastisch. Ich kann gut nachvollziehen, warum Elaine es erhalten will.«

»Diese Tageszeit mag ich am liebsten«, sagte er. »Ich mag die Einsamkeit. Die Ruhe vor dem Sturm.«

»Das eine ist bestimmt nicht ohne das andere zu haben«, erwiderte Libby.

Er grinste. »Wenn du eine Tasse Kaffee möchtest, ich habe gerade welchen gekocht. Die Jungs schlafen noch eine halbe Stunde. Kein Chaos, versprochen.«

Sie ging auf ihn zu, und wieder war da diese erregende Anziehungskraft. »Die Jungs sind doch gar nicht so chaotisch.«

Als sie die Stufen zu der großen Veranda hochstieg, hielt er ihr die Tür auf. »Hm, entweder du bist schwerhörig oder eine Heilige.«

Von Nahem sah sie, dass sein Haar noch feucht vom Duschen war, und sie roch die Seife auf seiner Haut. Sie spürte ein warmes Prickeln im Bauch.

Die Blockhütte war geräumig, aber schlicht eingerichtet, mit einer verschlissenen, dick gepolsterten Couch, einem Fernsehsessel und einem Breitbildfernseher. Säuberlich aufgereihte Kinderschuhe vor dem Kamin, an einem Haken neben der Tür Mützen und an allen Wänden Fotos der Kinder. Von Colton und der Mutter der Kinder gab es keine Bilder.

»Wie lange wohnst du hier schon?« Sie folgte ihm in die kleine Küche.

»Seit zwei Jahren.« Er füllte einen Becher mit Kaffee und hielt ihn hoch. »Milch und Zucker?«

»Nein, schwarz.« Sie griff nach dem warmen getöpferten Becher. »Und lebst du gern auf dem Land?«

»Ich dachte, ich könnte mich hier niemals wohlfühlen«, sagte er. »Aber ich fand es gut für die Jungs, in der Nähe meiner

Mutter zu leben. Und mittlerweile bin ich genauso gern auf dem Land wie Mom.«

Sie nippte an ihrem Kaffee. Sie freute sich für ihn und die Kinder. Man sollte die sanfte See so lange wie möglich genießen; am Horizont lauerten bestimmt schon Unwetter. In ihrem Leben hatte es in den letzten paar Jahren so viele Stürme gegeben, dass sie die kleinste Ruhepause dankbar begrüßte.

Ihr Blick wanderte von Coltons Unterarmen zu den Ärmeln seines T-Shirts, die sich um stramme Bizepse spannten.

»Die Truppe kommt um acht. Sie räumen das Gewächshaus leer und entfernen außen das ganze Gestrüpp.«

»Schade, dass der Holunder wegmuss.«

»Die Zweige sind mit dem Efeu verflochten, und der hat sich ins Steinfundament gefressen. Ich wette, eine Menge Fugen müssen frisch verfüllt werden. Wenn das erledigt ist, befassen wir uns mit dem Glas.«

»Du drückst ja ganz schön auf die Tube.«

»Das liegt an Elaine. Wenn sie sich was in den Kopf gesetzt hat, geht es volle Kraft voraus.«

»Ich bin gespannt, was für eine Geschichte das Gewächshaus zu erzählen hat.«

»Elaine hat fast genau das Gleiche gesagt. Sie kann es kaum abwarten, herauszubekommen, warum ihre Großeltern es plötzlich aufgegeben haben.«

»Es hat mit Sicherheit ein Vermögen gekostet. Da muss es schon gute Gründe fürs Zusperren gegeben haben.«

»Die kriegen wir hoffentlich heraus.«

»Geht Elaine alle Projekte so an?« Sie war sehr neugierig, was Elaine betraf.

Er sah sie über den Rand seines Bechers hinweg an. »Ich arbeite erst seit zwei Jahren mit ihr zusammen. Woodmont gehört ihr seit mindestens fünfundzwanzig Jahren, und Mom sagt, sie interessiert sich erst seit Kurzem dafür. Ich bin froh, dass sie die Renovierungen in Angriff nimmt. Alte Anwesen wie dieses brauchen eine Menge Zuwendung.«

»Verbringt sie hier viel Zeit?«

»Seit Januar ein paar Tage pro Woche.«

»Glaubst du, sie wird es für Veranstaltungen vermieten?«

»Das hoffe ich. Es würde die ökonomische Situation entspannen, und Woodmont verdient es, bewundert zu werden.«

Sie formulierte im Kopf schon weitere Fragen. »Ich bin zu neugierig«, sagte sie. »Vorwitzig, nannte meine Mutter das.«

In seinen Mundwinkeln zeigte sich die Andeutung eines Lächelns. Libby bemerkte feine Spuren Rasiercreme unter seinen Koteletten, und sie hätte sie nur zu gern abgewischt. So wie früher bei Jeremy.

Stattdessen trank sie einen Schluck Kaffee und fragte sich, ob sie heimfahren und kalt duschen sollte.

Aus einem der Schlafzimmer waren die Schritte kleiner Füße zu hören, dann ein kräftiger Strahl in die Toilettenschüssel. Die Wasserspülung wurde betätigt und der Wasserhahn aufgedreht. Ein paar Sekunden später erschien Sam. Mit verwuschelten Haaren und einem schwarzen Batman-T-Shirt, das ihm bis zu den Knien ging.

»Dad«, sagte er gähnend.

Colton setzte seinen Becher ab. »Hey, Kumpel.«

Sam gähnte wieder und rieb sich die Augen. Erst jetzt schien er Libby zu bemerken. »Was machst du denn hier?«

»Kaffee trinken«, erwiderte sie sachlich.

»Oh.« Der Junge tapste über den Fußboden und kletterte auf den Barhocker neben ihrem. »Du sitzt auf Jeffs Stuhl.«

»Wenn er kommt, stehe ich auf«, versicherte sie.

»Mich lässt er nie darauf sitzen.« Sam kratzte sich am Bauch.

Colton füllte eine Schale mit Haferflocken, goss Milch hinein und stellte sie vor Sam ab. »Iss, Kumpel. Ist dein Bruder wach?«

Sam nahm einen großen Löffel Müsli. Milch tropfte auf die Arbeitsplatte. »Weiß ich nicht.«

Colton wandte sich zu Libby. »Bin gleich wieder da.«

»Hast du hier übernachtet?«, fragte Sam.

Libby sah das Kind an. »Ich habe heute Nacht nicht hier geschlafen. Ich habe in meinem Haus geschlafen.«

Sam zog die Nase hoch. »Bist du Dads Freundin?«

Sie trank einen Schluck und merkte, dass sie ein bisschen rot wurde. »Wir haben uns gerade erst kennengelernt.«

»Oh.« Er aß einen zweiten Löffel Müsli und betrachtete sie aufmerksam. »Kennst du Elaine gut?«

»Elaine habe ich auch gerade erst kennengelernt«, sagte sie. »Aber ich mag sie.«

»Oh.«

»Dich mag ich auch, Sam.«

»Aber wir haben uns doch erst gestern Abend kennengelernt«, sagte er überrascht.

»Manchmal ist es halt so.«

Die Toilettenspülung wurde gezogen, und kurz danach erschien Colton mit dem vollständig angezogenen Jeff. Jeffs Haar war frisch gekämmt, aber hinten stand eine dicke schwarze Locke ab.

»Sie sitzt auf deinem Stuhl, Jeff«, verkündete Sam.

»Ist schon okay«, sagte Colton.

Jeff sah zu seinem Vater hoch, fing einen kurzen warnenden Blick auf und sagte: »Ist schon okay.«

Libby merkte, dass sie die morgendliche Routine der drei durcheinanderbrachte, und erhob sich. »Ist sehr nett von dir, Jeff, aber ich habe schon lange genug rumgetrödelt. Setz dich.« Und an Colton gewandt sagte sie: »Ich wollte euch nicht beim Frühstück stören.«

»Tust du gar nicht. Zu dieser Tageszeit passiert hier nichts Aufregendes.« Nach einem Blick auf Sams leere Schale sagte er:

»Räum sie ab, Kumpel. Und zieh die Sachen an, die ich auf dein Bett gelegt habe.«

Sam kaute noch und sah Libby an. »Dad, ist sie deine Freundin?«

»Nein.«

»Sam und ich haben gerade darüber geredet«, sagte Libby. »Er glaubt mir nicht.«

»Er glaubt niemandem«, erwiderte Colton amüsiert. »Wenn er groß ist, wird er bestimmt Rechtsanwalt oder Polizist.«

Sam grinste Libby an. »Dann könnte ich eine Dienstmarke tragen. Aber hast du einen Freund?«

»Sam«, warnte Colton. »Schluss mit dem Verhör.«

Jeff rutschte auf seinen Stuhl und entspannte sich ein bisschen, als Colton ihm seine Müslischale vorsetzte. Colton nahm zwei Brotboxen aus dem Kühlschrank, auf denen in ordentlichen Druckbuchstaben die Namen der Jungen standen.

Als Libby ein Kind war, hatte ihre Mutter oft verschlafen, und ihr Vater war morgens bereits in der Praxis gewesen. Als bester Kinderarzt der Gegend konnte er nur wenig Zeit für seine eigene Familie erübrigen. Das Frühstück bestand meist aus einer Banane oder einem anderen Obst, das sie während ihres hektischen Aufbruchs aß. Fürs Mittagessen hatte ihre Mutter ihr etwas Geld mitgegeben, das sich mit einigem Glück in ihrem Portemonnaie oder in den Tiefen ihrer Handtasche fand.

»Du bist wirklich gut organisiert«, sagte Libby.

»Daran ist die Armee schuld.«

»Ist doch gut«, sagte sie. »Chaos kann Kindern viel Kraft rauben.«

»Klingt nach eigener Erfahrung.«

»Mein Leben war meist etwas chaotisch. In der Kleinstadt wird es hoffentlich ein bisschen ruhiger. Wenn ich die nächsten beiden Hochzeiten im Kasten habe, will ich meine alte

Fotoausrüstung aus Dads Schuppen holen.« Seit wie vielen Monaten nahm sie sich das schon vor?

Draußen bellten die Hunde. Ihr Gebell wurde immer kräftiger, dann waren Schritte auf der Veranda zu hören, und schließlich klopfte jemand an die Tür.

»Ich dachte, Kelce und Sarge sind deine Hunde.«

»Sind sie auch. Aber wenn Elaine allein in dem großen Haus ist, lässt sie sie gern bei sich schlafen. Es ist so weit«, sagte Colton, durchquerte das kleine Wohnzimmer und öffnete die Tür.

Elaine trug Jeans, eine schlichte dunkelblaue Bluse und Arbeitsschuhe. Ihre Haare waren zum Pferdeschwanz gebunden, eine Spur Rouge brachte etwas Farbe in ihr blasses Gesicht.

»Guten Morgen«, sagte Colton. »Sieht ganz danach aus, als könnten wir mit den Arbeiten im Gewächshaus loslegen.«

»Morgen«, sagte Libby.

»Libby?«, fragte Elaine, ganz offensichtlich überrascht.

»Ich bin früher gekommen als geplant«, erklärte Libby etwas zu schnell und setzte ihren Becher ab. »Weil ich bei Sonnenaufgang das beste Licht habe.«

»Sie hätten mich anrufen sollen. Ich wäre mitgekommen«, sagte Elaine.

»Es war noch so früh.«

»Ich bin eine ganz schlechte Schläferin«, erwiderte Elaine. »Sie können jederzeit an die Vordertür klopfen, zu neunundneunzig Prozent bin ich wach.«

»Okay, ich merke es mir.«

»Ladys«, sagte Colton. »Ich muss meine beiden Jungs für die Schule fertig machen.«

»Heißt, wir verschwinden besser«, sagte Elaine lächelnd. »Kommen Sie mit zum Haupthaus, Libby. Ich führe Sie rum, während Colton die zwei bändigt.«

»Schön.«

»Bis später«, sagte Colton.

Nur rund ein Meter trennte Libby und ihn, und wieder spürte sie diese starke körperliche Anziehung. Sam flüsterte Jeff etwas zu, und die beiden fingen an zu kichern.

»Ich überlasse dich den Jungs«, sagte Libby.

Die Sonne stand jetzt weit über dem Horizont und lichtete den morgendlichen Nebel. Ein langer Tag lag vor ihr.

Kelce und Sarge rannten schwanzwedelnd auf sie zu. Kelce legte ihr einen Stock vor die Füße. Sie warf ihn in hohem Bogen über den Rasen. Der Hund flitzte los, während sie sich zu Sarge hinunterbeugte, der um ihre Aufmerksamkeit bettelte, um ihn zwischen den Ohren zu kraulen.

Elaine und Libby stiegen die hinteren Stufen zur Küche hoch, in der es nach Zimt und Äpfeln duftete. Von Margaret war nichts zu sehen, aber der Backofen war schon in Betrieb.

»Möchten Sie ein paar von den Fotos sehen?«, fragte Libby.

»Bitte.« Elaine griff nach ihrer hellblauen Lesebrille.

Sie setzten sich an den Tisch, und Libby scrollte durch ihre Bilder. Die Sonnenstrahlen hatten sich auf der Glaskuppel gebrochen und funkelten wie ein Feuerwerk.

»Die Fotos sind großartig«, sagte Elaine begeistert.

»Bei so einem Motiv kann kaum was schiefgehen.«

»Machen Sie auch Kunstfotografie?«

»Seit der Highschool nicht mehr. Damals habe ich mich als Glasplatten-Fotografin verstanden und eine Menge alte Kameras gesammelt. Diesen Sommer wollte ich daran anknüpfen, aber bisher ist nichts daraus geworden.«

»Warum nicht?«

»Aus Zeitmangel, glaube ich. Was nach Dads Tod zu tun war und so, hat länger gedauert als gedacht.«

»Ja, dieses ›und so‹ kann ganz schön viel Zeit in Anspruch nehmen.«

Sie schien zu wissen, dass sich manches zu einem emotionalen Sumpf auswachsen konnte, der Kreativität und Intelligenz verschlang.

Dann kam ein Foto von dem Brunnen, bei dem Libby innehielt. Ein heller, verschwommener Streifen zog sich quer darüber, als hätte sie etwas erwischt, das rasch vorbeigeflattert war. Sie ging zum nächsten Bild, aber auf dem war das Phänomen nicht mehr zu sehen.

Als sie das letzte Foto anklickte, von der Glasscheibe mit Sadies eingeritztem Namen, fiel ihr der helle Streifen wieder auf. »Merkwürdig.«

»Es sieht aus, als wäre es nicht von dieser Welt.«

»Das Gewächshaus ist so ein Ort, an dem es spuken könnte«, scherzte Libby.

Elaine blieb ernst. »Ich glaube, da spukt es wirklich. Auf dem ganzen Anwesen geistern ruhelose Gespenster herum.«

»Aber wieso gerade im Gewächshaus?«

»Orte mit langer Geschichte haben oft eine schwierige Vergangenheit.«

»Sie haben erzählt, dass Ihr Großvater das Gewächshaus für Ihre Großmutter gebaut hat.«

»Es wurde im Sommer 1941 erbaut. Mein Großvater schrieb an den Verwalter und legte die Zeichnung eines Treibhauses bei, das er als Arzt in London gesehen hatte. Mit dem Bau sollte sofort begonnen werden. Als er im November 1941 mit seiner Braut heimkehrte, schenkte er es ihr.«

»Das muss wohl Liebe gewesen sein.«

»Vermutlich.«

»Wie lange waren sie verheiratet?«

»Siebenundvierzig Jahre. Mein Großvater starb 1989.«

Der Ofenwecker klingelte. Elaine erhob sich, zog Küchenhandschuhe über und nahm zwei dampfende Bleche aus dem Ofen. Auf dem einen lagen zwei Brote, auf dem anderen

Zimtschnecken. »Margaret hat sie gestern Abend gemacht und mich gebeten, sie heute Morgen in den Ofen zu schieben. Ich dachte, vielleicht kriegen Sie oder die Truppe Hunger. Kaffee gibt es auch. Bedienen Sie sich.«

Libby goss sich Kaffee ein. Das überstieg langsam ihre morgendliche Koffeinration. Als sie neben Elaine stand, bemerkte sie die dunklen, dicken Venen auf ihren Handrücken und eine noch recht frische Infusionsnarbe.

Elaine legte eine Zimtschnecke für Libby auf einen Teller und nahm für sich selbst ein Gingerale aus dem Kühlschrank.

»Sie essen nichts?«, fragte Libby.

»Ich frühstücke eigentlich nie.«

Libby schnitt die saftige, klebrige Zimtschnecke auf, stach mit der Gabel hinein und aß einen Bissen. Sie seufzte vor Glück. »Köstlich.«

»Typisch Margaret. Null Ausbildung, aber eine der besten Köchinnen weit und breit.«

Im Morgenlicht bemerkte Libby, wie dünn Elaines Haar stellenweise war. Sie nahm einen weiteren Bissen und beschloss, die Frage, die ihr auf den Lippen lag, nicht zu stellen.

»Fragen Sie ruhig«, sagte Elaine, als könnte sie ihre Gedanken lesen.

Um ihre Überraschung zu überspielen, trank Libby einen Schluck Kaffee. »Bitte?«

»Sie haben sich eben meine Arme angesehen.« Wohl unbewusst hatte Elaine die Ärmel hinuntergezogen.

»Entschuldigung. Ich wollte nicht unhöflich sein.«

»So habe ich es auch nicht empfunden. Eher als Neugierde und Interesse.«

»Ich bin gelernte Krankenschwester«, versuchte Libby zu erklären. »Ständig am Diagnostizieren. Diese Angewohnheit legt man nur schwer ab.«

»Ich hatte Brustkrebs«, sagte Elaine. »Stufe drei. Die Diagnose bekam ich vor zwei Jahren. Dann wurde ich operiert und habe mittlerweile zwei Chemotherapien hinter mir. Bisher sieht es gut aus.«

»Wann wissen Sie es genau?«

»Ende Juni.«

»Tut mir leid.«

Elaine klopfte an ihre kalte Gingerale-Dose. »Das muss es nicht. Krebs lässt alles Unwichtige in den Hintergrund treten. Ohne die Behandlung wäre ich nicht mehr hier.«

»Colton hat erwähnt, dass Sie ihn vor zwei Jahren eingestellt und mit den Arbeiten in Woodmont begonnen haben.«

»Der Trubel in Washington wurde mir einfach zu viel. Lofton war mit ihrem Jurastudium beschäftigt, und ich konnte mir plötzlich nicht mehr vorstellen, den Rest meines Lebens in einer überfüllten Stadt zu verbringen. Ich wohne bislang nur zeitweilig hier und weiß nicht, ob Ted je auf dem Land leben kann. Aber ich verbringe hier so viel Zeit wie möglich.«

»Ich habe ihn Samstag gar nicht gesehen.«

»Er bereitet sich gerade auf eine Verhandlung vor. Er kommt morgen für ein verlängertes Wochenende.«

»Wie lange sind Sie schon verheiratet?«

»Im August dreißig Jahre. Wir wollen hier in Woodmont eine große Party feiern und unser Ehegelübde erneuern. Betrachten Sie sich als eingeladen.«

»Das ist sehr nett von Ihnen.«

»Ich meine es ernst. Ich mag Sie, und es wäre mir eine Ehre, wenn Sie kommen würden. Es soll ein richtiges Fest werden.«

»Danke. Dann fotografiere ich, als Geschenk sozusagen.«

Elaine nahm einen Schluck von ihrem Gingerale. »Ich hätte nicht überrascht sein sollen vom Krebs. Meine Mutter hat ihren Krebs überlebt. Wäre sie nicht mit dem Auto verunglückt, würde sie noch leben. Und meine Großmutter hatte auch Krebs, aber sie ist daran gestorben.«

Libby schwieg einen Moment und sagte dann: »Meine Mutter war in ihrem ganzen Leben nie körperlich krank. Sie war psychisch krank. Aber genetisch spielt beides für mich keine Rolle. Wie Sie wissen: Ich wurde adoptiert.«

»Haben Ihre Adoptiveltern Ihnen das von Anfang an gesagt?«, fragte Elaine.

»Nein, ich habe es mit zwölf herausgefunden. Ein Cousin hat es mir bei einem Familientreffen erzählt. Im Rückblick frage ich mich, wie meine Eltern je glauben konnten, es in so einer kleinen Stadt geheim halten zu können.«

»Und ist Ihnen etwas über Ihre Herkunftsfamilie bekannt?«

»Ich weiß, dass ich in New Jersey geboren wurde und meine Mutter ledig war. Meine Geburtsurkunde ist unter Verschluss, deswegen habe ich nur ein paar nicht sehr aussagekräftige Informationen vom Staat.« Sie schwenkte ihren Becher. »Wenn ich all meinen Mut zusammennehme und Dads Schreibtisch durchsuche, finde ich vielleicht mehr heraus.«

»Haben Sie das noch nicht gemacht?«

»Es gab so viele Veränderungen im letzten Jahr. Für eine weitere fühle ich mich noch nicht bereit.«

»Eines Tages sind Sie es sicher.«

»Bestimmt.«

»Die eigenen Wurzeln zu erkunden, ist wichtig.«

»Am meisten liegt mir an medizinischer Aufklärung. Ich hatte drei Fehlgeburten und wüsste gern, ob so etwas in meiner Familie öfter vorkommt. Um meinen Frieden damit zu machen.«

»Tut mir leid, das zu hören.«

In ihren Worten schwang eine tief empfundene Empathie mit, die Libby rührte. Wer selbst Kummer kannte, fühlte eher mit dem Unglück anderer mit. »Danke.«

»Wann war das?«

»Die letzte vor knapp zwei Jahren. In der vierzehnten Woche.« Sie unterdrückte den spontanen Impuls, sich mit der Hand über den Bauch zu streichen, um die zarten Bewegungen nachzuempfinden.

»Meine Schwangerschaft mit Lofton war problemlos. Aber meine Großmutter Olivia hatte in den Vierzigerjahren mehrere Fehlgeburten.«

»Das Gewächshaus wurde für sie gebaut, oder?«

»Ja.«

»Was wissen Sie über sie?«

»Sie lernte meinen Großvater kennen, als er in Oxford studiert hat. Anscheinend fand eines ihrer ersten Rendezvous im Wintergarten ihrer Eltern statt. Sie verliebten sich schnell. Und da ihre Eltern sie wegen der fortwährenden Bombenangriffe nicht in London haben wollten, ermunterten sie die beiden, zu heiraten und nach der Hochzeit gemeinsam in die USA zu gehen.«

»Sie muss ein interessantes Leben gehabt haben.«

»Das stimmt. Sie war eine sehr unabhängige Frau. Eine Künstlerin und passionierte Gärtnerin. Sie machte detaillierte Notizen und wunderschöne Zeichnungen von den Blumen, die sie gepflanzt hat.«

»Sie war Ihre Großmutter väterlicherseits?«

»Ja. Mein Vater wurde 1943 geboren.«

»Und die Fehlgeburten?«

»Die waren vorher. Sie hatte nur ein Kind, meinen Vater.«

»Nur?« Libbys Stimme klang überraschend bitter.

»So habe ich es nicht gemeint.«

»Schon okay«, sagte Libby.

»Meine Eltern kamen bei einem Autounfall ums Leben. Ich bin von meinen Großeltern großgezogen worden. Beide waren sehr lieb zu mir. Meiner Großmutter war es sehr wichtig, dass ich eine gute Bildung genoss und mich selbst ernähren konnte. Sie sagte oft, wenn es den Krieg nicht gegeben hätte, wäre sie zur Universität gegangen. Rechtsanwältin bin ich ihretwegen geworden.«

Ein großer, mit einem Baumüllcontainer beladener Lkw fuhr lärmend an ihnen vorbei.

Colton hielt neben dem Lkw und unterhielt sich mit dem Fahrer, der laut lachte. Anscheinend mochte er Colton. Schließlich nickte der Fahrer, und der Lkw fuhr in Richtung Gewächshaus.

Elaines Handy klingelte. »Colton. Ja, alles klar. Okay, mache ich.« Sie steckte das Handy in die Hosentasche. »Colton ist in zwanzig Minuten wieder da. Er hat den Fahrer instruiert, wo der Container hingestellt werden soll. Und ich soll sicherstellen, dass es klappt. Kommen Sie mit?«

»Klar.«

Die beiden folgten dem Lkw den Hügel hinunter und hörten dann das Piepen vom Zurücksetzen.

Libby sah, dass eine Stelle mit einem handgeschriebenen Schild markiert war. Coltons Anweisungen waren unmissverständlich. Container hier abstellen.

»Im Dunkeln habe ich es übersehen, aber jetzt kann man es nicht verpassen.«

»Colton überlässt nichts dem Zufall.«

Elaine lief zur Fahrerseite des Lkw und dirigierte den Fahrer noch ein, zwei Meter weiter rückwärts. Der folgte ihren Zeichen und setzte dann den Container ab.

»Colton wollte ihn so haben, dass er gut erreichbar ist, den anderen aber nicht den Weg versperrt.«

»Wer kommt denn noch?«

»Ich habe den Überblick verloren«, sagte Elaine lächelnd.

Sie winkte dem Fahrer zu, und der Lkw fuhr davon.

»Haben Sie was dagegen, wenn ich mich drinnen noch mal umschaue?«

»Nur zu«, sagte Elaine.

Als Libby durch die Tür trat, staunte sie, wie sehr sich das Licht im Gewächshaus innerhalb der letzten Stunde verändert hatte. Es erinnerte sie an einen alten Bären, der sich nach langem Winterschlaf reckte und streckte. Sie spürte, wie viel Leben es barg. Die Geister, die ihre Fantasie ihr vorgegaukelt hatten, waren verschwunden.

Sie ging zum Brunnen, strich über den Marmor und versuchte sich Olivia an diesem Ort vorzustellen. Sie hatten sich beide Kinder gewünscht und beide welche verloren. Für Olivia hatte der Wunsch sich irgendwann erfüllt.

»Damals gab es hier jede Menge Orchideen«, sagte Elaine.

Die ehemaligen Beete waren vor Unkraut kaum zu erkennen. »Woher wissen Sie das?«

»Aus Olivias detaillierten Gartentagebüchern. Sie begann sie jeweils im Frühling und schrieb bis Weihnachten darin.«

»Wie viele Jahre hat sie denn Tagebuch geführt?«

»Bis sie das Gewächshaus Mitte der Achtzigerjahre geschlossen hat.«

»Haben Sie sie je gefragt, warum sie das Gewächshaus aufgegeben hat?«

»Mehrmals. Aber ich habe nie eine Antwort bekommen.« Elaine lächelte. »Wahrscheinlich aus Altersgründen.«

»Könnte ich mir die Tagebücher mal ansehen?«, fragte Libby.

»Natürlich. Jederzeit.«

Libby nahm einen losen Stein aus dem unteren Becken der Fontäne und rieb mit dem Daumen über seine dunkelgraue Oberfläche. Allmählich war sie sehr neugierig auf Olivia Carter.

In der Ferne hupte es dreimal. »Das wird mein Mann sein.«

»Wollte er nicht erst morgen kommen?«, sagte Libby und legte den Stein zurück.

»Er macht sich Sorgen um mich.« Ihre Stimme klang zärtlich. »Kommen Sie. Ich möchte Sie mit ihm bekannt machen.«

»Gern.«

Libby folgte Elaine zum Hauptgebäude. Auf der runden Auffahrt stand ein Mann neben einem schwarzen Mercedes. Er war groß gewachsen, Anfang sechzig und sah aus, als wäre er früher sportlich gewesen und von zu vielen Jahren am Schreibtisch schlaffer geworden. Er trug Jeans, ein weißes Hemd und ordentlich geputzte Schuhe, die so gar nicht nach Woodmont passten.

»Das ist ja eine nette Überraschung!« Elaine umarmte und küsste ihn zur Begrüßung.

Er sah ihr prüfend ins Gesicht und legte ihr die Hand auf den schmalen Rücken. »Wie geht's dir?«

»Wunderbar. Wir räumen heute das Gewächshaus aus.« Elaine wandte sich zu Libby um. »Ich möchte dir Libby McKenzie vorstellen. Sie fotografiert das Ganze.«

Ted reichte Libby die Hand, seine langen Finger schlossen sich um ihre. Sein Händedruck war fest, sein Blick direkt. »Freut mich, Sie kennenzulernen. Ich habe schon viel Gutes über Ihre Arbeit gehört.«

»Danke.«

»Elaine hat mir erzählt, was für fantastische Fotos Sie von der Hochzeit gemacht haben. Trotz des Platzregens.«

»Abgesehen von den Sturzbächen verlief der Tag reibungslos«, sagte Libby grinsend.

Ted lachte. »Was wäre eine Hochzeit ohne ein kleines Drama?« Dann wurde er ernst. »Es tut mir leid, dass Ihr Vater gestorben ist, Libby.«

»Danke.«

»Ich habe ihn kennengelernt, als unsere Tochter zwei war. Wir waren gerade zu Besuch in Woodmont, und Lofton bekam eine scheußliche Mittelohrentzündung. An dem Tag hatte Ihr Vater Nachtdienst. Ihm war es zu verdanken, dass sie so schnell wieder gesund wurde.«

»Dad war wunderbar mit Kindern. Ich bekomme noch immer Briefe von ehemaligen Patienten, die mir schöne Geschichten über ihn erzählen.«

»Ich war jedenfalls froh, dass er in der Nacht für uns da war«, sagte Ted.

Coltons Truck kam über den Hügel. Colton stieg aus und reichte Ted die Hand. »Ted, schön Sie zu sehen, ich hatte Sie erst morgen hier erwartet!«

»Ich wollte sehen, wie's meiner Liebsten geht«, erwiderte Ted.

»Deiner Liebsten geht es gut«, sagte Elaine. »Ich habe gestern Abend mit Libby, Colton, den Jungs und Margaret zu Abend gegessen.«

»Klingt nach einer richtigen Party.«

»Das wiederholen wir, wenn Lofton da ist.« Elaine wandte sich an Libby. »Haben Sie Freitag Zeit?«

»Leider nein. Ich fotografiere bei einer Hochzeit in Richmond.«

»Stimmt, hatte ich vergessen. Vielleicht Sonntag, wenn Sie zurück sind?«

»Da bin ich bestimmt ungenießbar«, sagte Libby. »Nach meinen Einsätzen versinke ich immer knietief in der Bildbearbeitung. Tagelang. Da geht die eigentliche Arbeit los.«

»Wir finden sicher eine andere Gelegenheit«, meinte Ted.

»Ich lege ein Gedeck für Sie auf für den Fall, dass Sie mal eine Pause machen wollen«, sagte Elaine.

»Wenn es nicht zu viel Mühe macht. Ich versuche zu kommen, aber ich kann es wirklich nicht versprechen.«

»Ich würde mich jedenfalls freuen«, sagte Elaine.

»Ich weiß nicht, wie es bei euch ist, aber ich bin am Verhungern«, sagte Ted. »Hat Margaret vielleicht gebacken?«

Elaine kicherte. »Keine Sorge. Ich war's nicht. Ich bin eine totale Niete in der Küche, Libby. Ich bringe es fertig und lasse Wasser anbrennen.«

Libby hielt die Hand hoch. »Willkommen im Club.«

Elaine klatschte sie ab. »Wenn Sie auch Mitglied sind, ist es ein toller Club.«

»Ich muss los«, sagte Colton. »Die Truppe ist in zehn Minuten hier, und dann geht's rund.«

»Wie lange werden Sie brauchen?«, fragte Ted.

»Wenn alles glatt läuft, zwei Tage. Sobald wir innen und außen Gestrüpp und Unkraut beseitigt haben, sehen wir uns das Gebäude genauer an und machen die notwendigen Reparaturen an den Fensterfronten. Bis zum Wochenende sind wir sicher schon ein gutes Stück vorangekommen.«

»Na, dann mal los!«, sagte Ted.

Libby warf noch einen Blick auf das Gewächshaus und spürte eine unerklärliche Neugierde. »Die Zeit hat noch jedes Geheimnis ans Licht gebracht«, murmelte sie vor sich hin.

Elaine sah sie neugierig an. »Woraus ist das?«

»Aus einem französischen Theaterstück des siebzehnten Jahrhunderts, glaube ich. Habe ich wohl auf einer Gedenktafel oder bei Pinterest gelesen.«

»Ich wette, das Gewächshaus hat ein paar Geheimnisse für uns«, sagte Colton.

Libby spürte ein Hochgefühl wie schon lange nicht mehr. »Ich kann's kaum erwarten.«

Kapitel 11

Sadie

Montag, 1. Februar 1942, Bluestone, Virginia

Sadie war nervös, als sie ohne ihren Bruder zum Landgut der Carters fuhr. Denn auch wenn sie mit ihren Fahrkünsten an Heiligabend angegeben hatte, so war es nicht von der Hand zu weisen, dass sie ganz schön Angst vor den stinkreichen Carters hatte. Ihre Mutter sagte zwar immer, Reiche würden auch nur mit Wasser kochen. Aber Sadie wusste genau, dass für Reiche andere Regeln galten als für Arme.

Als sie herunterschaltete und auf der gewundenen Straße auf das große Haus zufuhr, ächzte das alte Getriebe. Der Schnee der letzten Woche war geschmolzen, aber ihre Mutter war sicher, dass es noch ordentlich schneien würde. Der Winter war noch längst nicht vorbei.

Woodmont kam in Sicht. Ohne die Tannenkränze mit den roten Schleifen wirkten die Backsteinmauern düster und abweisend. Die Bäume waren kahl, nur die Buchsbaumhecke sorgte für etwas Grün.

Sadie hasste diese Jahreszeit. Manchmal kam es ihr vor, als würde die Welt schlafen und alle sehnten sich nach dem Frühling.

Seit Johnny weg war, konnte sie Bluestone noch weniger leiden. Sie hatte ihn die vierzig Kilometer zum Bahnhof von Charlottesville gefahren. Auf der Fahrt sagten sie alle kein Wort, und als sie sich auf dem Bahnsteig umarmt hatten, hatten ihre Mutter und sie wie die Schlosshunde geweint.

Sie schaltete runter und parkte neben der Küche. Sie stellte den Motor ab, wartete, bis das Stottern und Husten aufhörte, und zog die Handbremse.

Ihre Mutter hatte versucht, sie dazu zu bewegen, ihr Sonntagskleid anzuziehen. *»Es ist wichtig, so machst du einen guten Eindruck.«*

Aber Sadie war stur geblieben. Das Kleid und der Truck passten nicht zueinander. Man konnte nie wissen, ob der Motor ansprang und wie lange er dann durchhielt. Wenn er absoff, musste sie auf die Stoßstange klettern und unter die Motorhaube gucken. Und das würde ihr Sonntagskleid garantiert ruinieren.

Immerhin hatte sie ihrer Mutter erlaubt, ihre Locken zu bürsten, sie zusammenzubinden und einen schönen Haarkamm hineinzustecken. Sie hatte ihren besten Overall und ein sauberes Hemd angezogen und ihre abgetragenen Stiefel gut geputzt.

Sadie schlug die ausgefransten Knopfleisten ihres Mantels übereinander, damit man die bunt zusammengewürfelten Knöpfe nicht sah, eilte die Stufen hoch und klopfte an die Küchentür.

Sie drehte sich um und betrachtete das zum Fluss hin sanft abfallende Land. Wenn die Bäume kahl waren, hatte man von der Veranda freien Blick auf den James River. Heute floss er träge, als machte auch er sich nicht viel aus der Kälte.

Die Tür öffnete sich, und sie wandte sich um. Auf der Schwelle stand nicht wie erwartet die Köchin, sondern Edward Carter, die Stirn in Falten gelegt. Er trug eine graue Anzughose, ein weißes Hemd mit bis zu den Ellbogen hochgekrempelten Ärmeln und eine Weste aus dem Stoff seiner Hose.

»Du kommst zu spät«, sagte er mit einem Blick auf seine Armbanduhr.

»Es ist elf Uhr, genau wie vereinbart.« Sadie war in der Woche davor zum Gemischtwarenladen gelaufen und hatte von Mr Sullivans Telefon aus bei den Carters angerufen. Sie hatte Mrs Fritz zweimal nach der gewünschten Uhrzeit gefragt und sie sogar noch auf ein Stück Einwickelpapier gekritzelt.

Ihr Einwand schien ihn noch mehr zu verärgern. »Wir hatten zehn Uhr ausgemacht.«

Sie griff in ihre Manteltasche, um den Zettel herauszuholen, da fielen ihr die warnenden Worte ihrer Mutter wieder ein. *»Keine Widerworte, auch wenn du im Recht bist.«*

»Tut mir leid, Sir«, sagte sie. »Möchte Miss Olivia noch, dass ich sie nach Charlottesville fahre?«

»Wie es der Zufall will, ist sie gleich mit dem Frühstück fertig und jeden Moment aufbruchbereit. Du kannst froh sein, dass sie so spät dran ist.«

»Ja, Sir.«

»Komm rein. Sobald sie da ist, gehen wir drei zur Garage, und ich weise dich ein. Und dann muss ich leider los. Ich mache heute Nachmittag Patientenbesuche in Lynchburg.«

»Ja, Sir.«

»Das bedeutet, wenn etwas schiefgeht, kann ich nicht gleich bei euch sein. Aber wir haben ja Telefon im Haus und auch im Krankenhaus. Kannst du einen Telefonapparat bedienen?«

»Klar kann ich das. Aber es wird nichts schiefgehen. Wir werden langsam und gemütlich fahren.«

»Dein Bruder hat mir einen Brief geschrieben und noch mal betont, wie gut du fährst. Mach ihm keine Schande, junge Dame.«

Sie hätte den Brief zu gern gelesen, schon um etwas von ihrem Bruder in der Hand zu halten. »Johnny irrt sich nie.«

Dr. Carter nickte. Ihre Antwort schien ihn zufriedenzustellen.

Sadie trat in die Küche und taute langsam in der Wärme auf. Am liebsten hätte sie ein bisschen davon für die Heimfahrt gespeichert.

»Ich sage Olivia, dass du da bist. Wenn du Hunger hast – auf dem Tisch steht ein Teller mit Keksen. Dein Bruder meint, du hättest ständig Appetit.«

Das stimmte. »Danke.«

Er stieß die Schwingtür auf und verschwand. Sie hob das rot-weiß karierte Tuch vom Teller, auf dem herrliche, noch ofenwarme Kekse auf sie warteten. Sie biss in eins hinein und verschlang innerhalb von Sekunden fast den ganzen Rest. Sie hätte sie langsam essen sollen, wie eine Lady, aber zum Frühstück bei ihr zu Hause hatte es nur das Nötigste gegeben. Und davon hatte sie ihrer Mutter das meiste überlassen, die wochenlang erkältet gewesen war.

Sadie wickelte die restlichen beiden Kekse in ihr Taschentuch und stopfte sie in die Hosentasche. Als vom Gang her das Klackern von Stöckelschuhen erklang, stand sie auf.

Miss Olivia trat durch die Schwingtür und strich sich eine dunkle Locke aus dem milchweißen Gesicht. Sie trug ein braunes Kleid mit gestickten Blumen am Saum, das ihr bis auf die halbe Länge ihrer schlanken Waden fiel. Ihre blank geputzten Pumps und die von ihrem Unterarm herabbaumelnde Handtasche waren aus dem gleichen weichen Leder.

»Guten Morgen, Miss Thompson«, sagte Olivia.

Sadie lächelte. »Einen guten Morgen auch für Sie, Ma'am.« Sie schnipste ein paar Krümel von ihrem Ärmel. »Sie können mich Sadie nennen. Das machen alle.«

»Dann also Sadie.«

Dr. Carter kam herein. Olivia küsste ihn sanft auf die Wange.

Seine Stirnfalten glätteten sich ein wenig. »Sei bitte vorsichtig.«

»Ich verspreche es dir.« Sie nahm ihre Handschuhe aus der Tasche. »Ich kann mir kaum vorstellen, dass eine Fahrt über Land sonderlich gefährlich sein sollte.«

»Die Straßen sind stellenweise noch vereist.«

»Ich habe schon Schlimmeres überlebt.« Olivia seufzte.

Dr. Carter überhörte ihre Bemerkung und zog seinen Wollmantel an. »Wenn die Damen mir jetzt bitte folgen würden.«

In aller Ruhe streifte Olivia ihre weichen Glacéhandschuhe über. »Fährst du wirklich, seit du zwölf bist, Sadie?«

»Ja, Ma'am. In dieser Gegend kann man sich nur so fortbewegen, außer es macht einem nichts aus zu laufen. Oder man lässt sich mitnehmen.«

»Wie weit ist es denn bis Charlottesville?«

»Rund dreißig Kilometer oder so.«

»Aha.«

Als Dr. Carter die Küchentür öffnete, drang ein Schwall kalter Luft herein. Er hielt Olivia und Sadie die Tür auf und zog sie fest hinter sich zu. »Gehen wir zur Garage, und dann werden wir mal sehen, ob Sadie so gut fährt, wie ihr Bruder behauptet.«

Sadie fuhr sogar noch besser, vor allem wenn sie an die Pedale herankam, aber den Hinweis verkniff sie sich. Wenn er sie erst fahren sah, würden Dr. Carters Zweifel garantiert verfliegen.

Kalter Wind blies vom Fluss her über den Hügel, als das Trio auf ein scheunenartiges Gebäude zuging. Dr. Carter lief schnell, und Sadie dachte, Miss Olivia würde bestimmt zurückfallen. Doch zu ihrer Überraschung hielt sie mühelos mit.

Dr. Carter stieß das Tor auf, und in der Scheune standen statt Pferden drei Wagen nebeneinander. Rechts ein fast neuer Truck, daneben ein blaues Ford-Deluxe-Coupé mit einer schnittigen, polierten Karosserie. Und schließlich eine

Limousine, ein grüner Pontiac mit breiter Rückbank und seitlicher Holzverkleidung.

Die Vorstellung, so einen noblen Wagen zu fahren, der auch noch der Familie Carter gehörte, begeisterte Sadie. Ihr Bruder hatte gesagt, ein Auto ist ein Auto, und wenn du in einem die Gangschaltung beherrschst, dann auch in jedem anderen. Der Unterschied besteht vor allem darin, dass die schicken Autos tun, was du ihnen sagst, während du Old Blue gut zureden musst, bis er anspringt.

Das hier waren Autos wie die von Filmstars in Zeitschriften. In Charlottesville gab es vielleicht ein paar Leute mit schöneren Wagen, aber keiner war so neu wie diese. Sie wischte sich unauffällig die Stiefelspitzen an den Hosenbeinen sauber und wünschte, sie wäre am Morgen den matschigen Stellen ausgewichen. Großer Gott, Johnny wäre sprachlos, wenn er sie am Steuer eines derart schicken Autos sähe.

»Die Damen nehmen den Pontiac.« Dr. Carter fischte einen Schlüsselbund aus seiner Tasche. Er wandte sich an Sadie: »Heute bleibst du am besten auf dem Anwesen, um dich an den Wagen zu gewöhnen.«

»Aber ich wollte doch nach Charlottesville«, protestierte Olivia. »Ich möchte ein paar Einkäufe erledigen.«

»Sicherheit geht vor. Mir ist nicht wohl dabei, euch beide auf die Straßen loszulassen, solange ich mich nicht davon überzeugt habe, dass alles gut geht. Autofahren kann sehr gefährlich sein.«

»Kommt darauf an, wie schnell man fährt«, sagte Sadie. »Und auf die Straßen. Wenn wir langsam und gemütlich fahren, ist es überhaupt nicht gefährlich. Schon gar nicht in einem so schicken Auto.«

Olivia wirkte enttäuscht. »Wirklich, Edward, du brauchst dir keine Sorgen zu machen. Sadie wird mich wie ein rohes Ei behandeln. Wir gehen keine unnötigen Risiken ein.«

Dr. Carter öffnete die Fahrertür. »Ich habe keine Zeit für Diskussionen. Ich habe dich schon einmal fast verloren und werde kein Risiko eingehen.«

Sie drückte seine Hand. »Hier in Virginia sind wir Lichtjahre von den Bombenangriffen in London entfernt.«

Er sah seine schöne Frau liebevoll an, aber er blieb dabei. »Ich mache Sadie mit den wichtigsten Funktionen vertraut, und dann könnt ihr beide auf der Allee auf und ab fahren. Bleibt auf dem Anwesen.«

»Wir werden sämtliche Sicherheitsvorschriften beachten«, sagte Olivia.

Sadie zog einen Handschuh aus und fuhr mit der Hand über das kühle Metall. »Darf ich mich reinsetzen?«

»Sonst kannst du ja wohl kaum fahren.«

Sadie glitt hinters Steuer und staunte, wie gut das glänzende Leder duftete. Johnny hielt seinen Truck sauber, aber über die Jahre hatten sie viel Geflügel transportiert, und den Geruch bekam man nicht mehr heraus.

Sie berührte das weiße Lenkrad mit den Fingerspitzen. Wie weit kam man in so einem Wagen wohl? Bestimmt die ganze lange Strecke bis nach New York oder Kalifornien.

Sadie zog den Choke und drehte den Zündschlüssel. Der Motor sprang an. Kein Husten, kein Stottern, kein Murren – er schnurrte rund und gleichmäßig.

Sie stieg wieder aus und öffnete die Fondtür. »Miss Olivia, wenn Sie bitte einsteigen würden? Dann machen wir unsere kleine Spritztour.«

Miss Olivia betrachtete den leeren Rücksitz. »Ich möchte lieber vorn sitzen. Da habe ich bessere Sicht.«

»Fahr bloß nicht zu schnell, Sadie«, warnte Dr. Carter.

»Nein, Sir«, sagte sie und schloss die Fondtür. »Ich kutschiere sie, als wäre sie meine eigene Mutter.«

»Na gut. Ich sehe mir das Ganze noch kurz an, und dann könnt ihr losfahren.«

Sadie setzte sich wieder hinters Lenkrad, während Dr. Carter vorn um den Wagen herumging und Olivia die Beifahrertür aufhielt. Er schloss sie sorgfältig und trat dann in sichere Entfernung.

Olivia machte es sich auf ihrem Sitz bequem. »Ich bin schon in Dutzenden von Autos gefahren. Keins war mir je zu schnell.«

Sadie löste die Bremse, kuppelte und schaltete in den ersten Gang. »Dann hat wohl nicht der Richtige am Steuer gesessen.«

Olivia lachte. »Halt dich zurück, solange Edward da ist, sonst lässt er uns nie weg.«

»Ja, Ma'am.«

Sadie drückte aufs Gaspedal, legte den ersten Gang ein und ließ die Kupplung kommen. Die Limousine bewegte sich langsam aus der Scheune. Beim Weiterfahren ließen sich die Gänge so butterweich wechseln, dass sie fast kichern musste.

Sie fuhr um das Haus herum, vorbei an ihrem alten Truck, der traurig wirkte, so allein zurückgelassen zu werden, bis zum Ende der langen Allee.

Nachdem sie die Allee zehn Minuten lang auf und ab gefahren waren, setzte Dr. Carter das Coupé rückwärts aus der Scheune. Er hielt neben der Limousine der Frauen, und Sadie und er kurbelten ihre Fenster herunter. »Sieht so aus, als hätten die Damen alles unter Kontrolle.«

»Du musst dir um uns keine Sorgen machen. Bei uns ist alles in Ordnung. Arbeite nicht so viel, Schatz.«

Dr. Carters Blick bohrte sich in Sadie. »Ich rate dir, vorsichtig zu sein.«

»Ja, Sir.«

Sie warteten, bis Dr. Carter sie überholt hatte. Matsch spritzte von den Hinterreifen seines Wagens.

»Warten wir noch ein paar Minuten«, sagte Olivia warnend. »Edward kehrt vielleicht noch mal um.«

»Warum?«

»Um sicherzugehen, dass bei uns alles in Ordnung ist.«

»Ist es doch.«

»Ich möchte nach Charlottesville«, sagte Olivia.

Sadie schaltete, umrundete die kreisförmige Auffahrt und fuhr wieder auf die lange Allee. »Wir haben ihm versprochen, hierzubleiben.«

»Ich habe nur versprochen, dass mir nichts zustößt. Nicht, dass ich auf dem Grundstück bleibe.«

»Er hat gesagt, für den Anfang nur bis zum Ende der Allee«, erwiderte Sadie.

Miss Olivia wurde allmählich ärgerlich. »Lass uns zumindest auf die Landstraße fahren. Ich möchte die offenen Felder und Berge sehen.« Sie zog ihren Rock glatt und faltete die Hände im Schoß. »Ich bin wochenlang kaum aus Woodmont weggekommen.«

»Ich weiß nicht. Dr. Carter hat gesagt, wir sollen hierbleiben.«

»Wir fahren ja nicht weit.« Und als Sadie noch immer zögerte, fügte sie hinzu: »Du hast doch keine Angst, oder?«

Sadie merkte, was Miss Olivia im Schilde führte, aber sie würde da nicht mitspielen. »Doch. Ich will den Job nicht verlieren.«

»Wirst du auch nicht. Also los, machen wir eine kleine Tour.«

Am Ende der Zufahrt hielt Sadie an.

»Ich werd's auch nicht verraten«, sagte Olivia verschwörerisch.

Sadie murmelte etwas vor sich hin, wendete und brauste die Straße hinunter. Sie rutschte weiter nach vorn, packte das Lenkrad fester und hielt nach Dr. Carter Ausschau.

»Warum hast du so jung fahren gelernt?«, fragte Olivia.

»Mein Vater brauchte Unterstützung bei seinen Lieferungen, und meine Mutter hat nie fahren gelernt.«

»Du musst eine Riesenangst gehabt haben.«

»Die ersten ein, zwei Male. Dann hat es mir immer mehr Spaß gemacht.«

An ihrem ersten Tag hinter dem Lenkrad hatte Sadie Todesängste ausgestanden. Ihr Vater war nie besonders geduldig gewesen, und sie hatte es verdammt schwierig gefunden, herauszufinden, wann sie aufs Gaspedal drücken und wann sie die Kupplung kommen lassen musste. Einmal war sie zu hektisch gewesen, das Fahrzeug machte einen Satz, und ihr Vater knallte mit dem Kopf aufs Armaturenbrett. Er war stinksauer. Später entschuldigte er sich dafür, dass er die Beherrschung verloren hatte. Aber danach hatte Sadie sich sehr viel Mühe gegeben, seine Geduld nicht mehr auf die Probe zu stellen.

»Wo wohnst du?«, fragte Olivia.

»Auf dem Hof meiner Mutter. Nicht weit von hier.«

»Brennt ihr da den Schnaps?«, fragte sie.

Sadie grinste. »Nein, Ma'am. Wer bei sich zu Hause Schnaps brennt, wird garantiert geschnappt. Wir machen es an einer bestimmten Stelle am Fluss. Da gibt es eine Art Höhle, die man von der Straße aus nicht sieht.«

»Zeigst du sie mir?«

»Es ist zu weit«, sagte Sadie. »Und in dieser Jahreszeit ist Autofahren nicht ohne.«

»Was meinst du, wie gut kennst du dich mit dem Wagen schon aus?«

»Gut genug. Ist nicht weiter schwierig. Der Motor läuft prima.«

Olivia beobachtete, wie Sadie die Geschwindigkeit drosselte und herunterschaltete. »Bei dir sieht es ganz einfach aus.«

»Ist es auch.«

»In London bin ich in mehreren Ambulanzen mitgefahren, saß aber nie selbst am Steuer.«

»Was ist eine Ambulanz?«

»Ein Wagen, der Verwundete in Krankenhäuser bringt. London wird seit einiger Zeit bombardiert. Und die Fliegerbomben setzen Gebäude in Brand, wenn sie nicht vorher einstürzen. Dabei werden viele Zivilisten verletzt. Hast du je eine Explosion miterlebt?«

»Nein, aber meine Brüder kannten einen, der bei einer Gasexplosion in einer Mine in West Virginia ein Bein verloren hat.«

»Die Bomben werden von Flugzeugen abgeworfen, explodieren und können ganze Häuserblocks dem Erdboden gleichmachen. Es ist so laut, dass einem noch Tage danach die Ohren klingen.« Olivia starrte auf die Felder und dachte an die schreckliche Zeit in London zurück.

»Wie kann man sich da schützen?«

»Es gibt unterirdische Luftschutzkeller. Aber sicher ist es nirgendwo.«

»Hier ist der Krieg ziemlich weit weg, oder?«

»Ja. Vorläufig sind wir hier in Sicherheit.«

Die Straße führte auf eine T-Kreuzung zu. Sadie, die Angst hatte, dass Dr. Carter auf sie wartete, wendete und fuhr zurück nach Woodmont.

»Ich möchte Autofahren lernen«, sagte Miss Olivia mit einem verschmitzten Lächeln.

»Warum denn das? Ich kann Sie doch überallhin fahren.«

»Aber du bist ja nicht immer da. Es ist besser, selbst für sich sorgen zu können.«

»Bestimmt feuert Dr. Carter mich, wenn ich Ihnen das Autofahren beibringe.«

»Er muss es ja nicht erfahren. Er ist nur selten zu Hause, und hier kann einem leicht die Decke auf den Kopf fallen, vor allem im Winter.«

»Das Gewächshaus muss doch bepflanzt werden, dann haben Sie gar keine Zeit für Fahrstunden.«

»Es ist genug Zeit für beides da. Gib mir Stunden. Ich bezahle dich auch großzügig.«

»Aber ich werde doch schon bezahlt.«

»Betrachte es als Zulage.«

Sadie war klar, dass sie in ihrem neuen Job vielleicht nie genug Geld zusammenbekäme, um das Tal hinter sich zu lassen. Eine Zulage von Miss Olivia könnte sie dem Ziel näher bringen.

»Du wirst den Job nicht verlieren, Sadie. Ich werde es nicht zulassen, dass Dr. Carter dich feuert.«

»Nichts für ungut, Ma'am, aber er sieht nicht so aus, als ob er sich von anderen was sagen lässt. Nicht mal von Ihnen.«

»Mach dir keine Gedanken über meinen Mann. Ich komme schon mit ihm klar.«

Sie hatte leicht reden. Der Motor surrte, und als Sadie einen Blick über die Schulter warf, war von Dr. Carter nichts zu sehen. »Wir kehren jetzt erst mal zum Haus zurück«, sagte sie. »Wir sind auf der Landstraße gefahren, und wenn wir heute noch mehr wagen, kann ich in Teufels Küche kommen.«

Sadie brachte ihre Mutter und ihre Brüder immer wieder zur Weißglut, aber einem Mann wie Dr. Carter den Gehorsam zu verweigern, konnte nur schlecht ausgehen.

Kapitel 12

Libby

Sonntag, 14. Juni, Bluestone, Virginia

Es gab immer gute Gründe, Dinge auf die lange Bank zu schieben. Libby war gegen eins von der Hochzeit zurückgekommen, hatte sich im Zustand wohliger Erschöpfung auf die Couch fallen lassen und bis drei Uhr geschlafen. Danach duschte sie mit neuer Energie und zog ein bequemes Oberteil und eine schwarze Leinenhose an.

Bis zu ihrem Aufbruch nach Woodmont war noch viel Zeit, und sie überlegte, ob sie den Schuppen mit ihrer alten Fotoausrüstung aufräumen sollte. Alternativ könnte sie auch mit der Bildbearbeitung anfangen oder sogar die Papiere im Schreibtisch ihres Vaters durchsehen.

Stattdessen machte sie sich eine Tasse Kaffee und legte sich mit ihrem Handy auf die Couch. Sie scrollte durch ihren Instagram-Account, sah sich die Bilder von der Hochzeit an, die sie gepostet hatte, und las die schmeichelhaften Kommentare zu ihren Fotos.

Dabei hätte sie es belassen sollen. Doch sie rief Jeremys Seite auf und starrte auf die lächelnden Gesichter der beiden, wie sie mit der Heiratsurkunde vor dem Standesamt standen. Ihr Megawattlächeln strahlte Libby nur so vom Display entgegen. Die Urkunde verdeckte Monicas Bauch, aber ihr Gesicht war hübsch gerundet und ihre Brüste voller. Wenn Jeremy doch nur ein bisschen dicker wäre oder weniger gefasst wirken würde!

»Glücklich. Dick. Glücklich. Dicker.«

Diese Worte verfolgten sie wie ein quälender Ohrwurm, während sie in die gemeinsame Vergangenheit der beiden eintauchte. Im April hatten Jeremy und Monica ein Landgut besucht, das Woodmont sehr ähnlich war. Er hatte den Arm um sie gelegt, und beide hielten eine kleine Flasche Mineralwasser in der Hand.

Während Libbys drei Schwangerschaften hatte Jeremy jedes Mal auf Wein und Bier verzichtet. Ein Akt der Solidarität, der mehr besagte, als hätte er ihr mit Worten versichert, dass das Kinderkriegen ihre gemeinsame Angelegenheit war. Während ihrer morgendlichen Übelkeitsanfälle hielt er ihr die Haare aus dem Gesicht. Und er beschwerte sich selbst dann nicht, wenn sie ihn abends um elf bat, ihr Eis mit Minzgeschmack und Schokosplittern zu besorgen. Er war für sie da gewesen. Ihr Fels in der Brandung.

Und jetzt war er für Monica da. Und für das Baby, das sie erwarteten.

Libby hatte alles Erdenkliche getan, damit ihre Schwangerschaften gut verliefen. Sie notierte auf Dutzenden von Listen, was sie zu tun und zu lassen hatte, und befolgte alles buchstabengetreu. Sie widerstand der Versuchung aufzulisten, was mit dem Baby alles schiefgehen konnte. Sie war fest entschlossen gewesen, optimistisch zu bleiben.

Sie setzte sich auf und warf das Handy zur Seite. Es war jetzt fast fünf, und sie hatte Elaine versprochen, vorbeizuschauen. Ihr war noch immer nicht klar, warum Elaine sie dabeihaben wollte, fand die Vorstellung, sich unter Fremde zu mischen, aber bei Weitem reizvoller, als Jeremy im Netz zu stalken.

Sie stieg die Treppe hoch. Ihr war wichtig, dass die Türen zum ehemaligen Elternschlafzimmer und zum Arbeitszimmer ihres Vaters immer geschlossen waren. So konnte sie sich leichter vormachen, nur übers Wochenende zu Hause zu sein und jeden Moment in ihr Auto zu steigen und zu ihrem wahren Leben zurückzufahren.

Seit sie Anfang Januar heimgekehrt war, hatte sie das Arbeitszimmer ihres Vaters nicht betreten. Er hatte seine Haushaltshilfe Lou Ann vorab bezahlt, damit sie das Haus alle zwei Wochen sauber machte, und der beißende Geruch von Zitronenpolitur verriet ihr, dass Lou Ann ausnahmslos alles putzte.

Als sie die Tür zum Arbeitszimmer öffnete, überraschte es sie daher nicht, die Schreibtischplatte blitzblank vorzufinden.

Beim Eintreten fiel ihr der frische Wandanstrich auf.

»Dad, warum lässt du die Zimmer neu streichen?«, hatte sie ihn bei einem ihrer Dutzend Krankenhausbesuche in den letzten acht Wochen seines Lebens gefragt. Wenn sie nicht gerade Fotos machte oder bearbeitete, hatte sie an seinem Krankenbett gesessen.

»Ich habe mir fest vorgenommen, dir keine Unordnung zu hinterlassen. Das Haus soll in perfektem Zustand sein, damit du es ohne Probleme verkaufen kannst, wenn du so weit bist.«

»Lass uns nicht übers Verkaufen reden, Dad.« Damals hatte Libby die Schwere seiner Krankheit noch geleugnet. Sie hatte in der Vergangenheit mehrfach mit Verdrängung zu tun gehabt, und als es wieder so weit war, hieß Libby sie wie eine alte Bekannte willkommen.

»Ich möchte, dass du dir mit dem Geld vom Hausverkauf etwas Schönes leistest.«

»So was wie eine Kreuzfahrt vielleicht?« Allein das Wort rief Befürchtungen in ihr wach. Wie zum Beispiel Monsterwellen,

Piraten oder eine Seekrankheit, die Passagiere und Crew außer Gefecht setzte.

»Du könntest ein Fotoatelier einrichten.«

»Ich brauche keins.«

»Klammer dich nicht ans Haus, Libby.« Mit überraschend kräftigem Griff packte seine blasse Hand die ihre. *»Mach was aus deinem Leben und sei glücklich!«*

»Ich bin glücklich.«

Er schüttelte den Kopf und sagte nichts mehr.

»Mach dir keine Sorgen, Dad. Ich komme immer wieder auf die Beine.«

Da hatte er sie mit seinen klaren hellen Augen, in denen unvergossene Tränen glitzerten, lange angesehen. *»Ich habe mir nie Sorgen um dich machen müssen, meine Kleine. Du bist die stärkste McKenzie, die je gelebt hat.«*

Libby eilte die Treppe hinunter, griff sich ihr Handy und tippte Sierras Nummer ein.

Sierra hob beim dritten Klingeln ab und meldete sich.

»Was machst du gerade?«

Libby hörte im Hintergrund Wasser rauschen. »Ich spüle meine Kuchenschüssel aus. Ich will einen Zitronenkuchen backen.«

Libby kannte ihre Freundin. »Wie viele sind schon fertig?«

»Fünf.«

Libby lief wieder hoch, ins Arbeitszimmer ihres Vaters. »Und wofür brauchst du sechs Kuchen? Backst du sie auf Bestellung?«

»Gesetz der Anziehung oder so. Oder sagen wir, ich übe schon mal.«

Libby betrachtete die frisch gestrichenen hellgrauen Wände mit der weißen Zierleiste. »Was hältst du davon, wenn wir das Haus meines Vaters als Sicherheit für dein Darlehen nehmen?«

Das Wasser hörte auf zu rauschen. »Was? Auf keinen Fall! Es ist doch dein Haus.«

»Ist es nicht«, erwiderte Libby. »Es war Dads Haus.«

»Du kannst es verkaufen und gutes Geld dafür kriegen.«

»Ja, und dir dann das Geld für die Renovierung deines Sandwichladens leihen. Aber warum soll ich es nicht einfach als Sicherheit nutzen? Dann muss ich mir auch keinen Makler besorgen.«

Schweigen in der Leitung.

»Bist du noch dran?«, erkundigte sich Libby.

»Ja.«

»Und?«

»Falls wir es wirklich so machen, wohlgemerkt: falls, zahle ich dir jeden einzelnen Cent zurück.«

»Faktisch würdest du gar nicht bei mir in der Kreide stehen, sondern bei der Bank. Solange du nicht mit den Ratenzahlungen in Verzug gerätst, ist alles im grünen Bereich.« Sie hätte natürlich verschiedene Katastrophenszenarien entwerfen können: *Der Sandwichladen wirft keinen müden Cent ab. Sierra zahlt ihre Raten nicht. Der Sandwichladen brennt ab. Sierra haut mit dem Geld ab und verdrückt sich mit einem Typen namens Manny nach Mexiko.*

Aber Libby hatte keine Lust, sich mit so einer Liste zu beschäftigen.

»Bedeutet das jetzt ja oder nein?«

»Es bedeutet ja«, sagte Sierra leise.

»Sag das noch mal laut und deutlich«, forderte Libby sie auf.

»Bist du dir sicher?«

»Ja.«

»Im Ernst?«

»Mach einen Termin bei der Bank. Wie ich meinen Vater kenne, liegt der Grundbucheintrag in seinem Schreibtisch. Ich suche heute Abend danach.«

»Okay. Dann also: ja!«

»Gut.« Libby sah sich in dem Raum um, und zum ersten Mal freute sie sich, dass ihr Vater ihr das Haus hinterlassen hatte.

»Du bist ja heute Abend bei Elaine. Was für eine Party war das noch mal?«

»Ich weiß es nicht so richtig.«

»Hey, willst du vielleicht einen Zitronenkuchen mitnehmen?«

* * *

Es war fast sechs, als Libby auf die Allee von Woodmont einbog. Neben ihr auf dem Beifahrersitz stand eine große Schachtel mit dem Zitronenkuchen Nummer drei, den Sierra als den würdigsten der sechs Exemplare auserkoren hatte.

Libby sah Coltons Truck neben einem Mercedes und einem Land Rover stehen und freute sich, dass er sich wie sie unter die Gutsbesitzer mischte. Ihre Vorfreude überraschte sie. Solche Gefühle hatte sie früher für Jeremy empfunden, sie hatte sie in Gingers Augen gesehen und in Sierras Stimme wahrgenommen, als die ausgerufen hatte: »Das wird richtig toll!«

Sie griff nach der Kuchenbox und folgte dem Gelächter und der Musik. Als sie durch das Tor in den Obstgarten trat, fühlte sie sich in die Welt einer noblen Gartenzeitschrift versetzt. Dort stand ein langer rustikaler Bauerntisch mit weißen Steinguttellern, kobaltblauen Gläsern aus den Dreißigerjahren, weißen Leinenservietten und bunt zusammengewürfelten Stühlen. Eine Girlande mit weißen Rosen lief über die ganze Länge des Tisches.

Am Ende der Tafel stand Elaine. Sie hatte heute eine gesündere Gesichtsfarbe und sprach lebhaft mit ihrem Mann und ihrer Tochter, die ihrer Mutter wie aus dem Gesicht geschnitten war.

Libby ging auf Elaine zu, und auf einmal war sie wieder aufgeregt und angespannt. Als Elaine sie kommen sah, strahlte sie. »Sie haben es ja doch geschafft, Libby.«

Libby öffnete den Deckel der Schachtel und reichte ihr den Kuchen. »Danke für die Einladung.«

Elaine nahm ihn entgegen. »Das ist aber nett von Ihnen.«

»Meine Nachbarin Sierra Mancuso eröffnet demnächst ein Café. Sie backt sehr gut und hat mir den Kuchen für Sie mitgegeben.«

»Er duftet köstlich.«

»Herzlich willkommen«, sagte Ted. »Davon nehme ich mir mindestens zwei Stücke. Margaret hat sicher nichts gegen ein zusätzliches Dessert einzuwenden.«

»Ted hat das Grillen übernommen, und Margaret bereitet die Beilagen vor. Ich habe den Tisch gedeckt«, sagte Elaine lachend. »Das war's auch schon mit meinen kulinarischen Fähigkeiten. Ich möchte Ihnen meine Tochter vorstellen.«

Ted nahm den Kuchen aus der Verpackung und stellte ihn in die Mitte des Bauerntischs. Elaine ergriff die Hand ihrer Tochter und zog sie näher. »Das ist Lofton. Ich glaube, ich habe Ihnen schon erzählt, dass sie vor Kurzem an der University of Virginia ihr juristisches Examen abgelegt hat.«

Libby schüttelte Lofton die Hand. »Freut mich, Lofton. Und Glückwunsch zum Jura-Examen.«

»Danke«, sagte Lofton. »Mom hat mir erzählt, dass du bei Gingers Hochzeit ein paar tolle Fotos gemacht hast.«

»Ja, einige sind wirklich große Klasse geworden.« Aus irgendeinem Grund meinte sie, große Töne spucken zu müssen.

Ted reichte Libby und Lofton ein Glas Rotwein. »Die Flasche haben Elaine und ich letztes Jahr in Neapel gekauft. Heute ist der perfekte Abend dafür.«

Der volle, fruchtige Wein schmeckte köstlich, und der Alkohol würde die Stimmung bald auflockern. »Ich habe draußen Coltons Truck gesehen.« Sie wollte nicht geradeheraus fragen, ob er erwartet wurde, hoffte aber, dass das freie Gedeck für ihn bestimmt war. »Wie geht's mit dem Gewächshaus voran?«

»Es sieht toll aus«, sagte Elaine. »Das Gestrüpp ist weg, und es ist komplett leer. Nach dem Dinner sollten wir es uns mal ansehen.«

»Das wäre schön.«

»Als Nächstes wird der Steinfußboden entfernt, der Boden ausgehoben und eine neue unterirdische Wasseranlage gebaut. Damit wollen sie in ein oder zwei Tagen anfangen. Ich habe jetzt auch Olivias erste Gartentagebücher da. Sie meinten doch, Sie würden sie gern mal sehen.«

»Das wäre toll. Ich kann sie Ihnen auch schnell zurückgeben.«

»Das hat keine Eile«, erwiderte Elaine.

»Gibst du Libby Tagebücher meiner Urgroßmutter?«, fragte Lofton.

»Sicher«, sagte Elaine. »Schließlich fotografiert sie das Gut für mich. Wenn wir deinen Vorschlag umsetzen und Woodmont für Hochzeiten öffnen wollen, brauchen wir Fotos, die was von der Geschichte zeigen.«

Lofton tippte mit glänzenden Fingernägeln gegen ihr Glas. »Ja schon, aber dafür braucht sie doch nicht die Tagebücher.«

»Lofton, hilf mir am Grill«, sagte Ted. »Sonst brennen die Steaks noch an.«

Lofton nahm den warnenden Unterton in der Stimme ihres Vaters wahr und grinste. »Klar doch, Daddy.«

Lofton und Ted gingen zum Grill hinüber. Libby trank noch einen Schluck Wein.

»Wissen Sie, was?«, lenkte Libby ein. »Das mit den Tagebüchern verschieben wir einfach. Ich habe sowieso gerade keine Zeit, sie zu lesen.«

»Ich glaube, Sie sind genau der Typ Frau, der sich die Zeit dafür nimmt. Und Lofton ist seit meiner Erkrankung ein bisschen überfürsorglich. Machen Sie sich keine Gedanken. Ich schicke sie Ihnen.«

»Habe ich viel verpasst?« Coltons tiefe Stimme wurde vom Geplapper seiner Söhne untermalt. Margaret folgte ihm, in den Händen eine Schüssel Kartoffelsalat. Colton trug eine Platte mit gedämpften Maiskolben.

Die Jungen rannten an Libby vorbei direkt zu Lofton, die Jeff um den Bauch packte und kopfüber baumeln ließ. Er lachte und ruderte mit den Armen. Sam hopste auf und ab und bettelte: »Jetzt ich!«

Margaret stellte die Salatschüssel auf den Tisch und sah Elaine an. Die beiden tauschten einen Blick, den Libby nicht interpretieren konnte.

»Letzten Sommer haben die Jungs viel Zeit mit Lofton verbracht«, erklärte Elaine.

»Sie fragen ständig nach ihr«, sagte Colton.

»Ich wünschte, sie würde diesen Sommer länger hierbleiben. Ted und die Jungs haben immer viel Spaß miteinander«, sagte Elaine. »Aber sie hat eine Stelle in Washington gefunden. Das ist ein großer Schritt für sie.«

Libby nippte an ihrem Wein und dachte an das letzte Mal, als sie und ihr Vater richtig Spaß miteinander gehabt hatten. Das war Jahre her, in der Zeit vor Jeremy.

Damals hatten sie den Dachboden aufgeräumt und einen Karton mit Libbys Babykleidung entdeckt. Winzige rosafarbene, gelbe und weiße Strampelanzüge und niedliche Kleidchen mit Rüschen, die so gut wie ungetragen aussahen. Was ihren Vater aber fast zu Tränen rührte, war ein mit verblassten Milch- und Saftflecken übersätes, ausgeblichenes rosafarbenes T-Shirt mit dem Aufdruck der Football-Mannschaft New York Jets. »Aus dem warst du zwischen deinem ersten und zweiten Geburtstag fast nicht rauszukriegen.«

»Wer hat mir denn ein Jets-T-Shirt gekauft?«

»Weiß ich nicht mehr«, sagte er. »In dem Sommer hast du meistens in der Erde gebuddelt.«

Als sie jetzt an das kleine Hemdchen dachte, fragte sie sich, ob es wohl zu den wenigen Dingen in den Kartons gehörte, die ihr Vater in seinem Arbeitszimmer so ordentlich aufeinandergestapelt hatte. Und zum ersten Mal seit ihrer Rückkehr nach Bluestone verspürte sie das Bedürfnis, sie zu öffnen.

Kapitel 13

Sadie

Dienstag, 3. März 1942, Bluestone, Virginia

Der Krieg nimmt Fahrt auf. Sogar aus so einer kleinen Stadt wie Bluestone habe ich jetzt Kameraden, die mit mir die Grundausbildung in Fort Benning machen. Wir werden jeden Tag informiert, was in Europa und im Pazifik passiert, und wir brennen darauf mitzukämpfen. Der Spieß sagt, wenn wir erst in Europa gelandet sind, machen wir dem Ganzen schnell ein Ende. Geht halt nichts über amerikanische Kämpfer.

Sadie starrte auf Johnnys klare, gleichmäßige Handschrift und schob den Brief über den Küchentisch zu ihrer Mutter rüber. »Er ist Feuer und Flamme.«

Im Brief stand noch, dass manche Jungs schon in Fliegerangriffen in Großbritannien eingesetzt worden waren und dass er sich große Sorgen um Danny machte. Der Krieg war völlig anders, als er ihn sich vorgestellt hatte.

Diesen Teil hatte sie ihrer Mutter nicht vorgelesen. Ihre Mutter konnte nicht lesen, und Johnny setzte darauf, dass Sadie diesen Teil für sich behielt.

Ihre Mutter strich über den Brief, als nähme sie ihren Sohn in die Arme, wenn sie die Tinte berührte. »Bist du sicher, dass er nichts über Danny sagt?«

»Ja, Ma. Über Danny steht da nichts.« Im Gegensatz zu Johnny, von dem fast jede Woche ein Brief kam, hatte Danny kaum geschrieben, seit er 1938 in die Armee eingetreten war.

»Ich vermisse die beiden so. Was meinst du, wann sind sie wieder zu Hause?« Ihre Mutter faltete den Brief ordentlich und steckte ihn in ihre Tasche. Später würde sie ihn in die Zigarrenkiste legen, in der sie die Briefe sicher verwahrte.

»Ich weiß nicht. Hoffentlich bald.« Der Boden war noch hart gefroren und würde erst in ein paar Wochen auftauen. Dann würden sie und ihre Mutter damit beginnen, den Gemüsegarten umzugraben.

Sadie wechselte das Thema. »Du hast es ja gehört. Wenn er bloß nicht solche Sorge hätte, ob ich die Maische für den Schnaps richtig ansetze.«

»Das kommt, weil du immer zu viel Zucker nimmst.« Sie lächelte, als erinnerte sie sich an einen Moment mit ihm allein, und griff nach einer seiner Socken. Die Socke war mindestens zehn Jahre alt und für Johnny inzwischen zu klein, aber das hinderte seine Mutter nicht daran, das Loch zu stopfen. Die Stiche konnten gar nicht perfekt genug sein für ihren Sohn.

»Was erzählt Miss Olivia von England?«, fragte ihre Mutter. »Sie hört doch sicher so einiges.«

»Meist erzählt sie vom Garten.« Darin wuchsen jetzt aber keine Blumen mehr, sondern Gemüsepflanzen. Vor zwei Tagen waren sie nach Charlottesville gefahren, und Miss Olivia hatte ein Paket für ihre Eltern aufgegeben. Mit Dosenmilch, Dosenfleisch und Tee.

»Mr Sullivan sagt, dass die Deutschen England immer noch bombardieren«, sagte ihre Mutter.

»Da ist anscheinend kein Ende in Sicht.«

Auf der Stirn ihrer Mutter zeigten sich Sorgenfalten. »In London ist es sehr gefährlich.«

»Johnny wird nicht in die Nähe von London kommen.«

»Woher willst du das denn wissen?«

»Ich habe Miss Olivia gefragt«, log sie. »Miss Olivia sagt, er wird an einem anderen Ort stationiert. Außerdem ist er zäh. Er ist doch schon so vielen Steuerbeamten und selbst dem Sheriff entwischt. Ein Deutscher kriegt ihn schon gar nicht zu fassen.«

Die Stirn ihrer Mutter glättete sich etwas. »Er ist wirklich der Schnellste von allen. Weißt du noch, wie das Pferd von Mr Brown ihn gegen den Kopf getreten hat? Und Johnny die acht Kilometer bis zum nächsten Arzt gerannt ist? Hat Mr Brown das Leben gerettet.«

»Ja, ich kann mich erinnern.« Seit Johnny weg war, hatte ihre Mutter die Geschichte schon ein Dutzend Mal erzählt.

Sadie warf einen Blick auf die tickende Wanduhr. »Ich muss los. Miss Olivia wartet.«

»Ihr kommt ja richtig rum. Du bist im letzten Monat öfter in Charlottesville und Lynchburg gewesen als ich in meinem ganzen Leben.«

»Sie wird schnell unruhig, wenn sie ganz allein in dem großen Haus ist. Dr. Carter ist fast immer im Krankenhaus oder in seiner Praxis.«

Ihre Mutter öffnete die kleine hölzerne Zigarrenkiste und legte Johnnys Brief zu den anderen. »Was habt ihr denn heute vor?«, fragte sie.

Sadie wusste nichts Genaues, aber ihrer Mutter zuliebe erwiderte sie: »Wieder Blumen und Orangenbäume bestellen. Miss Olivia will Orangenbäume für ihr Gewächshaus. Sagt, das wäre gut fürs Baby.«

»Baby? Ist sie wieder guter Hoffnung?«

»Bin mir nicht sicher«, sagte Sadie. »Aber sie wünscht es sich so sehr.« Sie zog die Jacke über, die Olivia an sie abgetreten hatte. Die Jacke war schöner als alles, was sie je besessen hatte, war unglaublich weich und hatte die Farbe eines neuen Cents. Sie saß wie angegossen. Es war ein ganz anderes Gefühl, als wenn sie in den groben Anziehsachen ihrer Brüder herumlief.

Sadie gab ihrer Mutter einen Kuss auf die Wange. »Bis heute Abend.«

»Pass auf dich auf, Mädchen.«

»Immer, Mama.«

Sadie nahm die mittlerweile vertraute Straße Richtung Woodmont. Als sie auf die Allee des Anwesens einbog, war es fast, als gehörte sie dahin. Sie hatte keine Angst mehr, dass der Sheriff sie wegen unerlaubten Betretens festnahm oder der Gärtner sie mit seiner Mistgabel vertrieb. Sie schaltete herunter, fuhr langsam um das Haupthaus herum und parkte vorm seitlichen Kücheneingang. Sie straffte die Schultern, um sich etwas größer zu machen, und öffnete die Küchentür, ohne anzuklopfen, wie bei den letzten Malen.

Der Duft butteriger Kekse frisch aus dem Ofen empfing sie, und sie ging geradewegs zum Küchentisch, auf dem ein blau-weißer Teller mit einem Berg von Gebäck stand. Zum Frühstück hatte sie nur die Hälfte der Brötchen mit brauner Soße gegessen, weil in ihrem Magen Platz für die guten Dinge bleiben sollte. »Mrs Fritz!«, rief sie.

»Bin hier hinten, Kind. Nimm dir. Ich weiß ja, dass du Hunger hast.«

»Vielen Dank.«

Mrs Fritz erschien in der Tür und trocknete sich die großen Hände an einem rot-weiß karierten Küchentuch ab. »Du bist so ziemlich die Einzige im ganzen Haus, die meine Kochkünste zu schätzen weiß. Der Doktor ist nie da, und Miss Olivia isst wie ein Vögelchen. Wenn du nicht wärst, würde ich allmählich die Lust am Kochen und Backen verlieren.«

Sadie biss in einen Keks. »Machen Sie sich darum bloß keinen Kopf, Mrs Fritz.«

Die ältere Frau lachte. »Also, ihr beiden Mädels wollt heute nach Lynchburg?«

»Ich weiß eigentlich nie, wo's hingeht, bevor wir losfahren.«

»Ihr beide kommt aber ganz gut miteinander klar, scheint mir. Du trägst ja sogar ihre Sachen.«

»Sie sagt, sie passen ihr nicht mehr.«

»Auf jeden Fall stehen sie dir. Gib aber acht, dass ihr nicht zu vertraut werdet. Du putzt dich vielleicht heraus, aber du bist und bleibst Personal, genau wie ich.«

»Ja, Ma'am.«

Mrs Fritz stellte einen Weidenkorb auf den Tisch und packte sorgsam die vorbereiteten Speisen für ein Picknick ein. »Sie bringt Dr. Carter heute etwas zum Mittagessen vorbei.«

»In das Krankenhaus, wo er arbeitet?«

»Richtig. Es soll eine Überraschung sein.« Mrs Fritz schüttelte den Kopf. »Der arme Mann arbeitet so viel, dass sie sich kaum zu Gesicht bekommen.«

Sadie hatte Dr. Carter seit dem Tag nicht mehr wiedergesehen, an dem er sie ermahnt hatte, vorsichtig zu fahren, und das war ihr nur recht.

Aus dem Korridor ertönten Schritte, und Sadie schluckte schnell den letzten Bissen Keks hinunter, als Miss Olivia auch schon erschien. Ihre von Natur aus blasse Haut war rosig, und ihr tiefdunkles Haar fiel ihr locker auf die Schultern. Sie trug einen königsblauen Blazer und einen passenden, etwas über die Knie reichenden Rock.

Sie streifte sich hellgraue Handschuhe über. »Guten Morgen, Sadie.«

»Morgen, Miss Olivia.«

Miss Olivias Augen funkelten vor Aufregung. »Lass uns losfahren. Edward wird am Verhungern sein, wenn wir kommen.

Er hat heute operiert, deswegen ist er schon vorm Frühstück aufgebrochen.«

Sadie nahm den Korb. »Ja, Ma'am. Ich hole den Wagen.«

»Ausgezeichnet.«

Sadie lief schnell zur Scheune, öffnete das Tor und nahm den Schlüssel vom Wandhaken. Morgens fiel ihr immer auf, wie weich der Ledersitz war. Am Nachmittag, nach stundenlangem Fahren, begann die Rückenlehne allerdings gegen ihr Steißbein zu drücken, weil sie so klein war.

Sie fuhr rückwärts aus der Scheune und parkte den Wagen vor dem Hintereingang. Miss Olivia lief die Stufen hinunter und setzte sich auf den Rücksitz. Von Fahrstunden war nie mehr die Rede gewesen. Auf dem Beifahrersitz saß sie ab und zu noch, aber nur, wenn sie sicher waren, dass niemand sie sah.

»Sie wirken so fröhlich. Freuen Sie sich auf die große Stadt?«, fragte Sadie.

Miss Olivia lächelte. »Lynchburg ist eher eine nette Kleinstadt.«

»Ich finde sie ganz schön groß.« Sadie legte den ersten Gang ein, und die Limousine setzte sich langsam in Bewegung.

»Manche Städte sind hundertmal so groß.«

Sadie versuchte, sich eine größere Stadt auszumalen. Die Vorstellung von einem mit Menschen, Gebäuden und Gegenständen überfüllten Ort machte ihr Angst.

»London zum Beispiel?«

»Ja, genau.«

Sadie umfasste das Lenkrad fester. Es quälte sie, dass sie ihre Mutter angelogen hatte. Sie hoffte so sehr, dass Johnny nicht in Gefahr geriet, aber sie wusste, dass er ihnen nicht die ganze Wahrheit sagte, um sie nicht zu beunruhigen. »Johnny ist auf dem Weg nach England.«

Olivia sah auf, im Rückspiegel trafen sich ihre Blicke. »Wo in England?«

»Das weiß er noch nicht.«

»Sag es mir bitte, wenn du es erfährst. Vielleicht kann ich ihm ein paar Besichtigungstipps geben, für den Fall, dass er einen Passierschein bekommt.«

»Gibt es immer noch Bombenangriffe?«

Olivia nickte nachdenklich. »Ja, leider, und ich höre nichts von meiner Familie.«

»Es muss wirklich schrecklich gewesen sein.« Sadie wollte nicht neugierig klingen, aber trotzdem eine genauere Vorstellung von dem Land bekommen, in dem Johnny stationiert werden würde.

»Als ich abgereist bin, war es tatsächlich schrecklich«, erwiderte Olivia leise.

»Wie haben Sie Dr. Carter kennengelernt?«

Olivia schwieg einen Augenblick. »Ich habe als Freiwillige in einem Krankenhaus gearbeitet. Um die Verwundeten versorgen zu können, haben sie jeden genommen, Männer wie Frauen. Das Krankenhaus wurde von einer Bombe getroffen, und ich wurde verschüttet. Edward hatte an dem Abend Dienst. Er hat mich rausgeschaufelt.«

»Sie waren lebendig begraben?« Bei der Vorstellung krampfte sich Sadies Brust zusammen. Die Todesangst, die Olivia empfunden haben musste, ging ihr sehr nah. »Wie lange waren Sie verschüttet?«

»Fast neun Stunden, hieß es. Edward besuchte mich am Krankenbett. Als ich ein paar Tage später wieder auf den Beinen war, lud er mich zum Tee ein. Und dann ging alles ziemlich schnell.«

»Muss es so sein mit der Liebe? Ich meine, so schnell?«

»Bei uns war es so. Ein Blick, und ich wusste, er war's. Ihm ging es genauso. Keinen Monat später waren wir verheiratet.«

»Macht es Ihnen immer noch zu schaffen? Ich meine, dass Sie eingeschlossen waren?«

Miss Olivia hob den Kopf. »Nein, natürlich nicht. Andere hat es viel schlimmer erwischt.«

Auch wenn Sadie sich in den engen Grenzen ihres Lebens oft wie gefangen fühlte, ließ sich das nicht vergleichen. Wenn sie daran dachte, wie schrecklich es gewesen sein musste, bewegungsunfähig unter Trümmern im Dunkeln ausharren zu müssen, kam ihr ihre Situation gleich weniger misslich vor.

Die restliche Fahrt verlief schweigend, und als sie in Lynchburg ankamen, musste Sadie sich mehrmals nach dem Weg erkundigen. Abgesehen von fragenden Blicken wirkten die Leute, die sie ansprach, freundlich und hilfsbereit.

Das Krankenhaus sah ganz anders aus als erwartet. Ein graues, kahles Gebäude ohne Bäume, Sträucher oder Rasenflächen. Es war zweistöckig, und vor den zwölf Fenstern waren die Vorhänge zugezogen. Alles andere als einladend. Sadie parkte, ging um den Wagen herum und öffnete Miss Olivia die Tür.

»Soll ich beim Auto bleiben?«, fragte Sadie.

Miss Olivia betrachtete die schwere Eingangstür. »Du kannst den Korb tragen.«

Die Klinik machte ihr solche Angst, dass sich ihr Magen zusammenzog und ihre Handflächen feucht wurden. Olivia klingelte. Nach einer Weile ertönten Schritte, und in der Tür erschien eine ältere Frau in einem dunklen Kleid. Ihr Haar war streng aus dem Gesicht gebunden, und ihre Miene war mürrisch.

»Kann ich etwas für Sie tun?«, fragte sie.

»Ich bin Dr. Carters Frau«, erklärte Miss Olivia. »Ich möchte ihn besuchen.«

»Er operiert gerade und ist erst in einer halben Stunde fertig. Aber Sie können auf ihn warten.«

Olivia reckte das Kinn in die Luft. »Das wäre schön. Danke.«

Sie setzten sich auf zwei Holzstühlen an einer Wand. Aus einem Zimmer war ein Wimmern zu hören.

Miss Olivia rutschte auf ihrem Stuhl hin und her und legte ihre Handtasche auf den Schoß. »Edward arbeitet hier einen Tag in der Woche ehrenamtlich. Er hält viel von Wohltätigkeit.«

»Ja, Ma'am.«

Das Wimmern brach ab, aber Sadies Angst blieb. Ärzte liefen geschäftig an ihnen vorbei. Dann hallten plötzlich aus dem Obergeschoss die lauten Schreie einer Frau im Gebäude nach.

Als Dr. Carter erschien, hätte Sadie nicht sagen können, wie lange sie so dagesessen hatten. Er wirkte gehetzt und bei ihrem Anblick leicht verärgert.

»Darling, was machst du denn hier?«

Olivia erhob sich und hielt ihm die Wange zum Kuss hin. »Ich dachte, wir könnten vielleicht zusammen etwas zu Mittag essen. Wir sehen uns momentan ja kaum.«

»Ich weiß, und das tut mir auch sehr leid. Der Aufbau meiner Praxis ist zeitaufwendiger, als ich mir je vorgestellt hätte. Und dazu kommt die Arbeit hier in der Klinik.«

Sadie stand auf. Sie fragte sich, in was für einer Einrichtung sie eigentlich war. »Was machen Sie hier, Sir?«

»Wir behandeln arme Frauen, die nicht genug Geld haben, um zum Arzt zu gehen.«

»Sie helfen Frauen beim Kinderkriegen«, sagte sie.

»Manchmal«, erwiderte er. »Wenn nötig, operieren wir sie auch.«

Sadie wollte fragen, wann das nötig war, traute sich aber nicht.

»Warum gehen wir nicht hinaus?«, meinte er zu Olivia.

»Ja, schön«, sagte Miss Olivia. »Sadie, wartest du bitte im Auto auf mich?«

»Ist eine Decke im Kofferraum?«, fragte Dr. Carter.

»Ja, Sir.«

Sie ging die karierte Wolldecke mit den dicken Fransen holen. Als die beiden den Fußweg hinunterliefen, war Sadie froh, sich zum Wagen verziehen zu können.

Im Auto knöpfte sie die Jacke auf und beobachtete, wie die Carters Hand in Hand auf eine einzelne Bank am Rand des Grundstücks zuschlenderten.

Dr. Carter breitete die Picknickdecke über die Bank und streckte seiner Frau die Hand entgegen. Sie ergriff sie und setzte sich.

Die Sonne wärmte den Wagen, und Sadies Anspannung ließ nach. Ihre Lider wurden schwer und fielen zu. Sie glitt in einen Halbschlaf, in dem sie glaubte, ihre Umgebung noch wahrzunehmen, doch in Wahrheit trieb ihr Geist davon wie ein Stück Holz auf einem trägen Fluss.

Ein harter Schlag gegen das Fahrerfenster riss sie in die Wirklichkeit zurück, und als sie aufblickte, sah sie das Gesicht einer jungen Frau vor sich. Sie war jung, doch ihre Züge waren so erschöpft und angegriffen, als läge ihr Leben bereits hinter ihr. Ihre hellblauen Augen waren angstgeweitet. Ihr liefen Tränen über die Wangen.

Zwei Männer tauchten hinter dem Mädchen auf und packten sie rabiat. Einen kannte sie. Es war Sheriff Boyd.

Die Männer brauchten ihre ganze Körperkraft, um die Finger des Mädchens vom Außenspiegel des Autos zu lösen. Sie schrie und schnappte mit den Zähnen nach ihren Händen, aber schließlich lösten die Männer ihren krampfhaften Griff.

Sie grub ihre Absätze in den Boden und versuchte, sich zu befreien und zu fliehen. Aber sie hatte keine Chance gegen ihre Verfolger, die sie die Treppe hochschubsten. Der Sheriff schlug mit der Handfläche auf die Klingel, und Sekunden später riss die grimmige Schwester die Tür auf. Zu dritt zerrten sie die junge Frau hinein.

Sadies Mund war trocken, und ihr Herz schlug so schnell, als wollte es ihre Rippen sprengen.

»Dr. Carter!«, schrie sie und rannte auf das Paar zu. »Ist alles in Ordnung mit dem Mädchen?«

Dr. Carter half seiner Frau beim Aufstehen. »Ja, alles in Ordnung.«

»Sie hatte aber eine wahnsinnige Angst«, sagte Sadie. »Sie muss glauben, dass da drinnen was Schreckliches mit ihr passiert.«

»Das Mädchen ist geistig behindert. Wie ihre Mutter«, sagte er, mehr an seine Frau gerichtet. »Sie ist verwirrt und bekommt sehr schnell Angst. Wir wollen ihr nur helfen, wirklich.«

»Aber der Schrei, als wir gewartet haben«, sagte Olivia. »Das klang nach nackter Angst.«

»Wir behandeln hier Mädchen vom Land, die noch nie einen Arzt zu Gesicht bekommen haben. Sie verstehen nicht, dass wir ihnen helfen wollen.«

»Was hat sie denn?«, fragte Sadie.

»Nichts, was ich nicht behandeln könnte.« Sein Blick ruhte auf Olivia. »Du vertraust mir doch, oder?«

Olivia sah ihm in die Augen. »Ja, natürlich.«

Sie küssten sich auf die Lippen. Sadie, die das Gefühl hatte, wegsehen zu sollen, senkte den Blick auf Dr. Carters glänzend braune Schuhe. Auf den Lederschnürsenkeln waren rote Flecke, die aussahen wie getrocknetes Blut.

* * *

Als Sadie und Miss Olivia zwei Tage später im fast neuen Truck der Carters nach Charlottesville fuhren, um Pflanzen abzuholen, erwähnte keine von ihnen den Besuch im Krankenhaus. Dr. Carter hatte die Pflanzen bestellt und Sadie ermahnt, sie bloß nicht lange auf der Laderampe im Bahnhof stehen zu lassen, sondern zügig mit dem Truck nach Woodmont zu bringen.

Seit sie Johnny zum Bahnhof von Charlottesville gebracht hatte, war Sadie nicht mehr dort gewesen. Sie freute sich jetzt auf die Züge. Leute ankommen und zu verschiedenen Orten der Welt aufbrechen zu sehen, war irgendwie aufregend. Eines Tages würde sie in einen dieser Züge steigen.

Während Miss Olivia die Lieferung quittierte, lud Sadie die Pflanzen auf die Ladefläche. Als Olivia den Angestellten anlächelte, schmolz der geradezu dahin. Sie trug ein braunes Wollkleid, das ihre Waden umspielte. Der gepunktete Gürtel betonte ihre schmale Taille. Ihre braunen Schuhe glänzten und hatten gerade so viel Absatz, dass sie ebenso hübsch wie unpraktisch waren.

Sadie wäre zu gern noch eine Weile in der Stadt geblieben, fürchtete aber, das kühle Wetter könnte den Pflanzen schaden. Dr. Carter würde sehr verärgert sein.

Sie fuhren zurück nach Woodmont, wo Sadie sie ablud und in die feuchtwarme Luft des Glashauses schleppte.

Als sie die letzte stachelige Grünpflanze in einer Ecke des Gewächshauses absetzte, war sie froh über die Wärme. Sie richtete ihren Blick auf das gewölbte Dach und staunte, wie es das Nachmittagslicht einfing. Aber so schön der Ort auch war, er hatte auch etwas Einengendes.

Olivia behandelte ihre Pflanzen wie geliebte Kinder. »Kannst du diese Pflanze da ein bisschen nach rechts rücken?«

Sadie bewegte den Kübel gut zehn Zentimeter und betrachtete prüfend seine neue Position. Um diese Pflanze besser zur Geltung zu bringen, genügten ein paar Zentimeter nicht.

»Sie ist wirklich fantastisch«, sagte Miss Olivia.

»Ja, Ma'am, wenn Sie meinen.«

Miss Olivia runzelte die Stirn. »Du magst die Pflanzen nicht?«

»Nichts für ungut, Miss Olivia, aber ich verstehe nicht, was sie bringen sollen. Sie sehen nicht so aus, als könnte man sie essen.«

»Nein, natürlich nicht. Es sind alles Leucospermum-Arten.«

»Wie bitte?«

»Sträucher, die das ganze Jahr über grün sind und nur kurz blühen.«

»Die können blühen?«

»Ja, tatsächlich. Sie sind so gezüchtet worden, dass sie hübsch und interessant aussehen.« Miss Olivia betrachtete ein flaches, stacheliges Blatt. »Edward hat sie aus Richmond kommen lassen, aus dem englischen Garten eines Freundes. Normalerweise verkauft er seine Pflanzen nicht, und Edward hat erzählt, er hätte ihm ganz schön zureden müssen, bis er ihm die hier verkauft hat.«

»Wirklich, Miss?«

»Mit dieser Pflanze ist eine ganz besondere Geschichte verbunden, weißt du«, sagte Miss Olivia. »Willst du sie hören?«

Sadie zuckte die Achseln. Eine Geschichte würde die Pflanze wohl kaum schöner machen. »Klar, eine gute Geschichte kann nie schaden.«

Miss Olivia umrundete die Pflanze. »Der Mann, von dem Edward die Pflanzen hat, hat britische Vorfahren. Ein Ururgroßvater von ihm war als junger Mann bei der britischen Marine. In den Achtzigerjahren des achtzehnten Jahrhunderts stieß sein Schiff einmal auf ein niederländisches Schiff, das gerade in Kapstadt in See gestochen war. Sie haben es natürlich geentert und die Fracht beschlagnahmt.«

Die Vorstellung so weiter Reisen faszinierte Sadie. »Warum haben sie das denn gemacht?«

»Großbritannien führte Krieg gegen die Niederlande.«

»Warum?«

»Weil die Niederländer die amerikanischen Kolonisten in ihrem albernen Unabhängigkeitskrieg unterstützt haben.«

Sadie stemmte die Hand in die Hüfte. Sie musste für ihr Land eintreten. »So albern war der Krieg nicht. Wir haben ihn gewonnen, und jetzt sind wir in Europa und helfen euch aus der Patsche.«

Miss Olivia musste unwillkürlich lächeln. »Da hast du natürlich recht.«

Sadie betrachtete erneut die Pflanzen und bemühte sich, etwas Hübsches an ihnen zu entdecken, sah aber nur Stacheln und harte Kanten. »War diese Pflanze auch auf dem Schiff?«

»Nein. Aber unter der Fracht befanden sich auch Samen. Und von denen stammt die Pflanze ab.«

»Na toll. Eine Handvoll Samen ist weiter in der Welt herumgekommen als ich.«

»Du bist noch jung, Sadie. Eines Tages wirst du auch reisen.«

»Das habe ich vor. Ich will nach Kalifornien und nach New York.«

»Du bist ein kluges Mädchen. Ich bin mir sicher, dass du beides sehen wirst.«

Sadie setzte noch einmal an. »Aber wenn man sich schon die Mühe macht und einen alten Samen in die Erde setzt, sollte man die Pflanze doch wenigstens essen können. Was hat man denn von einer Pflanze, die zu nichts nütze ist?«

»Sie ist zu etwas nütze. Sie ist schön.«

Sadie sah auf die noch kahlen Bäume draußen im Garten und dachte sich ihren Teil. »Ja, Ma'am, wenn Sie meinen.«

»Du bist anderer Meinung«, stellte Miss Olivia fest.

»Das steht mir nicht zu, Ma'am. Ich liebe es, mir die Stars in den Zeitschriften anzugucken, weil sie so hübsch sind. Aber ich würde mir nie einbilden, auch mal so schöne Sachen zu tragen. Die sind viel zu unpraktisch.«

»Muss denn immer alles praktisch sein?«

»Ich finde, ja. In unserem Leben hat alles einen Nutzen, auch die Pflanzen in Mamas Garten. Da wachsen nur Möhren, Kartoffeln, Zuckerschoten und Kürbisse. Alles, was uns satt macht.«

»Habt ihr keine Blumen?«

»Na ja, wir haben ein paar Holunderbüsche, und die duften schön. Aber wenn sie anfangen zu blühen, pflücke ich die Blüten und mache daraus Sirup für unseren Selbstgebrannten. Holunderschnaps ist der beliebteste von unseren Selbstgebrannten.«

»Edward mag ihn auch, aber ich habe ihn noch nie probiert.«

»Dann warne ich Sie. Er ist mächtig stark.«

Miss Olivia reckte das Kinn vor. »Glaubst du, ich vertrage ihn nicht?«

»Doch, bestimmt. Ich wollte nur sagen, man muss sich daran gewöhnen. Man kann ihn nicht so schlürfen wie diese schicken Damendrinks.«

»Du hast ihn schon getrunken?«

»Nein. Ich probiere immer den Holundersirup, und den Schnaps probiert dann meine Mutter. Ist aber nur eine Frage der Zeit, bis ich das darf.«

»Hast du keine Angst vor der Polizei?«

»Schon. Aber ich kenne die ganzen Schleichwege und alten Indianerpfade. Solange ich mich vom Sheriff fernhalte, ist alles okay.«

»Warum nimmst du das Risiko auf dich?«

»Irgendwo muss das Geld ja herkommen. Ist ein bisschen so wie bei Ihnen, als Sie unter den Trümmern eingeschlossen waren. Sie konnten nur versuchen, irgendwie rauszukommen. Genauso ist es mit dem Schnaps. Er befreit mich aus der Klemme.«

Miss Olivia betrachtete sie lange. »Ich kann dich nur bewundern, Sadie.«

Sadie errötete. »Warum das denn? Ich bin doch nur ein armes Mädchen vom Land.«

»Du bist tapfer. Und davor habe ich Hochachtung.«

»Ich würde sagen, Sie waren ganz schön tapfer.«

»Ich hatte keine Wahl, und jetzt bin ich nicht in meinem Heimatland, wenn es mich am meisten braucht, sondern verstecke mich in einem Glashaus voll hübscher Pflanzen, die zu kaum etwas nütze sind. Das ist nicht gerade tapfer.«

»Ich dachte, Sie mögen das Gewächshaus.«

»Edward hat es für mich gebaut. Er sagt, da gehöre ich hin. Und ich kann mich hier prima verstecken.« Sie räusperte sich und wandte sich einem Kübel mit einem Farn zu. »Ich könnte mir nicht vorstellen, nachts ganz allein den Truck zu fahren und die Polizei an der Nase herumzuführen. Ich habe auch so schon genug Angst.«

Sadie ging zu ihr hinüber und hob den Kübel hoch. »Wovor müssen Sie denn Angst haben?«

»Vor allem«, sagte sie leise. »Vor diesem neuen Leben. Wieder ein Baby zu verlieren. Edward zu enttäuschen.«

Sadie schwieg einen Moment. »Meine Mutter sagt immer, ein bisschen Angst gehört zum Leben dazu.«

»Und wovor hast du Angst?«, fragte Miss Olivia herausfordernd.

»Nie aus Bluestone rauszukommen. Hier zu leben und hier zu sterben. Ohne die Chance, was von der Welt zu sehen.«

»Wie gesagt, ich prophezeie dir große Abenteuer.«

Sadie freute sich über diese Worte und hoffte, sie würden wahr. Dann fiel ihr das Mädchen vom Krankenhaus wieder ein, die bestimmt nie aus Bluestone herauskommen würde.

Kapitel 14

Olivia

Donnerstag, 5. März 1942, Gut Woodmont

»Ich will lernen, wie man Auto fährt«, rief Olivia vom Rücksitz.

Vor zwei Tagen hatten sie Edward in der Klinik besucht. Olivia wurde die Erinnerung an die wimmernde Frau, die dort mit Gewalt hineingeschleift worden war, nicht los. Edward hatte sie gebeten, ihm zu vertrauen, und natürlich tat sie das auch. Doch als sie jetzt auf Woodmont zufuhren, wurde ihr klar, dass sie mehr Unabhängigkeit von ihm brauchte.

»Da haben wir doch schon drüber gesprochen. Das kann mich den Job kosten«, antwortete Sadie.

»Ich weiß. Und ich verstehe deine Bedenken. Aber ich erzähle es Edward nicht. Er würde es sicher nicht gutheißen, schließlich behandelt er mich wie ein rohes Ei. Ich dachte, ich hätte dir in den vergangenen Wochen bewiesen, dass du mir vertrauen kannst.«

»Tu ich ja. Aber wenn uns jemand sieht, wird Dr. Carter das bestimmt erfahren.«

»Ich fühle mich so hilflos. Ich bin in meinem eigenen Haus fast so eingeschlossen wie unter dem Schutt in London.«

»Was? Das ist das größte Haus, das ich je gesehen habe.«

Olivia strich sich den Rock glatt. »Manchmal kommt es mir so klein vor.«

Sadie wusste nicht, was sie dazu sagen sollte. »Ich weiß nicht.«

Olivia rutschte in die Mitte der Rückbank und lehnte sich vor. »Meine Mutter sagt, dass es gut für eine Ehe ist, wenn es ein paar kleine Geheimnisse gibt. Sie selbst ist zum Beispiel jeden Freitag mit ihrer Freundin ins Kino gegangen, und das hat sie meinem Vater nie erzählt. Angeblich, weil es ihn gelangweilt hätte. Das Kino hätte sie zu einer besseren Ehefrau gemacht.«

»Und Sie glauben, das Autofahren macht *Sie* zu einer besseren Ehefrau?«

»Ja.« Sie würde sich nicht so gefangen und verloren und nutzlos fühlen. Als sie in London im Krankenhaus gearbeitet hatte, war sie voller Leben gewesen und hatte sich mit Schwung in jeden neuen Tag gestürzt.

»Kommen nicht bald die ganzen Pflanzen und Bäume für Ihr Gewächshaus? Dann geht es Ihnen bestimmt besser.«

Das Gewächshaus war Edwards Idee gewesen. Es war seine Vorstellung davon, was sie brauchte. Zuerst hatte sie es für eine rührende Geste gehalten, aber langsam dämmerte ihr, dass die Beschäftigung mit den Pflanzen sie auch auf Woodmont beschränken sollte.

»Manchmal fühle ich mich wie das Mädchen, das wir vor der Klinik gesehen haben.«

Sadie sah sie ungläubig im Rückspiegel an. »Sie sind nicht wie sie.«

»Ich fühle mich in meinem Leben gefangen. Ich bitte dich. Edward wird es nicht erfahren.«

Sadie bog langsam auf die Zufahrt zum Landgut ein. Als Olivia die lange Allee erblickte, musste sie gegen Tränen kämpfen.

Statt zu beschleunigen, hielt Sadie an, ließ den Motor aber laufen und drehte sich zu ihr um. »Und es wäre unser Geheimnis? Sie sagen Dr. Carter nichts davon?«

»Natürlich nicht. Kein Wort.«

»Und Mrs Fritz? Sie könnte uns sehen.«

»Ich spreche mit ihr.«

»Das werde ich bestimmt bereuen.«

Olivia klatschte in die Hände. »Das heißt, du tust es!«

»Was bleibt mir übrig?« Sadie schaltete den Motor ab. »Es ist nicht so einfach, wie es aussieht. Die Kunst ist, die beiden Pedale für die Kupplung und das Gas richtig zu bedienen. Das muss man einfach immer wieder versuchen.«

»Das kriege ich schon hin.«

»Gut, dann steigen Sie aus.«

Olivia sprang vom Rücksitz. Sadie stieg aus, ließ Olivia hinters Steuer und schloss ihre Tür. Dann setzte sie sich auf den Beifahrersitz.

Olivia legte ihre behandschuhten Finger um das Lenkrad. Ihr Herz raste wie im Karussell auf dem Piccadilly Circus.

»Du wirst sehen, ich lerne schnell. Jedenfalls haben das die Ärzte im Holy-Cross-Krankenhaus gesagt. Schon nach zwei Tagen durfte ich selbst Verbände anlegen.«

»Okay, dann sehen wir uns mal die drei Pedale an.« Sadie erklärte ihr genau, wie man Kupplung, Gas und Bremse betätigte und wie man Zündschlüssel, Starterklappe und Anlasser bediente. Als sie fertig war, brummte Olivia der Schädel.

»Am besten, man probiert es einfach«, sagte Sadie dann. »Drehen Sie den Zündschlüssel um und dann geht's los.«

Als der Motor anging, schluckte Olivia. Sie drückte auf das rechte Pedal, und der Motor heulte auf. Erschrocken zog sie den Fuß zurück. »Habe ich was falsch gemacht?«

»Nein, aber jetzt kommt der schwierige Teil.«

Olivia rutschte auf die Vorderkante des Sitzes, umklammerte das Lenkrad und drückte die Kupplung bis zum Boden durch. Sie ruckelte so lange am Schalthebel herum, bis Sadie ihre Hand auf Olivias legte und ihr half, den ersten Gang einzulegen.

»War das der schwierige Teil?«, fragte Olivia.

»Nein, Ma'am. Der kommt jetzt. Lassen Sie die Kupplung ganz langsam kommen und geben Sie dabei vorsichtig Gas.«

Olivia nahm den Fuß von der Kupplung. Der Wagen machte einen Satz und kam abrupt zum Stehen. Sie hatte den Motor abgewürgt. »Was habe ich getan? Habe ich es kaputt gemacht?«

»Nein, Ma'am. Man braucht nur etwas Übung. Versuchen Sie es gleich noch mal.«

Beim zweiten, dritten und vierten Mal lief es nicht viel besser. Mit jedem misslungenen Versuch brannte Olivias Gesicht mehr. Edward hätte sich bestimmt über ihr Unvermögen lustig gemacht.

»Sie machen das schon ganz gut, Miss Olivia.«

»Wie kannst du das sagen? Wir sind keine drei Meter vorangekommen.«

»Als ich das erste Mal versucht habe, den alten Truck zu fahren, sind wir den ganzen Weg nach Charlottesville nur gehoppelt.«

»Du warst zwölf. Ich bin eine erwachsene Frau.«

»Das erste Mal ist immer schwer, egal, wie alt man ist. Sie haben den Dreh bald raus.«

»Ich weiß nicht. Vielleicht ist das Landleben nichts für mich. Meine Mutter hat befürchtet, dass ich hier eingehe.«

»Warum denn das?«

»Weil ich die Großstadt liebe, das Theater, die Geschäfte, die Restaurants und den ganzen Trubel.«

»Warum sind Sie dann hier?«

»Aus Liebe zu Edward. Ich bin seine Frau. Außerdem war es in London zu gefährlich.«

»Dann geben Sie also auf?« Sadie hatte wieder diesen Ton angeschlagen, so wie das Mal, als Edward dabei gewesen war.

»Nein, natürlich nicht!«

»Sieht aber ganz danach aus.«

Sie hatte fast neun Stunden unter den Trümmern in London überlebt. Sie hatte kaum Luft bekommen, Schlamm und Schutt waren nachgesickert, als weitere Bomben in der Nähe eingeschlagen und die Ruinen über ihr zum Beben gebracht hatten.

Olivia ergriff das Lenkrad und hob entschlossen das Kinn. Dann zog sie die Starterklappe und drückte auf den Anlasser.

Sie hielt die Luft an, als sie sanft das Gaspedal drückte und die Kupplung langsam kommen ließ. Der Wagen war im ersten Gang und setzte sich mit einem leichten Ruck in Bewegung.

Olivia sah Sadie geschockt an. Dann lachte sie stolz. »Ich hab's geschafft.«

»Ja, gut gemacht!«

»Warum kommen wir nicht schneller vom Fleck?«

»Weil wir im niedrigsten Gang sind. Sie müssen hochschalten.«

»Können wir nicht im ersten bleiben?«

»Da sind wir ja zu Fuß schneller.«

Olivia griff entschlossen nach dem Schalthebel. »Ich bin bereit.«

Sadie lachte. »Sie kämpfen doch nicht gegen einen Löwen. Sie kriegen das schon hin.«

Wieder trat Olivia das Kupplungspedal durch und ließ den zweiten Gang etwas holperig kommen. Sie fuhren schneller, und als sie das Haus erreichten, waren sie im dritten Gang.

Mrs Fritz kam auf die Veranda und lächelte, als Olivia die Kurve der Zufahrt nahm und den Wagen vor der Garage parkte. Olivia stieg aus. Sie war so stolz, als hätte sie wirklich gerade einen Löwen gebändigt.

Mrs Fritz nickte anerkennend, bevor sie wieder im Haus verschwand.

»Das war wirklich gut, Miss Olivia«, sagte Sadie.

»Ich möchte das bald wieder machen«, sagte Olivia. »Und nächstes Mal möchte ich auf der Straße fahren.«

»Dann findet Dr. Carter es mit Sicherheit heraus.«

»Kann sein. Aber es ist besser, um Entschuldigung zu bitten als um Erlaubnis.«

»Kommt das auch von Ihrer Mutter?«

»Ganz genau.«

* * *

Olivia hatte sich an Edward geschmiegt. Seine Körperwärme vermittelte ihr Geborgenheit, so wie immer, seit sie das erste Mal miteinander geschlafen hatten.

Das war skandalöserweise nur drei Wochen gewesen, nachdem er sie aus den Trümmern gezogen hatte. An dem Abend war sie allein im Dunkeln zu Hause gewesen und hatte das entfernte Grollen der herannahenden Bombenflugzeuge gehört. Sie meinte, in ihrem Zimmer zu ersticken. Also war sie aufgestanden und hatte sich angezogen.

Seit Beginn des Krieges und der Luftangriffe waren Londoner daran gewöhnt, sich in der Dunkelheit zu bewegen. Sie hatte sich auf den Weg zu seiner kleinen Wohnung gemacht und an seine Tür geklopft. Als er ihr öffnete und sie dort stehen sah, sagte er kein Wort, bewegte keinen Muskel. Sie trat aus dem Schatten heraus und schlang die Arme um ihn. In London hatten sie sich nie zaghaft geküsst. Die ständige Anspannung durch den Krieg brach sich in entfesselter Leidenschaft Bahn.

Olivia hatte geglaubt, Edward zu kennen. Sie war mit diesem mutigen Mann aus Liebe und auch aus Angst nach Amerika gegangen. Liebe zu ihm und ihrem ungeborenen Kind, Angst vor den Bomben in den dunklen Nächten. Und als sie ihr Baby auf der Überfahrt nach Amerika verloren hatte, war er mit großer Zärtlichkeit für sie da gewesen. »Wir werden bald ein Baby bekommen«, hatte er ihr ins Ohr geflüstert.

Doch es gab Olivia zu denken, wie leichthin Edward das Leiden dieser jungen Frau abgetan hatte.

Sie kroch unter der Decke hervor und schlüpfte in die Hausschuhe. Vorsichtig vermied sie die knarzenden Dielen und schlich lautlos die Treppe hinunter. In ihren Mantel gehüllt lief sie auf dem neuen Kopfsteinpflaster zum Gewächshaus. Einige Pflanzen waren schon angekommen. Mit Sadies Hilfe wollte sie sie überall verteilen und den sonnendurchfluteten Raum mit weißen, lilafarbenen und roten Blüten füllen.

Wärme und betörende Düfte schlugen ihr aus dem Gewächshaus entgegen. Sie zog die Tür hinter sich zu, legte sich auf das kleine Sofa neben dem Springbrunnen, rollte sich auf den weichen Kissen ein und kuschelte sich in ihren Mantel. Durch die Glasdecke sah sie in den klaren Nachthimmel. Als Kind hatte sie die Sternbilder gelernt, und mit der Verdunkelung der Stadt in der Zeit der Luftangriffe hatte sie sie wiederentdeckt.

Heute Nacht stand ein zunehmender Mond in der Nähe des Sternbildes Luchs, und im Osten war Kassiopeia zu sehen. Olivias Hände strichen über ihren Bauch. Sie saß so still wie möglich und versuchte, ihre Angst unter Kontrolle zu bringen. Sie hoffte auf eine Bewegung ihres Babys, als Zeichen, dass alles gut werden würde. »Nur ein winziger Tritt, mein kleiner Junge«, flüsterte sie. »Und dann kannst du weiterschlafen.«

An jenem Tag, als sie mit Sadie nach Lynchburg gefahren war, hatte Olivia bemerkt, dass sie wieder schwanger war.

Das war auch der Grund für ihren Überraschungsbesuch bei Edward. Sie wollte mit ihm in der Sonne sitzen und ihm die großartige Neuigkeit überbringen.

Sie lag ihr auf der Zunge, als sie von dem armen Mädchen abgelenkt wurde. Ihre Schreie waren so laut und qualvoll gewesen, und sie hatten Olivia in die Bombennächte nach London zurückversetzt, in denen ähnliche Hilferufe aus den Trümmern gedrungen waren.

Es hatte Olivia schockiert, wie kaltschnäuzig Edward auf die Not des Mädchens reagierte. Sie spürte, dass die junge Frau für ihn kein Mensch, sondern nur eine problematische Patientin war, mit der er sich zu befassen hatte.

Die Tür zum Gewächshaus öffnete sich, und sie erkannte die Silhouette ihres Mannes. »Ich kann deine Gedanken bis ins Haus hören«, sagte er mit müder Stimme.

Sie rutschte auf dem Sofa zur Seite, um ihm Platz zu machen. Er legte sich neben sie, und sie schmiegte sich an ihn. »Ich schlafe nachts nicht mehr gut.«

»Und hilft es dir, wenn du die Sterne ansiehst?«

»Ja. Sie sind so friedlich.«

Er roch nach Seife. Wenn er vom Krankenhaus kam, nahm er immer als Erstes ein Bad. Er streichelte über ihren leicht gerundeten Bauch. »Bist du schwanger?«

Sie sah zu ihm auf und erinnerte sich an den Moment, in dem er sie aus den Trümmern freigeschaufelt hatte. »Ja.«

Strahlend und zärtlich zog er sie an sich. »Wann ist es so weit?«

»Weihnachten, würde ich sagen.«

Er vergrub sein Gesicht in ihren Locken. »Gott, ich bin so glücklich.«

»Ich auch.«

Sie hätte diesen Moment des Glücks gern genossen. Aber sie wurde das Bild dieses Mädchens in Lynchburg nicht los.

»Ich muss immer an das Gesicht dieser Frau denken.«

»Welcher Frau?« Er schien ehrlich verwirrt.

»An dem Tag, als ich dir das Picknick in die Klinik gebracht habe.«

»Ah, ja. Was ist mit ihr?«

»Sie war so verzweifelt.«

»Viele der Frauen, die wir behandeln, sind schnell verzweifelt. Viele sind nicht ganz klar im Kopf und brauchen unsere Hilfe. Das ist verstörend. Es tut mir leid, dass du das mit ansehen musstest.«

»Ich war neun Stunden lang verschüttet, aber es war nichts gegen ihre Todesangst.«

Er schwieg eine Weile. »Zweifellos wird ihr Leben niemals einfach sein.«

»Wie konntest du ihr helfen?«, fragte Olivia.

»Ich habe getan, was gut für sie ist. Dafür gesorgt, dass ihr Leiden nicht an die nächste Generation weitergegeben werden kann.«

Sie fühlte seinen gleichmäßigen Puls unter ihren Fingern. »Was soll das heißen?«

»Die Mutter des Mädchens hatte die gleichen Probleme. Es ist erblich. Ihr Vater wollte nicht, dass seine Tochter Kinder bekommt, die genauso leiden.«

»Was hast du getan?«

»Eine sehr schnelle und einfache Prozedur, die sicherstellt, dass sie keine Kinder bekommt. Sie wird ein glückliches Leben haben, so normal wie möglich, aber sie wird keine Kinder haben.«

»Woher weißt du, dass ihre Kinder leiden würden?«

»Ihr Vater war davon überzeugt.«

»Was macht ihn so sicher?«

»Er kennt seine Tochter.«

»Gibt es noch andere wie sie?«

»Zu viele.« Edward zog Olivia enger an sich und hielt sie fester um ihre schlanke Taille. »Ich möchte nicht, dass du dir Gedanken über die Klinik machst. Konzentriere dich auf das Baby und die Pflanzen. Ich war vorhin schon einmal hier. Es ist jetzt schon unglaublich schön hier drinnen.«

Seine Stimme klang so beruhigend, dass sie sich entspannte und ihre Sorgen fast vergaß.

»Ach, ich habe ja ganz vergessen zu fragen, wie du mit Sadie auskommst.«

»Sie ist eine große Hilfe.«

»Ich mag und respektiere ihren Bruder. Johnny ist ein fleißiger junger Mann. Der andere Bruder, Danny, nicht unbedingt. Sadie ist mutig und hat ihren eigenen Kopf.«

»Hast du sie deshalb als meine Fahrerin angestellt?«

»Ich dachte, sie würde dich vielleicht ein bisschen aus der Reserve locken. Sadie will sich nicht unbedingt lieb Kind machen. Und du hilfst anderen doch so gern. Vielleicht kannst du sie ja etwas fördern.«

»Du hattest recht.« Sie zeichnete mit dem Finger ein Herz auf seine Brust. »Sadie sorgt tatsächlich für frischen Wind.«

»Willst du die Autofahrten weiterhin unternehmen, obwohl das Baby unterwegs ist?«

»Es tut mir gut, rauszukommen. Auf dem Schiff habe ich mich eingeengt gefühlt, und ich habe mich so vor dem Atlantik gefürchtet. Dieses Mal fühle ich mich anders. Hoffnungsvoller.«

Er küsste sie auf die Stirn. »Ich möchte, dass ihr drei vorsichtig seid«, sagte er lächelnd.

»Selbstverständlich.«

* * *

Sechs Tage später fuhr Sadie Miss Olivia nach Bluestone und parkte den Wagen vor dem Gemischtwarenladen. Ihr entging natürlich nicht, was für große Augen alle bei dem schönen Auto machten. Sadie stieg stolz in ihrer neuen Jacke aus und nahm die Schultern zurück. Es war für sie nicht neu, dass die Leute sie anstarrten, aber die Aufmerksamkeit war selten positiv. Sie war die wilde kleine Schwester von Johnny und Danny, die immer schmutzige Overalls trug und den Großteil des Sommers barfuß herumlief. Sie war das Mädchen, das Probleme mit dem Lesen und den Hausaufgaben hatte. Sie war die, die den Selbstgebrannten auslieferte und von der gemunkelt wurde, sie hätte schon mit zwölf davon getrunken. Ein Teufelsbraten. Eine Hinterwäldlerin.

Heute aber war sie das Mädchen, das für Mrs Olivia Carter arbeitete und eine schicke Jacke tragen durfte.

Ihre Arbeitgeberin betrat den Laden mit erhobenem Kopf und ließ den Blick über die Auslage schweifen. Mr Sullivan stand aufrechter als sonst, als er sie begrüßte. Sie streifte die Handschuhe ab, um einen karierten Stoff zwischen die Finger zu nehmen und zu prüfen, wie weich er war.

»Was kann ich heute für Sie tun?«, fragte Mr Sullivan.

»Miss Sadie hat eine Liste für Sie«, antwortete sie mit ihrem feinen britischen Akzent. »Ein paar Dinge, die die Köchin fürs Abendessen braucht.«

Sadie zog den sorgfältig gefalteten Zettel aus ihrer Tasche und gab ihn Mr Sullivan, der leise lächelte, als er die lange Liste sah. Wie sie ihn kannte, war er schon dabei, den heutigen Profit auszurechnen.

»Ich brauche ein paar Minuten, um die Sachen zusammenzusuchen«, verkündete Mr Sullivan ehrerbietig.

»Lassen Sie sich Zeit.« Miss Olivia strich über einen gelben Stoffballen. »Sadie, brauchst du irgendetwas?«

»Ma'am? Nein danke.«

Sadie sah verschiedene Seifen, die in hübsches weißes Papier eingeschlagen waren. Erst als Mr Sullivan sich nach einer Packung Salz umdrehte, nahm sie ein Stück vom Regal und sog ihren zarten Duft nach Holunder ein. Einen Moment lang überlegte sie, ob sie sich von ihrem Lohn so etwas gönnen sollte. Doch dann entdeckte sie das Preisschild: Fünfundzwanzig Cent. Fast hätte sie die Seife fallen gelassen.

Als sie sich umsah, entdeckte sie ein hübsches grünes Kleid, das zwischen zwei schwarzen auf einer Stange hing. Der Stoff fühlte sich unglaublich weich an. Sie blickte an ihrem Overall hinunter. Wie würden die Leute sie wohl ansehen, wenn sie so ein Kleid trug?

»Ich habe die Rechnung fertiggestellt«, sagte Mr Sullivan mit einem Lächeln. »Die Zeitschrift über Gartenbau, die Sie aus Richmond bestellt haben, ist auch dabei.«

Miss Olivia nahm einen neuen Fünf-Dollar-Schein aus ihrem Portemonnaie. Sadie blieb der Mund offen stehen. So einen großen Schein hatte sie noch nie gesehen.

»Ruth«, rief Mr Sullivan nach hinten. »Ich brauche deine Hilfe.«

Sadie war mit Ruth in eine Klasse gegangen, bis sie letztes Jahr die Schule abgebrochen hatte. Ruth war blond, recht hübsch und von allen Mädchen der Schule am besten gekleidet. Die gut aussehenden Jungs standen bei ihr Schlange.

Sie erschien hinter dem Vorhang, der den Laden vom Hinterzimmer trennte, und lächelte Miss Olivia an. Bei Sadies Anblick verdunkelte sich ihr Gesicht, als hätte sie in einen sauren Apfel gebissen und könne ihren Ekel nur mit Mühe verbergen.

Ruth suchte die kleineren Bestellungen zusammen und legte die Zimtstangen, das Backpulver und das Rosenwasser behutsam in den Karton, den ihr Vater schon mit Mehl, Zucker und Schmalz gefüllt hatte.

Da Ruth sie unverhohlen musterte, sah Sadie sich weiter im Laden um und bemerkte ein handgemaltes Poster mit zwei Tänzern. Im März sollte es ein großes Fest in Bluestone geben

»Sadie, du siehst heute aber reizend aus«, sagte Ruth.

»Danke«, sagte sie und wandte dem grünen Kleid den Rücken zu.

»Überlegst du dir, das Kleid für das Fest zu kaufen?«, fragte sie boshaft.

Sie wusste ganz genau, dass Sadie sich das Kleid nicht leisten konnte. Und dass sie zu einem Fest gehen würde, war so gut wie ausgeschlossen. Dazu müsste ihre Mutter ihr ein Kleid aus der Altkleiderkiste der Gemeinde ändern und einer ihrer Brüder sie zum Tanzen begleiten. Aber ihre Brüder waren weit weg, und ihre Mutter würde kein Kleid zurechtschneidern, um sie alleine auf ein Fest gehen zu lassen.

»Ich denke noch drüber nach«, log Sadie.

»Ich gehe mit meinem Verehrer hin.«

»Ach ja?« Auf dem Cover der neuen *Life* lächelten ihr vier junge Frauen in glitzernden Kleidern entgegen.

»Wenn ich gewusst hätte, dass du kommst, hätte ich dir meine alten Zeitschriften aufgehoben.« Ruths Stimme klang zuckersüß. »Ich weiß doch, wie gern du darin blätterst.«

»Kein Problem«, erwiderte Sadie kühl. Was für eine Heuchlerin!

»Mr Sullivan.« Miss Olivia hielt einen braunen Fotoapparat in die Höhe. »Zeigen Sie mir den?«

Mr Sullivan kam beschwingt hinter seinem Tresen hervor. Schon die Aussicht auf so einen teuren Verkauf hob seine Laune. Es waren schwere Zeiten, und das Geld war bei ihm knapp. Wie bei den meisten Leuten. »Selbstverständlich. Das ist ein Fotoapparat von Kodak. Er ist kinderleicht zu bedienen.«

Während die beiden sich den Apparat ansahen, sagte Ruth im Flüsterton: »Ich erinnere mich gerade daran, wie du dir mal eine Frisur wie Carole Lombard machen wolltest. Oder war es Gene Tierney? Na egal, jedenfalls hast du deine Haare um Lappen gewickelt. Du hattest dir wohl noch Locken gelegt. Und am nächsten Morgen sahen sie aus wie ein Helm.«

Sadie erinnerte sich mit Schrecken daran. Sie war nach der Schule nach Hause gerannt und hatte ihren Kopf unter die Wasserpumpe gehalten, bis ihre Haare wieder glatt waren. »Weiß ich nicht mehr.«

»Was? Das gibt's doch nicht! Wenn ich daran denke, muss ich immer noch lachen. Du hast so süß ausgesehen.«

»Wie gefällt es dir, Dr. Carters Pontiac zu fahren?«, fragte Mr Sullivan, als er wieder hinter dem Ladentresen stand.

»Es ist ein großartiges Gefühl, Sir.«

»Hoffentlich fährst du anders, als wenn du den Selbstgebrannten auslieferst!« Mr Sullivan grinste.

»Natürlich, Sir. Immer schön langsam und vorsichtig.«

»So ist es gut. Wollen ja nicht, dass der Sheriff dir Ärger macht.«

»Nein, Sir.«

»Mr Sullivan«, unterbrach Miss Olivia das Gespräch. »Haben Sie neue Zeitschriften im Angebot?«

»Ich habe gerade gestern die neuste *Life* bekommen. Selbst Ruthie hat sie noch nicht gelesen.«

»Durfte ich ja nicht«, schmollte Ruth.

»Bitte setzen Sie sie mit auf die Rechnung«, sagte Miss Olivia. »Und das grüne Kleid da auch.«

Er warf Sadie einen erstaunten Blick zu. »Natürlich.«

Nachdem Mr Sullivan Miss Olivias Liste noch einmal mit dem Inhalt des Kartons abgeglichen hatte, hob er ihn hoch. »Ruth, mach die Tür auf.«

»Sadie steht direkt daneben«, sagte Ruth. »Soll sie sie doch aufmachen.«

Sadie zog an der Klinke. Ruths Vater würde sie später für diese Unhöflichkeit zurechtweisen.

Als Mr Sullivan und Miss Olivia draußen waren, trat Ruth an die Tür. In dem Moment ließ Sadie die Tür los und knallte sie Ruth vor der Nase zu. Ruth schäumte vor Wut.

Grinsend öffnete Sadie den Kofferraum, damit Mr Sullivan den Karton hineinstellen konnte.

»Mr Sullivan, wären Sie wohl so freundlich, ein Foto von Sadie und mir zu machen?«, fragte Miss Olivia. »Sie ist meine erste Freundin in Amerika. Und das verdient es, festgehalten zu werden.«

Mr Sullivan zögerte nicht, doch seine Anspannung war nicht zu übersehen. Miss Olivia stellte sich vor dem Pontiac auf und winkte Sadie zu sich heran.

Beim Nähertreten beäugte Sadie den Fotoapparat, als würde Gefahr von ihm ausgehen. In ihrer Kindheit war sie schon einmal fotografiert worden, zusammen mit ihrer Mutter und ihren Brüdern. Ihr Vater hatte sich damals geweigert, weil es ihm albern vorkam, einfach nur so dazusitzen. Das war doch kein Grund, ein Foto zu machen. Seit der Zeit stand das Bild auf dem Kaminsims.

Miss Olivia stellte sich kerzengerade hin und drehte sich leicht zur Kamera. Sadie war nervös, und statt zu posieren, starrte sie nur in die Linse. »Sadie, du siehst aus, als solltest du erschossen werden.«

»Es kommt mir so merkwürdig vor. Mein Papa fand es überflüssig, sich fotografieren zu lassen.«

»Lächeln«, rief Ruth, die mittlerweile aus dem Laden getreten war.

Die beiden Frauen blickten in die Kamera. Miss Olivia setzte ein strahlendes Lächeln auf, Sadie wirkte eher gequält. Vorsichtig gab Mr Sullivan Miss Olivia den Apparat zurück.

Als sie in den Fond der Limousine stieg, kam Ruth angelaufen. »Vielen Dank für Ihren Besuch, Mrs Carter. Wenn ich irgendetwas für Sie tun kann, sagen Sie mir Bescheid.«

»Danke dir, Ruth«, gab Miss Olivia recht kühl zurück.

»Hoffentlich sehen wir uns bald wieder, Sadie.« Ruth winkte.

Sadie achtete nicht auf sie und startete den Wagen. Sie ließ den Motor kurz aufheulen, um die Sullivans zu beeindrucken.

Auf der Rückfahrt nach Woodmont schwiegen beide Frauen. Sadie parkte vor dem Kücheneingang und nahm den schweren Karton aus dem Kofferraum.

»Kannst du das wirklich alleine tragen?«, fragte Miss Olivia.

»Na klar, Ma'am. Meine Mutter sagt, ich bin ein halbes Ackerpferd.«

Miss Olivia öffnete ihr die Küchentür und sah zu, wie Sadie den Karton auf den Tisch wuchtete. »Mrs Fritz kann das auspacken.«

»Ja, Ma'am.«

Miss Olivia nahm die Zeitschrift und das in Seidenpapier verpackte Kleid aus dem Karton und überreichte Sadie beides. »Das ist für dich.«

»Für mich?« Sie nahm es ungläubig entgegen. »Warum?«

»Ich dachte, es würde dir Freude machen.«

Die Seiten der *Life* waren vollkommen glatt, und die wunderschönen Frauen auf dem Cover mit den glitzernden Abendkleidern und elegant gewellten Frisuren konnten nur Stars sein.

»Ruth wirkte sehr enttäuscht, dass sie diese Ausgabe nicht zu lesen kriegt«, sagte Miss Olivia. »Und wenn du dich entschließen solltest, zu dem Tanzabend zu gehen, brauchst du doch ein Kleid.«

»Ja, Ma'am.« Ihre Stimme klang fremd. »Danke schön.«

Miss Olivia lächelte. »Viel Spaß damit.«

* * *

Olivia

Es hatte drei Tage ununterbrochen geschüttet. Jetzt, am vierten Tag, hörte der Regen auf, doch die Wolken hingen noch dunkel und bedrohlich am Himmel.

Olivia hatte es nicht mehr ertragen, im Haus wie eingesperrt zu sein. Sie musste raus an die frische Luft, die Bewegung und den kühlen Fahrtwind des Wagens spüren.

Sie fuhren auf einer Nebenstraße, als der Pontiac in einer Senke auf der regennassen Fahrbahn ins Schleudern kam und nach rechts zog. Wenn Sadie am Steuer gesessen hätte, hätte sie problemlos gegenlenken können. Solche Sachen passierten ständig, besonders auf den kleinen Nebenstraßen.

Aber Olivia war am Steuer. Sie bremste zu scharf, die Räder blockierten, und sie wusste nicht, was sie machen sollte. Sadie schaffte es gerade noch, ins Lenkrad zu greifen und das Schlimmste zu verhindern, aber der Wagen kam trotzdem von der Fahrbahn ab und holperte in den Straßengraben.

Sadie sprang hinaus und bestand darauf, dass sich Olivia auf den Beifahrersitz setzte. Dann wartete sie, bis sich Olivia ein wenig von dem Schrecken erholt hatte, und lief die drei Kilometer zu Fuß zurück nach Woodmont, um Hilfe zu holen. Mehrere Männer kamen und schoben den Wagen aus dem Graben. Niemand war verletzt worden. Die Limousine war so gut wie unbeschädigt.

Doch in der Nacht verlor Olivia ihr Baby.

Kapitel 15

Libby

Sonntag, 14. Juni, Gut Woodmont

Libby hatte das Abendessen genossen. Lächelnd wischte sie Sam die Reste des Zitronenkuchens vom Mund. Sie saß zwischen den beiden Jungen und fand ihre ruppige Art miteinander mittlerweile ganz komisch. Mehrere Male hatte sie laut mit Colton über eine lustige Bemerkung seiner Kinder gelacht.

»Sag mal, Libby, woher kennst du meine Mutter eigentlich?«, fragte Lofton unvermittelt.

Elaines Tochter, die frischgebackene Anwältin, hatte Libby das ganze Essen über vom anderen Tischende aus gemustert. Sie saß links von ihrer Mutter, ihrem Vater direkt gegenüber.

»Wie Elaine gesagt hat: Ich habe hier bei Gingers Hochzeit die Fotos gemacht.«

Colton legte seine Serviette neben den Teller. Er sagte nichts, aber er horchte bei Loftons Ton überrascht auf.

»Und ihr habt euch sofort angefreundet?«, hakte Lofton nach.

Elaines Lächeln verschwand. Sie sah ihre Tochter an, als könnte sich jeden Moment ein Gewitter entladen. »Lofton, möchtest du noch ein Glas Wein?«

Die junge Frau lächelte ihre Mutter an. »Nein danke, Mom. Ich bin nur neugierig. Es ist sonst so gar nicht deine Art, Außenstehende zu Familienessen einzuladen.«

Colton setzte sich gerade auf. Er schwieg, aber er ließ Lofton nicht aus den Augen.

»Ich bin in Bluestone aufgewachsen«, sagte Libby. »Dein Vater hat dich einmal als Baby zu meinem Dad gebracht. Mein Vater war der Kinderarzt, Dr. McKenzie.«

»Du hattest eine schlimme Mittelohrentzündung«, fügte Ted hinzu. »Wenn du nicht richtig behandelt worden wärst, hättest du taub werden können.«

»Warum waren wir überhaupt in Bluestone?«, wollte Lofton wissen.

»Deine Urgroßmutter Olivia war gestorben«, erklärte Elaine. »Wir sind zur Beerdigung gekommen.«

»Und du hast meine Mutter erst bei der Hochzeit kennengelernt?«, bohrte Lofton weiter.

»Richtig.« Libby war auf ein Mädcheninternat gegangen und kannte solche Kreuzverhöre. »Worauf willst du eigentlich hinaus, Lofton?«

»Ich mache mir Sorgen um Mom«, sagte sie.

»Ich kann auf mich selbst aufpassen«, warf Elaine ein.

Lofton lächelte und schwenkte ihr halb volles Glas Wein. Es war ihr drittes Glas, und der Alkohol machte sich deutlich bemerkbar.

Ted warf seiner Tochter einen warnenden Blick zu.

Libby fing ihn auf. »Schon gut, Ted«, beschwichtigte sie ihn. »Die Fragen stören mich nicht. Ich bin da ganz offen. Willst du dringend noch etwas loswerden, bevor ich gehe, Lofton?«

»Vielleicht«, erwiderte Lofton schnippisch.

»Lofton.« Elaines warnender Unterton war unmissverständlich. »Sie ist unser Gast.«

»Es tut mir leid, wenn ich dir mit meinen Fragen zu nahe getreten sein sollte.«

Die verquaste Entschuldigung brachte Libby auf die Palme. Sie hatte keine Ahnung, welcher Teufel Lofton ritt, und sie wollte es auch gar nicht wissen. Vielleicht war Lofton in Colton verliebt und eifersüchtig?

»Ich mag Libby«, rief Sam. »Sie ist lustig.«

»Ich auch«, rief Jeff.

Libby schob ihr Weinglas weg und trank ein paar Schluck Kaffee, in der Hoffnung, er könnte gegen den Alkohol wirken. Die Kehrseite der Medaille war, dass sie wahrscheinlich erst nach ein Uhr nachts würde einschlafen können.

Sie war sich bewusst, dass Colton sie beobachtete. Sie nahm den letzten Schluck Kaffee und genoss die Süße des Zuckers am Boden der Tasse. »Es war ein wunderbarer Abend, aber ich muss jetzt wirklich nach Hause.«

»So früh?«, fragte Elaine.

»Ja, leider. Ich habe diese Woche furchtbar viele Bilder zu bearbeiten und mehrere Termine mit möglichen Auftraggebern. Wenn man selbstständig ist, muss man dauernd dem nächsten Job hinterherlaufen.«

»Bewundernswert«, sagte Elaine.

Als Libby aufstand, erhoben sich auch Ted und Colton. Sie verabschiedete sich mit Handschlag von ihnen. Lofton blieb sitzen und ignorierte Libbys Hand.

Elaine bremste Libbys fast fluchtartigen Abgang. »Nehmen Sie doch ein bisschen Essen mit. Es sind Unmengen übrig geblieben. Ich packe Ihnen etwas ein.«

»Das ist nicht nötig«, protestierte Libby.

»Ich bestehe darauf.«

Zehn Minuten später stand Libby mit einer schweren Tüte voller Plastikdosen in der Tür und verabschiedete sich noch einmal.

»Die Jungs und ich kommen noch mit zum Auto«, sagte Colton.

»Das ist doch nicht nötig«, sagte Libby noch einmal.

»Die beiden können nicht mehr still sitzen«, erwiderte er. »Es ist ein kleines Wunder, dass sie nichts umgeschmissen haben und nichts kaputtgegangen ist.«

Die Kinder und die Hunde rannten über den Rasen zu ihrem Auto. Die untergehende Sonne tauchte den Horizont in warmes Licht. Je weiter sie sich von Lofton mit ihrer überheblichen Art entfernte, desto mehr entspannte sie sich. Sie war bei diesem Abendessen fehl am Platz gewesen.

Als hätte er ihre Gedanken erraten, sagte Colton: »Lofton ist Juristin. Sie hinterfragt alles und sucht bei jeder Gelegenheit Streit.«

»Dann wird sie bestimmt sehr erfolgreich sein.«

Sie öffnete die Wagentür mit dem Funkschlüssel. Jeff und Sam rannten um die Wette und stritten darum, wer die Tür öffnen durfte.

»Jeff, lass Sam es machen«, rief Colton.

»Aber ich will!«, rief Jeff.

»Vielleicht kannst du den Kofferraum öffnen«, schlug Libby vor. »Wir müssen das Essen einladen.«

Jeff gab den Türgriff frei. Libby zeigte ihm, wo er drücken musste. Mit ernster Miene drückte er auf den Knopf und trat zurück, als die Heckklappe nach oben aufschwang.

»Gut gemacht«, sagte Libby.

Colton lud die Tüten in den Kofferraum. »Das sollte für ein paar Tage reichen.«

»Ein paar Wochen«, sagte sie lachend. Die Jungen stellten sich neben ihrem Vater auf. »Vielen Dank, meine Herren, für einen wunderbaren Abend. Es hat mich sehr gefreut.« Die Kinder schüttelten ihr kichernd die Hand.

Als sie Colton ansah, wurde ihr Lächeln etwas angespannter. Wieder stieg Verlangen in ihr auf. Was für ein mieses Timing. »Es war schön.«

»Bis bald«, sagte er.

Colton passte auf, dass alle kleinen Finger in Sicherheit waren, und schloss ihre Wagentür. Sie startete den Motor und ließ das Fenster herunter.

»Wann soll ich kommen, um das Gewächshaus zu knipsen? Passiert diese Woche irgendwas Besonderes?«

»Die Fenster werden eingesetzt. Ein paar Steine werden entsorgt. Nichts Aufregendes.«

»Sag Bescheid, wenn doch was Spannendes passiert. Ich möchte alles festhalten.«

»Mach ich.«

Im Rückspiegel sah sie die Jungs winkend auf und ab springen. Sie hupte und winkte aus dem Fenster.

Auf dem Heimweg grübelte sie. War es denn nun ein erfolgreicher Abend gewesen oder eine peinliche Katastrophe?

Eine Viertelstunde später kam sie zu Hause an und verstaute die mitgebrachten Essensreste in ihrem fast leeren Kühlschrank. Der Kaffee hielt sie wach, und wie aus dem Nichts fiel ihr plötzlich ihre alte Fotoausrüstung ein. Neugierig ging sie zum Schuppen, um zu sehen, ob sie noch da war. Obwohl das Haus fast in der Stadtmitte stand, war das Grundstück fast viertausend Quadratmeter groß. Ihr Vater hatte den geräumigen Schuppen errichten lassen, als sie fünf Jahre alt war. Eigentlich hatte es seine Werkstatt für Holzarbeiten werden sollen. Doch bevor er auch nur eine Säge gekauft hatte, standen ein Fernseher und ein gemütlicher Sessel drin. Ihre Mutter sprach fortan nur noch von seiner Höhle.

Aus der Tischlerei wurde nichts. Kein Wunder, denn ihr Vater war achtzig bis neunzig Stunden die Woche in seiner Praxis auf den Beinen. Als Libby auf einem Flohmarkt ihre erste Balgenkamera erstanden hatte, brachte ihr Vater sie im Schuppen unter. Nach und nach kaufte sie sich eine Fotoausrüstung und verschiedene Apparate und Chemikalien zum Entwickeln der Negative. Wenn sie im Sommer und in ihren Schulferien zu Hause war, arbeitete sie an den Fotos. Aus der Höhle war ihr Fotostudio geworden.

Sie schaltete das Licht ein und stellte erfreut fest, dass ihr Vater nichts entfernt hatte. Im Gegenteil, er hatte ihre ganze Ausrüstung mit weißen Laken bedeckt, um sie vor Staub zu schützen.

Sie zog einen Überwurf von einem Entwicklungsapparat aus den 1970ern. In dem Sommer, als ihre Mutter gestorben war, war es ihr Lieblingsgerät gewesen. Sie hatte viele Stunden in ihrer Dunkelkammer verbracht und mit unterschiedlichen Abzügen experimentiert. Über den künstlerischen Wert ihrer Werke dachte sie heute anders, aber in jenem Sommer war es nicht um Kunst gegangen. Sie hatte nur nicht ständig an ihre Mutter denken wollen.

Sie zog die oberste Schublade eines Aktenschranks auf, die voller Schwarz-Weiß-Fotografien war. Obenauf lagen Bilder von Buddy, dem Hund ihres Vaters. Ein Schäferhund-Mischling, der jeden Tag mit ihrem Vater in die Stadt fuhr. Er wusste genau, wann Freitag war, denn dann legten die beiden auf dem Weg nach Hause einen Zwischenstopp beim Drive-in ein, wo er einen Hamburger bekam.

Sie blätterte durch Fotos von ihrem Garten, von der Stadt, von Bäumen und Wolken und allem Möglichen, was sie in dem Sommer so brennend interessiert hatte.

Ganz unten lagen Fotos von ihrer Mutter. Sie hatte sie mit einer alten Polaroid aufgenommen, die ihr ihr Vater zum zwölften Geburtstag geschenkt hatte. Die Fotos waren in den Osterferien entstanden. Libby hatte ihre Mutter überredet, wieder mit ihr zur alljährlichen Woche der Historischen Gärten nach Woodmont zu fahren, damit sie auf andere Gedanken kam.

Bei diesem letzten Besuch war sie dreizehn gewesen. Auf den Bildern saß ihre Mutter vor dem Haupthaus. Sie trug eine schwarze Hose und eine weiße Bluse und hatte ihr grau meliertes Haar ordentlich hochgesteckt. An ihren leuchtend roten Lippenstift konnte sich Libby gut erinnern.

Auf den nächsten Bildern stand sie in dem seitlichen Garten, genau dort, wo Libby kurz zuvor zu Abend gegessen hatte. Libbys Mutter posierte neben einem prächtigen Busch weißer Rosen und strahlte übers ganze Gesicht.

Zwei Wochen später hatte sie eine Handvoll Tabletten genommen. Ihr Vater war von der Arbeit nach Hause gekommen und hatte sie leblos auf dem Bett vorgefunden.

Libby strich mit dem Finger über das Gesicht ihrer Mutter. Vorsichtig schloss sie die Schublade und nahm das Foto mit ins Haus. Sie fixierte es mit einem Magneten am Kühlschrank. Am nächsten Tag wollte sie einen Bilderrahmen dafür suchen. »Es ist schön, zu Hause zu sein, Mom.«

Sie füllte sich ein Glas mit Leitungswasser und trank es vor der Spüle. Mit einem Seufzer stellte sie das Glas ab und schloss die Augen. »Ich vermisse dich, Mom.«

Worte, die sie oft in ihrer Zeit im Internat gesagt hatte. Wie damals stand sie schweigend da und wartete. Doch wie damals kam keine Antwort.

Heute hörte sie nur das Brummen der Klimaanlage. Und wie damals fühlte sie sich einsam und verloren.

Sie ging die Treppe hinauf und öffnete die Tür zum Arbeitszimmer ihres Vaters. Wenn ihre Mutter keine Antworten für sie hatte, fand sie vielleicht welche bei ihm.

»Okay, Daddy, dann schauen wir mal, was du mir sonst noch hinterlassen hast.«

Kapitel 16

Libby

Sonntag, 14. Juni, Bluestone, Virginia

Libby saß am Schreibtisch ihres Vaters und strich über das polierte Holz. Das Deckenlicht war etwas schummrig, also schaltete sie die Stehlampe an, die sie ihrem Vater vor ein paar Jahren geschenkt hatte. Das helle Licht verscheuchte die Schatten.

Sie trommelte mit den Fingern auf die aufgeräumte Schreibtischoberfläche, bis sie genug Mut gefasst hatte, die geräumige Schublade aufzuziehen. Sie enthielt nur zwei Mappen, die ihr Vater ihr dort allem Anschein nach zurechtgelegt hatte. Auf einer stand mit dickem schwarzem Filzstift in seiner fast unleserlichen Arztschrift *Wichtige Dokumente.* Der andere Hefter war unbeschriftet.

Sie nahm sie mit in die Küche, wo sie erst mal eine Kanne Kaffee aufsetzte. Sie würde sowieso nicht schlafen können. Dann schnappte sie sich die Tupperbox mit dem Zitronenkuchen und aß ein paar Bissen. Sie starrte die Mappen an. Die Wanduhr tickte. Die Kaffeemaschine gurgelte.

Sie goss sich einen Kaffee ein und nahm sich zuerst die Mappe mit den wichtigen Dokumenten vor. Säuberlich abgeheftet war eine Kopie der Liste mit allem, was nach seinem Tod zu tun war. Der Anwalt hatte das Original und alles erledigt. Steuern. Strom- und Wasserrechnungen. Aktienverkäufe. Sogar an das regelmäßige Mähen des Rasens hatte er gedacht.

Ihr Vater war schon immer gut auf alles vorbereitet gewesen.

Beim Durchblättern der Papiere aß sie noch etwas Kuchen und trank ihren Kaffee. Es war alles da: die Heiratsurkunde ihrer Eltern, Pässe, die Besitzurkunde des Hauses und schließlich ihre Geburtsurkunde.

Sie prüfte das Dokument. Es war nicht die ursprüngliche Geburtsurkunde aus New Jersey, sondern ein Zertifikat mit dem Stempel von Virginia, auf dem ihre Adoptiveltern angegeben waren. Sie erzählte nur die halbe Wahrheit. Es war das offizielle Dokument, um sie bei der Schule anzumelden. Die Urkunde, mit der sie den Führerschein oder einen Pass beantragen konnte. Ihre amtliche Identität, aber nicht ihre ganze Geschichte.

Sie strich gedankenverloren über das eingeprägte Siegel des Staates Virginia. Dann legte sie die Dokumente in die Mappe und nahm sich die andere vor.

Mit angehaltenem Atem schlug sie den Aktendeckel zurück. Es lag nur ein Brief darin. Statt einer Anschrift stand auf der Vorderseite in einer ordentlichen Handschrift: *Meinem lieben Mädchen.* Vorsichtig öffnete sie den Umschlag und zog ein einzelnes Blatt heraus.

> *Mein liebes Mädchen,*
> *Du bist erst ein paar Stunden alt, aber Du zeigst jetzt schon, dass Du eine laute Stimme hast und Deinen eigenen Willen. Das gefällt mir. Es ist besser, zur Welt zu kommen und zu wissen, was*

Du willst, als Jahrzehnte damit zu verbringen, die Träume eines anderen in der Annahme zu verwirklichen, es seien Deine eigenen. Wenn ich Dich hier im Säuglingssaal anschaue, weiß ich schon jetzt, dass Du über Deine Zeitgenossen hinauswachsen und große Taten vollbringen wirst. Du bist ein kleines Wunder, und ich kann immer noch nicht glauben, dass Du ein Teil von mir bist.

In den Jahren, die vor Dir liegen, wirst Du erfahren, dass Deine Mutter Dich nicht behalten konnte. Sie ist noch nicht erwachsen. Sie kann noch nicht für sich selbst sorgen, und obwohl sie Dich liebt, ist sie noch zu unbedacht, um sich ganz und gar einem Kind zu widmen.

Wie Du wird sie einmal große Dinge vollbringen, davon bin ich überzeugt. Ich bete dafür, dass es Euch beiden gelingt, Eure Träume zu erfüllen. Hoffentlich werdet Ihr Euch eines Tages wiederbegegnen und an dem wunderbaren Leben der anderen erfreuen.

Ich möchte, dass Du weißt, dass diese Entscheidung weder ihr noch mir leichtgefallen ist. Dich wegzugeben bricht mir das Herz. Ich werde Dich nie vergessen. Nie.

Bedenke immer, mein kleiner Engel, dass Deine Mutter und ich Dich sehr lieben.

Für immer Deine
Olivia

Libby lehnte sich zurück. Sie wusste nicht, ob sie gleich ohnmächtig werden würde oder sich übergeben musste. Ihr ganzer Körper war verkrampft. *Ruhig atmen.*

Olivia. Wie in Olivia Carter?

Elaines Großmutter. Deren Gewächshaus Elaine restaurieren ließ.

Das konnte doch nicht wahr sein!

Wenn Olivia diesen Brief geschrieben hatte …

Ich kann immer noch nicht glauben, dass Du ein Teil von mir bist.

Soweit Libby wusste, hatte Olivia nur ein Kind gehabt, einen Sohn. Dieser Sohn hatte eine Tochter. Elaine.

Libbys Vater hätte Olivias Brief nicht auf diese Weise aufbewahrt, wenn er nicht so wichtig gewesen wäre. Er hatte die Mappe nur für dieses Schriftstück angelegt, damit es nicht zwischen den anderen Dokumenten unterging.

Geistesabwesend roch Libby an dem Brief und glaubte, den Hauch eines Parfüms wahrzunehmen. Olivia war seit zwanzig Jahren tot, aber als Libby die Augen schloss, vermeinte sie, ihre Präsenz in diesem Raum fast zu spüren.

Zeit seines Lebens hatte ihr Vater nicht den Mut gefunden, ihr diesen Brief zu geben. Erst aus dem Jenseits offenbarte er ihr die Wahrheit.

Elaine war ihre leibliche Mutter.

Kapitel 17

Sadie

Freitag, 6. März 1942, Bluestone, Virginia

»Sadie, du hast verdammtes Glück.« Der Sheriff setzte sich an ihren Küchentisch. Sadies Mutter saß neben ihr, die Hände so angespannt zusammengeballt, dass sie wie eine Kugel aussahen. »Mrs Carter weigert sich, dich anzuzeigen oder auf Schadensersatz zu verklagen. Sie weigert sich, dir die Schuld an dem Unfall zu geben.«

»Es war ja auch nicht meine Schuld«, erklärte Sadie. Aber sie sagte nicht, dass Miss Olivia am Steuer gesessen hatte oder dass sie ihr das Fahren beigebracht hatte.

»Natürlich will Dr. Carter nicht, dass du seine Frau noch einmal fährst oder dich jemals wieder in Woodmont blicken lässt.« Der Sheriff warf ihr einen hämischen Blick zu. »Und wenn Dr. Carter dich auf seinem Anwesen erwischt, erstattet er Anzeige. Dann wirst du umstandslos verhaftet.«

»Niemand war schuld. Die Straße war nass«, protestierte Sadie.

Ihre Mutter legte ihre Hand auf Sadies. »Wir haben Sie verstanden. Sadie wird die Carters nicht belästigen.«

Sadie hatte gehofft, dass Dr. Carters Wut verrauchen würde. Sie hatte gehofft, dass die Wunden heilen würden und alles wieder gut werden würde. Spätestens im Frühsommer, wenn der Holunder blühte.

»Außerdem wirst du keinen Schnaps mehr brennen«, sagte der Sheriff. »Ich komme regelmäßig vorbei und sorge dafür, dass du dich daran hältst.«

»Aber Sie hatten eine Vereinbarung mit meinem Bruder«, erinnerte sie ihn. »Johnny hat gesagt, wir können Schnaps brennen und verkaufen, solange Sie Ihren Anteil bekommen.«

Der Sheriff räusperte sich. »Damit ist es vorbei. Ich werde es mir mit Dr. Carter nicht verderben.«

Sie hatten immer noch nichts von Danny gehört, aber Johnny schickte ihnen regelmäßig etwas von seinem Sold. Ihre Mutter hatte ihre Schneiderarbeiten, aber beides reichte nicht bis zum Ende des Monats.

»Ich muss Geld verdienen«, sagte sie. »Hier in Bluestone gibt es keine Arbeit für mich. Wir haben doch nichts außer der Brennerei.«

»Am besten wäre es, wenn ihr beide eure Sachen packt und aus Bluestone verschwindet. Was du der armen Mrs Carter angetan hast, ist nicht wiedergutzumachen. Und denk dran, dass Dr. Carter dein Feind ist.«

»Aber das habe ich doch nicht mit Absicht getan.«

»Sie hat noch nie jemandem etwas Böses gewollt«, pflichtete ihre Mutter ihr bei. »Sie wollte Mrs Carter nichts antun.«

»Aber genau das hat Sadie getan«, sagte er. »Unruhestifter wie sie kommen früher oder später mit dem Gesetz in Konflikt und enden in der Klinik in Lynchburg.« Er sah Sadie gehässig an. »Das willst du doch nicht, oder?« Sadie musste an das schreiende Mädchen denken, das in das düstere graue Gebäude geschleift worden war, aus dem lautes Klagen nach außen drang.

»Nein, Sir«, flüsterte sie.

Der Sheriff nickte. »Und weil Sadie bestimmt wieder in Schwierigkeiten geraten würde, ist es am besten, wenn Sie beide die Stadt verlassen.«

»Aber wo sollen wir denn hin?«, fragte Sadie. »Hier ist unser Zuhause. Und wie sollen Johnny und Danny uns dann finden?«

Ihre Mutter stand entschlossen auf. »Sheriff, ich verstehe, was Sie sagen, aber ich muss Sie jetzt bitten zu gehen. Wir bleiben hier, bis meine Jungs nach Hause kommen. Ich werde dafür sorgen, dass Sadie keine Schwierigkeiten mehr macht.«

Sadie ballte die Fäuste, bis sich ihre Fingernägel in die Handflächen bohrten. Es war ein Fehler gewesen, Miss Olivia das Autofahren beizubringen. Auch wenn Miss Olivia sie darum gebeten hatte, hätte Sadie Mr Carter nicht hintergehen dürfen.

Der Sheriff setzte sich den breitkrempigen Hut auf. »Sadie, mach deiner Mutter keine Schande. Pass auf, dass du nicht abgeholt wirst und sie hier alleine zurückbleibt.«

»Ich würde meine Mama nie alleine lassen«, gab sie trotzig zurück.

»Es liegt in deiner Hand. Mrs Thompson, Sie geben acht, dass ich nicht kommen muss, um Sadie zu verhaften.«

* * *

Sadie schloss ihre Schlafzimmertür und klemmte einen Stuhl unter die Klinke. Dann traute sie sich endlich, das grüne Kleid anzuprobieren, das Miss Olivia ihr geschenkt hatte. Noch nie in ihrem Leben hatte sie etwas so Weiches getragen. Das Kleid war ein Beleg dafür, dass es noch eine andere Art von Leben gab. Sie war entschlossen, einen Weg dorthin zu finden, wenn sie auch noch nicht wusste, wie.

Vorsichtig ließ sie ihre rauen Hände über den Stoff gleiten. Sie fühlte sich ein kleines bisschen wie Vivien Leigh oder Carole Lombard. Filmstars trugen immer solche schönen Kleider. Es war ihre Alltagskleidung. Aber für Sadie war es das schönste Geschenk, das sie je bekommen hatte.

Sie zog ihren alten Mantel über das Kleid und legte sich einen Schal um den Hals. Dann schlich sie sich aus ihrem Zimmer an ihrer Mutter vorbei, die zu der Jack-Benny-Show im Radio in ihrem Schaukelstuhl eingenickt war. Auf dem Schoß lag eine Socke von Johnny.

»Mama, ich gehe noch mal kurz raus.« Wie erhofft, hörte ihre Mutter ihre leisen Worte nicht. Auch als Gelächter auf einen Witz von Jack Benny folgte, blieben die Augen ihrer Mutter geschlossen.

Sie zog die Haustür vorsichtig hinter sich zu und stieg in den Truck. Statt den Motor zu starten, löste sie nur die Handbremse und ließ den Wagen lautlos den Hügel hinabrollen. Erst an der Straße ließ sie den Motor an.

Ruth hatte sich über sie lustig gemacht und ihr zu spüren gegeben, dass sie auf dem Tanzfest nichts zu suchen hatte. Ihre Stichelei hatte sie die ganze letzte Woche beschäftigt. Wenn der Unfall nicht passiert wäre, wäre sie wohl nicht hingegangen, weil die Carters etwas dagegen gehabt haben könnten. Aber sie hatte den Job verloren und konnte sich ruhig ein bisschen Spaß gönnen.

Sie fuhr in die Stadt und parkte vor dem Elch Club, wo schon mehrere Dutzend Autos standen. Aus dem hell erleuchteten Inneren drangen Musik und Gelächter. Beschwingt warf sie den Mantel auf den Sitz und strich sich das Kleid glatt.

Voller nervöser Vorfreude lief sie auf den Eingang zu, vorbei an einem geparkten Auto. Auf dem Rücksitz hielt sich ein Paar eng umschlungen. Durch die beschlagenen Scheiben konnte sie die beiden nicht erkennen, sie sah nur, dass sie sich heftig küssten.

Der Gedanke, dass ein Mann sie küssen könnte, ließ ihr Herz höherschlagen. Vielleicht würde sie heute Abend einen netten Jungen finden und ihn auf den Mund küssen. Wie in den Zeitschriften.

Ruth hatte gesagt, dass die Band aus Charlottesville stammte und Swing spielte.

Sie wusste nicht, was Swing war, hatte aber auch keine Lust gehabt, Ruth danach zu fragen. Die hätte nur die Augen verdreht und Sadie das Gefühl gegeben, dass sie von nichts eine Ahnung hatte.

Das Mädchen auf dem Rücksitz rutschte näher an den Jungen heran und strich mit der Hand über seinen Oberschenkel. Es wirkte, als hätte sie das schon oft getan. Als Sadie sich vorstellte, auch so etwas zu tun, wurde sie rot und löste den Blick von den beiden. Wahrscheinlich lag es an dem Kleid, dass sie sich so anders fühlte. Morgen würde sie wieder sie selbst sein, in ihrem Overall und dem langärmeligen Hemd. Dann wären auch diese ganzen merkwürdigen Gedanken verschwunden.

Doch die Vorstellung deprimierte sie auch. Sie war doch gerade erst in ihre neue Rolle als Miss Olivias Fahrerin geschlüpft und hatte von einer besseren Zukunft zu träumen gewagt. Das war vorbei. Was ihr blieb, waren nur die Zeitschrift und dieses Kleid.

Lachende Pärchen standen vor der festlich geschmückten Tanzhalle. Sadie wünschte, sie wäre nicht allein. Es wäre schön, jemanden bei sich zu haben.

Ruth kam mit einem Jungen, den Sadie nicht kannte, in lebhaftem Gespräch auf den Eingang zu, schien Sadie aber nicht zu bemerken.

»Hallo, Ruth.«

Ruth musterte Sadie. Sie schien einen Moment zu brauchen, um sie zu erkennen. »Sadie. Na guck mal an. Du siehst heute aber schick aus.«

Selbst das Kompliment klang aus ihrem Mund wie eine Beleidigung.

»Danke.«

»Mit wem bist du hier?« Ruth hakte sich bei ihrem Verehrer unter.

»Mit keinem.« Sie versuchte so zu tun, als wäre ihr das vollkommen egal.

»Das ist sehr mutig von dir«, sagte Ruth. »Nimm dich in Acht.«

»Es ist doch nichts dabei, ein bisschen Musik, ein bisschen tanzen. Warum sollte ich mich da in Acht nehmen?«

Ruth zuckte mit den Achseln und grinste wie eine Katze, die mit einer Maus spielt. »Ach, vergiss es.«

Das Paar drängte sich an Sadie vorbei. Ruth ließ das Becken kreisen und rief ihr zu: »Die Musik macht mich immer ganz verrückt!«

Die Tanzfläche war hell erleuchtet und voller Paare, die sich mit schnellen Schritten vor- und umeinander bewegten. Das musste dieser Swing sein, der in aller Munde war.

Eine vierköpfige Band, ein Mann am Banjo, ein Trompeter und zwei Gitarristen, spielte, was das Zeug hielt. Sie klopfte mit dem Fuß zum Takt der Musik und versuchte, den Tanzschritten zu folgen.

Ein Paar schob sich Hand in Hand Richtung Tanzfläche an ihr vorbei. Sadie hatte endlich den Rhythmus gefunden und ging ganz in der Musik auf. So etwas Aufregendes hatte sie noch nie erlebt.

»Kann ich Ihnen ein Glas Punsch bringen, Miss Sadie?«

Sadie drehte sich nach der tiefen männlichen Stimme um. Sie erkannte ihn sofort. Malcolm Carter. Seine dunklen Haare waren zurückgegelt, und er trug einen dunklen Anzug und ein weißes Hemd. Über dem elegant gebundenen Krawattenknoten leuchtete eine goldene Kragennadel.

»Mr Carter, was machen Sie denn hier?«

Er reichte ihr lächelnd die Hand. »Ich bin auf Besuch bei meinem Cousin und seiner Frau, aber die beiden sind nicht sie selbst. Völlig verständlich, aber ich brauche mal ein bisschen Abwechslung.«

»Und wie haben Sie von diesem Fest Wind bekommen?«

»Die Krämerstochter hat mich eingeweiht.«

»Ach so.«

Sein Blick wanderte über Sadies Rundungen. Sie schienen ihm zu gefallen. Sein Interesse war ihr peinlich, aber sie war auch stolz, dass sie einen Mann dazu bringen konnte, sie so anzusehen. Das musste das Kleid sein.

»Wie geht es Miss Olivia?«

»Sie ist recht munter. Aber halten Sie sich von meinem Cousin fern. Er ist sehr wütend auf Sie wegen des Unfalls.«

Das gab Sadie zu denken. Sie fragte sich, was sie eigentlich auf diesem Fest zu suchen hatte. Schließlich hatte sie ihrer Mutter hoch und heilig versprochen, sich gut zu benehmen. Es kam ihr auf einmal sehr falsch vor, hier zu sein.

»Trotz der lauten Musik kann ich Ihre Gedanken hören«, sagte Malcolm grinsend.

»Sie können gar nichts hören.«

»Machen Sie sich wegen Edward keine Sorgen. Er wird sich beruhigen, und Olivia wird ihm ein Baby schenken. Die Welt wird wieder ihren gewohnten Gang gehen.«

Vielleicht für die Carters, aber Sadie hatte keine Ahnung, wie sie wieder in geordnete Bahnen finden sollte.

»Das ist Ihr erstes Tanzfest, stimmt's?« Er nahm sich ein Punschglas, goss Limonade ein und reichte es ihr.

»Woher wissen Sie das?« Sie trank einen Schluck. Der süße Zitronengeschmack war wunderbar, doch ihre Wangen brannten trotz des eiskalten Drinks.

»Ich erkenne die Aufregung in Ihren Augen«, fuhr er fort. »Ich sehe es einem Mädchen immer an, wenn sie zum ersten Mal auf einem Tanzfest ist.«

»Gehen Sie zu vielen Tänzen?«

»Fast jedes Wochenende. In Richmond.«

»Ich kann mir gar nicht vorstellen, wie es wäre, jede Woche tanzen zu gehen. Es muss bestimmt viel Spaß machen.« Die Musik verscheuchte ihre Sorgen, und sie fühlte sich nicht mehr so fehl am Platze.

»Es ist immer ein Stück harte Arbeit dabei.« Er lachte. »Wenn ich ein hübsches Mädchen wie Sie treffe, Sadie, ist es die Mühe wert. Ich bin froh, dass ich mich durchgerungen habe, dem langweiligen Haus zu entkommen.« Er schenkte sich einen Becher Punsch ein und sah sie an, als wäre sie das einzige Mädchen auf der Welt.

Sadie trank ein Schlückchen und sah Ruth und ihrem Verehrer über seine Schulter hinweg beim Tanzen zu. Sie machten ihre Sache gut. Wenn Ruth durcheinanderkam, schien es ihr gar nicht peinlich zu sein, sondern sie lachte nur noch mehr.

»Möchten Sie tanzen?«, fragte Malcolm.

»Ich weiß nicht, wie.«

»Ich kann es Ihnen beibringen.«

»Ich glaube nicht, dass mein Körper sich so bewegen kann.«

»Jeder Körper kann das. Es ist ganz leicht.«

Ihr wurde flau im Magen. »Ich weiß nicht.«

Malcolm nahm ihr das Glas ab und stellte es auf einen Tisch neben sich. Dann nahm er sie bei der Hand und zog sie zur Tanzfläche. Sie zögerte.

Er sah sie herausfordernd an. »Sie müssen keine Angst haben.«

»Ich habe gar keine Angst.«

»Aber Bedenken.«

»Ich will bloß nicht albern aussehen, das ist alles.«

Malcolm machte der Band ein Zeichen. Einer der Gitarristen nickte und sprach mit den anderen Musikern. Kurz darauf beendeten sie das Lied und begannen ein anderes Stück, das viel langsamer war.

»Wie wäre es damit?«, fragte Malcolm. »So ist es doch einfacher zu lernen.«

Ihre Nervosität legte sich etwas. Schließlich musste jeder mal klein anfangen. »Also gut.«

Sie lächelte zuversichtlich und fand sich einen Moment später zwischen einem Dutzend Paaren mitten auf der Tanzfläche wieder. Plötzlich spürte sie Malcolms Hand auf ihrer Hüfte. Am liebsten hätte sie sie abgeschüttelt, aber er stand ganz still und wartete, dass sie sich entspannte. Sie atmete tief durch und zwang sich, ihre Sorgen zu verdrängen. Im nächsten Moment spürte sie seine andere Hand an ihrer Taille, und er zog sie an sich.

Sie erstarrte und bekämpfte das Verlangen, ihn anzufassen. Er lachte in sich hinein. »Legen Sie mir die Hände auf die Schultern und folgen Sie meinen Bewegungen. Ich führe Sie.«

Sadie platzierte ihre Hände gezwungen auf seinen breiten Schultern. Er sah sie belustigt an und wiegte sie im Takt der Musik. Obwohl sie konzentriert nach unten sah, trat sie ihm mehrmals auf die Füße.

Es kostete sie große Mühe, die Schrittfolge hinzukriegen, aber nach ein paar Minuten bewegte sie sich entspannter.

»Sie sind ja ein Naturtalent«, lobte er sie.

»Das kann nicht sein. Meine Füße wissen nicht, was sie tun sollen.«

»Sie machen das wunderbar, Sadie.«

Kaum war der langsame Song zu Ende, setzte der nächste im gleichen Tempo ein. Sie kam ihm immer näher, bis ihre Brüste seinen Oberkörper berührten.

Sie dachte an ihre Mutter. Mein Gott, was würde sie schimpfen, wenn sie sie jetzt so sehen könnte. Eigentlich musste sie ihn wegschieben. Eine Pause machen. Wo zum Teufel war Ruth? Immer wenn Sadie sich suchend umguckte oder versuchte, sich etwas von ihm zu lösen, hielt Malcolm sie fest an sich gedrückt.

Als das Lied endete, verlangte die Menge wieder ein schnelles Stück. Sadie sah darin die Gelegenheit, eine Pause zu machen. »Jetzt hätte ich wirklich gern eine Limonade«, sagte sie.

»Gut. Ich besorge uns Drinks.« Malcolm nahm sie bei der Hand und führte sie von der Tanzfläche. Während er Nachschub holte, beobachtete sie die schnellen Bewegungen der Tanzpaare und wippte dazu im Takt.

Malcolm reichte ihr ein randvolles Glas Punsch. »Zum Wohl, Sadie.«

Sie nahm einen Schluck. Der Drink war süßer als vorher, und der Zitronengeschmack hatte eine andere Note. »Sie haben etwas hineingetan.«

»Nur ein bisschen.«

Der Holundergeist, den sie kannte, war sehr viel stärker und brannte die ganze Kehle hinunter. Dieses Getränk war süß und fast mild. Ihr Glas war im Nu leer. Er drückte ihr ein zweites in die Hand.

Als er ihr das dritte Glas holte, kamen Ruth und ihr Verehrer zu ihr herüber. »Du scheinst ja viel Spaß zu haben.«

»Hab ich auch.« Ihre Muskeln hatten sich entspannt. Sie war sicher, dass sie jetzt so schnell und so gewandt wie die anderen Paare tanzen konnte.

Ruth musterte sie abfällig und lächelte ihren Freund verschwörerisch an. »Tja, manche Mädchen amüsieren sich eben immer prächtig.«

»Was soll das heißen?«, fragte Sadie.

»Nichts. Schönen Abend noch.«

Als Ruth und ihr Verehrer aus der Tür verschwunden waren, stand Malcolm wieder vor ihr. »Möchten Sie vielleicht ein bisschen hinausgehen? Sie sehen etwas erhitzt aus.«

Sie nahm einen Schluck von ihrem Punsch. Rauszugehen war eine sehr gute Idee. Sie fühlte sich nicht nur erhitzt, sondern dachte auch daran, Malcolm zu küssen. Das sollte sie besser draußen tun, wo sie nicht unter Beobachtung stand.

»Ja, das wäre schön.«

Er grinste wieder und sah ihr beim Austrinken zu. Dann stellte er die Punschgläser weg und schob sie mit der Hand knapp über ihrem Gesäß nach draußen. Einige Leute gafften ihnen missbilligend hinterher. Genau wie Ruth. Aber das war nichts Neues. Die Leute missbilligten sowieso alles, was sie tat. So war das in Bluestone. Sie konnte vielleicht ein hübsches Kleid tragen, doch sie blieb immer Sadie Thompson.

Draußen war es dunkel. Ein paar Sterne standen am Himmel, und der Mond war eine schmale Sichel. Es wäre auch eine gute Nacht, um Schnaps auszuliefern. Gerade genug Licht, dass man die Scheinwerfer nicht einschalten musste, aber dunkel genug, um sich vor den Gesetzeshütern zu verbergen.

Malcolm führte sie über den ungepflasterten Vorplatz zu einem auf Hochglanz polierten Pontiac Coupé, das etwas abseits geparkt war. Der Wagen war nicht mehr ganz neu, wie Sadie bemerkte. »Ist das Ihr Auto?«

»Ja.« Er zog eine Zigarette aus seiner Tasche, zündete ein Streichholz an seiner Fußsohle an und sah sie verführerisch durch den Rauch an. Er erinnerte sie an Clark Gable.

Ihr wurde etwas schwindelig, und sie musste sich gegen den glänzenden schwarzen Sportwagen lehnen. Malcolm war ihr ganz nah. Er sah sie an, als gäbe es sonst niemanden auf der Welt.

»Du bist wunderschön«, sagte er.

Verlegen fasste sie sich an ihre glühenden Wangen. »Das hat mir noch nie jemand gesagt.«

»Dann sind die Jungs in dieser Stadt blind und dumm«, antwortete er.

Das gab ihr Selbstvertrauen. »Das ist aber nett von Ihnen.«

»Es stimmt.« Er zog noch einmal tief an seiner Zigarette, warf sie zu Boden und trat sie mit dem Fuß aus. »Ich möchte dich küssen, Sadie.«

Die Musik und Lichter des Festes waren Lichtjahre entfernt. Außer Malcolm und ihr existierte nichts mehr.

»Warum wollen Sie mich küssen?« Er sollte ihr noch einmal sagen, dass sie schön sei.

Er stellte sich vor sie und hob ihr Kinn mit seinen Fingern. Er roch nach Tabak und Aftershave. Sie sah ihm in die dunklen Augen und benetzte sich die Lippen. War es nicht genau das, was sie gewollt hatte?

»Sie wollen nur einen Kuss?«, fragte sie.

»Nichts weiter«, sagte er mit sanfter Stimme, den Blick auf ihre Lippen geheftet.

»Und dann gehen wir zum Fest zurück?« Ihre Stimme klang fremd.

»Ganz genau.«

Bevor sie antworten konnte, beugte er sich zu ihr herunter und drückte seine Lippen auf ihre. Ihr ganzer Körper geriet in Wallung, von den Lippen bis zu den Zehenspitzen. Jetzt verstand sie, warum Ruth ihren Freund so gern küsste.

»War das schön?« Sein Mund war nah, sie fühlte seinen warmen Atem.

»Ja«, sagte sie ehrlich.

»Möchtest du noch einen?«

Die Versuchung war groß – aber die Worte ihrer Mutter wogen schwerer. *Sadie, mach mir keine Scherereien.*

»Hast du etwa Angst, was deine Mama dazu sagen würde?«, sagte er leichthin, als würde er eine alte Freundin aufziehen. »Du bist ja auch ihr süßes kleines Nesthäkchen.«

»Bin ich nie gewesen.«

Er grinste spitzbübisch. »Na also.«

Wie um ihm zu zeigen, dass sie erwachsen war, gab sie ihm einen schnellen Kuss auf den Mund.

Er schlang die Arme um sie und drückte sich an sie. Sein ganzer Körper fühlte sich hart an. Sie spürte sein Verlangen, und das war so aufregend wie verwirrend.

»Ich möchte dir etwas zeigen«, sagte er.

»Was denn?«

Er nahm ihre Hand und zog ganz leicht daran. Sie weigerte sich nachzugeben, aber als er sie wieder so herausfordernd mit seinen dunklen Augen ansah, wollte sie ihm beweisen, dass sie eine selbstständige Frau war. Malcolm öffnete die hintere Wagentür und bedeutete ihr mit dem Kopf einzusteigen. Als sie zögerte, schob er sie sanft ins Innere.

»Du bist so schön«, wiederholte er.

Die weichen Ledersitze waren um Längen besser als die ihres Trucks, aber nicht so erlesen wie die im Pontiac der Carters. Sie rutschte auf die andere Seite, als er sich neben sie schob und die Tür schloss.

Malcolm war kein großer Mann, aber im Wageninneren schien er gewachsen zu sein. Er legte eine Hand auf ihren Oberschenkel. Sadie stieß sie weg.

»Möchtest du, dass ich dich noch mal küsse?«, fragte Malcolm.

»Nein.« Eigentlich hätte sie nichts dagegen gehabt. Sie mochte das Küssen. Aber in seinem Wagen fühlte sie sich wie in der Falle. Und das machte sie nervös.

»Ich glaube aber, dass du willst, dass ich dich noch mal küsse, Sadie Thompson.« Er wartete nicht auf die Antwort, sondern beugte sich über sie und drückte sie gegen die Rückbank. Beim Küssen presste er ihr die Zunge in den Mund.

In ihrem Kopf drehte sich alles. Mit so einem Kuss hatte sie nicht gerechnet. Sie versuchte sich aufzusetzen, aber er drückte sie mit seinem ganzen Gewicht gegen das Sitzpolster.

Seine Hand strich über ihren Schenkel und zum Saum ihres Kleides. Er schob den Stoff so schnell hoch, dass ihr kaum Zeit zum Protestieren blieb.

»Ich möchte das nicht.« Sie stemmte sich gegen seine Brust und versuchte ihn wegzuschieben.

»Doch, du möchtest das. Sonst wärst du ja nicht hier.«

»Ich will zurück zum Fest.«

»Ich bringe dich gleich zurück. Gefällt es dir hier nicht?«

Seine Hand war jetzt unter ihrem Kleid. Er fummelte an ihrer Unterhose herum. Sie mühte sich ab, seine Hand wegzudrücken. »Stopp. Das will ich nicht.«

»Nur, weil du es noch nie probiert hast.« Er lehnte sich kurz zurück, öffnete die Knöpfe seiner Hose und war wieder auf ihr.

Ihr war wieder schwindelig. Die Musik war unendlich weit weg. »Ich will auch nichts probieren.«

Er drückte seinen Mund auf ihren. »Du wolltest doch, dass ich dich küsse. Und genau das tue ich.«

Was in den nächsten Minuten passierte, erschütterte sie an Leib und Seele. Er zerrte ihr die Unterhose herunter und fasste sie an ihrer intimsten Stelle an. Ihr Verlangen war komplett erloschen. Sie schämte sich entsetzlich. »Ich will das nicht.«

Bei ihren Abwehrversuchen rutschte ihr Kleid immer höher, bis sie ihre nackten Beine im Mondlicht schimmern sah.

Er drückte ihr linkes Bein gegen die Tür, und für einen kurzen Augenblick sah sie sein Geschlechtsteil. Er drang so hart in sie ein, dass sie aufschrie. Schmerzen schossen durch ihren ganzen Körper, und Tränen stiegen ihr in die Augen.

Er bewegte sich in ihr vor und zurück und riss ihr Innerstes auf. Seine Stöße wurden immer schneller. Sie konnte sich nur von ihrem Körper lösen und sich selbst einreden, dass sie nicht sterben würde. Plötzlich erstarrte er, dann ließ er sich flach auf sie fallen.

Sie starrte über seine Schulter aus dem Autofenster auf die Sterne. Sie sahen auf einmal ganz anders aus. Vorher waren sie schön gewesen, doch jetzt fand sie ihr Funkeln abscheulich.

»Auf zum nächsten Tanz.« Er setzte sich auf und schloss seine Hose.

Sie rappelte sich auf und zerrte das Kleid über die Knie. »Was?«

»Es ist erst neun. Die Nacht ist noch jung. Lass uns tanzen.«

Er stieg aus dem Auto und zündete sich eine Zigarette an. »Wir sollten uns beeilen. Je länger wir weg sind, desto mehr Fragen stellen sie dir nachher.«

Alles in ihr tat weh. Sie rutschte vom Sitz und stand mühsam auf. Als sie endlich sprechen konnte, war es wie mit der Stimme einer anderen. »Ich werde Miss Olivia alles erzählen.«

Malcolm zog sich grinsend die Krawatte zurecht. »Du wirst niemandem etwas erzählen. Es glaubt dir eh keiner, dass ich was mit dir hatte. Und wenn doch, könnte ein Haufen Leute bezeugen, dass du dieses grüne Kleid getragen hast. Kein Mädchen zieht so was an, ohne die Aufmerksamkeit der Männer auf sich ziehen zu wollen.«

»Aber ich wollte das nicht!«, schrie sie.

»Sei leise! Natürlich wolltest du das. Sonst wärst du nicht mit ins Auto gestiegen. An deiner Stelle wäre ich überhaupt sehr vorsichtig, wem ich davon erzähle. Sonst bekommst du ganz schnell einen Ruf weg und bist für die Leute nur noch die Hure.

Du hast schon genug Ärger mit Edward. Die Carters würden dich ohne zu zögern aus der Stadt werfen.«

Voller Wut starrte sie in sein selbstzufriedenes Gesicht. »Das ist alles Ihre Schuld!«

»Nein, Schätzchen. Das ist das, was Unruhestiftern wie dir nun mal passiert.«

Kapitel 18

Libby

Sonntag, 14. Juni, Bluestone, Virginia

Nachdem Libby erfahren hatte, dass Elaine Grant ihre leibliche Mutter war, wäre sie am liebsten nach Woodmont gerast und hätte sie zur Rede gestellt. Stattdessen stürmte sie zum Schuppen und riss die Laken von ihrer Fotoausrüstung, die der Abdeckung zum Trotz ziemlich staubig war. Als Erstes wischte sie vorsichtig ihre alte Balgenkamera ab. Dann begutachtete sie das Vergrößerungsgerät und hievte es auf die Werkbank, die sie mit ihrem Vater gebaut hatte, als sie fünfzehn war. Sie hatten beide kaum handwerkliche Erfahrung gehabt, und die Werkbank hatte furchtbar gewackelt. Holzkeile unter zwei Ecken hatten das Problem provisorisch behoben.

Sie ruckelte am Tisch, aber er bewegte sich keinen Millimeter mehr. Ihr Vater hatte dafür gesorgt, dass er ihr keinerlei Probleme zurückließ. Außer das der leiblichen Mutter. »Das ist ja auch kein großes Ding, was, Daddy? Nur ein klitzekleines, unwesentliches Detail.«

Sie staubte das Vergrößerungsgerät ab, das sie zur Entwicklung ihrer 35-mm-Filme benutzt hatte. Im Moment hatte sie keine Entwicklerflüssigkeiten, aber sie konnte das alles online bestellen.

»Verdammt, Dad«, murmelte sie und stellte eine Kiste mit alten Fotoapparaten auf die Werkbank. »Du hättest mir so viel erzählen können.«

Am liebsten hätte sie die Kiste in die Ecke gefeuert. »Statt mir zu zeigen, wo der blöde Hauptwasserhahn ist, hättest du mir lieber einen Vortrag über Vererbungslehre halten sollen«, sagte sie vor sich hin. Der Staub brachte sie zum Husten.

Elaine musste etwa zweiundzwanzig gewesen sein, als sie Libby bekommen hatte. Jung, aber keine minderjährige Mutter. Aus ärmlichen Verhältnissen kam sie auch nicht.

»Und warum zum Teufel war Elaine in New Jersey?«, rief sie wütend.

Hatte Elaine mit ihrem biologischen Vater zusammengelebt oder eine Sommerschule besucht? War sie in einem Heim für unverheiratete Mütter untergekommen? Das hätte vielleicht noch in die Sechziger- oder Siebzigerjahre gepasst, aber doch nicht ins Jahr 1989. Da waren uneheliche Kinder doch längst kein Problem mehr, oder?

Ihre Urgroßmutter Olivia hatte also von ihr gewusst. Und ihr Urgroßvater? War er ein voreingenommener reaktionärer Blödmann gewesen? Musste ihre Mutter deshalb so eine Geheimnistuerei veranstalten? Sie rieb sich den Nacken. Es war nicht schön herauszufinden, dass ihre Familie sie nicht gewollt hatte, obwohl ihre finanzielle Situation es erlaubt hätte.

Und ihr leiblicher Vater? Wie passte er in diese Gleichung mit so vielen Unbekannten?

Als ihr Telefon klingelte, war es ein Uhr nachts. »Sierra.«

»Warum sind die Lichter im Schuppen an?« Sie gähnte. »Meine Mutter hat Angst, dass du etwas Gefährliches machst.«

Libby atmete tief ein. »Ich gehe meine Fotoausrüstung durch.«

»Okay. Und warum zu dieser Nachtzeit?«

»Du liegst mir doch seit Monaten in den Ohren, dass ich das mal machen soll.«

»Aber nicht mitten in der Nacht. Ist in Woodmont etwas passiert?«

Libby dehnte ihre Nackenmuskulatur. »Nein, in Woodmont ist nichts passiert. Elaines Tochter war biestig, aber das war nicht weiter schlimm.«

»Was hat sie gesagt?«

Durch Olivias Brief wurde klarer, warum Lofton sich beim Abendessen so schräg benommen hatte. Libby fiel es wie Schuppen von den Augen: O Gott, Lofton war ihre jüngere Schwester! Wahrscheinlich wusste sie von der Adoption. Und die nächste Frage war: Wer sonst wusste davon? Ted? Und was war mit Colton und Margaret?

Libby drängte diese ganzen Überlegungen weg. Viel zu viel zu verarbeiten. Und sie konnte jetzt auch nicht mit Sierra darüber sprechen. »Ich habe die Besitzurkunde des Hauses gefunden.« Es war vielleicht feige. Aber sie hatte auch Monate gebraucht, um über ihre Fehlgeburten zu reden. Ihre leibliche Mutter zu finden, war eine andere Form von Schicksalsschlag, aber im Moment tat es so weh, dass sie ihre Gefühle noch nicht artikulieren konnte oder wollte.

»Mach einen Termin mit deiner Bank«, sagte Libby. »Je eher, desto besser.«

»Hast du dir das auch gut überlegt? Wir benutzen das Haus deines Vaters als Sicherheit.«

Sie holte eine Boxkamera aus der Kiste. Sie war klein und kompakt. Sie hatte nie den Rollfilm beschafft, um sie auszuprobieren. Dann machte sie das Licht aus und schloss die Schuppentür. »Es ist jetzt mein Haus, Sierra. Und du hast recht. Ich kann es ja nicht verfallen lassen.«

»Stimmt, aber das meinte ich damit nicht.«

»Das weiß ich. Und ich bin froh, dass es zu etwas nütze ist. Mach den Termin. Je eher du deinen Laden aufmachen kannst, desto besser.«

»Soll ich vorbeikommen? Du klingst irgendwie komisch.«

Sie ging zurück zu dem Haus, in dem sie aufgewachsen war. War es alles eine Lüge gewesen? »Was weißt du über Elaine Grant?«

»Wie kommst du jetzt darauf? War doch irgendetwas bei dem Abendessen?«

»Nein. Da war alles okay. Ich bin nur neugierig.«

Sierra seufzte. Sie verstand, dass es jetzt nicht an der Zeit war, weiterzubohren. »Ich weiß, dass sie nach dem College weggezogen ist. Ihr Großvater hat ihr Gut Woodmont vererbt. Aber sie ist erst regelmäßig hergekommen, nachdem ihre Großmutter gestorben war. Meine Mutter geht davon aus, dass sie sich mit ihrer Großmutter überworfen haben muss.«

»Weswegen?«

»Tja, das ist ein Familiengeheimnis. Ich weiß nur, dass Elaine lange keinerlei Interesse an Woodmont gezeigt hat. Bis vor ein, zwei Jahren.«

»Warum erst dann?«

»Keine Ahnung. Vielleicht ist sie älter und weiser geworden, vielleicht sind alte Wunden verheilt. Schade, dass dein Vater nicht mehr da ist. Ich glaube, dein Vater und sie waren befreundet.«

Libby stieg die Stufen zur Küche hinauf. »Warum glaubst du das?«

»Ich habe Mom mal zum Brunch im Hotel Roanoke eingeladen. Sie isst das Omelett da so gern. Egal, Elaine und dein Vater saßen an einem Nachbartisch. Mom und ich haben sie natürlich begrüßt.«

»Und?«

»Sie waren in ihre Unterhaltung vertieft, als würden sie über etwas sehr Wichtiges sprechen. Beide sahen nicht sehr gut aus. Wir hatten den Eindruck, dass sie lieber nicht von jemandem aus Bluestone gesehen worden wären«, sagte Sierra.

»Davon hast du mir nie etwas erzählt.«

»Ich hab's wohl vergessen. Es kam mir nicht wichtig vor. Sie haben gesagt, sie wollten eine Benefizveranstaltung für die Kinderkrebsstation der Uniklinik auf die Beine stellen. Dazu ist es aber offensichtlich nie gekommen, und dann ist dein Dad gestorben.«

Diese Benefizgeschichte klang unglaubwürdig. Ihr Vater hatte das Libby gegenüber nie erwähnt. »Na gut, im Gegensatz zu dieser ominösen Benefizveranstaltung wird dein Banktermin stattfinden, und dann kriegst du den Kredit«, sagte Libby bestimmt.

»Bleibst du die ganze Nacht auf?«, fragte Sierra.

»Wahrscheinlich.«

»Und du bist sicher, dass ich nicht rüberkommen soll?«

»Sierra, manchmal überkommt mich die Trauer, und dann kann ich nicht schlafen. Das kennst du doch auch.«

»Ja, nur zu gut. Warst du wieder auf Jeremys Instagram-Account?«

»Erwischt«, log Libby.

»Dann lösch ihn doch einfach aus deinen Kontakten, Libby.«

»Ja, mach ich.«

»Hör auf, dich mit der Vergangenheit zu beschäftigen.«

»Ha! Wenn das so leicht wäre! Erklär das mal der Vergangenheit. Die liegt immer im Hinterhalt auf der Lauer. Und manchmal packt sie mich.«

»Ich könnte dir Kekse backen«, schlug Sierra vor.

»Dann wäre ich traurig, müde und noch dazu vollgefressen.«

»Wie kannst du traurig sein, wenn du Kekse isst?«

Libby lachte. »Ich weiß deine Hilfe zu schätzen. Ehrlich. Aber es ist einfach eine von diesen Nächten. Du denkst, du bist durch mit einem Ding, und dann kommt es durch die Hintertür zurück und haut dich um.«

»Ja, ich weiß, was du meinst.«

»Wirklich, ich komme schon klar.«

»Sonst kannst du auch hier auf dem Sofa schlafen. Mom hat heute Morgen gesagt, dass sie dich schon vermisst.«

»Danke. Aber ich glaube, ich sollte langsam erwägen, mich in mein altes Bett zu legen.«

»Du könntest dir auch ein neues Bett kaufen. Edition Feng-Shui Luxus oder so.«

»Ich lege jetzt auf, Sierra.«

»Warte! Komm doch morgen zum Frühstück mit Mom und mir. Bestimmt kann sie dir was über Elaine erzählen.«

Dem konnte Libby nicht widerstehen. »Um wie viel Uhr?«

»Da du ja sowieso durchmachst, würde ich sagen um sieben?«

»Alles klar. Bis dann.«

* * *

Ihre Nacht war dann doch um drei zu Ende gewesen. Vom Wischen, Putzen und Grübeln komplett erschöpft, war sie zum Sofa gewankt. Und obwohl sie vollkommen übermüdet war, hatte sie befürchtet, dass sie die hässliche Styropordecke bis zum Morgengrauen anstarren würde, weil sie zu aufgeputscht war – vom Koffein, von den Erinnerungen und vom Ärger. Zum Glück war es im nächsten Moment taghell. Ihr Telefon klingelte.

Sie räusperte sich und griff nach ihrem Handy. »Sierra. Wie spät ist es?«

»Viertel nach sieben.«

Sie setzte sich auf. Ihr Kopf dröhnte und ihr Mund war trocken. »Bin schon auf dem Weg.«

»Hab ich dich etwa geweckt?«

»Keine Fragen vorm ersten Kaffee.«

»Alles klar.«

Libby machte sich schnell fertig, lief durch die Hintertür in den Garten und zwängte sich durch eine Zaunlücke, wie sie es unzählige Male als Kind getan hatte.

Als sie Sierras Küche durch die Terrassentür betrat, fühlte sie sich wie im Jahr 2000 – allerdings ohne Zahnspange und karierten Pullover. Der Geruch von gebratenem Speck und Kaffee erinnerte sie daran, dass das Leben eigentlich schön war. Das ganze Chaos würde sich auch lösen lassen.

Mrs Mancuso stand an ihrem kleinen Herd und bereitete Rühreier in einer gusseisernen Pfanne zu. Sie war einen Kopf kleiner als Sierra, und ihr dunkles Haar wurde langsam grau, aber ansonsten hatte sie die gleichen hohen Wangenknochen, vollen Lippen und strahlenden Augen wie ihre Tochter. Mrs Mancuso trug Jeans, eine hellblaue Bluse aus grobem Stoff und Birkenstock-Sandalen.

»Morgen, Mrs M.« Sie gab ihr ein Küsschen auf die Wange und nahm sich einen Becher. »Vielen Dank für die Rettung.«

»Jederzeit, Liebes. Nimm dir einen Kaffee und setz dich. Haut rein. Ihr zwei seid doch immer auf Achse.«

Nachdem Libby ein paar Schlucke getrunken hatte, erwachten ihre Lebensgeister. »Wo ist Sierra?«

»Ich habe die Hoffnung noch nicht aufgegeben, dass sie irgendwann mit Duschen und Klamottenraussuchen fertig ist.«

Irgendwie fand Libby es beruhigend, dass Sierra immer noch so modeverrückt war. Noch mehr Veränderungen und sie würde vollends am Rad drehen.

»Sierra hat erzählt, dass du etwas über Elaine Grant wissen willst«, sagte Mrs Mancuso.

»Stimmt.« Sie war immer wieder fasziniert, wie kurz die Leitung zwischen Sierra und ihrer Mutter war, aber es überraschte sie nicht mehr.

»Elaine und ich sind auf dieselbe Grundschule gegangen, bis ihre Großmutter Olivia sie auf ein Internat geschickt hat. Übrigens auf dasselbe, wo du später gewesen bist.«

»Die Welt ist klein. Sie ist bei ihren Großeltern aufgewachsen, stimmt's?«, fragte Libby.

»Ja, ihre Mutter und ihr Vater sind gestorben, als sie in der dritten Klasse war. Es war ein schlimmer Autounfall. Die Großeltern Carter haben sie danach bei sich aufgenommen. Zuerst schien das auch gut zu laufen, aber du weißt ja, wie das ist. Nichts ist mehr so, wie es war, wenn so etwas Entsetzliches passiert.«

»Das kann man wohl sagen.« Sie starrte gedankenverloren in ihren Kaffee. »Haben Sie Elaine noch oft gesehen, als sie im Internat war?«

»Ja, in den Sommerferien. Wenn sie nicht gerade in der Praxis ihres Großvaters gearbeitet hat. Da hat sie Telefondienst gemacht und Akten sortiert. Er hat gehofft, dass sie mal Ärztin wird.«

»Sie ist Anwältin geworden.«

»Eine sehr erfolgreiche Anwältin. Bestimmt wäre Dr. Carter sehr stolz auf Elaines Karriere gewesen. Seine Frau und er hätten alles für ihre Enkelin getan.«

»Elaine hat erzählt, dass Olivia mehrere Fehlgeburten hatte.«

»Damals kannte ich sie noch nicht. Aber Elaine hat mal erzählt, dass ihre Großmutter geglaubt hat, auf ihrer Familie laste ein Fluch. Mrs Carter war immer elegant gekleidet, und sie war immer sehr freundlich zu allen. Aber als Elaine nach der Uni weggezogen ist, hat sie wohl ihren Lebensinhalt verloren.«

»Auf welche Uni ist Elaine denn gegangen?«

»Nach Princeton.«

»In New Jersey.«

»Genau.«

»Und nachdem Mrs Carter gestorben ist, hat niemand mehr auf Gut Woodmont gelebt?«

»Es gab einen Verwalter und eine Haushälterin, aber abgesehen von den beiden und ihren Kindern spielte sich da nichts mehr ab.«

»Und jetzt ist Elaine wieder da«, stellte Libby fest.

»Du hast sicher gehört, dass sie krank ist, oder?«

»Sie hat es erwähnt.«

»Sie hat Brustkrebs. Die Ärzte gehen davon aus, dass die Operation erfolgreich war, aber sie haben ihr trotzdem zu einer Chemotherapie geraten. Um sicherzugehen.«

»Und was ist mit Elaines Tochter?«

»Ich kenne Lofton kaum. Sie ist nicht hier aufgewachsen.«

»Ich habe sie gestern kennengelernt. Sie scheint ihre Mutter sehr zu lieben.« Loftons unterschwellige Wut auf Libby musste aus ihrer Angst um Elaine herrühren. Sie wusste nichts über Libby und wollte ihre verletzliche Mutter schützen.

»Hatte Elaine einen Freund, als sie auf dem College war?«, fragte Libby.

»Im ersten Jahr war sie mit einem Typ namens Scott Waters zusammen. Aber der ist dann auf eine Uni irgendwo im Westen gegangen, und das war es dann mit den beiden.«

»In welchem Jahr haben sie sich getrennt?«

»Tja, ich glaube ungefähr 1987.«

Wenn sie die Beziehung später nicht wiederaufgenommen hatten, konnte Scott nicht Libbys Vater sein. Elaine hatte Ted mit dreiundzwanzig kennengelernt, als Libby schon geboren war.

»Warum willst du so viel über Elaine wissen?«

»Ich bin nur neugierig. Sie hat mich gestern zum Abendessen eingeladen, und ich habe nicht genau verstanden, warum.«

»Hast du schon mal daran gedacht, sie selbst zu fragen?«, schlug Mrs Mancuso vor. »Ich persönlich halte den direkten Weg immer für den besten.«

* * *

Eigentlich hatte Libby vor, Elaine sofort anzurufen. Jetzt zu zögern, wäre, wie ein Pflaster langsam abzuziehen. Dann lieber kurz und schmerzlos.

Ihr Finger schwebte ein paar Mal über dem grünen Symbol, doch dann gab es plötzlich immer etwas Wichtiges zu tun. Die Nachrichten ansehen, die Waschmaschine anstellen oder die Fotos von der letzten Hochzeit bearbeiten.

Um zehn rief Sierra an. In zwei Tagen hatten sie einen Termin mit dem Bankberater wegen des Kredits. Das brachte Libby etwa eine halbe Stunde auf andere Gedanken.

Aber gegen zwölf gingen Libby die Gründe aus, den Anruf weiter vor sich her zu schieben.

Diesmal drückte sie auf Grün. Mit jedem Klingeln hörte sie ihr Herz lauter schlagen. Nach dem vierten Klingeln sprang die Mailbox an. »Hier ist Elaine Carter. Leider kann ich Ihren Anruf im Moment nicht entgegennehmen. Wenn Sie mir Ihre Nummer hinterlassen, rufe ich so bald wie möglich zurück.«

Libby dehnte ihre verkrampften Nackenmuskeln. Sie hatte diesen Moment tausendmal in ihrem Leben durchgespielt. Wie sie reagieren würde, wenn sie herausfand, wer ihre leibliche Mutter war. Was alles passieren könnte: Sie ignoriert mich. Sie leugnet es. Sie will nichts von mir wissen. Sie hatte viele Male durchgespielt, was sie selbst sagen würde. Und jetzt? Jetzt sollte sie eine Nachricht auf die Mailbox ihrer leiblichen Mutter sprechen. In welchem Tonfall denn? Wütend, freudig erregt oder nach dem Motto »schon okay, ist ja keine große Sache«?

»Hier ist Libby McKenzie.« Ihre Stimme klang rau. Sie war nicht sicher, welcher Tonfall es nun geworden war. »Elaine, es wäre schön, wenn Sie mich so schnell wie möglich zurückrufen könnten.«

Sie beendete den Anruf und starrte mehrere Minuten lang auf ihr Handy, in der Hoffnung oder in der bangen Erwartung, dass es gleich klingelte. Aber es blieb stumm.

Kapitel 19

Elaine

Montag, 15. Juni, Gut Woodmont

Elaine stand im Bad und starrte ihr Spiegelbild an. Ihre Wangen waren gerötet und ihre Hände zitterten. Einunddreißig Jahre hatte sie davon geträumt, einen Tag mit ihrer Tochter zu verbringen. Sie hatte so oft darüber nachgedacht, was sie sagen würde, wie sie sich ihr offenbaren könnte. Trotzdem hatte sie die richtigen Worte noch nicht gefunden.

Als sie Libbys Namen auf dem Display gesehen hatte, war sie in Panik geraten und war nicht rangegangen. Der letzte Abend war nicht so gut gelaufen, wie sie gehofft hatte. Loftons Verhalten war inakzeptabel gewesen. Doch Elaine hatte es am Morgen nicht über sich gebracht, Lofton vor deren Abreise zurechtzuweisen. Ihre Tochter war eine intelligente junge Frau, der oft Dinge auffielen, die andere übersahen. Lofton hatte nur einen Blick auf Libby geworfen und erkannt, dass sie etwas mit ihrer Familie verband.

Elaine hatte sich Libby immer als kleines Mädchen vorgestellt. Die McKenzies hatten ihr zu Libbys Geburtstag immer ein Foto geschickt. Das von ihrer einjährigen Tochter sah sie sich oft an, wenn sie Aufheiterung brauchte. Libbys süßes Gesicht war ganz mit Kuchen verschmiert. Sie grinste in die Kamera und zeigte ihre drei Zähne. Im Alter von zwei lief sie auf einer grünen Wiese hinter einem schwarzen Labradorwelpen her. Und als sie sechs war, fehlten ihr die beiden oberen Schneidezähne.

Elaine hatte sich jedes Jahr sehr auf diese Bilder gefreut und musterte Libbys Gesicht stundenlang. Hatte sie Ähnlichkeiten mit ihr? Wessen Nase hatte sie? Hatten Libbys Augen den gleichen Grünton wie ihre?

Die Bilder des fröhlichen Mädchens bestätigten Elaine darin, dass sie die richtige Entscheidung getroffen hatte. Aber sie machten sie auch sehr traurig, und der Schmerz hörte auch nicht auf, als Lofton geboren wurde. Sie hatte zwei Kinder. Dass ihre Erstgeborene nicht bei ihr aufwuchs, war eine Wunde, die nie heilen wollte.

»Jetzt ist sie ja da«, flüsterte sie. »Das allein zählt.«

Sie wollte, dass Libby eine Rolle in ihrem Leben spielte. Aber sie war gewarnt worden, nichts zu überstürzen.

Und dann war da Lofton. Ihre jüngere Tochter war regelrecht feindselig gewesen. Als hätte sie begriffen, wer Libby war, obwohl Elaine ihr Geheimnis so gut gehütet hatte.

Ihr Handy klingelte. Sie musste lächeln, als sie den Namen sah. »Ted, bist du gut in Washington angekommen?«

»Ja, ich war schon vor dem Berufsverkehr wieder im Büro. Es tut mir leid, dass ich wegmusste.«

»Es war schön, dass du hier warst.«

»Wie geht es dir? Gestern war ein großer Tag.«

Ihr Mann hatte bei ihrer dritten Verabredung von Libby erfahren. Sie hatte sich in ihn verliebt und wollte nicht, dass dieses große Geheimnis zwischen ihnen stand. Er hatte wunderbar reagiert, sie immer unterstützt und sich mit ihr zusammen über die Geburtstagsfotos gefreut.

»Es geht mir gut«, sagte sie. »Es war toll, Libby hier zu haben.«

»Sie hat deine Nase«, hatte er ausgerufen, als sie ihm zum ersten Mal ihre kostbaren Fotos gezeigt hatte. Er nahm sie und ihre Vergangenheit ernst, und dafür war sie ihm unendlich dankbar. Ihre Liebe zu ihm wuchs und irgendwann hatte sie gewusst: Eines Tages würde sie ihn heiraten.

»Was war denn bloß mit Lofton los?«, fragte er. »Sie hat sich unmöglich benommen. Das kenne ich gar nicht von ihr.«

»Als ob sie es ahnen würde.«

»Wie das denn?«

»Sie ist nicht nur clever, sondern auch sehr einfühlsam, Ted«, sagte Elaine. »Hat sie dich über Libby ausgefragt?«

»Nein, aber sie hat Verdacht geschöpft. Es ist ja eher Loftons Art, so zu tun, als sei sie im Bilde, und dann zu hoffen, dass ich ihr alles erzähle. Aber der Trick hat das letzte Mal funktioniert, als sie in der siebten Klasse war.«

Elaine lächelte bei der Erinnerung an Lofton mit den vielen Sommersprossen auf der Nase.

»Hast du Angst davor, Lofton die Wahrheit zu sagen?«, fragte Ted.

»Irgendwann muss ich es ihr ja beichten. So etwas kommt früher oder später immer ans Tageslicht.«

Beide schwiegen einen Moment. Dann fragte er: »Du klingst bedrückt. Was ist los?«

Sie rieb sich den Nacken. »Libby hat heute Morgen angerufen.«

»Und?«

»Sie hat eine Nachricht auf der Mailbox hinterlassen, die komisch klang. Ich glaube, sie weiß, was los ist.«

»Woher?«

»Ich habe ihrem Vater Olivias Brief gegeben. Das war im letzten November. Vielleicht hat sie ihn jetzt gefunden.«

Die Stille in der Leitung zog sich hin. Ted hielt wahrscheinlich mühsam seine Meinung über Dr. McKenzie zurück. Die ganze Geheimniskrämerei war ihm immer gegen den Strich gegangen, aber er hatte Elaines Wunsch respektiert. »Libby scheint eine tolle Frau zu sein.«

»Das stimmt. Ich habe zwar nichts dazu beigetragen, aber ich bin trotzdem stolz auf sie.«

»Wieso hast du nichts dazu beigetragen?«

»Ich habe sie nicht großgezogen.«

»Aber sie hat deine Gene. Das ist doch ein großer Teil von ihr.«

»Die McKenzies haben sie wunderbar erzogen.«

»Und ohne dich hätten sie gar nichts machen können.«

Das baute sie ein wenig auf. »Das stimmt. Aber ich bereue so vieles.«

»Du solltest sie zurückrufen.«

»Was ist, wenn Libby mich hasst, wenn ich ihr die Wahrheit sage?«

»Egal, wie es ausgeht: Du hast das Richtige getan, Elaine.«

»Sie hat schon so viel durchgemacht mit den Fehlgeburten und der Scheidung. Was, wenn dies das Fass zum Überlaufen bringt?«

»Libby hat das Recht, es zu erfahren.«

»Ted, ich habe sie weggegeben. Wie soll sie mir das jemals verzeihen?«

»Du hast sie nicht weggegeben.«

Auch wenn er das immer sagte, sie konnte es ihm nicht glauben. »Ich habe das Gefühl, sie verraten zu haben.«

»Du warst zweiundzwanzig. Glaubst du, du hättest ihr damals eine gute Mutter sein können?«

Sie massierte sich die Schläfen. Wie oft hatte sie sich dasselbe gefragt? »Großmutter Olivia war definitiv nicht der Meinung.«

»Du weißt, was ich über die mangelnde Unterstützung deiner Großeltern denke«, sagte Ted.

»Sie kamen aus einer anderen Generation. Damals wurden junge Frauen, die unehelich schwanger wurden, aus der Gesellschaft ausgeschlossen. Du weißt doch, was mein Großvater mit Mädchen wie mir gemacht hat.«

Als ihre Großmutter erfuhr, dass Elaine schwanger war, erzählte sie ihrer Enkeltochter alles über die Klinik in Lynchburg, an der ihr Großvater gearbeitet hatte. Dann schickte sie Elaine in eine Kleinstadt nach New Jersey, wo sie bei einer alten Freundin wohnen sollte. Elaine hatte ihre Gastgeberin vorher noch nie gesehen, aber sie war sehr fürsorglich und half Elaine in den letzten Monaten ihrer Schwangerschaft. Trotzdem hatte sie sich sehr allein gefühlt.

Olivia hatte ihr klargemacht, dass Elaine eine rosige Zukunft vor sich hatte, in der kein Platz für ein Baby war. Und sie verbot Elaine, ihrem Großvater von der Schwangerschaft zu erzählen. Als Libby acht Tage alt war, wurde Elaine in die Wohnung gebracht, in der sie während ihres Studiums in Princeton bleiben würde.

Elaine befragte ihr Spiegelbild, wie Libby diese Geschichte aufnehmen würde. Mit dem Tod ihrer Eltern war Elaines ganze Welt zusammengebrochen. Sie hatte so viel Wut in sich gehabt! Es hatte viele Jahre gedauert, darüber hinwegzukommen. In Libbys Augen brannte ein ähnliches Feuer.

»Du solltest ihr alles sagen«, sagte Ted.

»Ich möchte sie erst ein bisschen näher kennenlernen, bevor ich sie mit der ganzen Geschichte belaste.«

Ted schwieg. Dann sagte er: »Warte nicht zu lange, Elaine.«

»Nein.« Ihr Magen zog sich zusammen. Würde sie je die richtigen Worte finden?

»Ich liebe dich.«

»Ich liebe dich auch«, sagte sie zärtlich.

Sie beendete den Anruf und blickte noch lange in den Spiegel. Sie schätzte Teds unerschütterlichen Optimismus. Aber das Leben hatte manchmal die Art, alle Pläne zu durchkreuzen.

Kapitel 20

Sadie

Samstag, 3. Oktober 1942, Bluestone, Virginia

Sadie versuchte zu vergessen, was vor Monaten in Malcolms Wagen geschehen war. Am Tag gelang ihr das ganz gut, solange sie mit Nähen oder Stopfen beschäftigt war. Auch bei der Arbeit im Gemüsegarten und beim Einmachen der Ernte konnte sie ihre Gedanken abschalten.

An den Abenden hörte sie mit ihrer Mutter Radio und verfolgte die Nachrichten über den Krieg. Johnny war Anfang September mit einem Transportschiff von Norfolk in See gestochen. Die Atlantiküberquerung hatte zwei Wochen gedauert. Er schrieb, dass er vorher noch nie von Seekrankheit gehört hatte, jetzt aber ein Experte war.

Momentan war er in Südengland stationiert. Er hatte Glück, ein Zelt ergattert zu haben. Er teilte es sich mit drei anderen, und sie hatten sogar einen Heizlüfter gegen das nasskalte englische Wetter.

Johnny war in der Reparatur der großen Bomber eingeteilt. Die deutsche Luftwaffe und die Flakgeschütze hinterließen schwere Schäden. Jeden Morgen zählte er die Flugzeuge, die mit je zehn Mann Richtung Süden abhoben, meistens, um Ziele im besetzten Frankreich zu bombardieren. Oft kehrte nur die Hälfte von ihnen zurück.

In Virginia meldeten sich immer mehr junge Männer aus den umliegenden Tälern freiwillig. Sie brauchten gut sitzende Uniformen, an die auch die Dienstgrade genäht werden mussten, und so hatten Sadie und ihre Mutter genug zu tun. Wenn Sadie eine Uniform umsäumte oder enger machte, dachte sie immer an Johnny.

Sadie musste ihrer Mutter Johnnys Briefe hundertmal vorlesen. Ihre Mutter ließ dann die Näharbeit in den Schoß sinken und hörte immer von Neuem andächtig zu. Danny hatte sich gar nicht gemeldet, aber es kam auch kein Telegramm von der Armee, dass er tot oder verschollen war.

Mit Olivia hatte sie keinen Kontakt mehr, und glücklicherweise ließ sich der Sheriff nicht bei ihnen blicken. Sie dachte viel an Olivia und fragte sich, wie sie den Verlust ihres Babys verschmerzte. Sadie konnte sich in Woodmont nicht blicken lassen. Doch sie hatte gehofft, sie würde Olivia vielleicht einmal in der Stadt bei ihren Einkäufen treffen.

Darauf spekulierte sie auch, als sie jetzt eine Kiste Tomaten zum Krämerladen trug. Sie hatte vor, die letzten ansehnlichen Exemplare der Saison zu verkaufen. Die restlichen wollte sie zusammen mit den übrigen Gurken und Kürbissen in den nächsten Tagen einmachen.

In einem parkenden Truck bemerkte sie eine junge Frau. Sie ging dicht an ihr vorbei und verlagerte das Gewicht der schweren Kiste von ihrem Daumen, in dem sie sich einen Splitter eingefangen hatte. Die Frau sah sie mit wilden, grünen Augen an, die aus ihrem blassen Gesicht hervorstachen. Sadie blieb stehen und auf einmal wurde ihr klar, dass es das Mädchen aus der Klinik in Lynchburg war.

Sadies Herz klopfte schneller. Sie hatte oft an die junge Frau gedacht und sich gefragt, ob sie das, was dort passiert sein mochte, überlebt hatte.

Als sie sich näherte, verschränkte die Frau die Arme und senkte den Blick. Sie machte keine Anstalten, das Fenster zu öffnen, sondern schüttelte den Kopf und kratzte sich über die Unterarme, als ob sie voller Ameisen wären.

Sadie wollte sie nicht ängstigen und trat einen Schritt zurück. Vielleicht würde die Frau begreifen, dass sie ihr nichts Böses wollte. »Ich heiße Sadie. Wie heißt du?«

Die Frau starrte auf ihren Schoß und blieb stumm.

»Möchtest du vielleicht ein paar besonders schöne Tomaten? Ich habe welche über.«

Die Frau hob den Blick und sah sie mit unendlicher Traurigkeit an. Dann schüttelte sie langsam den Kopf und sah wieder weg.

Nach einigem Zögern ging Sadie zum Laden hinüber und balancierte die Kiste auf den Knien, um die Tür zu öffnen. Mr Sullivan stand hinter dem Tresen und stellte einen Karton mit Waren für einen großen breitschultrigen Mann zusammen. Glücklicherweise war Ruth nirgendwo zu sehen.

Sie stellte ihre Kiste am Ende des Tresens ab und sah sich nach alten Zeitschriften um. Sie entdeckte eine Ausgabe von *Harper's Bazaar*, die zwei Jahre alt war, was sie aber nicht störte.

»Das macht zwei Dollar, Mr Black«, sagte Mr Sullivan.

Der Mann fischte Kleingeld und eine Banknote aus der Tasche und zählte es auf den Tresen. Sie erkannte ihn: Er hatte das Mädchen damals in die Klinik gezerrt.

»Mr Black, ich heiße Sadie. Ist das Ihre Tochter da im Wagen?«

Black würdigte sie keines Blickes. »Und wenn schon?«

»Ich habe sie gerade angesprochen. Sie macht einen netten Eindruck.« Das stimmte zwar nicht, aber sie konnte einem

Fremden ja nicht sagen, dass seine Tochter entsetzlich traurig und verloren aussah.

»Du hältst dich von meiner Sally fern.« Er nahm den Karton auf den Arm. »Eine Freundin wie dich kann sie nicht gebrauchen.«

Sadie wusste nicht, ob sie einlenken oder angreifen sollte. »Sie kennen mich doch gar nicht.«

»Leute wie du sind alle gleich.« Mr Black musterte Sadie kurz. Einen Moment blitzte etwas wie Erkennen in seinen Augen auf, aber er eilte wortlos aus dem Laden.

»Ich habe vergessen, wo Mr Black wohnt«, sagte Sadie zu Mr Sullivan.

»Etwa fünfzehn Kilometer von hier. Er kommt nicht oft in die Stadt.«

»Seine Tochter habe ich noch nie gesehen.« Sie blätterte in der Zeitschrift, als wäre die Unterhaltung nebensächlich.

»Ich glaube, ich habe sie auch nur einmal gesehen, als sie noch ein kleines Mädchen war. Hübsches kleines Ding, aber zurückgeblieben.«

Vielleicht war das eine Erklärung für ihren seltsamen Blick? »Sie sieht nicht viel älter aus als ich. Ich müsste sie doch aus der Schule kennen.«

»Sie ist nie zur Schule gegangen. Hatte keinen Sinn, nehme ich an.«

Was auch immer in dieser Klinik vor sich ging, es konnte nichts Gutes sein. »Mir kam sie überhaupt nicht dumm vor.«

Mr Sullivan verlor die Geduld. »Bist du hergekommen, um über die Blacks zu tratschen oder um mir Tomaten zu verkaufen?«

»Um Tomaten zu verkaufen.«

Mr Sullivan zog einen Stapel Zeitschriften unter dem Tresen hervor. »Die sind für dich.«

»Für mich? Womit habe ich das verdient?«

»Die sind von Olivia Carter. Sie war neulich hier und hat sie für dich dagelassen.«

Sadie strich über das glänzende Paper. Es duftete nach Miss Olivias Parfum. »Sie hat sie für mich dagelassen?«

»Hat gesagt, sie würde sie sonst wegwerfen.«

»Wie sah sie aus?«, fragte Sadie.

»Gut. Ihr Mann war dabei. Er macht sich immer so viele Sorgen um sie.«

Sie hörte einen Motor anspringen und beobachtete durch das Schaufenster, wie Mr Black wegfuhr. »Er liebt sie«, sagte sie leise.

»Ich habe dich schon lange nicht mehr gesehen. Wo hast du denn gesteckt?«

Sie sammelte ihre Zeitschriften ein. »Ich hatte die Grippe. Mama hat gesagt, ich soll lieber nicht in die Stadt fahren. Aber jetzt bin ich wieder auf dem Damm.«

»Du siehst irgendwie anders aus. Hast ganz schön zugelegt, was?«

»Wo Johnny und Danny nicht mehr da sind, esse ich für sie mit. Und Mama macht die leckersten Kekse.«

»Wie geht es deinen Brüdern?«

»Weiß ich nicht genau.«

»Es haben sich schon wieder sechs Burschen aus der Gegend verpflichtet. Wenn das so weitergeht, sind bald keine jungen Männer mehr übrig.« Er inspizierte die Tomaten.

»Wie lange, glauben Sie, geht der Krieg noch?«, fragte sie.

»Ich habe gehört, jetzt, wo wir mitkämpfen, wird es nicht mehr lange dauern, bevor sich das Blatt wendet. Aber das haben sie letztes Jahr auch schon gesagt. Und alle haben geglaubt, Weihnachten hätten wir den Spuk schon hinter uns.«

Mr Sullivan bezahlte die Tomaten. Sie konnten sich mit dem Geld nur Mehl und Schmalz leisten, dabei hatte sie auf ein wenig Zucker spekuliert, damit ihre Mutter einen Kuchen backen konnte.

Sie verstaute ihre Einkäufe im Truck und stieg ein. Der Motor wollte nicht gleich anspringen, und als sie noch darauf wartete, dass ein Teil des Benzins aus dem Vergaser abgeflossen war, rauschte der Pontiac der Carters an ihr vorbei.

Mr Carter sah verärgert aus, und Miss Olivia war offensichtlich nicht bei ihm. Er war wahrscheinlich auf dem Weg nach Charlottesville, um dort Hausbesuche zu machen. In dem Fall würde er stundenlang wegbleiben, wenn nicht den ganzen Tag.

Natürlich sagte ihr der gesunde Menschenverstand, dass sie einfach nach Hause fahren sollte. Aber sie hatte so oft an das Gewächshaus und an Miss Olivia denken müssen. Außerdem wäre es unhöflich, sich nicht für die Zeitschriften zu bedanken. Bevor ihr richtig bewusst wurde, was sie tat, war sie schon auf dem Weg nach Woodmont.

Fünfzehn Minuten später klopfte sie an die Küchentür.

Als Mrs Fritz öffnete, schien sie ihren Augen nicht zu trauen. Sie wischte sich die Hände an ihrer weißen Schürze ab.

»Guten Morgen, Mrs Fritz«, sagte Sadie mit aufgesetzter Fröhlichkeit. »Ich bin gekommen, um Miss Olivia für die Zeitschriften zu danken.«

»Ich habe keine Ahnung, wovon du redest, aber wenn der Doktor dich hier findet, ruft er sofort den Sheriff. Miss Olivia musste ihn lange überreden, damit du nicht ins Gefängnis gebracht wurdest.«

»Ich wollte niemandem wehtun«, sagte sie bekümmert. »Es war ein Unfall.«

Mrs Fritz seufzte und zog Sadie in die Küche. »Ich weiß. Aber das Thema Babys ist für Miss Olivia ein wunder Punkt.«

»Geht es ihr gut?«

»Zum Glück nimmt sie jetzt kein Laudanum mehr. Gegen die Schmerzen hat es gut geholfen, aber sie hat die ganze Zeit geschlafen. Ich war froh, als sie es abgesetzt hat. Seitdem verbringt sie viel Zeit in ihrem Gewächshaus. Jetzt ist sie auch da.«

»Sind inzwischen alle Pflanzen angekommen?«

»Ja. Und die meisten hat sie selbst eingepflanzt. Dr. Carter wollte es ihr verbieten, aber sie hat ihn davon überzeugt, dass sie verrückt werden würde, wenn sie nichts zu tun hätte. Je mehr es im Gewächshaus blüht, desto besser geht es ihr.«

»Fast wie Zauberei.«

»Ach, von Zauberei verstehe ich nichts, aber ich sehe, wie gut es ihr tut, wenn sie sich mit ihren Pflanzen beschäftigt.« Mrs Fritz sah sich verschwörerisch um. »Lauf doch schnell hin und bedank dich persönlich bei ihr. Bestimmt freut sie sich, ein paar liebe Worte zu hören. Dr. Carter kommt erst nach dem Abendessen nach Hause.«

»Vielen Dank, Mrs Fritz.«

Ihr griesgrämiges Gesicht wurde weich. »Nun geh schon, Sadie.«

Sadie lief los, doch als sie das Gewächshaus erblickte, stockte ihr der Atem. Die Blätter der Bäume ringsum leuchteten orange, gelb und rot. Viele waren herabgefallen, sodass mehr Sonnenlicht auf die Kuppel des Gewächshauses fiel und dort wie Diamanten glitzerte.

Im Inneren standen unzählige Töpfe mit den unglaublichsten Pflanzen, die Sadie je gesehen hatte, und sie blühten in allen Farben und Schattierungen von Lila, Gelb und Rot. Miss Olivia wusste bestimmt, wie sie alle hießen. Sadie hatte keine Ahnung, sie kannte sich nur mit Obstbäumen und Gemüse aus.

Sie öffnete die Tür und trat unter eine Glocke aus schwüler Luft. Im Glashaus war es bestimmt zwanzig Grad wärmer als draußen. Miss Olivia war nirgendwo zu sehen, also streifte Sadie durch das üppige Grün und ließ ihre Finger über die

Blätter gleiten. Am anderen Ende blickte sie hinaus auf den Wald. Dieses Orchideenhaus war eine vollkommen andere Welt, unendlich weit von ihrer eigenen entfernt.

Sie fischte ihren Autoschlüssel aus der Tasche und ritzte ohne nachzudenken ihren Namen in die Fensterscheibe. Zwar hatte sie nur sehr kurz in dieser Welt gelebt, aber sie wollte eine Spur hinterlassen.

»Sadie.«

Sie wirbelte herum. Miss Olivia trug eine leichte hellbraune Jacke über einem dunkelblauen Kleid und Gärtnerhandschuhe über ihren schlanken Händen.

Sadie steckte den Schlüssel in die Hosentasche. »Miss Olivia.«

»Ich dachte doch, ich hätte deinen Truck gehört. Er hat einen ganz besonderen Klang.«

»Sie sehen sehr gut aus«, sagte Sadie.

»Langsam fühle ich mich wieder wie ich selbst.«

»Ich wollte mich für die Zeitschriften bedanken.«

»Ich habe mich gefragt, wann du sie dir holen würdest. Sie liegen schon seit zwei Wochen im Laden.«

»Ich war eine Weile nicht in der Stadt.« Sie wollte nicht jammern, dass es ihr schlecht gegangen war. »In denen kann ich wochenlang lesen.«

»Gut.«

Sadie fummelte an einem Knopf herum, der von ihrem Jackenärmel baumelte. »Das mit Ihrem Baby tut mir sehr leid. Es war ein Fehler, Sie fahren zu lassen.« Tränen schossen ihr in die Augen.

»Es war nicht deine Schuld.«

»Ich habe niemandem gesagt, dass Sie gefahren sind.«

»Ich weiß, und das rechne ich dir hoch an. Ich hätte meinem Mann die Wahrheit sagen sollen, aber er war außer sich vor Kummer. Ich habe ihn wenigstens überzeugt, dich in Ruhe zu lassen.«

»Das war nett von Ihnen.«

Miss Olivia musterte sie und trat einen Schritt näher. »Du hast dich verändert.«

»Mr Sullivan sagt, ich habe zugelegt. Kann gut sein, so viel Kekse, wie ich esse. Ich hab einfach immer Hunger.«

Miss Olivia stutzte und sah sie eingehend an. »Hast du das grüne Kleid zu diesem Tanzfest angezogen?«

Sadie vermied ihren Blick. Sie hatte das Kleid in einer Öltonne auf dem Hof verbrannt. »Noch mal vielen Dank dafür.«

Miss Olivia schloss kurz die Augen. »Hast du auf dem Fest einen Mann kennengelernt, Sadie?«

»Niemand Besonderen, oder ich erinnere mich jedenfalls nicht mehr.«

»Also hast du einen Mann kennengelernt?«

»Warum stellen Sie mir so viele Fragen? Ich wollte mich doch nur bei Ihnen entschuldigen und bedanken.«

Im nächsten Moment war Miss Olivia bei Sadie und ließ ihre Hand über deren Bauch gleiten. Sofort zuckte sie zurück.

Sadie machte ein paar Schritte rückwärts und zog die Jacke zu. »Warum haben Sie das gemacht?«

»Weißt du denn, was mit dir los ist?«

»Wovon reden Sie?«

»Sadie, du erwartest ein Kind.«

Kapitel 21

Libby

Montag, 15. Juni, Gut Woodmont

Libby parkte vor dem Landhaus. Kaum hatte sie den Motor und damit auch die Klimaanlage ausgestellt, heizte die Sonne den Wagen auf. Zuerst genoss sie die Wärme auf ihrer kühlen Haut, aber es wurde schnell heiß und sie stieg aus. Vom Gewächshaus drangen Motorenlärm und das Gepiepe eines rückwärtsfahrenden Lastwagens. Normalerweise wäre sie hingegangen, um die Arbeit zu fotografieren, aber heute hatte sie etwas anderes vor.

Vorm Klingeln wappnete sie sich für den Fall, dass Ted oder Lofton öffneten und sie mit Fragen bombardierten. Sie würde ihnen diesmal einfach die Wahrheit sagen: »Hey Leute, wisst ihr was? Euer kleines Mädchen ist hier! Ich bin Elaines Tochter! Überraschung!«

Sie hörte Schritte im Haus und ballte unwillkürlich die Fäuste, öffnete sie aber sogleich wieder. Sie wollte nicht ärgerlich wirken. Obwohl sie es war. Sie war wütend auf Elaine und auf ihren Vater. Warum war es nur so schwer, die Wahrheit zu sagen?

Elaine erschien in einer engen khakifarbenen Hose und einer weißen Bluse. Ihr braunes Haar fiel ihr locker in die Stirn und sie trug kaum Make-up. Sie wirkte gelassen. *Warum habe ich das Gen nicht geerbt?*, dachte Libby.

»Oh, Sie sind es, Libby?«

»Haben Sie meine Nachricht bekommen?«, presste sie heraus.

»Ja, doch.«

Libby sparte sich die Frage, warum Elaine sie dann nicht zurückgerufen hatte. Sie hätte um alles gewettet, dass Elaine an ihrer rauen Stimme erkannt hatte, dass die Katze aus dem Sack war. »Wir müssen reden.«

»Ja, gut.« Sie kam auf die Veranda und ging Libby voran zu zwei Sesseln unter einem sich langsam drehenden Deckenventilator. »Möchten Sie etwas zu trinken?«

Sie hätte einen Wodka gebraucht oder einen Whiskey, egal was, um für das Gespräch gewappnet zu sein. »Nein danke.« Libby nahm den Brief aus ihrer Handtasche.

»Sie haben sich endlich die Papiere Ihres Vaters angesehen.«

»Ich habe die Besitzurkunde für das Haus gesucht.«

»Wollen Sie es verkaufen?«, fragte Elaine.

»Ich brauche es als Kreditsicherheit. Aber das ist eine lange Geschichte, und deswegen bin ich nicht gekommen. Ich habe Olivias Brief in einer Schreibtischschublade gefunden.«

Elaine saß starr da und blickte sie nervös an.

»Wann wolltest du es mir sagen?«, fragte Libby.

Elaines Augen füllten sich mit Tränen. »Du bist wütend.«

Libbys Herz raste, in ihren Ohren pochte es laut. Selbst jetzt hoffte sie noch, dass es vielleicht nicht stimmte. Dass ihr Vater ihr diese Tatsache nicht vorenthalten hätte. »Ich weiß nicht, was ich fühle, Elaine. Ich bin jetzt einunddreißig, und niemand hat es für nötig befunden, es mir zu sagen.«

»Das war die Bedingung der Adoption. Ich musste zustimmen, dich niemals zu kontaktieren. Trotzdem hat mir dein Vater jedes Jahr zu deinem Geburtstag Fotos geschickt.«

»Ich bin schon lange kein Kind mehr. Meinst du nicht, wir hätten die Unterhaltung früher führen sollen? Irgendwann in den letzten zwölf Jahren?«

»Ich dachte immer, ich warte, bis du zu mir kommst. Ich habe gehofft, dein Vater würde es dir sagen. Als ich mit der Chemotherapie durch war, habe ich deinen Dad um ein Treffen gebeten und ihm Olivias Brief gegeben. Er hat mir hoch und heilig versprochen, dass du ihn bekommen würdest. Er wollte es dir selbst sagen, und das habe ich respektiert.«

»Aber er hat es mir nicht gesagt.«

Elaine faltete die Hände im Schoß. »Mir hat er versichert, dass er es tun würde. Er sei es dir schuldig, die Wahrheit zu gestehen.«

»War das, als ihr in Roanoke Mittagessen gegangen seid?«
Elaine sah sie überrascht an. »Roanake ist nicht aus der Welt. Meine Freundin Sierra hat euch gesehen.«

Elaine rieb sich geistesabwesend die Hände. »Er hat es mir geschworen. Doch als ich dich bei seiner Trauerfeier getroffen habe, hast du mir nur höflich wie einer Fremden die Hand gegeben.«

»Du bist eine Fremde.«

»Ich weiß. Ich würde das gern ändern.«

Elaine wirkte sehr verletzlich. Es war deutlich, wie mitgenommen sie war. »Er hat sich immer davor gescheut, schlechte Nachrichten zu überbringen.« Libby unterbrach sich. »In diesem Fall ist es ja nicht einmal eine schlechte Nachricht, sondern eine schwierige. Es fiel ihm schwer genug, nach dem Tod meiner Mutter mit mir zu sprechen. Und wenn ich meine Mutter sage, meine ich …«

»Ich weiß schon. Kathy war deine Mutter. Sie hat dich großgezogen. Und dass ich da bin, ändert nichts daran. Ich weiß, wie sehr sie dich geliebt hat.«

»Wusste sie denn Bescheid? Ich denke jetzt natürlich an all die Male, an denen wir in der Woche der Historischen Gärten hierhergekommen sind.«

»Ja, sie wusste Bescheid.«

»Also stimmt die Geschichte nicht, dass ich in einem Krankenhaus in New Jersey abgegeben worden bin.«

Jetzt blitzte Wut in Elaines Augen auf. »Nein, das stimmt nicht. Dein Vater wusste, dass ich schwanger war und in New Jersey lebte.«

»Woher wusste er das?«

»Meine Großmutter hat es ihm ein paar Wochen vor deiner Geburt erzählt. Er hat mich sofort kontaktiert und wollte wissen, was ich vorhatte. Ich hatte schon eine Adoptionsstelle angeschrieben, aber noch keine endgültige Entscheidung getroffen.«

»Warum hat Olivia ihm das überhaupt mitgeteilt?«, fragte Libby.

»Er war hier der Kinderarzt. Olivias Mann war ja auch Arzt. Außerdem würde sie dich ab und an sehen können, wenn die McKenzies dich adoptieren würden.«

»Und du hast einfach so zugestimmt?«

Elaine betrachtete ihre Fingernägel. »Nein, ich habe nicht einfach so zugestimmt, sondern sehr lange darüber nachgedacht. Als ich ihn schließlich angerufen habe, hatten die Wehen schon angefangen und ich hatte schreckliche Angst.«

»Mom hat mir erzählt, dass Dad einen Anruf bekommen hat, dass ein ungewolltes Baby in New Jersey zur Adoption freigegeben wurde. Dann wären sie ins Auto gesprungen und nach New Jersey gefahren. Und dass meine leibliche Mutter sie nicht sehen wollte.«

»Das ist richtig. Ich hatte Angst, dass ich es mir anders überlege.«

»Hast du jemals daran gedacht, mich zu behalten?«

»Eine Millionen Mal.«

»Warum hast du es dann nicht getan?«

»Das frage ich mich auch jeden Tag.«

»Geld kann ja keine Rolle gespielt haben. Es war ja genug da.«

»Du musst bedenken, dass ich keine Mutter und keinen Vater hatte, die mir hätten beistehen können. Meine Großmutter gehörte einer anderen Generation an. Als sie jung war, wurde ein unverheiratetes Mädchen, das schwanger wurde, ausgestoßen. Sie hatte Angst um mich.«

»Aber das war doch schon Ende der Achtziger.«

»Für sie machte das keinen Unterschied. Sie war sehr eigensinnig. Und sie hat mir das Versprechen abgerungen, dass ich meinem Großvater nichts erzähle.«

»Warum nicht?«

»Mein Großvater war ein freundlicher Mann. Er war wie ein Vater für mich. Aber er war unerbittlich, wenn es um Frauen ging, die uneheliche Kinder bekamen.«

»Klingt steinzeitlich.«

»Er war Jahrgang 1920. Sein Name wird in mehreren Artikeln mit Sterilisationen an Frauen, deren Erbgut für minderwertig erklärt wurde, in Verbindung gebracht.«

»Was tut das zur Sache?«

»Vielleicht hilft es, seine Einstellung zu erklären. Mein Großvater war wie andere Mediziner jener Zeit der Ansicht, bestimmten Frauen einen Gefallen zu tun, indem er sie sterilisiert.«

»Er hat sie sterilisiert? Was für Frauen waren das?«

»Geistig zurückgebliebene, behinderte, manchmal auch nur notleidende Frauen. Versteh mich nicht falsch, ich bin weit davon entfernt, das zu verteidigen. Es war grauenhaft. Aber er selbst hat fest daran geglaubt, dass es notwendig war.«

»Das kann doch nicht wahr sein!«

»Ich war lange Zeit unglaublich wütend auf Olivia. Aber mit den Jahren habe ich sie ein bisschen besser verstanden. Ich habe ihre Tagebücher gelesen und einen Einblick in ihre ersten Jahre hier in Virginia bekommen. Du wirst auch viel über sie erfahren.«

»Durch ihre Gärtnerei, oder was?« Libby fiel es schwer, höflich zu bleiben.

»Sie schreibt viel über die Leute um sich herum. Besonders über ein Mädchen namens Sadie Thompson. Meine Großmutter hat sich mit ihr angefreundet und versucht, ihr zu helfen.«

»Das ist doch der Name, der im Gewächshaus eingeritzt ist?«

»Ganz genau.«

Ein Wagen fuhr vor. Libby sah, wie Lofton in einem dunkelblauen Oberteil mit hochgerollten Ärmeln, Jeans und Keilsandaletten auf das Haus zueilte.

Libby fuhr sich entnervt durch die Haare. *Ausgerechnet jetzt!*

»Ich habe mein Handy vergessen und musste umkehren.« Lofton gab Elaine einen Kuss auf die Wange.

Libby stand auf. »Lofton.«

Loftons volle Lippen wurden zu einem schmalen Strich. »Hallo, Libby, was führt dich denn schon wieder her? Bist du am Knipsen?«

»Ich habe mich mit Elaine unterhalten.«

Lofton sah sie feindselig an. »Ach ja?«

Elaine seufzte. »Libby hat einen Brief gefunden, den ihr Olivia kurz nach ihrer Geburt geschrieben hat.«

»Warum hat Olivia ihr einen Brief geschrieben?« Aber schon bevor sie den Satz zu Ende gebracht hatte, dämmerte es ihr. »Ich verstehe.«

»Was verstehst du?«, fragte Elaine.

Lofton ballte die Hände zu Fäusten. »Ich möchte diese Unterhaltung nicht in ihrem Beisein führen.«

»Warum nicht? Das spielt jetzt auch keine Rolle mehr.« Libby hätte Elaine gern weiteren Stress erspart, aber Lofton, ihre kleine Schwester, ging ihr mächtig auf die Nerven. »Du hast offensichtlich ein Problem mit mir, Lofton.«

»Ich kenne dich doch gar nicht«, sagte Lofton. »Keiner von uns kennt dich richtig.«

»Was soll das heißen?«, fragte Libby.

»Ach, egal«, entgegnete Lofton. »Ich möchte vor allem nicht, dass Mom sich unnötig aufregt.«

»Du hast es begriffen«, sagte Libby. »Du weißt, wer ich bin.«

»Ich war mir nicht sicher. Aber als ich gesehen habe, wie Mom mit dir umgeht, wurde es mir klar. Sie war total nervös. Sie ist sonst nie nervös. Und Dad war unglaublich höflich zu dir. Ich habe die beiden noch nie so angespannt erlebt. Außerdem bist du Olivia wie aus dem Gesicht geschnitten, verdammt noch mal.«

»Aber warum hattest du überhaupt einen Verdacht?« Elaine war sichtlich überrascht.

»Als ich meinen Reisepass beantragt habe, habe ich auf meiner Geburtsurkunde gesehen, dass ich dein zweites Kind war.«

Elaine schloss die Augen. »Ich hätte es dir sagen müssen.«

»Ja, hättest du«, erwiderte Lofton giftig.

»Wer weiß es denn noch?«, fragte Libby

»Margaret und Ted wissen Bescheid«, antwortete Elaine. »Sonst niemand.«

Libby fand es nicht verwunderlich, dass Margaret eingeweiht war. Wahrscheinlich wusste sie alles, was in diesem Haus vorging. »Also ist es mehr oder weniger ein Geheimnis«, sagte Libby.

»Ja, und ich habe es bewahrt, um uns beide zu schützen«, sagte Elaine. »Ich wollte nicht darüber sprechen, dass ich dich den McKenzies gegeben habe, weil ich mich entsetzlich geschämt habe. Und ich dachte, es wäre nicht fair, wenn ich plötzlich bei dir auftauchen würde. Ich wollte dein Leben nicht in eine Reality-TV-Show verwandeln.«

»Sie ist eine tolle Mutter«, rief Lofton dazwischen.

»Du hast gut reden.« Libbys plötzliche Bitterkeit verblüffte sie selbst. »Sie hat ja nicht so getan, als würdest *du* nicht existieren.«

»Das stimmt doch überhaupt nicht«, protestierte Elaine.

»Du hast mir nie die Wahrheit gesagt«, sagte Libby.

»Weil ich deinen Eltern bei der Adoption versprochen habe, dass sie bestimmen würden, wann sie dir was erzählen. Ich habe deinem Vater geglaubt und erst Kontakt mit dir aufgenommen, als ich gemerkt habe, dass er dir doch nichts gesagt hatte.«

»Mir kam es schon merkwürdig vor, dass Ginger mich plötzlich aus dem Nichts angerufen hat, um mich für die Hochzeit zu engagieren.«

»Als Margaret mir von Gingers Verlobung erzählt hat, habe ich ihr Woodmont unter der Bedingung angeboten, dass sie dich als Fotografin beauftragt.«

»Schlau eingefädelt.«

»Ich wollte dich unter möglichst normalen Bedingungen kennenlernen.«

Elaine stand leicht schwankend auf. Lofton eilte zu ihr und legte ihr den Arm um ihre schmalen Schultern. Libby fühlte sich als die Außenseiterin, die sie war. »Vielen Dank, dass du dir heute Zeit für mich genommen hast.«

»Du kommst doch wieder, oder?«, fragte Elaine besorgt.

»Das weiß ich nicht«, antwortete Libby.

Lofton sah sie wütend und argwöhnisch an.

»Meine Tür steht dir jederzeit offen«, sagte Elaine. »Ich möchte, dass du weißt, dass du nicht allein bist. Du hast eine Familie.«

»Elaine, ich weiß gerade überhaupt nicht, was *Familie* bedeuten soll.«

Kapitel 22

Libby

Mittwoch, 17. Juni, Bluestone, Virginia

Die Sonne linste durch die Vorhänge und brannte Libby in den Augen. Sie zog sich entnervt das Kopfkissen über die Augen. Ihr Kopf dröhnte und ihr war übel.

Sie checkte schlaftrunken die Uhrzeit auf ihrem Handy. Es war Ewigkeiten her, dass sie morgens so lange geschlafen hatte. Mit Jeremy hatte sie manchmal die Morgenstunden im Bett verbracht. Allerdings nicht zum Schlafen. Damals war Sex noch ein reines Vergnügen gewesen, bevor er der Familienplanung diente und oft von Angst und Versagen überschattet wurde. Manchmal vermisste sie diese unbeschwerten Tage.

Nach ihrem Besuch bei Elaine war ihr erster Impuls gewesen, Jeremy anzurufen. Schließlich war er lange ihr bester Freund gewesen und kannte ihre Sorgen, was ihre genetische Abstammung anging. Deswegen hatten sie sogar eine Beratung aufgesucht, bevor sie versucht hatte, schwanger zu werden. Nach ihren Fehlgeburten grübelte sie noch mehr, welche Rolle ihre Gene dabei gespielt haben mochten.

Automatisch rief sie Jeremys Instagram-Account auf. Unter einem Bild von einer gepackten Reisetasche stand in Großbuchstaben: NUR NOCH EINE WOCHE!

Sie konnte den Blick kaum von dem Foto lösen. Als sie das erste Mal schwanger war, hatte sie sich alles ausgemalt. Was sie fürs Krankenhaus packen wollte, wie die Geburt verlaufen würde. Beim dritten Mal hatte sie sich solche Gedanken bis zur zwölften Woche verboten. Dann folgten zwei wunderschöne Wochen, in denen sie ihren Träumen freien Lauf ließ.

Hatte Elaine so eine Tasche gepackt, als sie kugelrund auf den Geburtstermin wartete? Ob Olivia wohl in New Jersey gewesen war? Oder hatte sie ihre Enkelin bei der Geburt allein gelassen? Je mehr sie über Olivia herausfand, desto weniger mochte sie sie.

Sie schluckte ihren Kummer hinunter, stand auf und stellte erst mal die Kaffeemaschine an. Geduscht und angezogen würde die Welt schon anders aussehen.

Als sie zwanzig Minuten später in einem eleganten schwarzen Hosenanzug, weißer Bluse und hochhackigen Pumps die Küche betrat und den Kaffee roch, ging es ihr gleich besser. Noch nicht richtig gut, aber sie hatte wieder die Gewissheit, dass sie dies alles durchstehen würde, wenn sie nur einen Schritt nach dem andern tat. Das war der Zauber starken Kaffees. Er beruhigte die Seele und heilte manche Wunden.

Sie füllte ihren Thermobecher und ging hinaus, wo Sierra sie schon in einem ärmellosen schwarzen Etuikleid erwartete. Dazu trug sie eine breite goldene Kette und Pumps mit Keilabsätzen. Ihr Haar war zu einem Pferdeschwanz zurückgebunden und ihr Make-up dezent. Ihre braune Retro-Aktentasche hätte aus den Sechzigern stammen können.

»Wie würdest du deinen heutigen Look bezeichnen?«, fragte Libby. »Ich selbst gehe als Gefängniswärterin.«

Sierra lächelte. »Ich stelle eine Frau dar, die sich Geld leiht, obwohl sie es eigentlich nicht nötig hat.«

»Wofür brauchst du dann eine Bank?«

»Weil Banken am liebsten Geld an Leute verleihen, die es eigentlich nicht brauchen.«

»Da hast du den Nagel auf den Kopf getroffen.«

Sie stiegen in Sierras Wagen und fuhren los. »Hast du überhaupt geschlafen? Ich bin so gegen eins eingeschlafen, und da hat bei dir noch Licht gebrannt.«

»Ja, kurz«, antwortete Libby.

»Ich habe gesehen, was Jeremy auf Instagram gepostet hat. Bist du deshalb so neben der Spur?«

»Ich kann nicht sagen, dass es mich kaltlässt. Aber ich wünsche ihm von Herzen alles Gute. Er wird bestimmt ein guter Vater.«

»Was ist es denn dann?«

»Lass uns erst mal diesen Kredit unter Dach und Fach bringen, und dann erzähle ich dir alles.«

Sierra warf ihr einen Seitenblick zu. »Na gut. Aber sobald wir damit durch sind, spuckst du es aus.«

»Abgemacht.«

In Charlottesville angekommen, mussten sie zweimal um den Block fahren. Schließlich parkten sie in einiger Entfernung von der Bank. Fünfzehn Minuten später begrüßten sie Harold S. Mason.

Der Bankberater war Mitte dreißig und hatte schütteres blondes Haar. Er trug einen dunkelgrauen Anzug mit einem weißen Hemd und einer gewagten knallroten Krawatte. Sein rundes Gesicht wurde noch breiter, als er Sierra sah.

»Willkommen zurück, Ms Mancuso«, sagte Mr Mason gut gelaunt.

»Vielen Dank, dass Sie heute Zeit für uns haben.« Sierra lächelte ihn so charmant an, dass er ihrem Zauber sofort verfiel.

Räuspernd lockerte er sich die schicke Krawatte. »Was kann ich für Sie tun?«

»Sie haben gesagt, dass ich wiederkommen soll, wenn ich eine Sicherheit für den Kredit habe. Das ist jetzt der Fall. Darf ich Ihnen meine Freundin vorstellen? Libby McKenzie.«

Harold sah sie aufmerksam an. »McKenzie. Mein Kinderarzt hieß auch so. Ich bin in Bluestone aufgewachsen.«

»Ja, das war mein Vater«, sagte Libby.

»Er hat mich behandelt, bis ich achtzehn war. Mit zehn bin ich mal böse hingefallen, und er hat mich wieder zusammengeflickt. Er war unglaublich freundlich. Meine Mutter war ein bisschen in ihn verschossen.«

Ihre Mutter hatte sich oft halb im Scherz darüber beschwert, dass die Mütter seiner Patienten mit ihm flirteten. Er habe die Frauen jedoch nie weiter beachtet, schob sie dann aber immer schnell hinterher. Libby wusste, dass er bis zu seiner Pensionierung noch Verehrerinnen hatte.

»Dad hat seinen Job geliebt«, sagte sie.

Harold nickte zustimmend. Er führte die beiden in sein Büro und sie setzten sich. Harold rief Sierras Daten auf. »Der Sicherungsgegenstand für den Kredit ist ein Haus in der First Street?«, fragte er.

»Ganz genau«, antwortete Libby.

»Eine großartige Immobilie und meinen Informationen nach in sehr gutem Zustand. Sind Sie sicher, dass Sie das Haus als Kreditsicherheit einsetzen wollen? Rein statistisch sind nur wenige Restaurants erfolgreich.«

»Ich habe vollstes Vertrauen in Sierra«, erwiderte Libby.

Harold lächelte Sierra an. »Sie hat einen klaren und überzeugenden Geschäftsplan.«

»Wie gesagt, ich habe vollstes Vertrauen.«

Nach einer Stunde waren alle Dokumente unterzeichnet, und Sierras Kredit stand nichts mehr im Wege. Wenn man Geld hatte, lieh einem jede Bank noch mehr.

»Tausend Dank, Libby, und willkommen an Bord«, sagte Sierra und hielt ihr Gesicht in die Sonne.

Als sie ein paar Hundert Meter gefahren waren, sagte Sierra: »Wirklich vielen Dank, dass du mich unterstützt. Das bedeutet mir sehr viel. Aber jetzt will ich wissen, was zum Henker los ist.«

»Gern geschehen. Tja, Elaine Grant ist meine leibliche Mutter.«

Sierra warf ihr einen Seitenblick zu. »Sag das noch mal!«

»Elaine Grant ist meine leibliche Mutter.« Libby sprach ganz langsam, als würde sie es selbst noch nicht glauben.

»O Mann! Wie hast du das denn rausgefunden?«

»Als ich die Besitzurkunde des Hauses gesucht habe, habe ich einen Brief gefunden, den Olivia Carter mir kurz nach meiner Geburt geschrieben hat.«

»Bist du sicher?«

»Vor zwei Tagen bin ich zu Elaine gegangen und habe sie direkt gefragt, ob es stimmt. Sie hat es ohne Wenn und Aber bestätigt.«

»Verdammt.«

Libby blickte auf die vorbeiziehende hügelige Landschaft. »Ziemlich heftig, was?«

»Aber du hast deine Eltern doch gefragt, als du in der Mittelschule warst. Und warst stinksauer, weil sie angeblich nichts wussten.«

Libby erinnerte sich gut. Sie hatte gespürt, dass ihre Eltern ihr Informationen vorenthielten, auch wenn sie das Gegenteil behaupteten. Nach dem Tod ihrer Mutter war sie von ihrer Trauer so überwältigt gewesen, dass sie nicht mehr an ihre leibliche Mutter gedacht hatte. Libby wusste, dass ihre dauernden Fragen ihrer Mutter sehr zugesetzt hatten. Ein paar Wochen später war sie gestorben, und ihr Vater war nie mehr derselbe. Libby hatte sich damals die Schuld gegeben, aber ihr Dad hatte ihr versichert, nichts falsch gemacht zu haben. Jedenfalls hatte sie ihren Vater danach nie mehr darauf angesprochen.

»Das ist unfassbar«, sagte Sierra.

»Kannst du wohl sagen.«

»Und was machst du jetzt?«

»Im Moment nichts. Elaine musste heute zurück nach Washington. Ich bin sicher, dass wir uns weiter unterhalten, wenn sie wiederkommt.«

»Klar. Sie hat dir einiges zu erklären.«

»Jetzt will ich mich aber nicht damit beschäftigen. Ich will mir deinen Laden noch mal ansehen«, sagte Libby.

»Mit Vergnügen! Ich weiß nicht, wie ich dir jemals danken soll.«

»Geh nicht in Konkurs und gib mir den Kaffee gratis. Dann sind wir quitt.«

»Gebongt.«

Als sie vor dem ehemaligen Krämerladen hielten, schob sich Libby die Sonnenbrille in ihre lange Mähne. Ein paar Tage zuvor hatte sie den Ort nostalgisch betrachtet und den Charme, besonderen Charakter und die tollen Möglichkeiten gesehen. Jetzt, wo sie selbst in das Geschäft eingestiegen war, bemerkte sie das alte Dach, die abblätternde Farbe der Fassade und den Sprung in der Fensterscheibe.

»Du hast das Gebäude aber inzwischen von diesem Freund aus der Highschool begutachten lassen, oder? Der jetzt Bauunternehmer ist?«, fragte Libby.

»Sicher. Er war hier und hat sich alles angeguckt.«

»Und weiß er, was er tut?«

»Ja. Er hat detailliert alles aufgelistet, was gemacht werden muss. Ich habe die Arbeiten in meinen Kreditbedarf hineingerechnet.« Sie zog einen Schlüssel unter der Fußmatte hervor und öffnete die Tür.

»Vielleicht solltest du den Schlüssel besser an dich nehmen«, schlug Libby entgeistert vor.

»Der Bauunternehmer wollte gestern Abend noch mal kommen. Ich hab ihm gesagt, er kann sich alleine reinlassen.«

Hinter ihnen bellte es. Colton fuhr gerade in die Parklücke hinter Sierras Wagen. Kelce hatte einen Ball im Maul und stand aufgerichtet am Fenster.

Colton rief den Hunden ein Bleib-Kommando durch das geöffnete Fenster zu und kam mit großen Schritten herüber. Libby mochte seinen Gang. Nicht gehetzt, aber zügig und selbstbewusst.

»Sierra, sag nicht, dass du die Bude gekauft hast!«

»Mit allem Drum und Dran.«

Er musterte das Gebäude skeptisch. »Es wird ein Vermögen kosten, das instand zu setzen.«

Sierra grinste. »Das ist mir klar. Übrigens, Libby ist meine neue Geschäftspartnerin.«

»Im Ernst?«

»Ja, im Ernst«, sagte Libby. »Diese Stadt braucht einen ordentlichen Sandwichladen.«

»Und Kleinigkeiten zu Mittag, Kuchen, Kekse und alles, was das Leben lebenswert macht«, fügte Sierra hinzu.

»Dann freue ich mich drauf«, sagte er. »Wer macht die Arbeit?«

»John Stapleton.«

»Guter Mann«, sagte Colton.

»Ich weiß«, erwiderte Sierra.

Colton wandte sich Libby zu. »Ich dachte, es würde dich vielleicht interessieren, dass wir die Gewächshausfenster jetzt versiegeln. In etwa einer Woche können die ersten Pflanzen rein.«

»Das Projekt kommt schnell voran.«

»Elaine hat eine Mission.«

»Das kann ich mir vorstellen. Wenn sie sich etwas in den Kopf gesetzt hat, gibt es kein Halten mehr.« Libby bemerkte den bitteren Beigeschmack ihrer Worte und lächelte schnell. Als würde das helfen. »Ist sie schon nach Washington abgefahren?«

»Sie fährt heute nach dem Mittagessen.«

Allein bei der Vorstellung, dass Elaine bald weg sein würde, fiel etwas von der Anspannung von Libby ab. Sie brauchte Distanz, um alles zu verarbeiten. Und wieder atmen zu können.

»Du kannst jederzeit zum Fotografieren vorbeikommen.«

»Das mache ich.«

Er ging zu seinem Truck zurück. Die Hunde hatten sich auf dem Vordersitz eingerollt und hoben nur kurz die Köpfe, als er einstieg.

Libby sah dem Truck hinterher. »Ich habe gehört, dass er seine Frau verloren hat. Was ist passiert?«

»Interessierst du dich für ihn?«

»Und wenn schon …«

»Sie ist vor zwei Jahren gestorben. Ich habe ihn ein paar Mal bei der Selbsthilfegruppe für Trauernde getroffen.«

»Ach, interessant.«

Sierra schwieg einen Moment, als wäre sie in die Vergangenheit abgetaucht. »Ihm war klar, dass er sich unmöglich um die Jungs kümmern und in der Navy bleiben konnte. Also hat er den Dienst quittiert, ist wieder nach Hause gezogen und hat sich Arbeit auf Gut Woodmont beschafft.«

»Ich habe seine Jungs kennengelernt. Nette Kinder.«

»Sie sind lustig.«

»Dann war die Frau die Liebe seines Lebens?«

»Scheint so.«

»Woran ist sie gestorben?«

Sierra schwieg wieder einen Augenblick. »An einer Hirnblutung. Ganz plötzlich und ohne Vorwarnung. Sie ist zusammengebrochen und nicht wieder aufgewacht.«

»Das Unsichtbare ist das Gefährlichste.«

»Ist das von mir?«, fragte Sierra.

»Du bist eine weise Frau.«

»Colton lebt ziemlich abgeschieden, seit er wieder hier ist. Kümmert sich nur um die Kinder und die Arbeit. Soweit ich weiß, ist es das erste Mal, dass er eine Frau so angesehen hat wie dich gerade eben.«

»Was?«

Sierra rollte mit den Augen. »Ach, komm schon! ›Wir versiegeln die Fenster‹«, sagte sie mit rauchiger Stimme. »Er hätte auch anbieten können, dir seine Briefmarkensammlung zu zeigen.«

Libby fand das Timing des Universums ausgesprochen ungünstig. »Er war doch nur nett, oder?«

»Ja, zu mir. Mit dir hat er geflirtet.«

»Er hat mich auf den neuesten Stand gebracht, was das Gewächshaus angeht. Für meine Foto-Dokumentation.«

Sierra zwinkerte ihr zu. »Klar, ganz ohne Hintergedanken.«

Libbys Hormone sprangen auf jeden Fall auf ihn an. Auch dass Colton einen schweren Schicksalsschlag hinter sich hatte, machte ihn für sie attraktiv. In diesem Moment genoss sie es, Freude und Optimismus mit Sierra zu teilen.

Sierra betrat den Krämerladen und schaltete das Licht an. »Ich wäre nie im Leben auf den Gedanken gekommen, dass ich mal hier enden würde.«

Keine von beiden hatte sich das so vorgestellt. Vor fünf Jahren hätten sie beide einen weiten Bogen um dieses Szenario gemacht. Und trotzdem waren sie hier.

»Ich gebe am Samstagabend eine Party«, sagte Sierra. »Nichts Besonderes. Es wird gegrillt und gibt Bier dazu. Bist du dann wieder zurück?«

»Ja, wahrscheinlich schon am frühen Nachmittag.«

»Dann bist du natürlich eingeladen.«

»Gibt es einen Anlass?«, fragte Libby.

»Mein Sandwichladen. Blauer Himmel. Der Freund einer Freundin hat Geburtstag. Es gibt immer einen Anlass für eine Party.«

Ihr erster Impuls war zu behaupten, sie müsste arbeiten. Aber dann überlegte sie es sich anders. »Okay, ich komme.«

»Super. Und die Sache mit Elaine hat sicher auch sein Gutes.«

»Im Moment tut es verdammt weh.«

»Wir beide haben eine hohe Schmerzgrenze.«

»Wir hatten ja auch viel Übung.«

Sierra nahm Libby in den Arm. Sie war kein Typ für flüchtige Umarmungen oder Verabschiedungen im Vorübergehen. Sie drückte Libby fest an sich und richtete sie mit ihrer eigenen Wärme und Lebensfreude wieder auf. »Ich bin ja so froh, dass du wieder hier in Bluestone bist.«

»Eigentlich schlafe ich immer noch auf der Couch, also bin ich gar nicht zurückgekommen.«

»Doch, doch, du bist zurückgekommen. Du weißt es nur noch nicht.«

Kapitel 23

Colton

Mittwoch, 17. Juni, Gut Woodmont

Colton hatte Libby am Montag das Haus verlassen sehen. Sie hatte einen sehr mitgenommenen Eindruck gemacht. Wenn sie nicht so rasch zu ihrem Auto gegangen wäre und ausgesehen hätte, als wollte sie so schnell wie möglich weg aus Woodmont, hätte er nach ihr gerufen. Kurz darauf war Lofton herausgeeilt und in einer Staubwolke verschwunden. Sie hatte auch keinen besseren Eindruck gemacht.

Lofton war sehr intelligent und sehr verwöhnt. Elaine hatte viel durchgehen lassen, was eigentlich gar nicht zu ihr passte. Irgendetwas musste zwischen Lofton und Libby vorgefallen sein, und Colton hätte wetten können, dass Lofton einen Streit vom Zaun gebrochen hatte. Es knisterte regelrecht vor Spannung zwischen den beiden. Doch er hatte vor, sich da rauszuhalten und sich auf seine Arbeit und vor allem auf seine Kinder zu konzentrieren.

Dennoch dachte er fortwährend an Libby und an jenen Morgen, als sie vom Gewächshaus auf sein Cottage zugekommen war. Die Morgensonne hatte sie wie eine Erscheinung von hinten beleuchtet. Ihm war die Luft weggeblieben. Beim Kaffee hatte er das Verlangen in ihren Augen gesehen und gewusst, dass sie ihn wollte. Wenn sie allein gewesen wären, wäre es vielleicht nicht beim Kaffee geblieben.

»Verdammt«, murmelte er.

Er zog vorsichtig an einer Schlingpflanze, die sich am Gewächshaus hochzog. Es war eine Heidenarbeit, die Ranken von den Glasscheiben zu lösen. Schlangen und Mäuse hatten Unterschlupf im dichten Gebüsch gefunden. Geißblatt und Holunder standen voll im Saft, und die süß duftenden Pflanzen wehrten sich nach Kräften gegen seine Anstrengungen. Er verbrannte sich an Brennnesseln und Giftefeu. Die Natur gab das Gewächshaus nur ungern frei.

»Sie kommen ja gut voran«, sagte Elaine hinter ihm.

Sie sah schwach und erschöpft aus. Was auch immer zwischen Libby und ihr vor sich ging, machte ihr offensichtlich sehr zu schaffen. »Na ja, langsam, aber sicher«, antwortete er.

»So mühselig hätte ich mir das alles nicht vorgestellt«, sagte Elaine. »War es ein Fehler, das anzugehen? Hätte ich das Gewächshaus nicht lieber abreißen sollen?«

Das hätte sie sich allerdings früher überlegen können. »Ach, wissen Sie …« Colton musste an den riesigen Container denken, den er mit Ranken und verrotteten Pflanzen gefüllt hatte.

»Wenn wir das Gut als Veranstaltungsort vermieten, bringt uns ein Gewächshaus eigentlich keinen großen Mehrwert. Es gäbe andere Arbeiten, die dringender gemacht werden müssten.«

»Aber ist das nicht immer so auf einem alten Anwesen wie diesem hier, Elaine?«

»Ich möchte Ihre Meinung hören.«

»Warum liegt Ihnen jetzt eigentlich wieder so viel an Woodmont?«, wich er aus.

»Eines Tages werde ich es vererben.«

»An Lofton?«

»Lofton hat sich nie für Woodmont interessiert, und ich denke nicht, dass sich das in Zukunft ändern wird.«

»Warum stecken Sie dann so viel Zeit und Geld hinein?« Er hatte Elaine noch nie so unentschlossen erlebt.

»Das ist kompliziert. Es klingt alles ziemlich albern, oder? Ich sollte wissen, was ich will.«

»Ich glaube, im Grunde wissen Sie das auch genau.«

»Etwas wollen und etwas bekommen sind zwei Paar Schuhe.«

Colton hätte sie am liebsten geschüttelt, damit sie ihm sagte, was los war. Aber es ging ihn nichts an. Schließlich war Elaine immer noch seine Chefin. Und er brauchte diesen Job.

»Ich habe Libby vorgeschlagen, nächste Woche Fotos zu machen, wenn wir die Fenster versiegeln.« Er warf ihr den Satz zu wie ein Angler einen fetten Wurm in einen Forellenteich.

»Wann haben Sie Libby gesehen?«, fragte sie.

»Heute, in der Stadt. Sie hat sich den Laden angeguckt, den sie mit ihrer Geschäftspartnerin gekauft hat.«

»Ein neues Restaurant stellt immer ein großes Risiko dar. Aber ich glaube, hier könnte es gut laufen.«

Er griff nach an einer Ranke und hörte das befriedigende Knacken, als sie brach.

»Ich sollte mich wahrscheinlich für Loftons Verhalten bei unserem Essen am Sonntag entschuldigen«, sagte Elaine.

»Dafür müssen Sie sich nicht entschuldigen.« Die Jungs hatten immer viel Spaß mit Lofton, und sie hatte einen großartigen Sinn für Humor. Aber er wusste, dass sie es gewohnt war, ihren Kopf durchzusetzen.

»Lofton hat gerade mit Problemen zu kämpfen, und das hat sie an Libby ausgelassen«, sagte Elaine.

»Ich glaube, Libby ist hart im Nehmen. Sie hat in den letzten Jahren so viel Schlimmes erlebt und alles tapfer durchgestanden. Sie kann auf sich aufpassen.« Normalerweise hielt er sich aus den Familienangelegenheiten der Grants heraus. Aber für Libby musste er sich einsetzen. »Nach allem, was Libby durchgemacht hat, waren Loftons Sticheleien doch nur Kindereien.«

Elaines Augen hellten sich auf. »Ich hoffe, Sie haben recht.«

»Ich habe eine ganz gute Menschenkenntnis.«

»Danke, Colton.«

»Immer wieder gern«, sagte er grinsend.

* * *

Libby

Don't stop believing tönte in ihren Kopfhörern, als Libby die Hochzeitsalben hochlud. Sie war ein Fan von Journey, dabei hatte ihr Idol Steve Perry die Band verlassen, als sie sieben Jahre alt gewesen war.

Zu den letzten Tönen des Liedes mailte sie der Braut den Link und fuhr den Computer herunter.

Vor dem Haus hatte vor ein paar Minuten ein Lieferwagen angehalten. Neugierig ging sie hinaus und fand ein Paket auf der sonnigen Veranda vor. Sie wandte ihr Gesicht der Sonne zu und genoss die Wärme nach den Stunden vor dem Bildschirm.

Sie nahm ihre Lesebrille ab und rieb sich die Augen. Sowie sie aufgehört hatte zu arbeiten, waren ihre Gedanken wieder bei Elaine.

Es lagen noch schwierige Gespräche vor ihr. Doch erst mal musste sie ihre Aufträge abarbeiten.

Sie streckte sich und dehnte Nacken und Wirbelsäule. Das ständige Hocken vorm Computer war Gift für ihre Haltung. Sie setzte sich in den Schaukelstuhl auf der Veranda, öffnete das Paket und fand eine Nachricht in einer ordentlichen Handschrift, die ihrer sehr ähnelte.

Es gibt sehr viel Familiengeschichte für Dich zu entdecken, aber ich dachte, Du möchtest vielleicht mit Olivias erstem Gartentagebuch anfangen. Als sie es geschrieben hat, war sie zehn Jahre jünger als Du heute. Vielleicht verstehst Du ihre späteren Entscheidungen nach dem Lesen etwas besser. Wenn wir beide etwas Zeit hatten, unser letztes Gespräch zu verarbeiten, würde ich sehr gern wieder mit Dir sprechen.

Liebe Grüße, Elaine

Libby strich über den Ledereinband, der nach fünfzig Jahren brüchig geworden war. Ein verblasstes blaues Band hielt ihn zusammen. Vorsichtig zog sie daran. Auf dem Vorblatt stand *Gartentagebuch 1942. Olivia Wellington Carter.*

Olivias Handschrift war ausgewogen und ordentlich. Libby fand es tröstlich, dass sowohl Elaines als auch Olivias Schrift ihrer eigenen so ähnlich waren.

In einer Lasche im Einband steckten mehrere Schwarz-Weiß-Fotos. Das oberste Bild zeigte zwei Frauen, die vor einem imposanten Pontiac standen. Im Hintergrund war genau der Krämerladen zu sehen, den Sierra jetzt renovieren wollte.

Die ältere der beiden Frauen war Anfang zwanzig und trug ein gut geschnittenes Kostüm. Ihr strahlendes Lächeln wurde von einem Lippenstift akzentuiert, der sogar in Schwarz-Weiß leuchtete. Die andere Frau war vielleicht sechzehn und trug einen Overall. Statt zu lächeln, starrte sie scheinbar ungeduldig in die Kamera.

Auf der Rückseite des Fotos stand: *Olivia Carter (mit Sadie Thompson).*

Sadie. Das war doch das Mädchen, das seinen Namen in die Scheibe des Gewächshauses geritzt hatte. Libby musterte ihr Gesicht. Wenn sie noch leben würde, wäre sie jetzt über neunzig.

Die anderen Fotos zeigten Olivia vor und in ihrem Gewächshaus, aber Sadie tauchte nicht mehr auf.

Olivia war stets elegant gekleidet, mit Hut, Handschuhen und Seidenstrümpfen, die in Kriegszeiten nur schwer zu bekommen gewesen waren.

Auf dem letzten Bild hielt Olivia ein Baby im Arm. Ihr Lächeln wirkte aufgesetzt, und sie wirkte niedergeschlagen. Libby begriff nicht, wie eine Frau, die mehrere Fehlgeburten erlitten hatte, so unglücklich aussehen konnte, wo sie jetzt das lang ersehnte Kind hatte. Auf der Rückseite stand nur *Frühling 1943*.

Libby steckte die Bilder zurück und blätterte zum ersten Eintrag. Die Seite verzierte ein Strauß Pfingstrosen. Die zarten, rosafarbenen Blütenblätter waren detailliert und sehr naturgetreu gezeichnet. Grüne Stängel, von einem blauen Band gehalten, zogen sich am Seitenrand hinunter. Neben dem Bild stand ein Zitat von Elisabeth Barrett Browning: *»Geliebter, viele Blumen hast du mir gebracht.«*

»Hey, was hast du da?« Sierra stieg die Stufen zur Veranda hoch.

»Elaine hat mir Olivias erstes Gartentagebuch geschickt.«

»Warum?«

»Familiengeschichte. Olivia war Elaines Großmutter. Sie hatte selbst mehrere Fehlgeburten und war maßgeblich an meiner Adoption beteiligt.«

»Oh.«

»Es scheint da einige Gemeinsamkeiten zu geben«, sagte Libby. »Obwohl, wenn meine Enkelin ein Baby erwarten sollte, würde ich alles dafür tun, dass sie es behalten kann.«

Sierra warf einen Blick auf die aufgeschlagene Seite. »Sie war eine talentierte Zeichnerin.«

»Das stimmt.« Libby zog das Schwarz-Weiß-Foto heraus. »Schau dir das an. Sie stehen vor deinem Krämerladen.«

Sierra schaute sich das Bild genau an. »Wahnsinn. Wie die Zeit vergeht.« Sie las die Worte auf der Rückseite. »Oh! Olivia hat Sadie Thompson gekannt.«

»Was weißt du über Sadie Thompson?«

»Sie muss ein echter Wildfang gewesen sein«, erklärte Sierra. »Sie hat zusammen mit ihrem Vater und ihren Brüdern Schnaps gebrannt und verkauft. Und dann soll sie einen Mann vor dem Laden angefahren haben. Es war sogar ein Lied über sie in Umlauf.«

»Wen hat sie denn angefahren?«

»Das weiß ich nicht mehr, aber frag mal Mom.«

Libby betrachtete Sadies ernstes Gesicht. Ihr missgelaunter Blick kam ihr irgendwie bekannt vor. »Was ist aus ihr geworden?«

»Sie ist verschwunden«, sagte Sierra. »Nach der Tat blieb sie unauffindbar. Der Legende nach spukt ihr Geist immer noch in den Wäldern um Woodmont.«

»Ihr Geist? Echt? Warum hast du mir das nie erzählt?«

»Weil es Quatsch ist. Eine Schnapsgeschichte.«

»Was hat das mit Schnaps zu tun?«

»Angeblich muss man in einer Neumondnacht im Wald beim Gut Schnaps trinken, und dann erscheint sie einem.«

Ein Gespenst wäre natürlich die Erklärung dafür, dass sie sich neulich beim Gewächshaus so komisch gefühlt hatte. Aber Libby setzte dann doch eher auf ihre Vorstellungsgabe und Nervosität. »Wenn du genug Schnaps getrunken hast, hast du bestimmt alle möglichen Erscheinungen. Nachts im Wald, bei Neumond.«

Sierra lachte. »Kein Kommentar.«

Libby betrachtete Sadies Gesicht. »Ich hoffe, deine Mom weiß mehr über Sadie und kann ein bisschen Licht ins Dunkel bringen.«

»Ja, frag sie einfach. Hast du seit Montag noch mal mit Elaine gesprochen?«

»Nein. Ich nehme an, das Paket mit dem Tagebuch ist ihre Art, mit mir in Kontakt zu bleiben, ohne Lofton zu verärgern.«

»Die berüchtigte Lofton. Total verwöhnt. Rast immer viel zu schnell durch die Stadt. Lass mich raten: Sie ist nicht glücklich darüber, eine große Schwester zu haben.«

»Du sagst es. Sie sieht mich an, als wollte ich ihr das Geld ihrer Mutter stehlen. Oder ihre Liebe. Oder beides.«

»Blöde Kuh.«

Libby lächelte. »Na ja, ich kann es ihr nicht mal verdenken. Ich bin da ja wie der Teufel aus der Kiste aufgetaucht. Das muss ein Schock für sie gewesen sein.«

»Du hast es dir aber auch nicht ausgesucht.«

»Natürlich nicht. Aber sie auch nicht.«

»Ich halte das Tagebuch für ein gutes Zeichen. Elaine möchte in Kontakt bleiben, auch wenn Lofton querschießt.«

»Scheint so«, sagte Libby.

»Hat Elaine alle deine Fragen beantwortet? Du hattest doch früher so eine lange Liste mit Fragen, die du deiner leiblichen Mutter stellen wolltest.«

»Bislang habe ich sie so gut wie nichts gefragt. Es war alles ein bisschen viel auf einmal.«

Sierra betrachtete eine wunderbar gezeichnete, lilafarbene Iris. »Aber sie hat sich was dabei gedacht, als sie dir das hier geschickt hat.«

»Warum sagt sie mir nicht einfach, was sie mir sagen will? Warum versteckt sie sich hinter Briefen und Tagebüchern?«

»Sprechen wir jetzt von Elaine oder von deinem Vater?«, fragte Sierra sanft.

»Auf meinen Dad bin ich gerade wütender als auf alle anderen. Warum hat er es mir nicht einfach erzählt?«

»Er hatte Angst, dich zu verlieren. Er hatte schon seine Frau verloren.«

Libby stieß frustriert die Luft aus. »Warum sollte ich mich deswegen von ihm abwenden?«

Sierra verknotete die Finger und löste sie wieder. »Verstand und Gefühl sprechen selten die gleiche Sprache.«

»Er wusste doch, dass ich ihn liebe.«

Sierra lehnte sich im Schaukelstuhl zurück und blickte in den Himmel. »Wenn man einmal so verletzt worden ist, fällt es einem schwer, sich wieder zu öffnen. Auch wenn sie krank war, hat deine Mutter ihn letztlich verlassen.«

»Wie bist du nur so lebensklug geworden?«

»Leider auf die harte Tour.«

»Du machst deine Sache gut und siehst wieder nach vorne.«

»Wie man's nimmt. Ich lenke mich ab, aber ich bin noch nicht drüber weg. Ich habe mich in einen Strudel aus Aktivismus gestürzt und versuche, den Kopf über Wasser zu halten. Deinem Dad ging es wahrscheinlich nach dem Tod deiner Mutter ähnlich.«

»Ich habe gedacht, es ginge dir deutlich besser.«

»Ich überlebe. Das muss fürs Erste reichen.« Sierra stand auf und streckte sich. »Lass dich von Trauer und Wut nicht unterkriegen oder zurückhalten. Mach's besser als ich.«

Kapitel 24

Libby

Mittwoch, 17. Juni, Bluestone, Virginia

Libby beschäftigte sich zunächst nicht weiter mit Olivias Tagebuch, sondern beantwortete die Anfragen dreier Brautpaare. Auf ihre Mails mit verschiedenen Pauschalangeboten, Kosten, Tipps und Bemerkungen würde sich vielleicht ein Paar melden, und selbst dann war noch lange nicht ausgemacht, dass sie den Job bekam. Wenn sie als Selbstständige in diesem Geschäft überleben wollte, bedeutete das, ständig erreichbar zu sein.

Nachdem sie ihre E-Mails, sämtliche Sonderangebote und Lokalnachrichten durchgesehen hatte, fiel ihr Blick wieder auf das Tagebuch. Doch im selben Moment schlug die alte Standuhr fünf Uhr, und ihr Magen knurrte wie ein pawlowscher Hund. »Ich will jetzt nichts davon wissen, Olivia. Das hat noch etwas Zeit.«

Im Kühlschrank waren die Reste von Elaines Abendessen, die sie noch nicht angerührt hatte. Ihre Mutter hatte immer gesagt, dass alles am nächsten Tag besser schmeckte, aber Libby war schon als Kind anderer Meinung gewesen. Wenn eine Mahlzeit vorbei war, war sie vorbei.

Im letzten Herbst war sie ein paar Mal in einer Pizzeria gewesen, als sie ihren Vater besucht hatte. Kohlenhydrate ohne Ende. Der Belag troff nur so vor Fett. Unglaublich gut. Genau, was sie heute Abend brauchte. Vielleicht würde sie Elaine sogar eine Weile vergessen.

Sie schnappte sich ihre Handtasche und legte den Kilometer zum Stadtzentrum zu Fuß zurück. Das Wetter war angenehm warm, aber nicht schwül. Wenn der Sommer erst richtig losging, wäre es damit vorbei.

Als sie am Krämerladen vorbeikam, sah sie Sierra darin mit einem Typen in Jeans, Arbeitsstiefeln und einem blauen T-Shirt mit der Aufschrift Bauunternehmen Lane. Sie schloss messerscharf, dass das der Bauleiter war.

Libby klopfte an die Scheibe. Sierra winkte sie herein und lächelte. Stapleton verzog keine Miene, er hatte diese nüchterne »Zeit ist Geld«-Einstellung, die sie bei Handwerkern sehr schätzte. »Ich bleibe nicht lange. Bin auf dem Weg in die Pizzeria. Soll ich was mitbringen?«

»Nein danke. Mom kocht mir was. Libby, darf ich dir John Stapleton vorstellen? Meinen Bauleiter.« Sierras Begeisterung war nicht zu überhören, aber Libby wusste, dass sie mehr dem Projekt galt als John.

Libby schüttelte ihm die Hand. »Nett, Sie kennenzulernen. Sie werden hier sicher ordentlich was zu tun haben.«

»Halb so schlimm, wie ich anfangs dachte. Wir müssen ein paar Sachen am Fundament machen, aber insgesamt ist das Gebäude in einem guten Zustand.«

»Da haben wir ja Glück gehabt. Und wann sind Sie fertig?«

»Im Spätsommer oder zu Herbstbeginn bin ich hier durch«, versprach er.

»Das klingt hervorragend!«, sagte Sierra.

»Gut. Dann lasse ich euch wieder an die Arbeit gehen«, sagte Libby. »Ich habe einen Riesenhunger. Sag Bescheid, wenn du was brauchst, Sierra.«

»Mach ich.«

Beim Verlassen des Ladens dachte Libby, dass sie immer sehr gut darin war, Dinge anzufangen. Aber bislang war sie bei nichts länger als fünf Jahre geblieben. Ihre Ehe, ihr Beruf als Krankenschwester, ihre Versuche, Mutter zu werden. Wie lange würde wohl ihr Interesse an Sierras Laden oder an Bluestone andauern?

Als sie bei der Pizzeria ankam, schob sie diese Gedanken beiseite. Sie ließ sich vom Duft von Tomaten, Oregano und Käse betören und freute sich auf eine Peperoni-Pizza. In dem Lokal hingen die Highschool-Kids ab und versuchten, Bier zu bestellen, obwohl sie minderjährig waren. Wie in allen anderen Kleinstädten kannte in Bluestone jeder jeden. Und man wusste auch, wie alt jemand war.

Ein etwa neunzehnjähriges Mädchen stand hinter dem Tresen und begrüßte die Gäste. Sie hatte lilafarbene Strähnen in ihrer blonden Pferdeschwanzfrisur. Mit freundlichem Lächeln zog sie zwei Speisekarten hervor und sah Libby über die Schulter, als warte sie auf ihre Begleitung.

»Ich bin allein«, sagte Libby, »ein Tisch für eine Person.« Sie war stolz, dass sie sich nicht mehr an diesen Worten verschluckte. Es hatte ein paar üble Klippen in ihrem Leben gegeben, aber sie hatte viele schon gut umschifft.

Als das Mädchen hinter dem Tresen hervortrat, sah Libby ihren runden Bauch. Wahrscheinlich war sie im letzten Drittel der Schwangerschaft.

»Ich kenne dich!«, rief das Mädchen. »Du bist doch die Tochter von Dr. McKenzie.«

»Das stimmt.«

»Er war mein Kinderarzt. Als ich schwanger wurde, hatte ich gehofft, dass Dr. McKenzie auch mein Baby behandeln würde. Ich wusste nicht, dass er krank war.«

»Er hat es für sich behalten.«

»Ich habe gehört, dass er erst im letzten Herbst aufgehört hat zu arbeiten.«

»Er hat seinen Job geliebt.«

»Das hat man gemerkt. Man hatte immer das Gefühl, dass ihn nichts aus der Ruhe bringen könnte.«

»Das ist auch nicht oft passiert.«

Libby musste an Elaine denken. Sie war nicht viel älter gewesen, als sie schwanger wurde. Hatte ihre Familie den Kontakt mit ihr damals abgebrochen? Hatte sie vielleicht auch in so einem Lokal arbeiten müssen? Libby hatte in ihren kurzen Schwangerschaften nie etwas Schwereres gehoben als eine Tasse Kräutertee. Und diese junge Frau war den ganzen Tag auf den Beinen.

Sie wies Libby einen Tisch im hinteren Bereich zu, wo es ruhiger war. Sie war vor dem Ansturm angekommen. Ohne die Speisekarte anzusehen, bestellte Libby die extragroße Pizza mit Käse und Peperoni und dazu eine mittlere Cola Light.

Kaum hatte sie den Strohhalm in die Cola gesteckt, patschte eine kleine Hand auf ihren Tisch. »Libby!«

Sie sah auf. »Jeff!«, rief sie und erwiderte seinen neugierigen, direkten Blick.

»Hab ich dich erschreckt?«, fragte er hoffnungsvoll.

»Und wie! Seit wann kannst du Auto fahren?«, zog sie ihn auf.

Er lachte. »Ich kann noch nicht fahren. Wir sind mit Dad hier.«

Wie aufs Stichwort erschien Colton mit Sam. »Da bin ich aber beruhigt«, sagte sie zu dem Jungen. »Hey, Colton, da haben wir wohl den gleichen Gedanken gehabt.«

»Hi, Libby«, brachte Sam kichernd heraus.

»Hallo, Großer.«

»Tut mir leid, dass er dich erschreckt hat. Ob du's glaubst oder nicht, es bedeutet, dass er dich mag. Jeff, du kannst die Leute nicht so erschrecken, dass sie einen Herzinfarkt kriegen.«

Jeff runzelte die Stirn und musterte Libby. »Sie hat doch gar keinen Herzinfarkt.«

»Bist du sicher, Jeff?«, fragte Libby.

Der Junge zuckte die Achseln. »Klar, das sieht doch jeder.«

Colton grinste. »Wenn du Lust auf ein chaotisches Abendessen hast, setz dich doch zu uns. Aber ich hätte vollstes Verständnis, wenn du Nein sagst.«

Ja bedeutete Chaos. *Nein* bedeutete, dass sie wahrscheinlich doch wieder auf Jeremys Instagram-Account gehen und währenddessen darüber grübeln würde, welche ihrer Mütter sie weniger geliebt hatte. »Chaos und Pizza klingt super!« Sie stand auf und griff nach ihrer Handtasche und ihrem Getränk. »Ich sage der Kellnerin Bescheid, dass sie meine Pizza zu eurem Tisch bringen soll.«

»Pizza!«, rief Jeff.

»Pizza!«, wiederholte Sam.

»Jungs, wir bestellen gleich unsere eigene.«

»Kein Problem«, sagte Libby. »Meine ist groß genug für eine halbe Armee.«

»Wir sind aber eine ganze Armee, wenn es um Pizza geht.«

»Dann essen wir meine als Vorspeise.«

»Danke. Die Wartezeit in einem Restaurant kann einem mit den Jungs sehr lang vorkommen.«

Ihre extragroße Pizza kam, als sie gerade Platz nahmen. Die Kellnerin brachte sogar vier Teller mit. Libby setzte sich neben Jeff, der Sam einen triumphierenden Blick zuwarf.

Sam hoffte, dass sein Vater etwas gegen diese Ungerechtigkeit tat, aber Colton sagte nur, sie könnten ja später noch Plätze tauschen, wenn es ihm dann noch wichtig wäre.

Colton beäugte die riesige Pizza. »Das mit der Armee war keine Übertreibung.«

»Ich mache keine halben Sachen«, sagte sie und lud Jeff ein Stück Pizza auf den Teller. »Noch nicht essen. Sie ist zu heiß.«

Colton hatte Sam aufgetan, der sofort seinen Finger in den heißen Käse steckte. Mit Engelsgeduld wischte sein Vater ihm den Finger ab und hielt ihn in sein eigenes eisgekühltes Wasserglas.

»Mit euch wird's nie langweilig«, sagte sie grinsend.

»Nie.«

Das Mädchen brachte Milch mit Strohhalmen für die Kinder und ein eiskaltes Bier für Colton. »Bist du hierhergekommen, als du klein warst?«, fragte Jeff.

»Ja, bin ich«, sagte sie und schnitt ihm die Pizza in kleinere Stücke. »Ich glaube, jetzt ist sie abgekühlt.«

Er spießte ein Pizzastück mit seiner Gabel auf und stopfte es sich in den Mund. Wenn ihre Tochter überlebt hätte, wäre sie jetzt etwa zwei Jahre alt. Sie stellte sich vor, wie die Kleine hier in einem Hochstuhl sitzen und auf einem Stück Pizza kauen würde. Ob sie wohl vorsichtiger als die Jungen wäre? Oder würde sie sich wie ihre Mutter heißhungrig über das Essen hermachen?

Libby nahm sich ein großes Stück. Der erste Bissen mit heißem, klebrigem Käse, Knoblauch und Tomaten brachte sie zurück in die Realität. Sie aßen eine Weile schweigend. Colton bewahrte ein Milchglas vorm Umkippen und schnitt ein weiteres Stück Pizza für Sam ab, bevor er seinen ersten Schluck Bier trinken konnte.

»Du wohnst hier die Straße runter, oder?«, fragte er.

»Ja, etwa einen Kilometer entfernt.«

»Und du bist zu Fuß hier?«

»Genau.«

»Wie wäre es, wenn du mit uns nach Woodmont fährst? Wir zeigen dir das Gewächshaus. Es ist jetzt nämlich komplett leer.«

»Seid ihr fertig mit der Versiegelung?«

»Noch nicht ganz, aber innen ist alles sauber. Elaine ist gut mit solchen Projekten.«

Als sie Elaines Namen hörte, verschluckte sie sich fast. »Wie soll es weitergehen, wenn alles fertig renoviert ist?«

»Sie freundet sich langsam mit dem Gedanken an, Woodmont doch als Veranstaltungsort zu vermieten. Kleinere Hochzeiten könnten im Gewächshaus stattfinden.«

»Ich dachte, die Carters hätten das nicht nötig.«

»Früher vielleicht. Aber Dr. Edward Carter hat das Gut heruntergewirtschaftet. Und jetzt müssen sie das Grundstück entweder an eine große Immobilienfirma verkaufen oder ein Einkommen damit erwirtschaften, um es in Schuss zu halten und die Steuern zahlen zu können.«

»Hättest du je gedacht, dass du mal Hochzeiten organisierst?«

»Bestimmt nicht. Aber ich liebe das Anwesen. Es hat es verdient, dass man es nutzt und genießt. Kommst du mit und siehst dir das Gewächshaus an?«

Sie trank ein paar Schluck Cola. »Klar komme ich mit.«

»Super«, sagte er. Er schien sich sehr darüber zu freuen.

Die Kinder hatten aufgegessen. Als die Rechnung kam, bestand Colton darauf, sie zu bezahlen. Er bestand auch darauf, dass sie Jungs noch mal zur Toilette gingen, denn, so erklärte er, die Heimfahrt konnte einem sehr lang vorkommen, wenn man musste.

Die Fahrt nach Woodmont dauerte keine zwanzig Minuten, aber als Colton in die lange Auffahrt einbog, waren beide Jungen eingeschlafen.

»Zentnerweise Kohlenhydrate wirken wie eine Schlaftablette«, sagte sie, obwohl sie selbst überhaupt nicht müde war. Sie war energiegeladen und froh, jetzt nicht alleine zu Hause zu sein.

Libby hob Sam vorsichtig aus seinem Kindersitz. Ohne aufzuwachen, legte er seine Arme um ihren Hals und schmiegte sich an sie. Er war schwerer, als sie erwartet hatte. Colton war mit Jeff auf dem Arm schon im Haus verschwunden. Im Kinderzimmer warteten zwei gemachte Betten.

»Zieh ihm nur die Schuhe und die Hose aus«, sagte Colton.

»Ich habe das schon mal gemacht.« Sie zog ihm die kleinen Spiderman-Schuhe und blauen Socken von den Füßen und stellte sie ans Fußende des Bettes.

»Nicht dein erstes Rodeo«, sagte er grinsend.

Nachdem sie ihm die Hose ausgezogen hatte, legte sie ihn ins Bett. Er rollte sich auf die Seite und steckte sich den Daumen in den Mund.

»Darf er das?«, fragte sie.

»Irgendwann muss er sich das abgewöhnen. Aber nicht heute Abend.«

Er dimmte das Licht, schaltete den Deckenventilator ein und knipste eine grüne Nachtleuchte an.

Im Flur fiel ihr Blick auf gerahmte Babyfotos von den beiden. »Wie süß!«

»Sie haben von der ersten Sekunde an mein Herz erobert.« Er betrachtete gedankenverloren ein Foto von beiden. »Ich rufe Mom an und bitte sie, kurz auf die Jungs aufzupassen, damit wir uns das Gewächshaus ansehen können.«

»Ich möchte keine Umstände machen.«

»Sie ist noch in Woodmont. Wenn die Familie abgereist ist, arbeitet sie abends immer lange. Sie will dann alles wieder in Ordnung bringen.«

»Wenn es ihr nichts ausmacht …«

Er hatte sein Handy schon am Ohr. Margaret sagte sofort zu, rüberzukommen. Dann nahm er zwei Flaschen Bier aus dem Kühlschrank, öffnete sie und hielt ihr eine hin.

»Wir können solange draußen sitzen«, schlug er vor.

»Ja, gern, es ist so mild heute.«

Er hielt ihr die Tür auf. Als sie an ihm vorbei zu einem der Schaukelstühle ging, nahm sie seinen Geruch wahr. Es war kein Aftershave. Es war ein männlicher Geruch, der Jeremys entfernt ähnelte. Aber er war wilder, und das gefiel ihr.

»Sitzt du oft hier draußen?«, fragte sie.

»Manchmal am Abend, wenn die Kinder schlafen. Aber in letzter Zeit war ich zu beschäftigt mit Papierkram von Handwerkern und Lieferanten.«

Sie trank einen Schluck Bier. »Ich kann mir gut vorstellen, dass du immer was zu tun hast.«

Sie hörten Schritte, und kurz darauf leuchtete eine helle Lampe den Weg aus.

Margaret kam langsam um die Ecke. Als sie Libby sah, konnte sie ihre Überraschung nicht verbergen.

»Was machen Sie denn hier, Libby?«, fragte sie geradeheraus.

»Colton wollte mir das Gewächshaus zeigen.«

Margaret warf Colton einen kurzen, warnenden Blick zu. Mütter machten sich anscheinend auch noch Sorgen, wenn ihr Sohn verwitwet war und zwei Kinder hatte. »Na, dann mal los. Ich halte hier die Stellung.«

»Wir bleiben nicht lange«, sagte Colton.

»Lasst euch Zeit. Ich schalte mir das *Glücksrad* ein.«

Als sie das Gewächshaus erreichten, funkelte die Kuppel in der Abendsonne wie ein Diamant. Die Scheiben waren von allen Ranken befreit und blitzblank geputzt. Auch das Gestrüpp ringsherum war verschwunden. Die Tür ließ sich jetzt spielend öffnen. Er hielt sie ihr auf. »Nach dir.«

Ohne das ganze Gerümpel, die angestoßenen Töpfe mit vergammelter Erde und die abgestorbenen Pflanzen wirkte der Innenraum viel leichter und luftiger. »Da hast du aber ganze Arbeit geleistet, Colton.«

»Es ist schöner geworden, als ich mir vorgestellt hätte.«

»Dies macht Woodmont zu etwas ganz Besonderem. Ich kenne keine Event-Location, die auch nur annähernd etwas in der Art vorweisen könnte.«

Sie ging umher und ließ den Raum auf sich wirken. Colton ließ sie nicht aus den Augen. Als sie seinen Blick bemerkte, stieg ihr das Blut in die Wangen. Sie kannte diesen Blick. Wie hatte sie das vermisst! Diese Erregung, das Verlangen in den Augen eines Mannes.

»Margaret scheint uns ja alles zuzutrauen.« Ihre Stimme klang rauchig.

»Wieso? Ich zeige dir das Gewächshaus.«

Seine sachliche Antwort verwirrte sie. Hatte sie seine Signale falsch aufgefasst? Sie trat etwas näher an ihn heran. »Und es ist unglaublich schön geworden. Jetzt habe ich es ja gesehen. Lass uns zurückgehen und mit Margaret das *Glücksrad* angucken.«

Er sah sie an, als würde er ernsthaft über den Vorschlag nachdenken. Einen Moment lang fürchtete sie, sie würde vollkommen danebenliegen. Vielleicht hatte er ihr wirklich nur seine Arbeit zeigen wollen. Verdammt! War sie so aus der Übung?

Ein winziges Lächeln zuckte in seinem Mundwinkel, bevor er sein Bier abstellte und ihr die Flasche aus der Hand nahm. Er griff nach ihrer Hand und zog sie an sich heran. Ihre Brüste lagen an seiner Brust. Ihr Herz, das hätte sie schwören können, war kurz davor zu explodieren.

Er strich mit seinem kräftigen Daumen unendlich langsam und verführerisch über ihre Handfläche. Die kleinen Bewegungen elektrisierten ihren ganzen Körper. Ihre Schenkel strichen gegen seine. Er strahlte eine leidenschaftliche Kraft aus. »Ich wollte dich schon in dem Moment küssen, in dem du in meinen Truck gesprungen bist.«

»Ich dich auch.« Sie presste sich an ihn, aber sie wollte, dass er ihr den ersten Kuss gab. Sie wollte begehrt werden.

Er nahm ihr Gesicht in die Hände und küsste sie mit weichen Lippen. Er schmeckte nach Bier und aufgestauter Energie. Sie ließ alle Vorbehalte fallen, schlang ihm die Arme um den Hals und zog ihn zu sich herunter. Was machte es schon, dass sie in dieser beleuchteten Schneekugel von aller Welt gesehen werden konnten?

Als hätte er ihre Gedanken erraten, löste er sich von ihr und schaltete das Licht aus. Nur die untergehende Sonne erleuchtete den Raum.

Sie küsste ihn hungrig. Im nächsten Moment machte sie sich schon daran, seine Jeans aufzuknöpfen.

Er zögerte. »Ich habe nichts dabei.«

»Nach meiner letzten Fehlgeburt haben mir die Ärzte gesagt, dass ich höchstwahrscheinlich nicht mehr schwanger werden kann.«

Er trat einen Schritt zurück und sah sie betroffen an.

»Das ist eine lange Geschichte. Und ich habe seit dem Ende meiner Ehe mit niemandem geschlafen. Das war vor zwei Jahren. Ich bin vollkommen ungefährlich.«

»Nichts an dir ist ungefährlich«, raunte er und umfasste ihr Gesicht.

Sie löste den obersten Knopf seiner Jeans. »Für dich ist es auch das Ende der Trockenzeit?«

»Ja.«

»Also? Wenn wir Vertrauen haben, könnte das richtig Spaß machen.«

Das tat seine Wirkung. Er strich ihr eine Strähne aus dem Gesicht und musterte sie im Mondlicht, als wollte er ihr in die Seele schauen.

»Spring ins kalte Wasser. Nicht für immer, nur für jetzt«, flüsterte sie. »Früher oder später müssen wir wieder rein.«

Seine Augen wurden dunkel und dann küsste er sie. Kaum hatten sie sich entschieden, waren sie auch schon mittendrin. Fieberhaft zogen sie einander aus. Sie war so aufgeregt, dass sie sich mehrfach sagen musste, dass es nur Sex war. Sie waren beide ausgehungert und begierig nach Nähe, was sie brauchten, war eine Reise ins Land der Sinnlichkeit.

Als er sie auf den Haufen Klamotten auf den Boden legte, verlor sie jeden Sinn für Zeit und Raum. Das hier. Das war es, was sie wollte.

Ihre Vereinigung war überstürzt. All ihre unterdrückten Gefühle, all ihr aufgestautes Verlangen entluden sich. Als sie zusammen in den Abgrund stürzten, glaubte sie, ihr Herz würde zerspringen.

Danach lag sie angeschmiegt an ihn und spürte seine Körperwärme. Sie hatte nie einen One-Night-Stand gehabt. Aber sie bereute nichts. Zum ersten Mal seit zwei Jahren fühlte sie sich lebendig.

Kapitel 25

Olivia

Samstag, 3. Oktober 1942, Gut Woodmont

Als Olivia Sadie die Hand an den Bauch gelegt hatte, hatte sie einen Tritt des Babys gefühlt. Sie zog ihre Hand so schnell zurück, als hätte sie sich verbrannt.

»Sadie, weiß deine Mutter davon?«, fragte Olivia.

Sadie zog ihren Mantel zu und wandte sich von Olivia ab, als würde sich eine unbewusste Angst in ihr aufbäumen. »Es gibt nichts zu erzählen. Was immer ich habe, wird auch wieder weggehen. Was Sie gefühlt haben, war nur ein Magengrummeln.«

Olivia starrte die junge Frau an. Ihr Gesicht war runder und ihre Brüste waren voller geworden. »Es war ein Tritt. Der Tritt eines Babys. In dir wächst ein Baby.«

Sadie stieß den Absatz ihres Stiefels auf die Pflastersteine. »Ich bin nur dicker geworden, das ist alles.«

»Nein, Sadie. Du bist schwanger. Wer ist der Vater? Du hast mir nie von einem jungen Mann erzählt.«

»Ich habe auch keinen Freund.«

»Aber du hast mit einem Mann geschlafen. Irgendwann im Frühjahr.«

Sadie schlug die Hände vors Gesicht. »Ich wollte doch nur tanzen gehen.«

»Aber du hast nicht nur getanzt.«

»Ich wollte das nicht. Ich habe gedacht, wir würden ein bisschen auf dem Rücksitz in seinem Auto sitzen. Aber dann hat er mir plötzlich das Kleid hochgezogen und war auf mir drauf.« Tränen liefen ihr übers Gesicht. »Ich kann kein Baby bekommen. Das würde meiner Mama das Herz brechen. Und dann sagt sie es dem Sheriff, und sie holen mich ab.«

Olivia nahm Sadie bei den Händen. »Wie kommst du darauf?«

»Ich habe keinen Mann«, rief sie verzweifelt und zog ihre Hände weg. »Und der Sheriff hat mich nach dem Unfall gewarnt, wenn ich ihm noch mal Scherereien mache, komme ich ins Gefängnis.«

»Wie bitte?«

»Der Sheriff ist nach dem Unfall zu uns gekommen und hat mir gesagt, dass ich großen Ärger kriege.«

»Aber du hast doch gar nichts getan. Ich bin gefahren. Außerdem hat der Arzt gesagt, dass ich das Baby nicht wegen des Unfalls verloren habe. Es gab andere gesundheitliche Gründe.«

»Es ist so ungerecht. Sie verlieren Ihr Baby, und ich kriege eins, das ich nicht will. Ich wünschte, ich könnte Ihnen dieses Baby einfach geben. Dann könnten Sie es in Ihrem Bauch tragen und es lieben, als wäre es Ihr eigenes.« Tränen strömten ihr über die geröteten Wangen. »Ich könnte die Stadt verlassen, und Sie könnten endlich ein Kind haben.«

Das Gleiche wünschte sich Olivia. Sie würde dieses Kind nur allzu gern annehmen und als ihres aufziehen. Doch ihr Mann würde das niemals erlauben. Sie liebte ihn, aber sie verstand, dass er kein Kind dulden würde, das nicht sein Fleisch und Blut war.

»Wann ist diese Sache im Auto passiert?«, fragte Olivia.

»Im März.«

»Das bedeutet, du bist im siebten Monat und die Geburt ist im Dezember.«

Sadie sah sie erschreckt an. »Dezember ist schon so bald. Ich kann doch nicht in zwei Monaten ein Baby kriegen! Was soll ich nur tun?«

»Weißt du den Namen des Vaters, Sadie?«

»Er hat gesagt, ich darf es niemandem erzählen«, sagte Sadie verzweifelt. »Und dass mir sowieso niemand glauben würde.«

»Wer war es?«

Sadie senkte beschämt den Blick auf ihre rauen Hände. »Es war Malcolm. Der Cousin Ihres Mannes.«

»Malcolm Carter?« Er hatte den Ruf eines Weiberhelden und war im März zu Besuch gewesen, um Edward nach ihrer Fehlgeburt aufzuheitern. Damals hatte er sie beide eingeladen, sich eine Band mit ihm anzuhören, aber sie war nicht in der Stimmung gewesen. Auch Edward war zu Hause geblieben. Wenn sie hingegangen wäre, hätte sie Sadie dies vielleicht erspart.

»Bitte sagen Sie Ihrem Mann nichts davon«, flehte Sadie.

»Warum nicht? Er sollte wissen, was Malcolm dir angetan hat.«

»Malcolm hat gesagt, dass ich dann erst recht Ärger kriege. Ich will nicht weggeschickt werden.«

Olivia war nicht naiv. Wenn Sadies Wort gegen Malcolms stand, würde man Malcolm glauben. Für Mädchen wie Sadie war eine solche Situation aussichtslos. »Geh nach Hause, Sadie. Erzähl deiner Mutter, was los ist. Du brauchst ihre Hilfe.«

»Sie wirft mich bestimmt raus.«

»Ist deine Mutter gut zu dir?«

»Natürlich. Sie ist doch meine Mama.«

»Dann vertrau auf ihre Hilfe. Du brauchst sie.«

»Ich will dieses Baby nicht.«

»Das tut jetzt nichts zur Sache. Und noch etwas: Du darfst dich nicht in der Stadt sehen lassen, bis das Baby geboren ist. Wenn du nicht so schlank wärst, hätte es bestimmt schon jemand bemerkt.«

»Ich trage die Hosen von meinem Bruder, weil mir meine nicht mehr passen.«

»Du hast Glück, dass der Winter vor der Tür steht. Die Leute bleiben zu Hause und treffen sich nicht so oft.«

»Und Lebensmittel? Ich muss doch in die Stadt zum Einkaufen.«

»Ich bringe dir Lebensmittel.«

»Wie wollen Sie das machen?«

»Ich kann doch Auto fahren.«

»Aber Sie wollen doch nicht, dass Ihr Mann davon erfährt.«

»Mach dir darüber keine Sorgen. Ich regele das schon.«

»Was ist mit Malcolm?« Sadie war alles Blut aus dem Gesicht gewichen.

»Ich kümmere mich um ihn.«

»Was werden Sie tun?«

Olivia schüttelte den Kopf. »Ich weiß es noch nicht.«

* * *

Olivia konnte an nichts als an Sadie und ihr Baby denken, als sie nach Lynchburg fuhr. Sie erinnerte sich nicht mehr genau an den Weg, bog mehrfach falsch ab und musste wieder umdrehen. Einmal geriet sie an einer Steigung in Schwierigkeiten, aber sie meisterte die Situation. Am Nachmittag parkte sie vor dem Krankenhaus in Lynchburg.

Sie saß noch eine Minute hinter dem Lenkrad und starrte auf das ominöse Gebäude. Es war dunkel und bedrohlich. Edward war ein guter Mann. Sie hatte wahre Güte in seinen Augen gesehen.

Nach Sadies Besuch hatte Olivia Edward über die Klinik und seine Motivation für seine Arbeit ausgefragt. Er war ihren Fragen ausgewichen. Am Ende hatte er nur gesagt: »Wenn ich es nicht tue, wer macht es dann?« Da hatte sie gewusst, dass hinter diesen Mauern schreckliche Dinge passierten.

Sie zog die Handbremse an und überprüfte ihre Frisur und ihr Make-up. Nachdem sie sorgfältig den Lippenstift nachgezogen und ihr Kleid glatt gestrichen hatte, nahm sie den Picknickkorb vom Rücksitz.

Auf ihr Klingeln erschien ein hagerer Mann an der Tür. Sie nahm den Picknickkorb auf und zwang sich zu lächeln, als sie auf die Rezeption zuging, an der ein älterer Mann in einem abgetragenen dunklen Anzug saß. »Ich bin Olivia Carter. Ich möchte zu meinem Mann, Dr. Edward Carter.«

»Ja, Ma'am.« Der Mann schien so neugierig wie zögerlich. »Weiß Dr. Carter, dass Sie kommen wollten?«

Wie beim ersten Mal drang ihr der Geruch schmutziger Bettwäsche in die Nase. Er erinnerte sie an das muffige Krankenhaus in London zur Zeit der Luftangriffe. Sosehr sie sich damals auch gewaschen und abgeschrubbt hatte, der unangenehme Geruch war immer haften geblieben.

»Nein«, antwortete sie. »Es ist eine Überraschung. Und sagen Sie mir nicht, dass er zu tun hat. Ich weiß, dass er um zwei fertig ist.«

Der alte Mann steckte seinen gekrümmten Zeigefinger in die Wählscheibe des Telefons. Null. Dann die neun. Dann die zwei.

Mit jedem Klingelton verließ Olivia der Mut ein wenig mehr. Edward würde sich natürlich freuen, sie zu sehen. Dann würde er sich fragen, wie sie hierhergekommen war. Sie müsste ihm sagen, dass sie Auto fahren konnte und dass sie bei dem Unfall hinter dem Steuer gesessen hatte, nicht Sadie.

»Dr. Carter ist gleich hier. Nehmen Sie bitte da drüben Platz«, sagte der alte Mann.

Sie setzte sich auf einen kleinen Holzstuhl, den Picknickkorb auf dem Schoß. Im Eingangsbereich war es ruhiger, ganz anders ohne die Geschäftigkeit in normalen Krankenhäusern. Es herrschte eine unheimliche Stille, wie in den Londoner Luftschutzbunkern, nachdem die Tür geschlossen worden war und alle schweigend auf den Bombenhagel warteten.

Diese Momente hatte sie am meisten gehasst. Sowie sie vorbei waren und die Bomben fielen, veränderten sich Vergangenheit, Gegenwart und Zukunft für so viele Menschen für immer.

»Olivia, Darling.« Edward kam besorgt auf sie zu. »Was machst du denn hier?«

Sie stand auf und ließ sich von ihm auf die Wange küssen. »Ich habe dir Mittagsessen gebracht. Hühnchen und frisches Maisbrot.«

»Das ist ja wunderbar. Ich habe einen Riesenhunger.« Er legte ihr einen Arm um die Schulter und führte sie Richtung Tür. »Und wie bist du hierhergekommen?«

»Mit dem Auto. Ich bin gefahren.«

Seine Augen leuchteten, als hätte sie einen Witz gemacht. Als sie nichts weiter sagte, wurde er ernst. »Schatz, wie kann das sein? Du kannst doch gar nicht Auto fahren.«

»Doch. Ich fahre sogar ziemlich gut. Nur das Anfahren am Berg bereitet mir manchmal noch Schwierigkeiten.«

Er nahm sie beim Ellenbogen und schob sie sanft aus der Tür hinaus. »Wer hat dir das beigebracht?«

Selbst in der frischen kalten Luft fühlte sie die Hitze in ihren Wangen. »Sadie.«

»Sadie«, wiederholte er voller Missbilligung. »Wann?«

»Im Frühjahr.« Obwohl die Versuchung groß war, machte sie keinen Rückzieher. »Ich habe den Wagen gesteuert, als wir den Unfall hatten. Nicht sie.«

Er hielt ihre Hände ein wenig fester. »Tu das nicht.«

»Tu was nicht?«

»Sie decken. Ich weiß, du hast eine Schwäche für dieses Mädchen. Du hast dich immer schon um Bedürftige gekümmert. Es ist eins der Dinge, die ich am meisten an dir liebe. Aber diese Art von Person ist es nicht wert.«

»Stimmt, ich mag das Mädchen, aber ich decke sie nicht. Ich bin gefahren. Das Vorderrad ist auf einer glatten Stelle durchgedreht, und der Wagen ist ausgebrochen. Im Straßengraben kam ich auf die feige Idee, dass wir die Plätze tauschen.«

Er massierte sich die Schläfen mit seinen langen Fingern. »Warum erzählst du mir das jetzt?«

»Ich möchte nicht, dass du ihr die Schuld gibst. Sie ist ein gutes Mädchen.«

Er atmete langsam und bewusst, als wollte er seine Wut im Zaum halten. »Ich werde sie nicht wieder einstellen, falls es das ist, was du von mir willst.«

»Ich verstehe, dass das unmöglich ist. Aber ich möchte sie von Zeit zu Zeit besuchen.« Sie deutete mit dem Kopf auf den Pontiac.

»Das gefällt mir nicht. Und ihr Einfluss auf dich gefällt mir auch nicht.«

»Die einzige Konsequenz unserer Bekanntschaft ist, dass ich eine Freundin habe und dass ich Auto fahren kann. Ich hätte sie auch besuchen können, ohne dich zu fragen. Aber ich hätte gern deinen Segen.«

»Warum willst du das Mädchen überhaupt besuchen?«, fragte er.

»Ihre Mutter ist krank, und ihre Brüder sind im Krieg. Sie kämpfen für mein Land. Ich verstehe nicht, was daran schlimm sein sollte, wenn ich versuche, der Familie zu helfen.«

»Das Mädchen bringt nur Ärger. Malcolm hat mich ein paar Mal vor ihr gewarnt, aber ich habe nicht auf ihn gehört.«

»Malcolm.« Wut stieg in ihr auf. Ihre Unentschlossenheit war wie weggeblasen. »Ich wusste gar nicht, dass du ihn in letzter Zeit gesehen hast.«

»Er ist mein Cousin und ruft mich ab und zu an.«

Sie zwirbelte einen Knopf an ihrem Ärmel. »Und was hat er über Sadie gesagt?«

»Dass sie ein Wildfang ist. Er hat sie beim Frühjahrstanz ohne Begleitung gesehen. Das ist genau das, was ich von so einem Mädchen erwarten würde. Johnny würde sich in Grund und Boden schämen. Aber das war, nachdem ich sie gefeuert hatte, also habe ich nicht weiter drüber nachgedacht. Sie war ja schon aus unserem Leben verschwunden, also war es nicht weiter schlimm.«

»Anscheinend weiß Malcolm viel über Sadie.«

»Ich weiß nur, dass er eine gute Menschenkenntnis hat, und gebe viel auf sein Wort.«

»Malcolm war also auch allein bei diesem Tanz. Und er hat einiges getrunken, nehme ich an?«, fragte sie beiläufig.

»Wir wissen beide, dass das für Männer völlig anders ist als für Frauen.«

Ja, das wusste Olivia nur zu gut. »Wo ist Malcolm eigentlich dieser Tage? Ich habe ihn seit dem Wochenende im März nicht mehr gesehen.«

»Er ist in Richmond und beendet sein Jurastudium. Er ist wirklich brillant und hat schon mehrere Jobangebote.«

»Ein versierter junger Mann.« Intelligenz war nicht mit Ehre zu verwechseln.

»Also verstehst du, dass ich seinem Urteil traue.«

Ihre Mutter hat ihr den Rat gegeben, immer erst bis zehn zu zählen und dann erst mal zu lächeln, wenn man etwas sagen will, was zu spitzzüngig ist. Sie hatte knapp ausgezählt, als sie herausplatzte: »Warum vertraust du ihm mehr als mir?«

Er schüttelte verwirrt den Kopf »Das habe ich doch gar nicht gesagt.«

»Natürlich hast du das«, fauchte sie.

»Widersprich mir nicht, Olivia«, sagte er warnend. »Ich bin bereit, dir zu vergeben. Ich würde dir sogar das Autofahren erlauben. Aber in unserem Haus habe ich das letzte Wort.«

»Es tut mir leid, dass es dich stört, dass ich eine andere Meinung habe, und dass ich Auto fahre, aber du wirst beides nicht ändern.«

Seine Stirnfalte vertiefte sich. Er war sehr wütend.

»Edward, du redest mit einer Frau, die in einem Londoner Krankenhaus gearbeitet hat, als es ausgebombt wurde. Ich habe neun Stunden unter Trümmern ausgehalten. Ich bin der Ansicht, wenn ich das überlebt habe, dann kann ich auch einen Wagen fahren und eine andere Meinung haben. Außerdem musst du dann nicht mehr die langweiligen Einkaufsfahrten mit mir nach Charlottesville machen.«

»Es macht mir nichts aus, dich zu fahren«, sagte er schnell.

»Das ist lieb von dir, aber es wird mich auch aufheitern. Damit ich aus dieser düsteren Stimmung herauskomme.« Sie nahm seine Hand und führte ihn zum Wagen. Nachdem sie sich umgesehen hatte, streckte sie sich und küsste ihn auf den Mund. Er sollte spüren, dass sie ihm eine neue und stärkere Frau und Freundin sein würde.

Er legte seine Hände auf ihre Hüfte und zog sie sanft an sich. Im nächsten Moment schien er schon gegen den Drang zu kämpfen, sich jetzt gleich zu nehmen, was er wollte.

Zufrieden mit ihrer Wirkung trat sie einen Schritt zurück. »Lass uns Mittag essen. Und wenn du heute Abend nach Hause kommst, gibt es einen besonderen Nachtisch für dich.«

Er grinste. »Schön, dass du wieder da bist.«

Es war das erste Mal, seit sie unter dem Schutt begraben worden war, dass sie sich selbst wiedererkannte. Ihr war, als hätte sie erst jetzt den letzten Stein weggerollt, der sie niedergedrückt gehalten hatte. »Es ist schön, wieder da zu sein.«

Sie reichte ihm die Picknickdecke, die er über der Bank ausbreitete, und sie packte das Essen aus.

»Ich werde das Gefühl nicht los, dass du mich eingewickelt hast.«

»Womit du nicht unrecht hast, Schatz. Und ich vermute, du hast nichts dagegen.« Sie reichte ihm einen Teller mit gebratenem Hühnchen und Maisbrot und eine rot-weiß karierte Serviette.

Er biss in ein Hühnerbein und sah sie skeptisch an. »Der Gedanke, dass du alleine auf den Straßen unterwegs bist, gefällt mir nicht.«

»Und wenn ich dir verspreche, dass ich nur tagsüber fahre?«

»Grundgütiger! Es ist mir gar nicht in den Sinn gekommen, dass du nachts fahren könntest.«

»Außerdem fahre ich nie schneller als, sagen wir, zwanzig Meilen?«

»Bei Tageslicht. Aber nicht bei schlechtem Wetter?«

»In Ordnung, wenn du dich dann besser fühlst. Ich mache meine Ausfahrten nur unter Idealbedingungen wie heute.«

»Es macht mich trotzdem nervös.«

Sie lächelte und beugte sich so zu ihm hinüber, dass er ihr tief in den Ausschnitt sehen konnte. »Klingt wie ein Ja.«

»Es ist ein Ja mit Widerwillen.«

»Besser ein zögerliches Ja als ein schnelles Nein.« Sie nahm sich ein Stück Huhn. »Denk dran, Malcolm einzuladen.«

»Warum?«, fragte er argwöhnisch.

»Ich weiß, dass du ihn vermisst hast, und ich würde ihn auch zu gern mal wiedersehen.«

»Was hast du vor?«

»Nichts.«

»Malcolm gehört zur Familie. Ich warne dich: Blamier mich nicht, Olivia. Weder vor ihm noch in der Öffentlichkeit.« Er sah mit einem kalten Blick zum Backsteingebäude und dann wieder zu ihr.

Ihr stockte der Atem. »Was willst du damit sagen? Dass du mich in so einem Ort einsperren würdest?«

»Ich habe den ganzen Tag mit schwierigen Frauen zu tun. Ich weigere mich, dass es zu Hause so weitergeht.«

»Du hast meine Frage nicht beantwortet.«

Schweigen lastete schwer zwischen ihnen. Schließlich lächelte er und gab ihr einen sanften Kuss auf die Wange. »Zwing mich nie dazu, so eine Entscheidung zu treffen.«

Sie sah ihm in die Augen und verstand das ganze Ausmaß seiner Drohung.

Kapitel 26

Libby

Mittwoch, 17. Juni, Gut Woodmont

Es stand außer Frage, noch eine Weile zu kuscheln oder sogar die ganze Nacht miteinander zu verbringen. Nach dem Sex zogen sie sich etwas verlegen an, und dann fuhr er sie nach Hause.

»Das war schön«, sagte sie.

»Nur schön?«, zog er sie auf.

»Es war wunderbar. Genau, was ich gebraucht habe. Aber ich möchte nicht, dass es jetzt komisch wird zwischen uns beiden.«

»Für mich fühlt sich nichts komisch an. Ich will dich wiedersehen. Am besten bei einem ordentlichen Essen ohne kleine Jungs. Und ein richtiges Bett sollte auch nicht fehlen.«

Das klang verbindlich. Vielleicht kein Ding fürs Leben, aber ein Anfang. Sie konnte kaum absehen, was nächste Woche passieren würde, aber mehr Sex mit Colton war auf jeden Fall akzeptabel.

»Ich habe ein Bett …« Sie legte die Hand auf den Türgriff. »Und ich kann was für uns kochen. Aber vielleicht hältst du es für keine gute Idee, hierherzukommen. Ich weiß, wie Kleinstädte sein können.«

»Hier wäre gut.« Er küsste sie auf den Mund.

»An den nächsten Wochenenden bin ich ausgebucht, aber unter der Woche habe ich Zeit.«

»Nächsten Mittwochabend?«, schlug er vor.

»Ich freu mich drauf.«

Sie gab ihm noch einen Kuss und stieg aus. Als sie die Stufen zur Haustür hochstieg, fühlte sie sich, als wäre eine Last von ihren Schultern gefallen. Natürlich würde diese Erleichterung nicht ewig andauern, aber heute Abend fühlte es sich sehr gut an. Nachdem sie aufgeschlossen hatte, drehte sie sich noch einmal zu ihm um. Er wartete im Wagen und fuhr erst los, als sie die Tür hinter sich geschlossen hatte.

Sie setzte sich aufs Sofa, nahm ein Kissen und drückte es an sich. Im selben Moment klingelte ihr Telefon. Es war Sierra.

»Was ist bei dir los?«, fragte sie.

»Ich hatte ein Date. Sozusagen.«

»Mit Colton?«

»Ja.« Sie klang ganz aufgeregt.

»Ich hoffe, es gehörte auch wilder Sex dazu.« Ihr Grinsen war zu hören.

»Kann schon sein.«

Sierra lachte. »Hey! Gut für dich! Nach vorn schauen, das Leben umarmen. Ich dränge dich nicht, mir alle schmutzigen Details zu erzählen. Aber ich freu mich riesig für dich.«

»Es war nur ein Abend. Vielleicht ist es nichts Längerfristiges.«

»Was heißt das schon, längerfristig? Was zählt, ist das Hier und Jetzt. Träum schön.« Sierra beendete das Gespräch.

Libby ließ sich entspannt und friedlich aufs Sofa sinken. Selbst die schreckliche Styropordecke irritierte sie nicht. Jedenfalls nicht sehr.

Ihr Handy klingelte wieder. Die Nummer auf dem Display sagte ihr nichts. Vielleicht eine gestresste Braut?

»Libby McKenzie.«

»Hier ist Lofton Grant.«

Sie war sofort in Alarmbereitschaft. »Lofton. Ist Elaine etwas passiert?«

»Ich will, dass du dich von meiner Mutter fernhältst.« Lofton klang, als hätte sie reichlich Wein getrunken.

»Wie bitte?«

»Du weißt ganz genau, dass es ihr nicht gut geht. Ich will nicht, dass du sie besuchst. Sie kann Stress jetzt nicht gebrauchen.«

»Ich bin ihre Tochter, Lofton«, sagte Libby vorsichtig.

»Ein Unfall. Ein Versehen. Das macht dich noch lange nicht zu einer richtigen Tochter.«

»Ich bin sicher, dass sie das anders sieht. Schließlich hat sie die ganze Sache ins Rollen gebracht, nicht ich.«

Loftons Stimme überschlug sich fast. »Genau, ich sage doch, dass sie krank ist. Ich will nicht, dass sie ausgenutzt wird.«

Libby sprang auf und lief im Wohnzimmer auf und ab. »Sie war immer klar und ganz auf der Höhe, wenn ich mit ihr gesprochen habe.«

»Ich warne dich.«

»Moment mal. Du warnst mich davor, Elaine zu sehen? Dazu hast du kein Recht, du verwöhntes …« Sie konnte sich gerade noch zurückhalten und atmete tief durch. »Das kannst du nicht.«

»Hast du sie dazu gebracht, ihr Testament zu ändern?« Ihre Stimme wurde leiser, als ginge sie vor der Antwort in Deckung.

»Testament? Warte mal, geht es dir jetzt ums Geld oder um die Gesundheit deiner Mutter?«

»Um ihre Gesundheit natürlich.«

»Ach, Quatsch. Es geht ums Geld. Und nur dass du es weißt, ich will nichts von Elaine, außer einen kleinen Einblick in die Familiengeschichte und vielleicht eines Tages so etwas wie Freundschaft. Und wenn du mich noch einmal anrufst, sprechen wir das Mal darauf im Beisein *unserer* Mutter.«

»Sie ist nicht *deine* Mutter!«, schrie sie. »Sie ist *meine* Mutter.«

»Lofton, du bist betrunken.«

»Ich hatte nur zwei Drinks.«

»Sicher mehr als zwei. Mach es nicht noch schlimmer. Leg jetzt lieber auf.«

»Sie will *dir* Woodmont vererben!«, rief Lofton.

Libby verschlug es die Sprache. Sie musste sich verhört haben. »Woodmont? Davon hat sie mir kein Wort gesagt.«

»Das glaube ich dir nicht. Ich habe doch gehört, wie ihr beim Abendessen über die Gärten und das Haus gesprochen habt.«

»Hat sie dir das gesagt?«, fragte Libby.

»Ich habe gehört, wie sie es meinem Vater erzählt hat.«

Libby wurde immer angespannter und dehnte ihre Nackenmuskeln.

»Ich weiß wirklich nichts davon«, beteuerte sie.

»Ich glaube dir kein Wort.«

»Auf Wiedersehen, Lofton.«

Sie beendete den Anruf und warf ihr Handy aufs Sofa. Dann lief sie im Zimmer herum und stieß dabei einen Haufen

Flüche und unflätiger Worte aus. Sie hatte sich immer gefragt, wie es wohl wäre, eine kleine Schwester zu haben.

Was für eine eingebildete Göre.

Libby griff nach ihrem Handy und suchte Elaines Nummer. Doch dann hielt sie inne.

Sie war einunddreißig, und sie sollte sich auch so benehmen.

Wenn Lofton dachte, sie könnte sich zwischen Libby und Elaine drängen, dann hatte sie sich geschnitten.

Kapitel 27

Libby

Donnerstag, 18. Juni, Nord Virginia

Pack den Stier bei den Hörnern. Das war Libbys Tagesmotto auf dem Weg nach Nord Virginia.

Ihr Handy führte sie über die Fernstraße 66 und den George Washington Memorial Parkway in die Altstadt von Alexandria, immer am Potomac River entlang. In der dritten Klasse war sie auf einem Ausflug nach Mount Vernon hier im Norden gewesen. Sie hätte sich nicht träumen lassen, dass der Landsitz des ersten Präsidenten weniger als zehn Kilometer vom Haus ihrer leiblichen Mutter entfernt lag.

An dem Tag hatte ihre Mutter ihr ganz viele Cupcakes als Proviant mitgegeben. Libby hatte sich so gefreut, dass sie sie alle in den ersten beiden Busstunden aufgegessen hatte. Bei dem Gedanken an den Ausflug und das Lunchpaket ihrer Mutter bekam Libby Schuldgefühle. Ihre Mutter hatte ihr Bestes getan. Obwohl es ihr schwergefallen war, war sie immer für sie da gewesen.

Sie bog in eine hübsche, von Bäumen gesäumte Straße ein. Ältere Backsteinhäuser standen hinter großen gepflegten

Rasenflächen, dazwischen riesige Magnolien und Beete mit Azaleen, die gerade ihre rosa-weißen Frühlingsblüten abgeworfen hatten.

Sie parkte den Wagen, nahm ihre Tasche und ging auf der frisch asphaltierten Auffahrt zum Haus. Ihr Magen wurde flau bei der Aussicht auf eine Aussprache mit Elaine. Es war ja schön und gut, dass sie Libby Olivias Tagebuch über ihr erstes Jahr in Woodmont gegeben hatte. Es war gut zu wissen, dass ihre Urgroßmutter Olivia nach mehreren Fehlgeburten ein gesundes Baby zur Welt gebracht hatte. Vielleicht hatte Libby selbst auch noch eine Chance, Mutter zu werden.

Sie klingelte an der Tür. Nichts. Sie versuchte es mit dem Türklopfer.

Wie dumm musste man sein, dass man sich ins Auto setzte und drei Stunden fuhr, ohne vorher mal anzurufen? Libby schlug noch einmal beherzt den Klopfer gegen die Tür.

In der folgenden Stille dachte Libby, dass es vielleicht eine Schnapsidee gewesen war. Entnervt, dass sie ihre großartige Rede nicht vortragen konnte, machte sie sich auf den Weg zum Auto, als jemand rief: »Libby.«

Elaine kam aus dem Seitengarten auf sie zu. Sie trug eine kurze Hose, ein T-Shirt und Gärtnerhandschuhe. »Was machst du denn hier?«

»Ich wollte mit dir reden. Ich weiß, du hast gesagt, dass du bald wieder da bist, aber ich konnte nicht warten. Dann hätte mich der Mut verlassen.«

Elaine sah sie fragend an und zog sich langsam die Handschuhe aus. »Lass uns reingehen. Was soll ich uns holen, eine Limonade oder Bourbon?«

»Vielleicht beides.«

Elaine öffnete die Haustür und führte sie über schwarzweiße Fliesen in eine große Küche, die sie an die neu gestaltete Küche in Woodmont erinnerte.

Elaine zog zwei Wasserflaschen mit Zitronengeschmack aus dem Kühlschrank. »Tut mir leid, ich habe keine selbst gemachte Limonade da.«

Libby nahm eine Flasche und drehte sie auf.

Elaine setzte sich auf einen Barhocker an der Kücheninsel aus weißem Marmor und fragte freundlich: »Was führt dich zu mir?«

Libby nahm einen Schluck. Ihr Mund war so trocken, als hätte sie sich eine Handvoll Baumwolle hineingestopft. »Wer ist mein leiblicher Vater?«

Elaine antwortete nicht gleich, sondern fummelte an dem Drehverschluss herum.

»Wir stehen noch ganz am Anfang und versuchen beide, das Richtige zu tun.«

»Meinst du, wir kriegen das nicht hin?«, fragte Elaine.

»In meinen Beziehungen ging es immer schief. Irgendwann geht alles den Bach runter und ich bleibe allein zurück. Ich dachte, mein Dad wäre der einzige Mann, der mich nie im Stich gelassen hat. Aber er hat mir die Wahrheit über dich verheimlicht.«

»Er hat dich sehr geliebt, Libby.«

»Ich weiß seine Liebe zu schätzen, aber ich brauche auch Ehrlichkeit. Glaub mir, wenn mein Dad noch am Leben wäre, würde ich ihn jetzt zur Rede stellen.«

»Ich möchte nicht, dass du den Respekt vor deinem Dad verlierst. Du und deine Mutter, ihr wart sein Ein und Alles.«

»Das weiß ich. Aber er hätte mir von Olivias Brief erzählen müssen.«

»Ich habe ihm den Brief gegeben, als wir uns in Roanoke zum Mittagessen getroffen haben.«

»Warum erst dann?«

»Ich wusste, dass er schwer krank war. Ich wollte die vielleicht letzte Chance ergreifen, offen mit ihm zu reden. Ich habe in all den Jahren darauf gewartet, dass er dir die Wahrheit über mich sagen würde. Dass er das nicht tun wollte, solange deine Mutter am Leben war, konnte ich nachvollziehen. Er wollte sie beschützen, und dich auch. Nach ihrem Tod war alles anders. Ich habe gewartet. Aber die Vereinbarung, die wir bei deiner Adoption getroffen haben, war für mich nach wie vor bindend. Ich wollte mein Versprechen, mich von dir fernzuhalten, nicht brechen. Sie haben mir wiederum versichert, dass sie meinem Großvater nichts von dir erzählen würden. Wie gesagt, er hatte sehr harte Ansichten über Frauen, die uneheliche Kinder bekamen.«

»Je mehr ich über ihn erfahre, desto unsympathischer wird er mir.«

»Sei nicht zu streng mit ihm. Er war ein Mann seiner Zeit. Nicht ohne Fehler, aber in seinen eigenen Augen hat er versucht, Gutes zu tun.«

»Und das hat bedeutet, dass du nicht die Freiheit hattest, mich großzuziehen.«

»Ich war nicht bereit für ein Baby. Ich war gerade für das Jurastudium angenommen worden. Es war klar, dass ich in den kommenden zehn Jahren sehr viel arbeiten würde. Olivia hat das auch erkannt. Und wenn ich jetzt auf diese arbeitsreichen Jahre nach deiner Geburt zurückblicke, kann ich nur sagen, dass ich nicht die Zeit gehabt hätte, eine gute Mutter zu sein.«

Ein Wirbelwind von Gefühlen stürmte auf Libby ein. »Wer war mein leiblicher Vater? Hat er von mir gewusst?«

»Ja. Er war liebevoll und anständig, als ich ihm mitgeteilt habe, dass ich schwanger war. Er hat mir Geld geschickt und mir so gut geholfen, wie er konnte.«

»Aber er wollte mich auch nicht haben. War er genauso jung wie du?« Sie erstickte fast vor unterdrückter Wut.

Elaine faltete die Hände im Schoß. »Er war älter. Und verheiratet.«

»Verheiratet?«

»Ich bin nicht stolz auf das, was ich getan habe. Ich könnte versuchen zu erklären, wie es dazu gekommen ist, aber das spielt eigentlich keine Rolle mehr. Ich musste mir vor langer Zeit vergeben.«

Für Elaine war das vertrautes Terrain, für Libby war es Neuland. »Elaine, ich frage dich noch mal: Wer ist mein leiblicher Vater?«

Elaine nahm all ihren Mut zusammen. »Dr. Allen McKenzie.«

Der Name ihres Vaters traf sie wie ein Schlag in die Magengrube. »Was hast du gesagt?«

»Dein Adoptivvater war auch dein leiblicher Vater.«

Sie sackte in sich zusammen. »Das musst du mir erklären.«

»Ich war im letzten Jahr des Studiums und bin in den Ferien nach Hause gekommen, um meinem Großvater in seiner Praxis zu helfen. Dein Dad hatte seine Kinderarztpraxis im selben Gebäude. Mein Großvater hat sich gewünscht, dass ich Ärztin werde, und hat mir ein Praktikum bei deinem Dad beschafft. Dein Vater hatte einen wunderbaren Sinn für Humor und konnte fantastisch mit Kindern umgehen.«

»Alle erzählen immer, wie lieb und nett mein Dad war.«

»Er war lieb und nett. Bitte vergiss das nie.«

»Aber er hat meine Mutter betrogen.«

»Ein einziges Mal«, sagte sie. »Deine Mutter musste wieder auf neue Medikamente umstellen und wies deinen Vater ab. Er war frustriert. Ich hatte mich gerade von meinem Freund getrennt. Wir hatten beide einen schwachen Moment.«

Tränen stiegen Libby in die Augen. »Wo ist es passiert?«

»In Woodmont. Ich hatte mein Portemonnaie vergessen, und er hat es mir vorbeigebracht. Meine Großeltern waren nicht da, ich war allein zu Hause. Ich habe ihm ein Bier angeboten. Eins folgte auf das andere. Am nächsten Morgen habe ich das

Praktikum abgebrochen, und wir haben uns sechs Monate nicht gesehen.«

»Du bist beim ersten Mal schwanger geworden?«

»Ja.«

Libby atmete tief ein. »Zu schade, dass ich das nicht geerbt habe.«

»Das tut mir wirklich leid. Dein Dad hat mir von deinen Fehlgeburten erzählt, als wir zusammen Mittagessen waren. Und übrigens, Ted wusste von dem Treffen.«

Libby massierte sich die Schläfen. »Wann hast du Dad gesagt, dass du schwanger bist?«

»Als ich im sechsten Monat war. Olivia hat darauf bestanden, dass ich es dem Vater des Kindes sage. Also habe ich ihn angerufen.«

»Und dann?«

»Dann ist er sofort nach New Jersey gekommen. Er hat nie in Erwägung gezogen, dass ich ihn anlügen könnte. Er hat nur gefragt, was ich vorhatte. Als ich ihm erklärt habe, dass ich das Baby vielleicht zur Adoption freigebe, hat er sofort gesagt, dass er dich adoptieren will. Ich habe nicht gleich zugestimmt. Doch je näher der Geburtstermin heranrückte, desto besser gefiel mir die Idee. Weil ich immer wissen würde, wo du bist. Und weil ich wusste, dass dein Vater dich lieben würde.«

»Wusste meine Mutter davon?«

»Dein Dad hat es ihr wohl nie erzählt. Er wollte sie nicht verletzen. Und er hat geglaubt, unseren Fehltritt wettgemacht zu haben, weil deine Mutter so doch noch ein Kind bekam.«

»Das ist unglaublich.«

»Kreide es ihm nicht an. Er hat sein Möglichstes getan.«

Ihr Körper fühlte sich so taub an, als hätte sie eine ganze Packung Schmerzmittel geschluckt. »Ich glaube, du irrst dich. Mom hat es gewusst.«

Elaine sah sie fragend an. »Dein Dad hat mir gesagt, dass er es nie über sich gebracht hat, es ihr zu erzählen.«

»Sie war eine kluge Frau. Das wäre ihr nicht entgangen. Wir sind jedes Jahr nach Woodmont gefahren. Und sie hat immer gesagt, das Landgut wäre ein wichtiger Teil meiner Geschichte.«

»Vielleicht meinte sie der Lokalgeschichte.«

»Nein, das glaube ich nicht. Sie hat mich immer ziemlich herausgeputzt. Welchen Grund könnte sie sonst dafür gehabt haben? Sie muss gehofft haben, dass deine Großmutter uns sieht, und wollte ihr beweisen, dass jemand wie meine Mom bestens in der Lage ist, ein Kind großzuziehen.«

Elaine saß einen Moment still da. »Aber dein Vater hat nie geahnt, dass sie es wusste.«

»Sie war scharfsinnig.«

Libby trank von dem Zitronenwasser. Die Säure linderte die Trockenheit in ihrem Mund. »Danke für das Gespräch, Elaine.«

»Es war schon so lange überfällig.«

»Besser spät als nie.« Die Unterhaltung hinterließ einen bitteren Nachgeschmack. Sie stand auf. »Ich finde selbst raus.«

»Ich möchte lieber noch länger mit dir reden.«

»Vielleicht ein anderes Mal.«

»Alles in Ordnung?«

»Ich kann es mir ja nicht aussuchen.«

»Wo gehst du jetzt hin?«, fragte Elaine besorgt.

Ihre mütterliche Fürsorge war so rührend wie irritierend. »Keine Ahnung.«

»Libby, ich übertrage dir Woodmont.«

»Dann stimmt es also. Lofton hat mich gestern Abend betrunken angerufen, um sich darüber auszuheulen. Ich habe ihr gesagt, sie soll erst mal nüchtern werden.«

»Ich spreche mit Lofton über diesen Anruf. Darauf kannst du dich verlassen. In jedem Fall habe ich beschlossen, dir Woodmont zu schenken.«

»Deine andere Tochter begeistert das nicht gerade.«

»Lofton hat sich nie für Woodmont interessiert. Außerdem würde sie das Gut entweder stückweise oder als Ganzes in ein paar Jahren verscherbeln.«

»Vielleicht ist sie anders, als du denkst.«

»Ich liebe Lofton und kenne ihre Stärken und Schwächen.«

»Was, wenn ich es gar nicht haben will?«, fragte Libby herausfordernd.

»Willst du es denn?«

Libby zuckte mit den Achseln. »Keine Ahnung. Vielleicht.«

»Denk drüber nach. Du bist genau die Richtige für Woodmont. Du hast jetzt schon Vorstellungen, was man damit machen und wie man es finanzieren könnte. Mir ist es sehr wichtig, dass es in der Familie bleibt.«

»Schauen wir mal.« Sie hatte das Landgut immer geliebt. »Eins ist klar: Falls ich es annehme, teile ich es jedenfalls nicht auf.«

»Gut zu wissen.«

»Du hast aber nicht vor, uns in der nächsten Zeit zu verlassen, Elaine?«

Elaine sah sie belustigt an. »Wie es aussieht, darf ich noch eine Weile auf dieser Seite des Regenbogens bleiben. Mein Arzt ist sehr zuversichtlich.«

Sie waren weit gekommen, aber es war sicher nicht alles Friede, Freude, Eierkuchen zwischen ihnen. Libby würde noch lange brauchen, um die Tatsachen zu verarbeiten, die heute ans Licht gekommen waren. »Sag mal«, fragte sie zum Abschied, »wem sehe ich eigentlich ähnlich?«

»Deiner Urgroßmutter Olivia. Du bist ihr wie aus dem Gesicht geschnitten.«

* * *

Der Gedanke an die Rückfahrt nach Bluestone schreckte Libby ab, besonders im Feierabendverkehr. Die nächste Hochzeit war erst am folgenden Tag. Sie hatte nichts zu tun.

Kurz entschlossen fuhr sie zum Springfield Town Center vor den Toren von Washington. Sie schlenderte durch das Einkaufszentrum und kaufte sich einen Kaffee und eine Zimtschnecke, die auch nicht annähernd so gut wie eine von Sierras war. Irgendwann fand sie sich in einem großen Kleiderladen in der Babyabteilung wieder. Sie kaufte eine unglaublich weiche blaue Babydecke und ließ sie als Geschenk verpacken.

Bei Jeremy unangemeldet aufzutauchen und ein Babygeschenk abzugeben, war schon sehr schräg. Trotzdem fuhr sie nach Dale City und parkte vor der Doppelhaushälfte, in der sie noch vor zwei Jahren zusammen gelebt hatten.

Die Außenwand war blau gestrichen, die Haustür in einem leuchtenden Gelb. Das war bestimmt Monicas Idee gewesen. Jeremys Farbpalette ging nicht über Cremeweiß hinaus.

Unangekündigt an die Tür zu klopfen, kam allerdings auch nicht infrage. Das machten nur verrückte Exfrauen. Aber sie wollte mit Jeremy reden. Er war immer noch ein Freund, trotz allem, was passiert war. Also tat sie, was vernünftige Exfrauen taten. Sie schrieb ihm eine WhatsApp.

Hey, ich bin in der Stadt. Kann ich ein Geschenk für das Baby vorbeibringen?

Ihr Handy zeigte an, dass er die Nachricht gelesen hatte und selbst schrieb. Aber es dauerte. Schließlich erschien ein überraschend kurzes: Klar. Wann?

Jetzt? Stehe vor deinem Haus. Sie setzte noch ein Emoji mit einer peinlich berührten Grimasse dahinter.

Ein Vorhang bewegte sich ganz leicht. Libby winkte. Hoffentlich wirkte sie nicht zu sehr wie eine Stalkerin.

Jeremy erschien in Jeans und einem bekleckerten T-Shirt an der Haustür. Seine Haare waren zerzaust. Als er näher kam, bemerkte sie die dunklen Ringe unter seinen Augen. Offensichtlich bekam er nicht viel Schlaf. Wenn sie ehrlich war, freute sie das schon ein bisschen.

Sie stieg aus und nahm das Geschenk vom Rücksitz. Er musterte sie aufmerksam und etwas argwöhnisch, als befürchtete er das Schlimmste. So hatte er sie auch während ihrer Schwangerschaften angesehen, wenn ihre Hormone verrückt gespielt hatten.

»Keine Angst, ich mache dir keine Szene«, sagte sie lächelnd. »Ich war nur gerade in der Nähe und wollte dir das hier vorbeibringen.«

Er betrachtete die Schachtel mit der großen Schleife, für die sie fünf Dollar extra bezahlt hatte. »Das wäre doch nicht nötig gewesen, Libby.«

»Ich weiß. Mach es auf.«

Er zog vorsichtig an dem Geschenkband und öffnete den Deckel. »Ich hatte keine Zeit, einen Namen einsticken zu lassen. Aber dein Kind kann wahrscheinlich noch nicht lesen, oder?«

»Er ist zwei Tage alt. Wir haben ihn gerade erst nach Hause gebracht.«

Sie ließ sich ihre widersprüchlichen Gefühle nicht anmerken. »Wow. Herzlichen Glückwunsch.«

»Danke.« Er strich über die Decke. »Die ist aber weich.«

»Die Verkäuferin meinte, frischgebackene Eltern freuen sich immer über so eine Decke.«

Er schloss die Schachtel. »Vielen Dank, Libby.«

»Um ehrlich zu sein, war das Geschenk nur ein Vorwand.«

Er blickte sie besorgt an. »Ein Vorwand wofür?«

»Ich wollte ein vertrautes Gesicht sehen. Und mit jemandem sprechen, der meinen Dad kannte.«

Sein Gesicht verdunkelte sich. »Was ist passiert?«

Sie versuchte zu lächeln, aber ihr war zum Weinen zumute. Sie ließ sich auf den Bordstein nieder.

Er setzte sich neben sie. »Was ist los?«

»Ich habe herausgefunden, dass Elaine Grant meine leibliche Mutter ist.«

»Wer ist das?«

»Du warst doch vor ein paar Wochen auf dem Landgut Woodmont, wo ich auf einer Hochzeit fotografiert habe.«

»Ja?«

»Das Anwesen gehört ihr. Es ist seit dem achtzehnten Jahrhundert in Familienbesitz.«

»Bist du sicher? Ich dachte, deine Mutter wäre eine Geheimagentin oder wenigstens ein internationales Topmodel«, sagte er trocken.

Sie musste lächeln. Wenn sie früher mit Jeremy beschwipst gewesen war, hatten sie manchmal herumgesponnen, wer ihre Mutter war und warum sie keine Wahl gehabt hatte, als Libby wegzugeben.

»Elaine hatte genug Geld«, sagte Libby. »Aber sie wollte gerade anfangen, Jura zu studieren.«

»Nimmst du ihr das übel?«, fragte Jeremy.

»Das würde ich gern, aber es gelingt mir nicht so recht. Was mich ärgert, ist, dass es einunddreißig Jahre gedauert hat, bis ich die Wahrheit erfahren habe.«

»Warum wurde es geheim gehalten? War ihre Familie dagegen?«

»Ja, das war einer der Gründe.« Sie zupfte am ausgefransten Saum ihrer Jeans. »Aber der dickste Klopfer kommt noch. Nämlich mein leiblicher Vater.«

Er sah sie gespannt an. »Wer ist es?«

»Mein Dad.«

»Dein Dad? Allen McKenzie?«

»Ja.«

Er pfiff durch die Zähne. »Was für ein Scheiß!«

Seine Reaktion bestätigte sie. Sie hätte es auch Colton erzählen können, aber sie war nicht sicher, ob er die ganze Tragweite erfassen könnte. Nicht so wie Jeremy. Was Sierra anging, wäre sie vor allem schwer enttäuscht von Libbys Vater, und das wollte sich Libby erst mal ersparen.

»O Mann. Und er hat das die ganze Zeit gewusst?«, fragte Jeremy.

»Das ist es ja.«

»Und deine Mutter? Ich meine deine Adoptivmutter, also Mrs McKenzie?«

»Schon klar. Ich weiß es nicht. Vielleicht. Nein, wahrscheinlich.«

Sie saßen eine Weile schweigend da und starrten auf die Risse im Bürgersteig. Unkraut stieß hier und da durch den Asphalt und reckte sich zur Sonne.

»Was hast du jetzt vor?«, fragte Jeremy.

»Ich mache weiter mit meinem Leben. Hochzeiten fotografieren. Nach Hause fahren. Arbeiten. Ich mache einen Schritt nach dem anderen. Was soll ich sonst tun?«

Jeremy war voller Mitgefühl, aber er nahm weder ihre Hand noch umarmte er sie. »Ich weiß nicht, was ich sagen soll.«

Das klang ehrlich, und sie war sicher, dass er für sie da war. Wenn sie die Wahrheit herausgefunden hätte, als sie noch ein Paar gewesen waren, hätte es sie vielleicht enger zusammengeschweißt. Vielleicht hätte Libby es auch besser verkraftet.

»Was kann ich für dich tun?«, fragte er.

»Nichts. Ich muss alleine damit klarkommen.« Dann tippte sie mit dem Finger auf die Schachtel. »Du hast dein eigenes neues Leben.«

Er glättete das Geschenkband. »Als mein Sohn geboren wurde, war mein erster Gedanke: Schade, dass es nicht unser

Kind ist.« Er räusperte sich. »Wir haben es so oft versucht, und du hast es dir so gewünscht!«

Sie seufzte. Die Trauer darüber würde sie nie ganz loswerden. »Das stimmt. Ich wünsche es mir nach wie vor. Und weißt du, was? Es ist ja nicht unmöglich, ich lebe ja noch. Wie es scheint, hatte ich eine Urgroßmutter mit ähnlichen Problemen. Und sie hat schließlich einen Sohn bekommen.«

»Das ist ja super.«

»Ja. Einer der wenigen Lichtblicke. Jetzt habe ich das Gefühl, noch eine Chance zu haben.«

»Hey, magst du reinkommen und dir das Baby ansehen? Er schläft gerade, das Beste, was dir passieren kann. Keine Ahnung, wie lange. Er schläft schlecht.«

»Wie du?«

»Genau. Meine Mutter hat immer gesagt, sie wünscht mir so ein Baby, wie ich es gewesen bin. Eine Art Revanche.«

»Danke für die Einladung, aber vielleicht lieber ein anderes Mal. Ich muss wieder los. Ich wollte mir nur ein bisschen moralische Unterstützung von dem Freund abholen, der mich am besten kennt.«

Dieses Mal nahm er sie in den Arm. Sie legte ihren Kopf an seine Schulter. »Ich bin immer für dich da, Libby.«

Sie stand auf und klopfte sich den Staub vom Hintern. »Danke.«

»Pass auf dich auf.«

»Und du auf dich. Du wirst bestimmt ein guter Vater. Das war einer der vielen Gründe, warum ich mich für dich entschieden habe.«

Er runzelte die Stirn und schluckte. »Meinst du wirklich? Ich habe das Gefühl, dass ich so viel falsch mache. Dass mir Geduld fehlt, wenn er nicht einschlafen will oder wenn ich die Windeln wechsele.«

»Wenn er erst mal die Nächte durchschläft, wird bestimmt alles einfacher. Ich bin sicher, dass du das Vatersein schnell draufhast.«

»Glaubst du echt?«

»Hundertpro.«

Sie stieg ins Auto und winkte ihm zum Abschied. An der ersten roten Ampel löschte sie Jeremy aus ihren Kontakten auf Instagram.

Kapitel 28

Libby

Samstag, 1. August, Virginia

Den Großteil des Sommers war Libby unterwegs. Sie ließ sich bei Hochzeiten von Kolleginnen als zweite Fotografin anheuern, damit sie so wenig wie möglich in Bluestone war. Colton gegenüber fand sie immer neue Ausreden, warum sie ihn nicht treffen konnte. Je deutlicher es wurde, dass sie ihn mied, desto seltener kontaktierte er sie. Er versuchte etwas aufzubauen, aber sie rannte ihm davon.

Nach einigen Wochen hörte er auf, ihr zu schreiben. Sierra hingegen rief täglich an, um zu sehen, ob sie noch lebte, wie sie es nannte. Libby versprach immer wieder, bald zurückzukommen. Doch als sie keine Arbeit hatte, flog sie für eine Woche nach Paris und gönnte sich wunderbares Essen, Museen und Spaziergänge.

Aber auf Dauer zehrte das Tempo an ihren Kräften; der Sommer war zu viel gewesen. Als sie am Dulles International Flughafen landete, fühlte sie sich nicht gut. Sie war einfach nur noch müde.

Erst als sie in der Warteschlange der Passkontrolle stand, beschlich sie eine Ahnung, was los war. Eine Stunde später hielt sie auf dem Rückweg nach Bluestone bei einer Drogerie an. Sie kaufte Kekse, Fanta und Schokolade – und drei Schwangerschaftstests.

Zu Hause stellte sie die Einkäufe weg und brachte die Tests ins Badezimmer. Es war am besten, sie morgens zu machen. Jetzt würden sie möglicherweise ein falsches Ergebnis abliefern.

Beim Duschen ließ sie das heiße Wasser Ewigkeiten über ihre angespannten Muskeln rinnen. *Es ist nur eine Grippe. Ein Virus, den ich mir in Paris eingefangen habe.*

Als sie schließlich genug vom Duschen hatte, zog sie ein Schlaf-T-Shirt an, reihte die Schwangerschaftstests säuberlich neben der Toilette auf. Dann ging sie hinunter und legte sich aufs Sofa. Sie schaltete ihr Handy aus und versuchte, sich zu entspannen. Die Uhr an der Wand tickte.

Irgendwann musste sie tatsächlich eingeschlafen sein, denn als sie aufschreckte, war es hell. Sie sprang auf und wurde von Übelkeit überrollt. Einen Moment später sprintete sie nach oben.

Sie folgte den Anweisungen auf dem Beipackzettel minutiös. Dann reihte sie die Stäbchen wieder auf und ging nach unten, um ein paar Salzcracker zu frühstücken. Dazu gab es eine eisgekühlte Dose Ginger-Ale. Es war unwahrscheinlich, aber keineswegs ausgeschlossen, bei einem One-Night-Stand schwanger zu werden.

Bei ihren letzten drei Schwangerschaften war es ihr fantastisch gegangen. Sie hatte nicht unter Morgenübelkeit gelitten, dafür viel Energie und einen gesunden Appetit gehabt.

Es ist nur eine Grippe. Sonst nichts.

Mit Elaine hatte sie in den vergangenen fünf Wochen nicht gesprochen. Aber Elaine mailte ihr immer wieder mal Fotos von

Olivia und von Woodmont. Wahrscheinlich wollte sie sie damit weichklopfen.

Sie nahm das Ginger-Ale und ging zurück ins Badezimmer. An der Tür hielt sie inne und starrte auf die drei säuberlich aufgereihten Röhrchen. *Eine Grippe. Sonst nichts.*

Doch alle drei Anzeigen waren anderer Meinung. Drei pinkfarbene Pluszeichen leuchteten ihr entgegen. Sie beäugte jedes einzeln.

»Das kann nicht sein«, murmelte sie. »Die Dinger funktionieren nicht. Ich kann nicht schwanger sein«, sagte sie zu den Röhrchen. »Der Arzt hat mir wenig Hoffnung gemacht.«

Libby dachte an Krankheiten, die vielleicht ein falsches positives Ergebnis zur Folge haben könnten. Hormonelles Ungleichgewicht. Riesige Tumore. Vielleicht Krebs wie bei Elaine. Ihre Liste der schlimmsten Szenarien schien weniger schlimm als die Aussicht auf eine weitere Fehlgeburt.

Ein lautes Klopfen an der Haustür brachte Libby zurück in die Gegenwart. Es hämmerte immer lauter.

Sie warf die Teströhrchen in den Müll und ging hinunter. Colton stand vor der Tür. Was für ein Timing!

»Colton.« Verschiedene Entschuldigungen schossen ihr durch den Kopf, aber es klang alles so fadenscheinig, dass sie es ließ. »Was machst du denn hier?«

Er sah sie lange an. Schwer zu sagen, ob er wütend, traurig oder erleichtert sein mochte. »Elaine hat versucht, dich zu erreichen, aber du bist nicht rangegangen.«

»Elaine?« Sie sah auf ihr Handy. Zwei Anrufe von Elaine. »Warum? Ist alles in Ordnung?«

»Lofton ist verhaftet worden.«

»Lofton. Und was hat das mit mir zu tun?«

»Das habe ich Elaine auch gefragt. Sie hat gesagt, das würdest du schon wissen.«

»Woher weißt du überhaupt, dass ich wieder hier bin?«

»Ich habe Sierra heute Morgen vor ihrem Laden getroffen. Sie hat deinen Wagen gesehen.«

In Bluestone blieb wirklich nichts unbemerkt. »Will Elaine, dass ich sie raushaue?«

»Lofton liegt im Krankenhaus. Aber wenn sie entlassen wird, muss sie ins Gefängnis. Sie ist gegen einen Baum gefahren. Sie hat Glück, überhaupt noch am Leben zu sein.«

»Und wo ist Elaine?«

»In New York. Sie versucht, einen Flug zu bekommen.«

Libby nahm ihre Handtasche, die Cracker und das Ginger-Ale. »Na super. Man kann sich seine Familie schließlich nicht aussuchen.«

»Was meinst du damit?«

»Das ist eine lange Geschichte. Ich muss los.«

»Ich fahre dich.«

»Das brauchst du nicht. Ernsthaft. Ich habe mich den ganzen Sommer über rargemacht. Um ehrlich zu sein, bin ich überrascht, dass du überhaupt hier bist.«

»Ich auch. Und während ich fahre, kannst du mir mehr über deinen Verschwindetrick erzählen.«

Ihr war speiübel. Sie wollte sich nicht auf seine Schuhe übergeben. Also sagte sie: »Okay. Fahr.«

Er verlor keine Zeit. Kaum waren sie losgefahren, fragte er: »Wo bist du gewesen?«

»Ich habe gearbeitet. Ich habe Urlaub gemacht.«

»Du hast gesagt, du würdest mir alles erklären, wenn du zurückkommst. Jetzt bist du zurück.«

»Ich musste mich mit wichtigen Dingen auseinandersetzen«, fing sie an. »Wenn du mich besser kennen würdest, wüsstest du, dass ich nicht gut mit Verlusten umgehen kann.«

»Was für Verluste?«

»Meine Identität. Mein Leben, wie ich es kannte.«

Er schwieg einen Moment, aber er knirschte mit dem Kiefer. »Hat das etwas mit Elaine zu tun?«

»Allerdings.«

»Möchtest du darüber reden?«

Sie lehnte den Kopf gegen die Nackenstütze. »Wie sich herausgestellt hat, ist sie meine leibliche Mutter.«

Er warf ihr einen betroffenen Blick zu, in dem auch etwas wie Erleichterung lag. »Was?«

»Ja, ein ziemlicher Klopfer, findest du nicht? Mich hat es jedenfalls total umgehauen.« Ihr wurde wieder so flau, dass sie schnell an einem Cracker knabberte.

»Bist du sicher?«

»O ja. Dass ich abgehauen bin, hatte schon einen triftigen Grund. Ich habe einen Brief von meiner Urgroßmutter Olivia Carter gefunden. Er war im Arbeitszimmer meines Vaters.«

»Dr. McKenzie wusste das mit Elaine?«

Sie musste unwillkürlich lachen. »Allerdings!«

»Ich kann dir nicht ganz folgen.«

Es fühlte sich an, als würde sie über einen anderen sprechen. »Allen McKenzie ist nicht nur mein Adoptivvater, sondern auch mein leiblicher Vater.«

Colton schwieg. Offensichtlich musste er diese Information auch erst verarbeiten.

»Dad hatte einen One-Night-Stand mit Elaine. Und ich bin das Ergebnis.«

»Das erklärt, warum Elaine meint, du wüsstest, was du mit Lofton machen sollst«, sagte Colton.

»Na ja, um ehrlich zu sein, ist Lofton nicht gerade begeistert davon, eine große Schwester zu haben. Wahrscheinlich ist es eine Katastrophe für jemanden aus dem Landadel, einen Rang in der Geburtenfolge abzurutschen.«

»Ich habe sie dabei erwischt, wie sie Steine auf das Gewächshaus geworfen hat. Aber ich habe sie erst erkannt, als sie in ihrem Auto losgerast ist. Ich war direkt hinter ihr, als sie von der Straße abgekommen ist, und habe sie aus dem schrottreifen Wagen gezogen, bevor ich die Polizei und den Krankenwagen angerufen habe.«

»O Mann, was für eine heftige Nacht. Wir Carters sind nicht ohne, wie's scheint.«

»Und was hat ihr das Gewächshaus getan?«

Libby sah aus dem Fenster. Die letzten Häuser von Bluestone blieben hinter ihnen zurück, als sie auf die Schnellstraße fuhren. »Ich nehme an, weil Elaine die Arbeiten am Gewächshaus auch begonnen hat, um mich besser kennenzulernen.«

»Hat sie das gesagt?«

»Ja.« Sie drückte sich die kalte Ginger-Ale-Dose gegen die Schläfe. »Sie will mir Woodmont vererben.«

»Warum?«

»Elaine weiß, dass Lofton keine Sekunde zögern würde, das Landgut meistbietend zu verkaufen oder es in Einzelparzellen zu verticken.«

»Jedenfalls erklärt das Loftons Verhalten.« Er atmete ein paar Mal langsam aus, als wollte er die aufgestaute Anspannung der letzten Wochen loswerden. »Ich habe Ginger angerufen und ihr gesagt, dass Lofton im Krankenhaus ist.«

»Gut.«

»Du siehst angeschlagen aus.«

Sie nahm einen Schluck Ginger-Ale. »Ich habe es in letzter Zeit etwas übertrieben. Ich glaube, ich kriege eine Grippe.«

»Wo hast du den Brief von Olivia gefunden?«, fragte er.

»Mein Dad hat seinen Schreibtisch ausgeräumt und nur die wichtigen Dokumente zurückgelassen. Der Brief war in einer Mappe. Ich musste nur die Schublade aufmachen. Aber weil ich mit Verlusten nicht gut umgehen kann, habe ich mich den ganzen Frühling über nicht in sein Arbeitszimmer getraut.«

»Okay.«

Sie sah ihn an. »Es hatte nichts mit dir zu tun. Nur mit mir und meiner verrückten Familie.«

Ein Lächeln zuckte um seinen Mundwinkel. »Ich kann mit verrückten Familien ganz gut umgehen.«

»Pass auf, was du sagst. Wer weiß, wer sonst noch alles aus meinem Stammbaum purzelt.«

Er nahm die Ausfahrt nach Charlottesville und folgte den Schildern zum Krankenhaus. Sie stiegen aus und gingen auf den Eingang zu.

Jetzt wäre ein guter Zeitpunkt für einen Bluttest. Die Tests aus der Drogerie waren angeblich zu achtundneunzig Prozent korrekt, aber das Ergebnis konnte einfach nicht stimmen. Trotzdem sagte sie: »Allerdings kann es sein, dass ich noch eine Überraschung für dich habe.«

Seine Anspannung war sofort wieder da. Er machte sich auf die nächste Nachricht gefasst.

Sie blieb vor der Notaufnahme stehen. Jetzt war der Moment gekommen. »Weißt du noch, dass ich gesagt habe, die Wahrscheinlichkeit, dass ich schwanger werde, geht gegen null? Tja, vielleicht nicht ganz gegen null. Ich habe vorhin drei Schwangerschaftstests gemacht und drei positive Ergebnisse bekommen.«

Er nahm ihre Hand in seine und blickte ihr in die Augen. »Sag das noch mal.«

»Ich glaube, ich bin seit fünf Wochen schwanger. Und bevor du in Panik verfällst, denk dran, dass ich drei Fehlgeburten gehabt habe.« Ein Wechselspiel von Emotionen zeichnete sich auf Coltons Gesicht ab, während sie weiterplapperte. »In den letzten Schwangerschaften habe ich mich immer super gefühlt. Aber diesmal geht's mir grässlich.«

»Vor fünf Wochen waren wir im Gewächshaus.«

»Wie gesagt, keine Panik.« Sie kämpfte mit den Tränen. Die Chancen, dass sie dieses Kind austragen würde, standen schlecht. Als ihr das wieder bewusst wurde, fühlte sich ihr Herz an, als würde es mit Stachelband zusammengezogen. »Bei meiner Vorgeschichte ist es unwahrscheinlich, dass ich dieses Kind austragen kann.«

»Es muss nicht bedeuten, dass du unser Baby auch verlieren wirst.«

»Ernsthaft, es ist besser, wenn du keine Beziehung zu dem Kind aufbaust. Mach es lieber nicht.« Ihre Augen füllten sich mit Tränen. »Sie wird nicht lange da sein, und dann bricht es dir das Herz.«

»Sie?«

»Oder er.«

Er löste sanft ihre geballten Fäuste. »Wenn wir mit Lofton geredet haben, suchen wir Ginger. Und sie untersucht dich erst mal, okay?«

»Aber es ist noch so früh, Colton. Ich warte lieber noch ein paar Wochen.«

»Nein, wir gehen heute zu Ginger. Hast du Schmerzen?«

»Nein.«

»Dann heißt es, alles dafür zu tun, dass es diesmal gut ausgeht.«

Sie musterte ihn. In seinem Gesicht gab es kein Anzeichen dafür, dass er erschrocken oder wütend war. Im Gegenteil, er schien sich wirklich zu freuen. »Freu dich nicht zu früh, Colton.«

Er zuckte die Achseln. »Zu spät. In den letzten Wochen habe ich nur an dich gedacht und mich gefragt, was ich falsch gemacht haben könnte.«

»Du hast gar nichts falsch gemacht.«

Er atmete aus. »Dann fange ich jetzt auch nicht damit an. Ich werde mich um euch beide kümmern, so gut ich kann.«

* * *

Eine Krankenschwester wies Libby und Colton den Weg zu Loftons Zimmer. Lofton lag blass und elend mit einer Plastikschüssel unter dem Kinn im Bett.

»Lofton«, sagte sie sanft.

Während sie zu ihrem Bett ging, blieb Colton diskret an der Tür. Lofton sah kurz zu ihr auf, dann schloss sie die Augen wieder. Eine Gesichtshälfte war blau, und ihr Kinn war übel zugerichtet. Wahrscheinlich vom Airbag. »Du klingst wie Mom.«

»Echt?«

»Echt.«

»Sie hat mich gebeten zu kommen. Sie ist aber schon im Flieger zurück aus New York.«

Lofton presste ihre Hände gegen die Schläfen. »Super.«

Libby zog einen Stuhl heran und setzte sich. »Ob es dir gefällt oder nicht, wir müssen miteinander zurechtkommen. Man kann sich seine Familie nicht aussuchen.«

Lofton hob die Schüssel ganz unter das Kinn und würgte. Libby stand auf und drehte sich um.

»Elaine wünscht sich, dass wir freundlich miteinander umgehen«, sagte Libby, als Loftons Magen sich beruhigt hatte. »Und sie hat mich geschickt, damit ich dir beiseitestehe.«

»Bis du auf der Bildfläche erschienen bist, war ich ihr genug. Wir waren beste Freundinnen und sie hat uns immer die Zwei Amigas genannt.«

»Und jetzt bist du eins der Drei Musketiere.«

»Und das finde ich scheiße.«

Libby ging wieder näher ans Bett. »Ich habe nicht die Absicht, mich zwischen euch zu stellen. Ich hatte eine tolle Mutter.« Bitter fügte sie hinzu: »Und einen tollen Vater.«

Lofton beugte sich vor und übergab sich noch einmal. Libby wurde blass und hielt sich die Hand vor den Mund.

»Ich hole eine Krankenschwester«, sagte Colton.

Libby ließ sich auf einen Stuhl in der Ecke sinken und beugte sich vor. Ihr Magen rebellierte. »Was hast du bloß getrunken?«, brachte sie heraus.

Lofton wischte sich mit dem Handrücken über den Mund. »Scotch. Dad wird sauer sein, wenn er merkt, dass sein Johnnie Walker Blue fast leer ist.«

»Wenigstens hast du einen guten Geschmack. Und ehrlich, das wird seine kleinste Sorge sein.« Libby zählte langsam bis hundert und setzte alles daran, sich nicht zu erbrechen.

»Was ist denn mit dir los?«, fragte Lofton.

»Ich glaube, ich bin ein bisschen schwanger.«

»Was?«

Die Krankenschwester kam, tauschte die Schüssel und prüfte Loftons Puls und Blutdruck. Loftons Arm war voller blauer Flecke. »Du hast Glück, dass du noch lebst.«

»Wag es nicht, mir Vorwürfe zu machen«, fauchte sie. »Das dürfen nur Mom und Dad.«

Vor fünf Wochen schien sie keine Familie mehr gehabt zu haben – und jetzt war da eine zickige kleine Schwester und ein Baby im Bauch. »Mach ich nicht. Aber Elaine wird es bestimmt tun. Du hast ihr einen riesigen Schrecken eingejagt«, sagte Libby. »Du hast doch mehr Grips in der Birne. Und hast du mir nicht selbst gesagt, wie empfindlich sie gerade ist?«

»Ja, weiß ich. Und wenn ich hier raus bin, muss ich in Untersuchungshaft. Das wird bei meinem neuen Boss nicht wirklich gut ankommen.«

Libby war nicht in der Stimmung, sie zu trösten. »Was wolltest du überhaupt in Woodmont?«

»Eigentlich wollte ich die Feier vorbereiten. In zwei Wochen erneuern Mom und Dad ihr Eheversprechen.«

»Und warum hast du Steine auf das Gewächshaus geworfen?«

»Ich war wütend, dass sie dir Woodmont übertragen will. Ich habe mich da richtig reingesteigert. Aber ich hatte auch nicht vor, es abzufackeln.«

»Gute Entscheidung.«

Lofton schloss die Augen. »Ich hab immer gedacht, dass ich Woodmont erben würde.«

»Dann lassen wir es dabei. Ich brauche es nicht.«

»Mom will es aber dir schenken. Dabei will sie nur ihr schlechtes Gewissen beruhigen.«

Elaine hatte versucht, ihren Fehler wiedergutzumachen, aber dabei hatte sie Lofton tief verletzt. »Dann schenke ich es dir weiter.«

»Ich will es aber nicht von dir.« Sie setzte sich auf und sah Libby feindselig an. Ihre Augen waren rot und mit Mascara verschmiert. »Ich will es von Mom.«

»Seit wann bekommen wir alles, was wir wollen? Willst du es nun oder nicht?«

»Sie wird das nicht absegnen.«

»Ich spreche mit ihr.«

Lofton stöhnte und strich sich eine blonde Strähne aus dem Gesicht. »Nein, lass es sein. Das kann ich schon gar nicht aushalten, dass du für mich bettelst.«

»Wie wäre es, wenn es uns zusammen gehören würde? Elaines beiden Töchtern?«

»Ich kenne dich doch gar nicht. Und jetzt schenkst du Mom auch noch ihr erstes Enkelkind.«

Libby stand auf und atmete tief durch. Vielleicht würde sich ihr Magen im Stehen beruhigen. »Hör jetzt auf zu jammern, Lofton. Du klingst wie eine Fünfjährige.«

»Tu ich nicht.«

Tust du wohl, schoss es Libby in den Kopf, aber bevor sie es aussprechen konnte, hörte sie Schritte. Im nächsten Moment wurde der Vorhang beiseitegerissen. Elaine und Ted erschienen, deutlich erschöpft und blass vor Sorge.

Elaine hielt ihr Handy in die Luft. »Du hast mich nicht zurückgerufen.«

»Tut mir leid«, sagte Libby leise.

»Du musst ans Telefon gehen, wenn ich dich anrufe. Du hast ja keine Ahnung, was ich mir schon alles ausgemalt habe.« Elaine klang wie eine besorgte Mutter, die mühsam an sich hielt, weil ihr Kind schließlich erwachsen war.

Elaine eilte an Libby vorbei und sah Lofton liebevoll an. Sie strich ihr über die Haare und küsste sie auf die Stirn. »Gott, ich bin so dankbar, dass du am Leben bist.«

»Es tut mir leid, Mom.« Lofton klang sehr zerknirscht.

Elaine drehte sich zu Libby um. »Ich danke dir.«

»Kein Problem.«

»Kann ich nachher mit dir reden?«

»Natürlich.«

Libby und Colton gingen aus dem Zimmer und schlossen die Tür hinter sich. »Ach ja, es gibt doch nichts Schöneres als eine Familie.«

»Elaine wird sicher eine Weile bleiben. Ich habe Ginger eine Nachricht geschickt. Sie erwartet dich.«

Ihre Kehle schnürte sich zusammen. »Lass uns fünf oder sechs Monate warten. Ich möchte keine falschen Hoffnungen wecken.«

Er führte sie wortlos zum Aufzug. Ginger empfing sie in einem Untersuchungsraum im ersten Stock.

»Libby«, sagte sie. »Wie geht es dir?«

»Vielleicht bin ich schwanger. Aber es wird ja bestimmt nicht von Dauer sein.«

Ginger sah Colton fragend an.

»Na ja, ich hatte schon drei Fehlgeburten.« Sie wollte dieses Baby, aber sie traute sich nicht zu hoffen.

»Okay, wir machen jetzt ein paar Untersuchungen und dann sehen wir weiter«, erklärte Ginger. »Jede Schwangerschaft ist anders. Man kann nie voraussehen, was passieren wird. Und jetzt machen wir einen Schritt nach dem anderen.«

»Ich will wissen, was Ginger sagt.« Colton war sehr ernst.

Ginger sah ihren Bruder einen Moment etwas perplex an. Dann hellte sich ihre Miene auf und sie fragte: »Macht es dir etwas aus, wenn Colton bleibt?«

»Nein, kein Problem.«

* * *

Die Untersuchung dauerte nur ein paar Minuten. Libby lag auf der Liege, Colton saß daneben. »Ja, Libby, du bist tatsächlich schwanger.«

Tränen schossen ihr in die Augen. Sie fixierte die Decke und versuchte, sich ihrer Freude und ihrer Hoffnung gar nicht erst hinzugeben.

»Wir haben hier einen hervorragenden Arzt, der auf Risikoschwangerschaften spezialisiert ist«, erklärte Ginger.

Colton stand auf und sah sie an. Auf seinem Gesicht spiegelte sich eine ebenso süße wie naive Entschlossenheit.

»Ach, Colton«, sagte sie.

»Was ist?«

»Glaub bitte nicht zu sehr daran, dass es gut geht.«

»Mache ich gar nicht.«

»Doch.«

»Es ist ein langer Weg, Libby«, warf Ginger ein. »Aber du bist nicht allein.«

Libby würde alles für diese Schwangerschaft tun. Nur hoffen konnte sie nicht. Sie würde auch keine Listen aufstellen, was ein Neugeborenes brauchte, und sie würde kein Kinderzimmer streichen. In welcher Farbe auch immer.

Coltons Handy pingte. »Eine Nachricht von Elaine. Sie ist draußen und möchte dich sehen.«

»Okay. Sie soll reinkommen.«

Elaine streichelte sie nicht und gab ihr auch keinen Kuss, wie sie es mit Lofton getan hatte. Aber sie war da. Und sie sah besorgt aus.

»Was fehlt dir?«, fragte sie.

»Nichts. Im Gegenteil. Ich bin schwanger.«

»Wirklich?« Elaine konnte ihre Freude nicht verbergen.

»Bitte freu dich nicht«, sagte Libby. »Es ist viel zu früh. Glaub mir.«

Elaine nahm Libbys Hand ganz sanft in ihre. »Darf ich mich ein bisschen freuen, wenn ich verspreche, es nicht zu zeigen?«

»Okay. Das Gleiche gilt auch für euch beide. Keine Freudentänze.« Sie sah Colton und Ginger streng an. Es war schwer, das unterdrückte Grinsen der anderen zu ignorieren. »Wie geht es Lofton?«

»Sie hat einen schrecklichen Kater«, sagte Elaine. »Geschieht ihr recht.«

»Sie befürchtet, dass du sie nicht mehr liebst«, meinte Libby. »Sie glaubt, du hättest sie ersetzt.«

»Man ersetzt doch nicht ein Kind mit einem anderen«, protestierte Elaine. »Du weißt das selbst doch nur zu gut.«

Elaine hatte recht. Selbst wenn sie dieses Baby austragen sollte, würde sie immer an die Kinder denken, die sie nicht bekommen hatte. »Du kannst mir Woodmont nicht vererben. Lofton hat es immer gewollt.«

»Sie weiß gar nicht, was sie will«, erwiderte Elaine. »Wenn ich ihr das Anwesen schenken würde, würde sie schnell das Interesse verlieren. Sie hat es nicht im Blut. Sie sieht Woodmont nicht so, wie wir es sehen. Ich liebe Lofton, aber sie muss noch viel erwachsener werden, bevor sie so eine Verantwortung tragen kann.«

»Sei nicht so streng mit ihr. Es ist verdammt schwer, wenn sich deine Welt von heute auf morgen verändert. Sie wird reifer werden. Und wie ich wird sie mit der Zeit verstehen, dass Woodmont ihr Zuhause ist. Schenk ihr die Hälfte.«

Elaine sah sie eindringlich an. »Ich gebe dir einundfünfzig Prozent. Du kannst ihr ja das eine Prozent überlassen, wenn sie, sagen wir, fünfzig wird. Das kannst du dann entscheiden. Ob ihr's wollt oder nicht, ihr seid Schwestern. Ihr müsst euch irgendwie einigen.«

Kapitel 29

Sadie

Montag, 15. März 1943, Bluestone, Virginia

Sadies Baby kam ein paar Wochen nach Heiligabend zur Welt. Die Wehen dauerten viele Stunden an. Es gab Momente, da war sie sicher, das Kind wolle sie zerreißen. Als ihre Mutter den Arzt rufen wollte, flehte Sadie sie an, es nicht zu tun. Alles, nur Dr. Carter nicht.

Schließlich presste sie ein winziges, dünnes Baby in einem Schwall von Blut aus sich heraus. Es war ein Mädchen voller Falten und mit bläulichen Lippen. Sadies Mutter wusch es und wickelte es in eine kleine Decke. Doch als sie es Sadie in die Arme legen wollte, drehte die sich zur Wand.

Zwölf Wochen waren seit der Geburt vergangen. Sadie tat sich immer noch schwer, für das Kind zu sorgen. Miss Olivia war jede Woche zu Besuch gekommen und hatte Dosenmilch und Bohnen vorbeigebracht, aber in den letzten beiden Wochen hatten sie vergeblich auf sie gewartet. Sadies Mutter war dazu übergegangen, dem Baby Dosenmilch zuzufüttern, und auch wenn es Sadie schlecht ging, gedieh ihr kleines Mädchen prächtig.

Sadie brütete vor dem Krämerladen in ihrem Truck. Sie hatte drei Flaschen Selbstgebrannten aus ihrem Vorrat dabei und wollte Mr Sullivan bitten, sie gegen Dosenmilch und Karosirup einzutauschen. Im Sommer würde sie keine andere Wahl haben, als ihre Destillerie wieder in Betrieb zu nehmen und Schnaps auszuliefern. Der Sheriff würde es im Zweifel mitbekommen, aber was sollte sie tun? Sie brauchte das Geld.

Sie stieg aus dem Truck und zog sich den zerschlissenen Mantel enger um den Leib. Der eiskalte Wind war schneidend kalt. Sie war seit einem halben Jahr nicht mehr im Laden gewesen und hoffte auf etwas Abwechslung.

Mr Sullivan bediente die Frau des Predigers. Sadie zog den Kopf ein und verkroch sich zwischen den Regalen mit Bohnendosen. Die Frau plapperte endlos über den Gottesdienst und die Kirchenlieder und den Chor.

Beim Hinausgehen bemerkte sie Sadie. »Sadie Thompson. Bist du das, die sich da herumdrückt?«

Sadie stellte eine Dose zurück ins Regal. »Ja, Mrs Morgan.«

»Wir haben dich seit Ewigkeiten nicht mehr im Gottesdienst gesehen. Seit Thanksgiving. Deine Mutter hat mir gesagt, dass es dir nicht gut geht.«

»Mir geht es langsam besser.«

Die Frau musterte Sadies Figur, die weiblicher und rundlicher geworden war. »Gut. Dann werden wir dich ja am Sonntag wieder in der Kirche sehen.«

»Ja, Ma'am.« Sie konnte sich nicht länger zu Hause verstecken. Bald würden die Leute sowieso herausfinden, dass sie ein Baby bekommen hatte.

»Guten Morgen, Mr Sullivan«, grüßte Sadie den Ladenbesitzer, als Mrs Morgan gegangen war.

»Sadie, wo hast du denn so lange gesteckt?«

»Wie ich Mrs Morgan schon gesagt habe: Ich bin krank gewesen.«

»Das tut mir leid.«

»Ich wollte Ihnen einen Tausch vorschlagen. Dosenmilch und Sirup gegen zwei Flaschen von unserem Holunderschnaps.«

»Wofür brauchst du denn Milch?«

»Scheint das Einzige zu sein, was mein Magen im Moment verträgt.«

Er runzelte die Stirn. »Warst du mal bei Dr. Carter?«

»Das ist nicht nötig. Ich bin über den Berg.«

»Ich denke schon, dass ich die loswerde«, sagte er.

»Sheriff Boyd weiß nichts davon. Seien Sie bitte vorsichtig.«

»Er wird es nicht spitzkriegen.«

Mit einem Lächeln stellte Sadie die Gläser auf den Tresen. »Ich nehme an, das reicht für sieben oder acht Dosen Milch und Sirup?«

Mr Sullivan ließ die Gläser unter dem Tresen verschwinden. Er blickte Sadie mit einer gewissen Wärme an. »Hast du was von deinen Brüdern gehört?«

»Johnny schreibt oft. Danny hat sich vor einiger Zeit gemeldet. Aus Italien. Ein sehr kurzer Brief.«

»Der Krieg ist wirklich schlimm«, sagte er mehr zu sich selbst.

»Ja, Sir.«

Er verstaute die Lebensmittel schnell in einen Karton, und Sadie bedankte sich und trat ins Freie. Im hellen Sonnenlicht glänzte das schwarze Metall eines Sportwagens. Sie blieb wie angewurzelt stehen und starrte das Auto an. Die Erinnerungen brachen mit solcher Macht über sie herein, dass sie befürchtete, sich auf der Ladenschwelle übergeben zu müssen.

Malcolm stieg aus und setzte sich den Hut auf. Er sah immer noch so frisch und unschuldig aus wie Mickey Rooney. Als er sie bemerkte, hielt er inne. Seine Augen verengten sich, doch dann grinste er.

»Sadie, ich habe dich nicht gleich erkannt«, sagte er.

Sadies Finger krampften sich in den Karton mit ihren Einkäufen. »Ich habe Ihr Auto gleich erkannt.«

Er warf einen amüsierten Blick auf seinen Wagen. »Er erinnert dich an einen schönen Abend, nicht wahr?«

Sie ging nicht auf seine Bemerkung ein. »Was machen Sie hier?«

»Mein Cousin und seine Frau haben mich eingeladen. Olivia will schon seit Monaten, dass ich sie besuche, aber ich hatte immer was Besseres zu tun, um ehrlich zu sein.«

»Ach ja?«

Er trat näher an sie heran. »Aber wo ich dich so sehe, glaube ich, dass das Wochenende vielleicht doch nicht so langweilig wird. Wenn du dein grünes Kleid noch hast, könnten wir viel Spaß zusammen haben.«

»Ich habe das Kleid verbrannt.«

Er starrte sie entgeistert an. »Warum machst du denn so was? Das ist doch verrückt.«

»Wenn ich daran denke, was Sie mit mir gemacht haben, als ich es getragen habe, ist es gar nicht verrückt.«

Sein Lächeln erlosch. »Ich habe gar nichts mit dir gemacht.«

Sie spuckte direkt neben seine Schuhe aus. »Das ist eine verdammte Lüge. Sie haben mir sehr wehgetan.«

»Nicht so laut«, zischte er.

»Sonst was?«

»Sonst hetze ich dir den Sheriff auf den Hals. Ich lasse mich von dir nicht verleumden.«

Der Gedanke daran, dass der Sheriff bei ihr auftauchen und das Baby sehen würde, brachte sie dazu, sich am Riemen zu reißen. Sie konnte das Kind nicht ewig verstecken, aber vielleicht würde ihr mit der Zeit eine Lösung einfallen.

»Ja, jetzt hältst du die Klappe. Das habe ich mir gedacht. Mädchen wie du stecken immer in Schwierigkeiten.« Er tippte sich an die Hutkrempe. »Schönen Tag noch, Sadie.«

Er ging an ihr vorbei, als wäre sie Luft, und verschwand im Laden.

Sie legte ihre Einkäufe auf den Beifahrersitz und stieg ein. Es wäre vernünftig, nach Hause zu fahren und Malcolm Carter zu vergessen. Was geschehen war, ließ sich nicht ändern. Und sie würde mehr Frieden finden, wenn sie versuchte, das Beste aus ihrem Schicksal zu machen.

Sie knallte die Fahrertür zu.

Durch das Ladenfenster sah sie, wie Mr Sullivan eine Flasche mit Selbstgebranntem hervorholte. Malcolm händigte ihm mehrere Dollarnoten aus.

Sie saß angespannt da, die Hände auf das Lenkrad gestützt, und sah zu, wie Malcolm aus dem Laden kam. »Los, fahr nach Hause«, sagte sie zu sich selbst. »Vergiss, dass du ihn je gesehen hast.«

Malcolm sah zu ihr herüber, tippte sich wieder an den Hut und zwinkerte ihr zu.

Eine unbändige Wut stieg in ihr auf. Ihre Wangen brannten. Malcolm starrte sie weiter an und legte fragend den Kopf schief. Dann blickte er sich nach beiden Seiten um und kam auf der Straße auf sie zu. In der erhobenen Hand hielt er den Schnaps wie ein Friedensangebot.

In seinem Gang war eine Vorfreude, als wäre er sicher, dass ihn ein bisschen Selbstgebrannter zum Ziel führen würde. Das erste Mal hatte es ja bestens geklappt.

Sadie sah rot. Alle guten Geister verließen sie und statt ihrer hockte der Teufel plötzlich auf ihrer Schulter.

Sadie konnte sich später nie erklären, was in sie gefahren war. Sie verlor einfach den Verstand und mit ihm alle Gedanken an ihre Mutter, ihr Baby, ihre Brüder und Miss Olivia. Selbst die Erinnerung an ihren Vater war ausgelöscht. Das Einzige, was übrig blieb, war unbändiger Hass.

Malcolm befand sich mitten auf der Straße, als sie den Motor anließ und den ersten Gang einlegte. Bevor sie wusste, was sie tat, war der Truck angefahren und sie trat das Gaspedal durch. Der Motor heulte auf. Sie raste schreiend auf Malcolm zu, und im nächsten Moment wurde er über den Kühler auf die Motorhaube geschleudert. Dann rollte er auf einer Seite hinunter und schlug hart auf der Straße auf.

Ihr Herz raste. Der kurze Moment der Befriedigung wich der bitteren Realität: Sie hatte ihr Leben ruiniert. Und das ihres Kindes.

Atemlos hielt sie den Truck an und sah hinter sich. Malcolm lag reglos und flach ausgestreckt auf der Straße. Sein Hut war auf dem Bürgersteig gelandet, ein Schuh fehlte. Mr Sullivan kniete vornübergebeugt neben ihm. Er sah Sadie an, als würde er sie nicht erkennen. Wahrscheinlich war es auch so. Sadie erkannte sich ja selbst nicht.

»Was hast du getan, Sadie?«, brüllte Mr Sullivan.

Sie drehte sich um und gab Gas. Der Truck rumpelte die Straße hinunter, als hätte er keine Sorgen.

Kapitel 30

Libby

Dienstag, 4. August, Bluestone, Virginia

Libby schlug die erste Seite von Olivias Tagebuch auf und betrachtete das Foto ihrer lächelnden Urgroßmutter. Sie stellte sich vor, wie Olivia später, als ältere Frau, den Brief an sie geschrieben hatte. Ihre Handschrift im Tagebuch und im Brief war dieselbe: klar und akkurat, mit den geschwungenen Schriftzügen vergangener Zeiten, die unmodern geworden waren.

Sie nahm sich noch eine Handvoll Cracker und aß einen nach dem anderen, um ihren Magen zu beruhigen. Ob diese Übelkeit jemals aufhören würde? »Wenn du es auf die Welt schaffst, kleines Würmchen, dann ist mir alles andere egal.«

Libby betrachtete die junge Frau neben Olivia. Sadie Thompson. Laut Elaine würde Libby ihre Urgroßmutter besser verstehen, nachdem sie dieses Tagebuch gelesen hatte. »Meine Großmutter liebte Pflanzen und konnte unglaublich gut zeichnen. Im Tagebuch steht, dass sie ein Mädchen aus der Gegend angestellt hat«, hatte Elaine ihr zur Lektüre mitgegeben.

Libby klappte das Tagebuch zu, nahm noch eine Handvoll Cracker und machte sich auf den Weg nach Woodmont.

Margaret war über siebzig. Wenn ihr jemand etwas über die Thompson-Familie erzählen konnte, dann war sie es.

Beim Fahren knabberte sie weiter und ließ das Fenster ganz runter. Der feuchtwarme Fahrtwind half ein wenig. Ginger hätte ihr sicherlich etwas gegen die Übelkeit verschreiben können, aber sie wollte kein Risiko eingehen.

Als sie parkte, war sie froh, Coltons Wagen nirgendwo zu sehen. Sie wollte nicht über ihre Schwangerschaft reden oder erklären, wie es ihr ging. Ihr war nicht nach Gesprächen über Gefühle oder Beziehungen zumute. Das musste warten.

Sie parkte hinter dem Haus neben Margarets Auto, nahm das Tagebuch und klopfte an der Küchentür.

»Ja bitte!«, rief Margaret.

Coltons Mutter war dabei, Jeff und Sam Brote mit Erdnussbutter und Marmelade zu servieren. Libby zögerte einen Moment. Sie fühlte sich wie ein Eindringling.

»Hallo, Jungs.«

»Libby!«, rief Jeff erfreut.

»Wir essen Mittag.« Sam grinste sie mit einem Milchbart an.

»Das sehe ich.« Sie legte ihre Sachen auf den Tisch und beäugte die Brote. Irgendwie waren Sandwiches mit Erdnussbutter und Marmelade gerade besonders verlockend.

»Es ist genug für alle da.« Margaret hatte wohl ihren hungrigen Blick gesehen. »Nehmen Sie sich bitte ein oder zwei.«

»Oh, vielen Dank. Ich bin am Verhungern.« Ob Colton seiner Mutter wohl von ihrer Schwangerschaft erzählt hatte?

Margaret stellte ihr einen Teller hin. »Was führt Sie zu uns? Elaine ist mit Lofton nach Washington gefahren, und Colton ist auch nicht da.«

»Eigentlich bin ich gekommen, um Sie zu sehen.« Sie biss in das Weißbrot und kaute genüsslich auf der klebrigen süßen Masse. Ein Traum, und überraschenderweise protestierte ihr Magen nicht. Im Gegenteil, er verlangte nach mehr.

»Was kann ich für Sie tun?«

Libby aß das Sandwich auf und wischte sich sorgfältig die Hände ab. Dann öffnete sie das Buch. »Elaine hat mir Olivias Tagebuch ausgeliehen.«

Margaret sah sie abwartend an. »Okay.«

Die ältere Frau sah nicht überrascht aus. Allerdings ließe sie sich von niemandem in die Karten blicken. Sie hatte schon auf Woodmont gearbeitet, als Elaine schwanger wurde, und das Geheimnis streng gehütet.

Libby warf einen kurzen Blick auf die Kinder, die mit ihren Broten beschäftigt waren. »Sie wissen von Elaine und mir?«

Margaret zog eine Augenbraue hoch und nickte dann langsam. »Ja, seit einer Ewigkeit.«

»Wie lange?«

»Ich wusste es von Anfang an«, sagte sie vorsichtig.

»Und das mit meinem Vater?« Libby bemerkte, dass die Jungen still geworden waren und sie aufmerksam beobachteten.

»Das auch.«

»Ich mag Elaine«, sagte Sam.

»Ich auch. Sie ist eine nette Dame«, erwiderte Libby.

Jeff grinste und trank seine Milch. »Sie hat uns Power-Ranger-Kostüme für Halloween geschenkt. Ich bin der Schwarze Ranger.«

»Ich bin der Rote Ranger.« Sam setzte sich aufrecht hin.

»Ihr werdet fantastische Power Ranger sein«, sagte Libby.

»Wenn ihr beide aufgegessen habt, gebe ich euch für draußen ein Eis am Stiel.«

»Kann ich ein orangenes?«, fragte Sam.

Margaret holte zwei Eis aus der Kühltruhe und wies zur Tür. »Raus mit euch.«

Die Jungen sprangen auf und verschwanden in den Garten. Margaret sah ihnen noch einen Moment nach. Nachdem sie sich vergewissert hatte, dass sie ihr Eis unter der alten Eiche aßen und sie eine Weile nicht stören würden, wandte sie sich ihrem Gast zu.

Libby zeigte ihr das Foto von Olivia und Sadie. »Haben Sie schon mal von Sadie Thompson gehört?«

Margaret nahm das Bild und betrachtete es lange. »Ich habe nicht viele Bilder von ihr aus dieser Zeit gesehen. Ich habe gehört, dass sie recht wild gewesen sein soll. Dem Foto nach zu urteilen, könnte man das tatsächlich denken.«

»Kannten Sie sie?«

»Ihr Vater und ihre Brüder waren Bauern. Ihr Vater ist irgendwann Ende der Dreißigerjahre gestorben. Seine Söhne haben Arbeit in einer Maschinenfabrik gefunden, aber sie sind nicht lange dageblieben. Danny, der Ältere, hat sich schon 1938 freiwillig gemeldet und war in Nordafrika und Italien stationiert. Johnny ist dann auch freiwillig zur Armee und hat in Europa gekämpft.«

»Haben sie den Krieg überlebt?«

»Ja. Aber der Krieg verändert die Menschen.« Margaret verstummte. Nach einer Weile fuhr sie fort. »Sadie ist bei ihrer Mutter geblieben. Sie hat immer davon geträumt, Bluestone zu verlassen. Eine Weile hat sie für die Carters gearbeitet. Miss Olivia hat mir erzählt, dass Sadie sie chauffiert hat. Später hat sie ihr auch das Autofahren beigebracht und im Gewächshaus geholfen.«

»Was ist mit Sadie passiert?«

»Warum wollen Sie unbedingt so viel über Sadie wissen?«

»Ich glaube, was mit ihr passiert ist, hat Olivia beeinflusst. Und das hatte dann auch einen Einfluss darauf, was mit Elaine und mir passiert ist.«

Margaret konnte den Blick nicht von dem Foto lösen. »Das arme Mädchen hatte keine Chance.«

Kapitel 31

Sadie

Montag, 15. März 1943, Bluestone, Virginia

Der Kühler des Trucks kochte, als Sadie zu Hause ankam. Ihr Herz hämmerte gegen ihre Rippen, als wollte es aus ihrer Brust springen. Sie packte die Einkäufe und rannte ins Haus.

»Mama!« Sie knallte den Karton mit Milch und Sirup auf den Tisch. »Mama!«

Ihre Mutter eilte aus dem Nebenzimmer. »Leise! Das Baby ist gerade eingeschlafen. Wenn sie jetzt aufwacht, hört sie nicht mehr auf zu schreien.«

»Ich habe was ganz Schlimmes gemacht, Mama.« Sadie konnte vor Panik kaum sprechen

Ihre Mutter wurde blass. »Was hast du getan?«

»Ich habe ihn in der Stadt gesehen. Und er hat mich behandelt wie den letzten Dreck.«

»Ihn? Wen meinst du damit?«

Sadie zeigte zum Nebenzimmer. »Ich meine den Mann, der mir das da gegeben hat.«

»Das ist ein Kind«, wies ihre Mutter sie streng zurecht.

Sadie konnte keine mütterlichen Gefühle für ihr Baby aufbringen. »Es ist *sein* Kind.«

»Ich hoffe, du hast ihm nichts von dem Baby gesagt.«

»Nein. Natürlich nicht. Das hätte auch nichts gebracht. Er hätte nur gesagt, dass ich lüge und dass ich eine Hure bin.«

»Was hast du getan?« Die Stimme ihrer Mutter war nur noch ein Flüstern. Als stünde der Sheriff schon vor der Tür.

Es war schlimmer als ein Albtraum. Der Teufel war in sie gefahren und hatte sie dazu gebracht. »Ich habe ihn mit dem Truck angefahren.«

»Angefahren? Was soll das heißen?«

Sadie raufte sich die Haare. Dafür würde sie viele, viele Jahre ins Gefängnis müssen, ob er es überlebte oder nicht. »Ich habe ihn erwischt. Überfahren.«

»Ist er tot?«

Sie sah seinen verdrehten Körper auf der Straße vor sich. Selbst jetzt tat es ihr nicht leid. Sie hatte Angst vor den Folgen, ja, und vielleicht würde sie dafür sogar in die Hölle kommen. Aber leid tat es ihr nicht. »Er sah schlimm aus.«

»Weißt du, wie er heißt?«

Sie schluckte hart. »Malcolm Carter.«

Ihre Mutter sah sie mit angstgeweiteten Augen an. »Ein Carter? Sag, dass das nicht stimmt!«

»Ich hätte mich gar nicht auf ihn einlassen dürfen«, versuchte Sadie zu erklären. »Aber er war höflich wie ein richtiger Gentleman, als ich ihn in Woodmont zum ersten Mal gesehen habe. Und dann habe ich ihn bei dem Tanzfest im letzten März wiedergetroffen. Zuerst war er so nett. Und dann waren wir allein, und er war wie ausgewechselt, Mama. Ich habe gesagt, dass ich das nicht will, aber er hat trotzdem weitergemacht.«

»Ich habe gehört, wie du rausgeschlichen bist, und hätte dich aufhalten sollen. Aber dann habe ich gedacht, ein bisschen Spaß kann dir auch nicht schaden. Und was sollte schon passieren?« Ihr Gesicht verfinsterte sich. »Hast du ihn getötet?«

Tränen stiegen Sadie in die Augen. »Ich bin nicht ausgestiegen. Ich habe kurz angehalten und dann habe ich Gas gegeben.«

»Hat dich jemand gesehen?«

»Mr Sullivan auf jeden Fall.«

Ihre Mutter ballte die Hände zu Fäusten. Sie starrte Sadie an, als wäre sie eine Fremde. »Pack eine Tasche.«

»Was soll ich jetzt machen? Wenn Johnny oder Danny nur hier wären!«

»Die könnten dir jetzt auch nicht helfen. Du hast einen Carter angegriffen. Vielleicht sogar getötet. Du musst fliehen, und du kannst nie wieder zurückkommen. Wenn sie dich erwischen, sorgen sie dafür, dass du den Rest deines Lebens hinter Gittern verbringst.«

Ihre Mutter eilte in die Küche und kramte ganz hinten in einem Schrank eine blau-weiß-rote Tabakdose hervor. Sie mühte sich mit dem Deckel ab und zog mehrere Dollarnoten heraus. »Hier, nimm das, setz dich in den Truck und fahr, so schnell du kannst. Halt nicht an, bis du in Charlottesville bist.«

»Das kann ich nicht annehmen.«

Ihre Mutter drückte ihr das Geld in die Hand und schloss Sadies Finger darüber. »Doch, das kannst du und das tust du.«

»Und die Kleine?«

»Sie bleibt bei mir. Vielleicht kannst du sie später zu dir holen. Mit einem schreienden Baby kannst du nicht fliehen.«

In der Ferne war ein Motorengeräusch zu hören. Ihre Mutter lief zum Fenster. »Da kommt ein Truck den Hügel hoch. Los jetzt! Vergiss die Sachen!«

»Ich habe so eine schreckliche Angst, Mama.«

Ihre Mutter drückte sie an sich. »Los jetzt, Sadie!«

Ihr ganzes Leben hatte sie davon geträumt, Bluestone zu verlassen. Aber doch nicht wie ein tollwütiger Hund, dem die Jäger auf den Fersen sind. »Der Sheriff wird mich finden.«

Ihre Mutter zerrte sie aus dem Haus. »Nicht, wenn du schnell genug bist. Nicht, wenn du es bis Charlottesville schaffst und den Zug nimmst und so weit fährst, wie das Geld reicht.« Ihre Mutter umarmte sie fest. »Ich liebe dich, mein Kind.«

* * *

Sadie fuhr so schnell, wie der Truck es zuließ. In ein, zwei Kurven wäre sie fast ins Schleudern gekommen. Der Truck war alt und hatte seine Macken, und Malcolms Aufprall hatte den Kühler so beschädigt, dass er leckte. Aber sie hatte keine Wahl, ihre Verfolger waren ihr dicht auf den Fersen.

Kurz vor der County-Grenze stotterte der Motor und soff ab. Sadie saß einen Moment wie gelähmt hinter dem Steuer. »Bitte, bitte, lass mich nicht im Stich.«

Sie sprang auf die Straße, schützte ihre Hand mit ihrem Mantelsaum und öffnete die kochend heiße Motorhaube. Wasserdampf schlug ihr entgegen. Es roch verbrannt.

Wenn sie Wasser gehabt hätte, hätte sie den Truck vielleicht noch einmal zum Laufen gebracht. So blieb ihr nichts anderes übrig, als es zu Fuß zu versuchen. Aber ihre Füße waren bleischwer. Sie wickelte den Mantel enger um sich und stapfte los. In der Ferne hörte sie ein Motorengeräusch. Das konnte nur der Dodge von Sheriff Boyd sein.

* * *

Olivia

Olivia zog sich die Handschuhe aus und warf sie zusammen mit ihrem Hut auf den Tisch im Foyer. Sie hatte ganz andere Pläne für diesen Tag mit Malcolm gehabt. Sie hatte ihm eine Lektion in Sachen Verantwortung erteilen wollen.

Doch sie hatte eine wunderbare Neuigkeit für ihren Mann. Als sie in Edwards Arbeitszimmer eilte, legte er gerade den Telefonhörer auf und griff nach seinem Whiskeyglas.

Sie wollte ihm von dem Baby erzählen, von ihrem Baby, aber sein düsterer Gesichtsausdruck mahnte sie zur Vorsicht. Hatte er herausgefunden, was Malcolm Sadie angetan hatte? Malcolm würde ihm doch nie seine Sünden beichten. Sollte er Edward etwas erzählt haben, dann hätte er die Umstände sicherlich so dargestellt, dass ihn keine Schuld traf.

Er sah zu ihr auf. »Darling.« Sein Lächeln war angespannt. »Ich hatte angefangen, mir Sorgen zu machen.«

»Warum? Es ist doch noch hell draußen.«

»Aber nicht mehr lange.«

Sie gab ihm einen Kuss. »Mir geht's gut. Ist Malcolm schon da?«

»Hast du denn nicht gehört, was in der Stadt passiert ist?«, fragte er mit unheilvollem Unterton.

»Nein.«

»Sadie Thompson hat Malcolm angefahren. Mitten in Bluestone und mit voller Absicht. Ich habe eben mit einem Kollegen im Krankenhaus telefoniert. Sein Zustand ist ernst.«

Das arme, unbedachte Mädchen. Bestimmt hatte sie impulsiv gehandelt, ohne nachzudenken. »Ist er in Lebensgefahr?«

»Die Ärzte wissen es nicht. Falls er überlebt, kann es sein, dass sein rechtes Bein amputiert werden muss.« Edward ging zur Hausbar, um sich Bourbon nachzuschenken. »Ich habe auch mit dem Sheriff telefoniert. Er war gerade bei den Thompsons. Ihre Mutter schwört, dass sie sie nicht gesehen hat.«

»Glaubt er ihr?«

»Natürlich nicht. Die Thompsons lügen, wenn sie nur den Mund aufmachen. Sie halten sich nicht an die Gesetze. Es ist ein Wunder, dass sie nicht längst im Gefängnis sitzen. Alle zusammen. Da kann ich dankbar sein, dass dir das Mädchen nichts Schlimmeres angetan hat.«

»Sie hat mir gar nichts angetan.«

»Früher oder später wäre es bestimmt dazu gekommen. Sie wollte Malcolm umbringen!«

»Malcolm hat sie vergewaltigt.« Ihre Stimme klang fest und bestimmt.

Edward war es nicht gewohnt, dass man so zu ihm sprach. »Wie bitte?«

»Du hast mich richtig verstanden. Als er das letzte Mal in Bluestone war und zu diesem Tanzfest gegangen ist, hat er Sadie dort getroffen. Er hat sie mit Alkohol gefügig gemacht und dann auf dem Rücksitz seines Wagens vergewaltigt.«

Edward schüttelte den Kopf und gebot ihr Einhalt. »Vergewaltigung ist eine schwerwiegende Anschuldigung.«

»So ist es.«

»Gibt es Beweise? Sicherlich nicht das Wort dieses Mädchens. Ich habe sie übrigens monatelang nicht mehr gesehen.«

»Das konntest du auch nicht«, sagte Olivia mit fester Stimme.

Edward dachte einen Moment nach, dann fragte er finster: »War sie etwa schwanger?«

»Ja, und sie hat das Baby bekommen. Malcolm ist es ihr schuldig, sie finanziell zu unterstützen, das ist das Mindeste.«

»Er schuldet ihr gar nichts.«

»Wie kannst du das sagen? Es ist *seine* Tochter!«

»Dafür gibt es offensichtlich keinen Beweis. Die Thompson kann sich das alles ausgedacht haben, weil sie Geld braucht.«

Sie konnte vielleicht mit Edward über die Vaterschaft des Kindes streiten, aber in diesem County würde kein Richter Sadie Thompson Glauben schenken – nicht wenn ihr Wort gegen das eines Carters stand.

»Das Mädchen hat keine Hemmungen. Sicher hat sie sich auf einige Männer eingelassen. Und jetzt ist sie gewalttätig geworden«, fuhr Edward fort. »Sie gehört ins Gefängnis, wo sie niemandem mehr schaden kann. Und man sollte dafür sorgen, dass sie keine Kinder mehr bekommen kann.«

»Sadie verdient es nicht, weggesperrt zu werden. Sie verdient unsere Hilfe!«

»Hast du den Verstand verloren? Sie hat versucht, Malcolm umzubringen!« Er kippte den Bourbon hinunter. »Und wag es ja nicht, das Ganze auf dieses angebliche Techtelmechtel zu schieben.« Er ballte die Fäuste. »Ich habe dich gewarnt, Olivia. Stell mich nie in der Öffentlichkeit bloß. Halte dich von Sadie Thompson fern oder du wirst es bereuen!«

»Ich lasse mich nicht von dir bedrohen, Edward.«

»Nein? Was willst du dagegen tun?«

Sie sah ihn entschlossen an. »Ich werde dich verlassen.«

»Und wohin willst du gehen?«

Olivia kochte vor Wut, aber sie musste ihre Gefühle im Zaum halten, wenn sie Sadie helfen wollte. Mit Edward würde sie sich später befassen.

Sie nahm Edwards leeres Glas, ging zur Hausbar und zog unauffällig das Fläschchen Laudanum aus der Tasche ihres Kleides, das sie immer bei sich trug. Mit dem Rücken zu ihrem Mann goss sie eine ordentliche Dosis in sein Glas und füllte es mit Bourbon auf. Sie drehte sich um und schwenkte das Glas. »Ich mochte das Mädchen. Ich dachte, ich könnte ihr helfen.«

»Manche Leute erkennen eine Chance nicht, wenn sich ihnen eine bietet. Sadie ist so eine Person«, sagte Edward verächtlich.

»Vielleicht hast du recht, Darling.«

»Ich will von dir kein Wort mehr über Sadie Thompson hören.«

Sie reichte ihm das Glas. »Ich kann verstehen, dass du aufgebracht bist.«

»Ich mache mir Sorgen um dich.«

»Ich weiß. Komm, wir setzen uns vor den Kamin.«

Sie ließ sich auf das Sofa nieder und klopfte leicht auf den Platz neben sich. Er kam zu ihr, legte einen Arm um sie und hielt seinen Drink in der anderen Hand.

»Ich habe immer große Stücke auf ihren Bruder Johnny gehalten. Aber jetzt ist er in Europa, und sie ist außer Rand und Band.«

»Er kämpft für uns.« Je mehr sie sich an ihn schmiegte, desto mehr entspannte er sich.

»In der Tat.« Sein Atem ging langsamer, seine Sprache wurde verwaschener. »Ich weiß gar nicht, warum ich auf einmal so schrecklich müde bin.«

»Du arbeitest zu viel, Darling.« Ein langer Tiefschlaf würde Edward guttun.

Als sein Kopf vornüberfiel, nahm sie ihm das Glas ab und wartete noch mehrere Minuten. Dann bettete sie ihn behutsam auf das Sofa.

Sie warf eine Wolldecke über ihn und küsste ihn auf die Wange. »Ich liebe dich, aber was Sadie angeht, irrst du dich.«

Sie eilte ins Foyer und griff nach Hut, Handschuhen und Autoschlüssel.

* * *

Sadie

Sadie zitterte am ganzen Leib. Sie war die Böschung hinuntergesprungen und duckte sich tief in den Straßengraben. Saß Sheriff Boyd in dem Auto, dessen Scheinwerfer sie eben geblendet hatten? Hatte er seinen Dodge gegen ein anderes Auto ausgetauscht, um nach ihr zu suchen? Es wäre ihm glatt zuzutrauen. Er war ein guter Spürhund, das musste sie ihm lassen.

Sowie das Auto vorbeigefahren war, musste sie weg von der Straße und einen kleinen Pfad nehmen.

Doch das Auto fuhr nicht vorbei. Es wurde langsamer und kam zum Halt. Sie war nicht schnell genug gewesen. Der Fahrer hatte sie gesehen.

»Sadie!«

Es war Olivias vertraute Stimme. Vielleicht war es eine Falle? Sie bewegte keinen Muskel.

»Sadie! Ich suche schon seit Stunden nach dir. Ich weiß von Edward, dass der Sheriff nach dir fahndet.«

Sadie hob vorsichtig den Kopf. Keine Spur von Edward oder dem Sheriff.

»Los, komm raus!«, rief Olivia. »Ich bringe dich zum Bahnhof.«

Sadie kroch aus dem Graben. Olivias Gesicht sah im Scheinwerferlicht furchtbar angespannt aus.

»Woher wussten Sie, wo ich bin?«

»Ich habe erfahren, dass dein Truck auf der Straße nach Charlottesville liegen geblieben ist. Zu Fuß konntest du nicht weit gekommen sein. Dann ist mir der Truck des Sheriffs entgegengekommen, aber ohne dich.«

Sadie schlüpfte auf den Beifahrersitz. »Geht es meiner Mama gut? Mein Baby ist bei ihr.«

»Ich hatte keine Zeit, um nach ihnen zu sehen. Das Wichtigste ist jetzt, dich nach Charlottesville zu bringen und in einen Zug zu setzen.«

»Hat er Mama festgenommen?«

»Nein, das würde mich wundern.« Olivia trat das Kupplungspedal durch, legte den ersten Gang ein und fuhr problemlos los.

»Ich glaube, ich habe Malcolm umgebracht.«

»Nein, er ist nicht tot, aber schwer verletzt.«

Sadie verschränkte die Arme vor der Brust. »Er hat mir auch sehr wehgetan.«

»Vielleicht wird er nie wieder laufen können.«

Sadie starrte aus dem Fenster auf die vorbeihuschenden dunklen Bäume. »Er hat mich eine Hure genannt. Und gesagt, dass ich nichts anderes verdient habe.«

»Das wird er sein Leben lang bereuen.«

Sadie liefen die Tränen über die Wangen. »Ich bin keine Hure.«

»Natürlich nicht.«

»Sie sind ja in der Dunkelheit gefahren«, sagte Sadie mit tadelndem Unterton.

Olivia musste lächeln. »Ich glaube, das ist im Moment mein kleinstes Vergehen.«

Sadie wischte sich die feuchten Hände am rauen Stoff ihres Overalls ab. »Wo ist Dr. Carter?«

»Der schläft.«

»Er schläft? Wirklich?«

»Es kann sein, dass etwas von meinem Schlaftrunk in sein Glas getropft ist. Es wird ihm nicht schaden. Der arme Mann war sowieso völlig erschöpft. Ich bin wieder zu Hause, bevor er aufwacht.«

»Er wird wahnsinnig wütend sein.«

»Dann versuche ich noch einmal, ihm zu sagen, dass ich wieder schwanger bin. Darüber vergisst er bestimmt alles andere.«

»Sie sind schwanger? Dann sollten Sie aber nicht so fahren!«

Der Wagen holperte über ein Schlagloch. »Das Kleine muss sich eben gut festhalten.«

»Warum tun Sie das für mich?«

»Ich würde meines Lebens nicht mehr froh werden, wenn ich es nicht täte.«

Sadie schlang den Mantel enger um sich und saß verkrampft auf dem Beifahrersitz. Sie wollte nicht von zu Hause weg. »Was ist mit Johnny und Danny? Wenn sie nach Hause kommen, wissen sie doch gar nicht, wo ich bin.«

»Du kannst ihnen doch schreiben, wo du gelandet bist.«

»Aber was wird aus Mama und dem Baby?«

»Ich kümmere mich um sie.«

»Sie sind so freundlich zu mir. Das habe ich nicht verdient.«

»Doch, Sadie. Das hast du verdient.«

Sadie weinte still. Es dauerte fast eine Stunde, bis Olivia am Bahnhof von Charlottesville vorfuhr. »Der Zug kommt gleich. Wir müssen nur noch einen Moment warten.«

»Wo soll ich hinfahren?«

»Nach Washington.« Olivia zog ein paar Geldscheine aus der Tasche. »Damit kannst du dir eine Fahrkarte kaufen. Es gibt jetzt überall Arbeitsplätze in den Fabriken. Du kennst dich so gut mit Maschinen aus, dass du bestimmt schnell Arbeit findest.«

»Ich hätte nie gedacht, dass es so kommt.«

»Im Leben kommt es selten so, wie wir es uns vorgestellt haben.« Olivia drückte Sadie die Scheine in die Hand.

Sadie fischte das Geld ihrer Mutter aus ihrer Manteltasche. »Geben Sie das bitte Mama zurück. Sie wird es brauchen. Ich kann ihr Geld nicht annehmen.«

»Wenn sie es dir gegeben hat, wollte sie, dass du es behältst.«

»Ja, aber ich will es nicht. Ich habe schon so viel von ihr bekommen.«

Olivia nahm die Scheine an sich. »In Ordnung. Ich sorge dafür.«

»Ich zahle Ihnen das Geld zurück.« Sadie umarmte Olivia. »Passen Sie auf Ihr Baby auf. Und wenn ich jemals etwas für Sie tun kann, brauchen Sie mich nur zu fragen.«

In der Ferne hörten sie das Pfeifen eines Zuges. »Wir bleiben in Kontakt, Sadie.«

Kapitel 32

Libby

Dienstag, 4. August, Gut Woodmont

»Wie kommt es, dass Sie so viel über Sadie Thompson wissen?«, fragte Libby.

»Sie war meine Mutter«, erwiderte Margaret.

»Oh! Dann war Malcolm Carter Ihr Vater?«

»Ja.«

»Was ist mit ihm passiert?« Libby ging in Gedanken ihren neu entdeckten Stammbaum durch, um herauszufinden, wie sie eigentlich mit Colton verwandt war. Zum Glück lag die Verbindung über drei Generationen zurück.

»Malcolm konnte nie mehr richtig laufen. Aber er hat meiner Großmutter und mir trotzdem nie Ärger gemacht. Ich habe erst später herausgefunden, dass Miss Olivia ihre schützende Hand über uns gehalten hat. Sie hat Edward gedroht, ihn zu verlassen, wenn uns etwas zustößt.«

»Lebt er noch?«

»Nein. Malcolm Carter ist im Jahr 2000 gestorben. Er war mehrmals verheiratet und hatte mit jeder Frau Kinder. Trotzdem ist er am Ende einsam und verarmt in einem Pflegeheim gestorben.«

»Haben Sie Sadie wiedergesehen?«

»Ja, als ich dreizehn war. Der Sheriff war gestorben, und Sadie Thompson war zu einer Legende geworden. Miss Olivia fand, dass es sicher genug war, mich nach New York mitzunehmen. Wissen Sie, Miss Olivia hatte meine Oma als Kinderfrau für ihr Baby angestellt. So bin ich in den ersten Jahren mit ihrem Sohn Stuart aufgewachsen. Als wir in die Schule kamen, wurde Stuart auf ein Internat geschickt. Ich bin hier zur Schule gegangen und habe dann später bei den Carters in der Küche gearbeitet.«

»Sie waren seit Ihrer Geburt hier?«

»Ja, genau. Miss Olivia hat nicht nur meine Mutter gerettet, sondern auch meine Großmutter und mich. Und als meine Ginger zur Uni gehen wollte, hat Miss Olivia für finanzielle Unterstützung gesorgt. So konnte Ginger Medizin studieren. Colton hat sie auch unterstützt.«

»Jetzt verstehe ich noch weniger, warum sie Elaine nicht geholfen hat, als sie schwanger war.«

Margaret seufzte. »Miss Olivia wollte, dass Malcolm wegen der Vergewaltigung der Prozess gemacht wurde. Aber Dr. Carter hat seinen Cousin geschützt, und es kam nie zu einer Anklage. Sie hat das Vertrauen in ihren Mann verloren. Und er hat ihr das Leben schwer gemacht, weil sie Sadie geholfen hat. In der Öffentlichkeit spielte er den aufmerksamen Ehemann, aber zu Hause war er kalt und distanziert.«

»Sie haben sich aber nicht getrennt.«

»Nein, Stuart war ja da. Dr. Carter stellte ihr frei zu gehen, aber Stuart würde bei ihm bleiben. Olivia wollte ihren Sohn nicht verlassen, also bleib sie. Soweit ich das mitbekommen habe, haben sie jeweils ihr eigenes Leben gelebt. Miss Olivia hat sich um ihren Sohn und ihre Gärten gekümmert, und

Dr. Carter hat in dem Krankenhaus in Lynchburg gearbeitet, bis es in den Siebzigern geschlossen wurde. Bis zu seinem letzten Atemzug hat er fest daran geglaubt, dass er den Frauen einen guten Dienst erwies.«

»Miss Olivia hat Sadie geschützt, Elaine aber nicht.«

»Sie wusste genau, dass Dr. Carter Elaine und dich verachtet hätte. Und sie hat befürchtet, dass er euch das Leben zur Hölle machen würde – so wie er es mit ihr tat.«

»Und wo ist Elaine hingegangen, als sie schwanger war? Ich weiß nur, dass sie bei meiner Geburt in New Jersey war.«

»Sie hat bei Sadie an der Küste von Jersey gelebt.«

»Bei Sadie?«

»Als Sadie aus Virginia geflohen ist, ist sie nach New Jersey gefahren und hat dort schnell Arbeit in einer Kriegsfabrik gefunden. Damals haben sie Frauen eingestellt, weil so viele Männer in Übersee waren. Nach dem Krieg ist sie zur Abendschule gegangen. Es hat fast zehn Jahre gedauert, aber am Ende ist sie Lehrerin geworden.«

»Lehrerin? Wahnsinn! Das ist wirklich beeindruckend. Also ist Olivia mit Sadie in Kontakt geblieben?«

»Miss Olivia ist jeden Sommer für eine Woche nach New York gefahren. Ich habe erst später herausgefunden, dass sie bei diesen Reisen immer einen Abstecher nach New Jersey gemacht hat, um Sadie zu besuchen. Als ich dreizehn war, hat sie mich das erste Mal mitgenommen und uns einander vorgestellt.«

Libby fragte sich, wie das Treffen zwischen Mutter und Tochter wohl gewesen sein mochte. Doch weil Margaret sich nicht dazu äußerte, mochte sie auch nicht in sie dringen. »Hat Sadie jemals geheiratet?«

»Ja. Einen sehr netten Mann namens Arthur. Sie haben keine Kinder bekommen, aber sie waren lange sehr glücklich miteinander, bis er als alter Mann an einem Herzinfarkt gestorben ist. Drei Jahre später ist Sadie ihm gefolgt.«

»Hat sie es je bereut, Sie zurückgelassen zu haben?«

Margaret wandte ihr den Rücken zu und starrte aus dem Fenster. »So war es besser für uns beide. Ich spürte das sofort, als wir einander zum ersten Mal getroffen haben. Wenn sie mich ansah, sah sie Malcolm, nicht mich. Und meine Oma war die beste Mutter, die ich mir wünschen konnte.«

Libby ging das sehr zu Herzen. »Wann ist Sadie gestorben?«

»1994. Miss Olivia und ich waren bis zuletzt bei ihr.« Margaret legte ihre Hand auf Libbys Arm. »Manchmal geht es nicht darum, sich zwischen richtig und falsch zu entscheiden. Manchmal muss man den besten der schlechten Wege finden und aufs Beste hoffen. Das hat Miss Olivia getan. Und sonst wären wir heute nicht hier.«

Ein Motorengeräusch ließ Libby aufhorchen. Coltons Truck fuhr vor. Die Jungen hüpften auf und ab und rannten dann zu ihm. Zum ersten Mal seit langer Zeit war Libby glücklich.

Kapitel 33

Sadie

Dienstag, 5. April 1994, Trenton, New Jersey

Sadie erkannte an Miss Olivias sorgenvollem Gesichtsausdruck, dass sie sich bewusst war, wie sehr ein zu lange gehütetes Geheimnis die Seele vergiften konnte. Früher hätte Sadie Miss Olivia mit ihren Ausflüchten nicht durchkommen lassen. Doch sie lag im Sterben, und dies war ihre letzte Unterhaltung. »Sie werden es so machen, wie es gut für Sie ist, Miss Olivia.«

»Weißt du, nach all den Jahren könntest du mich doch wirklich duzen.«

Sadie versuchte zu lächeln. »Es würde irgendwie falsch klingen.«

Miss Olivia nahm zärtlich ihre Hand. »Ich hoffe, du weißt, wie sehr ich dich immer geschätzt habe. Ich wünschte, wir könnten irgendwo zusammen Mittag essen gehen, so wie früher.«

»Es tut mir leid, dass es mir so schlecht geht.« Sie wollte sich aufsetzen, aber sie war so furchtbar müde, und mit den vielen Schläuchen wäre es sowieso kaum gegangen.

»Bleib bitte liegen. Versuch einfach, dich zu entspannen.«

»Ich habe vom Gewächshaus geträumt«, sagte Sadie. »Und wie wir damals die Pflanzen eingetopft haben.«

»Ja, das hat großen Spaß gemacht. Und du warst ein Naturtalent.«

»Was macht das Gewächshaus?«

»Das ist nicht mehr in Benutzung. Es wurde mir zu viel.«

»Ich hätte nicht gedacht, dass das je passieren würde.«

»Tja, ich auch nicht. Dein Name ist immer noch in der Fensterscheibe eingeritzt. Es hat mir so viel bedeutet, dass du für mich da warst, als ich eine Freundin brauchte. Nach meinen Kriegserlebnissen, fern meiner Heimat, frisch verheiratet mit Edward, zwei Fehlgeburten – daran wäre ich fast zugrunde gegangen.«

Miss Olivia nahm eine Tasse mit einem Strohhalm und hielt ihn Sadie an die Lippen. Obwohl sie durstig war, trank sie nur einen winzigen Schluck aus Angst vor Übelkeit.

»Sie hätten nicht den ganzen Weg herkommen sollen.«

»Wie gesagt, das ist doch selbstverständlich.«

»Ich würde Margaret gern sehen.«

»Natürlich.« Olivia stand auf und ging hinaus, wo Margaret wartete. Nach einem Moment kam sie zurück. »Sie war nach der langen Fahrt eingeschlafen, aber sie kommt gleich.«

»Ach, ich hätte sie gern schlafen sehen. Wie damals, als sie ein winziges Baby war.« In Margarets ersten Lebensmonaten hatte Sadie noch geglaubt, sie könnte irgendwann vergessen, wie gewaltsam ihre Tochter gezeugt worden war, und sie so lieben, wie sie es verdient hätte. Dass sie mit der Zeit ihrem kleinen Mädchen eine gute Mutter werden würde. Aber die Zeit war ihr davongelaufen.

Margaret betrat das Krankenzimmer, trat lächelnd an das Bett ihrer Mutter und nahm deren Hand.

»Margaret«, sagte Sadie. »Schön, dich zu sehen.«

»Dich auch, Mama.«

»Wie geht es dir?« Sadie betrachtete ihr Gesicht, aber sie konnte keine Ähnlichkeit mit ihr oder Malcolm erkennen. Sie sah nur Margaret.

Ihre Tochter strich ihr sehr behutsam über die pergamentartige Haut ihrer Hand. »Gut.«

»Und Ginger und Colton?«

»Ginger wurde an einem ausgezeichneten College angenommen. Sie sagt, sie will Ärztin werden.«

»Wirklich?« Voller Stolz dachte Sadie an ihre Enkelkinder, deren Bilder die Wände ihrer kleinen Wohnung pflasterten.

»Miss Olivia hat dafür gesorgt, dass sie das Stipendium der Carter-Stiftung bekommt.«

»Wie wunderbar!« Diesen Lauf der Dinge hätte sie nie zu träumen gewagt. »Und Colton?«

»Colton ist immer noch wild. Er ist deinem Bruder Johnny wie aus dem Gesicht geschnitten.« Nachdem Johnny aus dem Krieg zurückgekehrt war, hatte er sie immer wieder besucht. Sie hatte es genossen, Zeit mit ihm zu verbringen, und sehr um ihn getrauert, als er vor fünfzehn Jahren an einem Herzanfall gestorben war. Aber mittlerweile erinnerte sie sich nicht einmal mehr an den Klang seiner Stimme.

»Was ist mit Elaine? Und wie geht es ihrer Tochter?«

»Beiden geht es gut. Ich sehe das Kind ab und zu in der Stadt. Sie erinnert mich an mich selbst in dem Alter. Elaine hat jetzt noch ein Mädchen bekommen. Sie wäre gern mitgekommen, aber ihr Baby ist stark erkältet.«

»Es ist gut so, denn es ist besser, wenn sie nach vorne sieht.« Sadie schloss die Augen. Das Leben wog schwer auf ihren Schultern. »So hat sich alles zum Besten gewendet.«

»Vielleicht nicht zum Besten«, erwiderte Miss Olivia. »Aber zum Bestmöglichen.«

Epilog

Mittwoch, 24. Februar, Charlottesville, Virginia

Libbys Wehen setzten in der sechsunddreißigsten Woche ein. Sobald sie im Krankenhaus angekommen war, stellte die Hebamme eine Steißlage fest. Die herbeigerufene Ärztin sagte ihr, sie müsse sich auf eine Operation vorbereiten.

Als sie sich mögliche Katastrophenszenarien vorgestellt hatte, war ihr nicht in den Sinn gekommen, dass das Baby falsch herum liegen könnte. Na ja, das stimmte nicht ganz, aber *Baby bleibt stecken* hatte nicht auf der Liste gestanden.

Sie entschieden sich dafür, dass Libby bei dem unvermeidbaren Kaiserschnitt bei Bewusstsein bleiben würde. Colton war an ihrer Seite, als die Ärztin das Baby aus ihrem Bauch zog und es der Krankenschwester überreichte.

Sadie McKenzie Reese, auch das Würmchen genannt, wog sieben Pfund, und als sie ihren Mund öffnete, war es so ein ohrenbetäubender Schrei, wie Libby ihn nie bei einem so kleinen Wesen für möglich gehalten hätte. Er klang wie Musik in ihren Ohren.

Colton nahm das in Deckchen gewickelte Kind entgegen und trug es zu Libby, die es nach dem Kaiserschnitt noch nicht halten durfte. »Hat sie alle Finger und Zehen?«

»Alles so, wie es sein soll.« Das Kind sah auf Coltons Arm so klein aus. »Sie hat den APGAR-Test mit Höchstpunktzahl bestanden.«

Tränen schossen Libby in die Augen. »Sie muss ja auch tough sein, wenn sie sich gegen ihre Brüder behaupten will.«

»Es wird nicht lange dauern, bis die beiden nach ihrer Pfeife tanzen.«

Libby und Colton hatten einen Tag nach Weihnachten auf Gut Woodmont geheiratet. Die Hochzeit fand im Familienkreis im Gewächshaus statt. Es waren nur Jeff, Sam, Ginger, Cameron und Margaret da. Auf Libbys Seite standen Elaine, Ted und überraschenderweise auch Lofton, die wenige Minuten vor Beginn der Zeremonie angerauscht kam. Sierra war Libbys Trauzeugin, und Mrs Mancuso hatte sie zum Altar geführt.

Colton hatte sie schon lange heiraten wollen, aber sie hatte ihn immer wieder vertröstet. Sie wollte ihn nicht an sich binden, für den Fall, dass sie das Baby doch verlieren würde. Sie war in der achtundzwanzigsten Woche gewesen, als sie ihm das Jawort gegeben hatte. Zur selben Zeit hatte sie klammheimlich angefangen, eine kleine To-do-Liste rund ums Baby zu erstellen.

»Jeff und Sam hatten doch gehofft, dass es ein Bruder wird«, sagte sie. Sie betrachtete das rosafarbene Gesicht des kleinen Mädchens mit der Stupsnase und den runden Lippen.

»Sie werden drüber wegkommen. Eine Schwester zu haben, hat auch reichlich Vorteile.«

Sie freute sich auf den Moment, in dem die Jungs – ihre Jungs – ihre kleine Schwester zum ersten Mal sehen würden. Sie würde die Babys, die sie nicht hatte bekommen können, nicht vergessen. Aber die Liebe, die sie ihnen nicht hatte geben dürfen, durfte sie jetzt über Sadie, Jeff und Sam ausschütten.

»Elaine und Mom warten draußen«, sagte Colton. »Elaine tigert vor Aufregung den Flur rauf und runter, und Mom sitzt ganz still da, wie immer, wenn sie nervös ist.«

Libby zog die Decke des Babys zurecht. »Schick sie rein, damit sie Sadie kennenlernen können.«

Rezepte

Buttermilchkuchen

3 Eier
1 Tasse Zucker
½ Tasse Honig
1 Tasse Buttermilch
1 Teelöffel Vanille
½ Teelöffel Salz
Ein vorbereiteter Kuchenboden

Teig in eine ofenfeste, gefettete Form geben. Die restlichen Zutaten mischen und obenauf füllen.

Bei 180 Grad für 35–40 Minuten backen. Mit frischem Obst oder Eis servieren.

Schach-Torte

½ Tasse weiche Butter
2 Tassen weißer Zucker
1 Teelöffel Vanille-Extrakt

4 Eier
Etwas Maismehl oder Semmelbrösel
¼ Becher Kondensmilch
1 Esslöffel Weißweinessig
Springform (22 cm Durchmesser)

Den Ofen auf 220 Grad vorheizen.

Butter, Zucker und Vanille schaumig rühren. Die Eier nacheinander unterheben, dann nach und nach Maismehl oder Semmelbrösel, Kondensmilch und Essig dazugeben. Wenn die Mischung glatt ist, in die gefettete Springform geben. 10 Minuten backen, den Ofen auf 150 Grad herunterstellen und weitere 40 Minuten backen.

Holundersirup

1 Tasse Zucker
1 Tasse Holunderblüten
2 Tassen Wasser

Alle Zutaten in einen Topf geben und zum Kochen bringen. Sobald die Mischung Blasen wirft, nur noch köcheln lassen, bis die Flüssigkeit um die Hälfte reduziert ist. Die Blüten abseihen und abkühlen lassen.

Zitronenkuchen

3 Zitronen
2 Tassen Mehl

½ Teelöffel Backpulver
½ Teelöffel Salz
1 Tasse Öl
2 Tassen Kristallzucker
3 Eier
1 Tasse Buttermilch

Zitronenschale abreiben und die Zitronen entsaften. Die trockenen Zutaten mit Ausnahme des Zuckers in eine Schüssel sieben. In einer anderen Schüssel das Öl und den Zucker mischen. Die Eier nacheinander untermischen. Die gesiebten Zutaten untermischen und umrühren. Eine Tasse Buttermilch und zum Schluss den Saft und die Schale der Zitrone untermischen. Teig in zwei runde Kuchenformen löffeln und in dem auf 175 Grad vorgeheizten Ofen 1 Stunde und 20 Minuten backen.

Glasur
4 Esslöffel geschmolzene Butter
2 Tassen Puderzucker
2–4 Esslöffel Wasser
1 Esslöffel Zitronensaft

Geschmolzene Butter, Puderzucker, Zitronensaft und 2 Esslöffel Wasser vermengen. Nach und nach Wasser hinzufügen, bis die gewünschte Konsistenz erreicht ist. Über den noch warmen Kuchen träufeln.

Hat Ihnen dieses Buch gefallen? Möchten Sie informiert werden, wenn Mary Ellen Taylor ihr nächstes Buch veröffentlicht?
Dann folgen Sie der Autorin auf Amazon.de!

1. Suchen Sie auf Amazon.de oder in der Amazon App nach dem eben gelesenen Buch.
2. Klicken Sie auf den Namen der Autorin, um auf die Autorenseite zu gelangen.
3. Klicken Sie auf den »Folgen«-Button.

Noch schneller gelangen Sie zur Autorenseite, indem Sie diesen QR-Code mit Ihrem Smartphone oder Tablet scannen:

Wenn Sie dieses Buch auf einem Kindle eReader oder in der Kindle App lesen, wird Ihnen automatisch angeboten, der Autorin zu folgen, sobald Sie die letzte Seite des Buches erreicht haben.

TINTE & FEDER

Printed in Poland
by Amazon Fulfillment
Poland Sp. z o.o., Wrocław

83246674R00223